DE GRIJZE JAGER

John Flanagan

DE GRIJZE JAGER

HALT IN GEVAAR

Gottmer · Haarlem

Kijk voor meer informatie over de kinder- en jeugdboeken van de
Gottmer Uitgevers Groep op **www.gottmer.nl**

Meer informatie over de Grijze Jager-serie vind je op
www.degrijzejager.nl

Tweede druk, 2010

© 2009 John Flanagan
De oorspronkelijke uitgave van dit boek verscheen onder de titel *Ranger's
Apprentice, Halt's Peril, Book nine* bij Random House Australia

Voor het Nederlandse taalgebied:
© 2010 Uitgeverij J.H. Gottmer / H.J.W. Becht BV, Postbus 317,
2000 AH Haarlem (e-mail: post@gottmer.nl)
Uitgeverij J.H. Gottmer / H.J.W. Becht BV is onderdeel van de
Gottmer Uitgevers Groep BV

Vertaling: Laurent Corneille
Omslagillustratie: www.blacksheep-uk.com
Omslag en binnenwerk: Rian Visser Grafisch Ontwerp
Druk en afwerking: HooibergHaasbeek, Meppel

ISBN 978 90 257 4817 3
NUR 283

Ter herinnering aan Myuki Sakai-Flanagan, opdat Konan nooit zal vergeten hoe dapper en lief zijn moeder was.

Het eiland Hibernia

IN HET JAAR 643 VAN DE GEMENE JAARTELLING

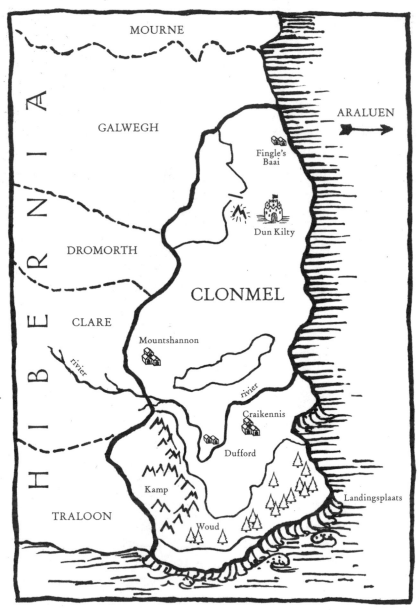

MOURNE

HIBERNIA

GALWEGH

ARALUEN

Fingle's Baai

Dun Kilty

DROMORTH

CLONMEL

CLARE

Mountshannon

rivier

rivier

Craikennis

Dufford

Kamp

Landingsplaats

TRALOON

Woud

CLONMEL EN HAAR BUURLANDEN

HOOFDSTUK I

E en gure, zilte wind woei over de kleine haven. Er hing een geur van dreigende regen.

De eenzame ruiter rilde. De herfst was nog niet begonnen, maar het had al een week alleen maar geregend. Je zou haast denken dat het in dit land altijd regende, welk seizoen het ook was.

'Zomer of winter, regen, regen, en nog eens regen,' zei de ruiter zachtjes tegen zijn paard. Zoals verwacht had het trouwe dier daarop niet direct een antwoord. 'Behalve natuurlijk als het sneeuwt,' ging de ruiter verder. 'Ik neem aan, dat je daaraan dan kunt zien dat het winter is.' Dit keer schudde het paard zijn borstelige manen en stak zijn oren trillend naar achter, zoals paarden wel doen. Oude vrienden, die twee. Dat was duidelijk te zien.

'Jij bent een paard van weinig woorden, Trek!' stelde Will vast. Maar dat gold natuurlijk voor de meeste paarden. Hij had laatst nog zitten denken over die gewoonte van hem om tegen zijn paard te praten. En toen hij er op een avond over begonnen was tegen Halt, bij het kampvuur, had hij begrepen dat er meer Grijze Jagers waren die dat deden.

'Maar natuurlijk praten wij met onze paarden,' had de oude Jager geantwoord. 'Per slot van rekening hebben ze meer hersens dan de meeste mensen die je tegenkomt. En bovendien,' ging hij op serieuzere toon verder, 'zijn we maar al te vaak totaal afhankelijk van onze rijdieren. Wij moeten hen blindelings kunnen vertrouwen, en zij ons. Door met ze te praten, verstevigen we die band!'

Will snoof de zoute wind weer op. Hij rook nu ook andere dingen, naast zee en regen. Het rook bijvoorbeeld naar teer. Naar nieuw scheepstouw. Naar opgedroogd zeewier. Vreemd genoeg was er één geur die ontbrak – een geur die je toch in elke haven langs de oostkust van Hibernia zou mogen verwachten. Het rook er niet naar rotte vis. Niet naar verse vis. Niet naar netten die te drogen hingen.

'Dus de vraag is: wat doen ze hier voor de kost, als ze niet vissen?' mompelde hij. Afgezien van de trage hoefslag op de oneffen kinderkopjes, en de echo die van de gevels langs de smalle straat weerkaatste, gaf het paard weer geen kik. Maar Will wist het antwoord op zijn vraag eigenlijk zelf wel. Daarom was hij per slot van rekening hier naar toe gekomen. Port Cael was een smokkelaarsnest.

De steegjes vlak bij de kade waren smal en kronkelden alle kanten op, heel anders dan de brede straten van de rest van de stad. Slechts hier en daar hing er aan een huis een lantaarn. De meeste gebouwen bestonden uit twee verdiepingen, met grote deuren en takels zodat balen en tonnen omhoog gehesen konden worden, direct van de karren waarop ze aangevoerd werden. Pakhuizen, dacht Will, waar de eigenaren van de schepen de spullen opslaan die zij de haven in en uit smokkelen.

Hij was nu bijna bij de kade en tegen het zwakke licht dat zich openbaarde aan het einde van de steeg zag hij de silhouetten van een paar schepen die aan de kade nerveus heen en weer deinden op de laatste resten van de korte golven die zich door de havenmond naar binnen hadden weten te dringen.

'Hier moet het ergens wezen,' zei Will hardop en zodra hij dat zei, zag hij het ook. Een gebouw van slechts één verdieping, aan het eind van de steeg, met een laag rieten dak dat net

boven de deur begon. Misschien waren de muren ooit wit ge-
kalkt geweest, maar nu waren ze smoezelig grijs. Er scheen een
zwak gelig licht door de kleine raampjes langs de straatkant, en
boven de lage deur hing een uithangbord in de wind te knarsen
en piepen. Er stond, nogal primitief, een vogel met lange poten
op afgebeeld.

'Dat zal "De Reiger" zijn,' zei Will. Hij keek nieuwsgierig om
zich heen. De andere gebouwen waren allemaal donker en gesloten. Daar was men al klaar voor die dag – terwijl voor een
herberg als De Reiger de werkdag nog maar net begonnen was.

Hij steeg af in de steeg en klopte verstrooid op Treks nek,
terwijl hij even bleef staan rondkijken. Het kleine paard wierp
een kritische blik op de sjofele herberg en draaide één oog naar
zijn baasje.

Zou je daar wel naar binnen gaan?

Voor een paard van weinig woorden was Trek soms bijzonder
welsprekend. Will glimlachte hem geruststellend toe.

'Er gebeurt me niets! Ik ben geen kind meer, hoor!'

Trek brieste minachtend. Hij had al lang gezien hoe armoe-
dig het erf en de stallen naast de herberg erbij lagen, en hij wist
dat hij daar zo meteen zonder pardon achtergelaten zou worden. En erger nog, hij zou geen oogje in het zeil kunnen houden,
en dat voelde altijd ongemakkelijk.

Will trok hem door de scheefgezakte poort de binnenplaats
op. Er stond nog een ander paard vastgebonden, naast een
oude, vermoeide muilezel. Will hoefde Trek niet vast te maken.
Hij wist dat zijn paard daar gewoon zou blijven wachten tot hij
weer terugkwam.

'Blijf jij nou maar braaf staan daar,' zei hij. 'Dan sta je in elk
geval uit de wind.' En hij wees naar de verste muur. Trek keek
hem nog eens aan, schudde zijn hoofd en slofte toen berustend
in de richting die Will gewezen had.

Roep me maar als je me nodig hebt. Dan kom ik meteen, hoor!

Even was Will bang dat hij het overdreef, dat hij zijn paard dat hoorde denken. Maar bij nader inzien... Hij stelde zich voor hoe het zou zijn, als Trek ineens door die lage deur de gelagkamer in zou komen stormen, links en rechts gasten omver kegelend, om zijn baasje te hulp te schieten. Will grijnsde bij de gedachte alleen al. Hij trok de poort weer dicht, waarbij hij hem iets optilde, zodat het vermolmde hout niet over de keien schraapte. Daarna liep hij naar de ingang van de herberg.

Je kon Will niet groot noemen, maar zelfs hij moest een beetje buigen om zijn hoofd niet te stoten. Nog in de deuropening botste hij tegen een muur van indrukken en geuren op. Hitte. Zweet. Rook. Bier. Versgetapt, gemorst, maar vooral veel verschaald bier.

Een windvlaag, die met hem door de geopende deur naar binnen vloog, deed de olielampen flikkeren. Het turfvuur in de haard aan de andere kant van het vertrek laaide ineens fel op. Will bleef even op de drempel staan en probeerde zich te oriënteren. De rook en het onzeker flikkerende licht van het haardvuur maakten dat hij binnen nog minder zag dan buiten, in de natte donkere straat.

'Deur dicht, idioot!' baste een ruwe stem en Will trok haastig de deur achter zich in het slot. Meteen hielden lampen en haardvuur op met flikkeren. In de gelagkamer hing een dikke, roerloze wolk rook, afkomstig van de haard en tientallen tabakspijpen. Hij werd gevangen gehouden onder het lage rieten dak boven de hoofden van de gasten en Will vroeg zich even af of die wolk ooit de kans kreeg om te vervliegen, of dat hij daar maar dag in dag uit moest blijven hangen, elke avond weer gevoed met verse dampen en gassen.

De meeste gasten keurden hem geen blik waardig, maar enkelen keken even onvriendelijk op en legden de nieuwkomer op hun weegschaal. Wat ze zagen was een niet al te lange, slanke gestalte, met een grijsgroen gevlekte mantel om zich heen geslagen, het gezicht verborgen onder een grote kap. Toen hij die naar achteren duwde, zagen ze een verrassend jong hoofd. Een jongeman, een jongen haast nog.

Maar meteen daarna zagen ze ook het zware mes aan zijn riem, een kleiner exemplaar in een aparte schede daarnaast, en de reusachtige boog in zijn linkerhand. En boven zijn schouder zagen ze de veren van een stuk of vijftien, twintig zwarte pijlen omhoogsteken, uit een koker op zijn rug. Misschien zag de vreemdeling er dan wel uit als een jochie – hij droeg de wapens van een man. En hij droeg die heel natuurlijk, zonder enige schaamte, ongemak of arrogantie. Blijkbaar was hij niet anders gewend.

Deze vreemdeling keek nu de gelagkamer rond, vriendelijk maar kort knikkend naar diegenen die opgekeken hadden om hem te inspecteren. Maar zijn ogen gleden hen snel voorbij, het was duidelijk dat hij met niemand ruzie zocht.

Die conclusie durfden de mannen wel te trekken, vanuit hun jarenlange ervaring met het inschatten van onbekende nieuwkomers. De lichte spanning die even de gelagkamer in haar greep genomen had vervloog, terwijl zij hun aandacht weer op hun bier richtten.

Een snelle rondblik leerde Will dat ook hij hier weinig te vrezen had, en hij liep dus recht op de ruwe toog af – drie dikke planken, die op twee enorme biertonnen gespijkerd waren.

De herbergier, een tanig mannetje met een spitse neus, ronde flaporen en een terugwijkende haargrens – wat hem een ratachtige uitstraling bezorgde –, keek hem vragend aan, terwijl hij afwezig met een smerig doekje een bierpul opwreef. Will trok een wenkbrauw op terwijl hij naar die handelingen keek. Hij zou durven wedden dat het doekje voor meer viezigheid óp de pul zorgde dan dat het ervan weghaalde.

'Wat drinken?' vroeg de kroegbaas. En hij zette de bierkan met een klap op de toog, alsof hij hem per ommegaande wilde vullen, met welk drankje de vreemdeling ook zou gaan bestellen.

'Graag, maar niet daaruit!' zei Will rustig, met zijn duim naar de pul wijzend. Rattenkop haalde zijn schouders op, schoof het ding terzijde en pakte een verse van de plank achter hem.

'Zoals je wilt. Biertje, of een ouisgeah?'

Ouisgeah, wist Will intussen, was de sterke moutdrank die overal in Hibernia gedestilleerd werd en veel en graag gedronken werd. Het zou hem niet verbazen als de variant die hier geschonken werd eerder geschikt was om een oud zwaard te ontroesten dan om zijn dorst te lessen.

'Ik had graag een kopje koffie gehad,' antwoordde hij. Hij zag een gebutste kan staan bij het vuur naast de toog.

'Er is bier of ouisgeah, meer niet!' Rattenkop rechtte zijn kromme rug wat. Will wees naar de koffiepot, maar de waard schudde zijn hoofd. 'Ik heb vandaag niet gezet,' zei hij, 'en ik ben ook niet van plan dat apart voor jou te gaan doen.'

'Maar die man drinkt ook koffie,' zei Will en knikte naar opzij.

Als vanzelf gleed de blik van de herbergier de kant op die Will aanwees, benieuwd op wie hij doelde. Meteen zodra hij zijn ogen van Will had afgewend, voelde de man hoe de kraag van zijn hemd in een ijzeren greep werd gevat en vervolgens tot een verstikkende strop werd gedraaid. Tegelijkertijd werd hij voorover getrokken, dwars over zijn toog, zodat hij bijna zijn evenwicht verloor. Plotseling waren de ogen van de vreemdeling vlak bij de zijne. En dat waren niet langer jongensogen. Ze waren donkerbruin, bijna zwart in dit licht, en de herbergier herkende er alle signalen van dreigend gevaar in. Ernstig gevaar. Hij hoorde bovendien een zacht geslis van scherp staal over taai leer, en toen hij naar beneden keek, voorbij de vuist die hem onder zijn kin strak vasthield, zag hij het zware, dofglanzende lemmet van het grote hakmes, dat de vreemdeling tussen hen in op de toog legde.

Naar adem snakkend keek de waard om zich heen of iemand hem kon helpen. Maar er stond verder niemand aan de toog, en geen van de andere gasten had in de gaten wat zich vlak bij hen afspeelde.

'Igg...maggwelgoffie!' wist hij uit te brengen.

De greep op zijn keel werd iets losser en de vreemdeling fluisterde: 'Wat zei je?'

'Ik... zal ...wel... verse...koffie zetten!' herhaalde de waard nahijgend.

De vreemdeling glimlachte. Het was een bijzonder vriendelijke glimlach, maar het ontging de herbergier niet dat de donkere ogen niet meelachten.

'Dat is fijn dan. Ik wacht hier wel.' Will liet de kraag van de man los zodat hij achter de toog weer op beide benen kon gaan staan. Hij tikte even op het heft van zijn grote mes. 'Als je maar niet wéér van gedachten verandert!'

Er hing een forse waterketel aan een ijzeren arm, die in en uit het vuur gedraaid kon worden. De waard duwde de ketel boven de vlammen en ging in de weer met de koffiepot. Hij gooide er een paar maten gemalen koffie in en zodra het water in de ketel kookte, vulde hij de pot daarmee. De rijke geur van verse koffie steeg op, de gelagkamer in, en verdreef even alle onaangename luchtjes die Will bij binnenkomst zo op de keel geslagen waren.

De herbergier zette de pot koffie voor Will neer en toverde van achter de toog een mok te voorschijn. Hij gaf die mok een automatische veeg met het onvermijdelijke doekje. Will fronste zijn wenkbrauwen en herhaalde de handeling met een punt van zijn eigen mantel, alvorens zichzelf in te schenken.

'En graag wat suiker als u die heeft,' zei hij. 'Anders is honing ook goed.'

'Ik heb wel suiker.' De waard draaide zich om en haalde een pot met een lepel erin tevoorschijn. Hij schrok, toen hij weer naar de vreemdeling gedraaid was.

Er lag ineens een zware gouden munt te glimmen op de smerige toogplank, tussen hem en de vreemdeling in. Die munt was meer waard dan de hele omzet van die avond, en hij durfde er niet naar te grijpen. Dat grote mes lag er immers ook nog, vlak bij de hand van de vreemdeling.

'D-de koffie is maar twee dubbeltjes, hoor!' stamelde hij.

Will knikte en deed nogmaals een greep in zijn beurs. Hij zocht twee koperen muntjes uit en legde die ook op de toog. 'Dat lijkt me redelijk. Je koffie is niet slecht,' voegde hij eraan toe.

De herbergier knikte en slikte, nog steeds enigszins overstuur. Voorzichtig haalde hij de twee muntjes naar zich toe, terwijl hij met één oog de vreemdeling in de gaten hield, of die raadselachtige figuur misschien enig teken van protest liet zien.

Even schaamde hij zich, dat hij zich zo had laten overdonderen door zo'n jonkie. Maar één blik in die strakke donkere ogen, en een tweede op dat wapentuig, en dat gevoel verdween weer. Hij was per slot maar een herbergier. Geweld, dat was voor hem een klap op de kop van een dronken lastpost, met de knuppel die hij voor dat doel onder de toog bewaarde. En meestal wachtte hij daarmee, tot ze met hun rug naar hem toe stonden. Dat was wel zo veilig.

Hij liet de muntjes in zijn zak glijden en keek aarzelend in de richting van het gouden exemplaar, dat hem nog steeds zacht toeglansde in het licht van de olielampen. Hij kuchte. De vreemdeling trok één wenkbrauw op.

'Is er iets?'

De waard hield zijn handen achter zijn rug, zodat de man niet een verkeerd idee zou krijgen. Hij moest vooral niet denken dat hij die munt wilde pakken. De waard knikte een paar keer met zijn hoofd naar het geldstuk.

'Uh... dat goud. Ik vroeg me af... Wilt u dat hier... besteden?'

De vreemdeling glimlachte. Weer zonder dat zijn ogen meededen.

'Nu je erover begint... inderdaad. Dat goudstuk, dat ligt daar klaar als beloning voor bepaalde inlichtingen.'

Het leek alsof de spanning onder het middenrif van de herbergier ineens langs natuurlijke weg uit hem wegstroomde. Inlichtingen – dat was iets bekends en begrijpelijks, zeker hier in deze streken. Er werd vaker voor inlichtingen betaald, hier in Port Cael. En meestal lieten ze de betaler verder graag met rust.

'O, u zoekt inlichtingen!' zei hij en durfde een flauwe glimlach aan. 'Nou, dan bent u aan het juiste adres en bij de juiste man. Wat wilt u weten, excellentie?'

'Ik wil weten of Zwarte O'Malley hier vanavond is geweest,' antwoordde de jongeman.

En plotseling lag die akelige steen er weer, boven op de arme maag van de herbergier. Nog zwaarder en kouder dan zonet.

HOOFDSTUK 2

'O 'Malley zei u? En waarom wilt u dat weten?' vroeg de herbergier. Daar keken die donkere ogen hem weer aan, boorden zich in de zijne. Ze spraken een duidelijke taal. De hand van de vreemdeling bedekte het goud. Maar de munt bleef voorlopig wel op de toog liggen, hij haalde het geldstuk niet weg.

'Ik zat me net af te vragen van wie dit geld ook alweer was,' zei de vreemdeling, alsof er niets aan de hand was. 'Heeft u het daar neergelegd misschien?' Voor de caféhouder kon antwoorden ging hij verder. 'Nee, dat kan ik me althans niet herinneren. Voor zover ik weet was ik het, die het daar neerlegde. Als beloning voor een paar eenvoudige inlichtingen. Klopt dat?'

De herbergier schraapte nerveus zijn keel. De jongeman sprak kalm en zacht, maar klonk daardoor niet minder dreigend.

'Ja, ja, zo is het!'

De vreemdeling knikte een paar keer bedachtzaam. Alsof hij zorgvuldig overwoog wat zijn volgende woorden zouden zijn. 'Als het niet zo is moet u het zeggen, maar... is het meestal niet zo dat wie betaalt ook bepaalt? Of in dit geval, de vragen stelt? Vindt u dat ook?'

Even vroeg Will zich af of hij niet een beetje overdreef. Maar nee – tegen dit soort, dat waarschijnlijk niets liever deed dan klikken en roddelen en verraden, kon je niet flink genoeg optreden. En optreden betekende in dit geval hem bang maken, een andere benadering drong vast niet door die rattenschedel heen. Als Will hem niet de baas was, zou de herbergier hem ik weet niet wat voor leugens op de mouw proberen te spellen.

'Ja, mijnheer, dat vind ik ook. U heeft groot gelijk!'

Dat 'mijnheer' was een goed teken, dacht Will. Respectvol, maar niet al te onderdanig. Hij glimlachte weer.

'Dus tenzij u zelf ook een muntstuk op tafel legt, kunnen we het er beter op houden dat ik hier de vragen stel, en u de antwoorden geeft.'

Will trok zijn hand terug en de gouden munt lag weer stil te glimmen op de ruwe planken van de toog.

'Die Zwarte O'Malley dus. Is hij hier vanavond?'

Rattenkop keek snel even de gelagkamer rond, al wist hij het antwoord natuurlijk al. Hij schraapte nog eens zijn keel. Gek hoor, hoe die vreemde snuiter hem een droge keel wist te bezorgen.

'Nee, mijnheer. Nog niet. Hij komt meestal wat later.'

'Dan zal ik op hem blijven wachten,' antwoordde Will. Hij keek om zich heen en zag een tafeltje dat een beetje apart stond, een eindje verder in een hoek, niet onmiddellijk in het oog van iedereen. En zeker niet van iemand die net binnenkwam.

'Ik ga daar wel zitten. En als die O'Malley zich meldt, geen woord over mij. En ook niet naar me kijken. Maar trek in plaats daarvan drie keer aan je oorlel, zodat ik weet dat hij het is. Heb je dat begrepen?'

'Ja, mijnheer.'

'Goed. Dan...' Hij pakte mes en munt op. Even dacht de waard dat het geld toch nog aan zijn neus voorbij zou gaan. Maar de vreemdeling zette het stuk recht overeind, en sneed het dwars doormidden, zodat er twee halve cirkels ontstonden. De waard dacht twee dingen. Ten eerste, dat het wel heel puur goud moest zijn, als je het zo gemakkelijk doormidden kon snijden. En ten tweede, dat het mes wel akelig scherp moest zijn, als het door puur goud gleed alsof het boter was.

Will duwde een van de helften naar de waard.

'Hier heb je alvast de helft, als gebaar van goede wil en vertrouwen van mijn kant. De andere helft volgt als je netjes doet wat je gevraagd wordt.'

De herbergier aarzelde maar een of twee tellen. Daarna greep hij zenuwachtig slikkend het mishandelde stukje munt en stak het in zijn zak.

'Wil uwe edelachtbare misschien nog iets eten terwijl u zit te wachten?' vroeg hij toen.

Will stak de andere helft in de beurs aan zijn riem en wreef zijn duim over zijn vingers. Die voelden vettig aan, na hun contact met de toog. Hij staarde nog even naar het smerige doekje dat de waard weer over zijn schouder had gehangen, en schudde van nee.

'Nee, laat ik dat maar niet doen.'

Will ging aan het tafeltje zitten, de warme mok koffie tussen zijn handen, en wachtte rustig tot de man die hij zocht het café zou binnenkomen.

Toen Will was gearriveerd in Port Cael, had hij eerst een kamer genomen in een nette herberg, een eind van de haven, in een van de minder onfrisse buurten. De herbergier daar was een zwijgzaam type, in elk geval niet zo'n roddelaar als de meeste van zijn collega's. Want kletsen over andere klanten, daar houden de meeste herbergiers wel van, wist Will. Maar ook al was het daar niet direct een boevenbuurt, deze hele stad leefde van de smokkel en andere vormen van illegale handel, en daarom hielden de mensen hun mond, zodra er vreemdelingen in de buurt waren. Tenzij... zo'n vreemdeling met goudstukken zwaaide, zoals Will.

Tegen zijn eigen waard had hij gezegd dat hij op zoek was naar een oude vriend – een grote man, met grijs haar en een wijde witte pij aan, en met een gevolg van een man of twintig, waarvan er twee een purperen mantel aanhadden en een hoed droegen van dezelfde kleur, met een opvallend brede rand. En misschien hadden ze een kruisboog op de rug gehad?

Hij had het meteen gezien in de ogen van de herbergier, terwijl hij Tennyson en de twee overgebleven Genovezen beschreef. Tennyson en die twee moordenaars waren hier gesignaleerd, zoveel was zeker. Wills hart begon sneller te kloppen bij het idee dat de profeet misschien nog steeds ergens in de buurt rondhing. Maar die hoop werd door de waard snel de kop ingedrukt.

'Ja, die waren hier inderdaad,' zei de man. 'Maar ze zijn ook weer vertrokken!'

Blijkbaar had de waard besloten dat het geen kwaad kon, als Tennyson toch al weer weg was uit Port Cael, om dat te verklappen aan de jongeman die naar hem vroeg. Will had zijn lippen getuit toen hij dit nieuws hoorde. Hij liet de gouden munt snel door en over zijn vingers rollen – een trucje waar hij eindeloos op geoefend had, gezeten aan ontelbare kampvuren. Het metaal weerkaatste het licht en glom uitnodigend, terwijl het alle kanten op leek te vliegen. De waard kon er zijn ogen niet van afhouden.

'Waarheen?'

De herbergier keek de jongeman tegenover hem weer in de ogen. Hij gebaarde met zijn hoofd in de richting van de haven. 'Overzee. Geen idee waarheen.'

'Enig idee wie dat wel zou weten?'

De herbergier had zijn schouders opgehaald. 'Dat zou je het beste aan Zwarte O'Malley kunnen vragen. Misschien weet hij het. Als iemand snel weg wil van hier, dan is O'Malley negen van de tien keer de man die hen meeneemt.'

'Vreemde naam, Zwarte O'Malley. Hoe komt hij daaraan?'

'Ach... een paar jaar geleden was er een zeeslag. Zijn schip werd geënterd. Door...' de man had kort geaarzeld en was toen verdergegaan, '... door piraten. Het kwam tot een gevecht, en een van die zeerovers sloeg O'Malley met een brandende fakkel recht in zijn gezicht. Het brandende teer bleef aan zijn vel plakken, zodat hij nu rondloopt met een zwart litteken op de linkerkant van zijn hoofd.'

Will had peinzend geknikt. Als er al zeerovers bij die slag betrokken waren geweest, dan hadden ze waarschijnlijk op O'Malleys eigen boot gezeten. Maar dat deed er nu niet toe.

'En hoe vind ik die O'Malley?'

'Meestal, of elke avond eigenlijk, in De Reiger, een oud café aan de haven.' De waard had het muntstuk in ontvangst genomen en terwijl Will zich al weer omdraaide had hij eraan toegevoegd: 'Dat is geen prettig oord, daar. Het is misschien niet verstandig er helemaal alleen naar binnen te lopen, als vreemdeling, die niemand hier kent. Ik ken een paar flinke jongens die wel eens een klusje voor me opknappen. Misschien willen die wel meegaan, tegen een kleine beloning.'

De jongeman had over zijn schouder gekeken, leek het voorstel even te overwegen maar had toen glimlachend van nee geschud.

'Bedankt. Ik denk dat ik het wel zelf afkan,' had hij geantwoord.

Hoofdstuk 3

Het was geen arrogantie geweest, die hem het vriendelijke aanbod van de herbergier had doen afwijzen. Als hij een gelegenheid als De Reiger was binnengelopen met een escorte van een paar van die amateurlijfwachten, dan waren de echte zware jongens die er hun stamkroeg hadden waarschijnlijk nauwelijks onder de indruk geweest – eerder het tegendeel. Hij zou alleen maar uitstralen dat hij bang en onzeker was. Nee, het was beter gewoon in je eentje naar binnen te gaan, en te vertrouwen op je eigen kracht en je gezonde verstand.

Het café was nog half leeg geweest toen hij binnen was gekomen. Het was te vroeg voor het serieuze drinken. Terwijl Will aan zijn tafeltje zat te wachten, liep de zaak langzaam vol. En met de aantallen ongewassen lijven steeg ook de temperatuur. Net als de zure, verschaalde stank die het rokerige lokaal vulde. En net als het lawaai, dat luider en luider klonk naarmate de gasten harder moesten praten om zich verstaanbaar te maken.

Prima. Hoe meer mensen en hoe meer lawaai, des te minder hij opviel. Steeds als er mensen binnenkwamen keek hij snel even naar de waard. Maar elke keer hield de man het bij een kort hoofdschudden.

Ergens tussen elf uur en middernacht vloog de voordeur open en traden drie forse mannen naar binnen. Ze baanden zich een weg door de menigte naar de toog, waar de herbergier onmiddellijk drie grote pullen bier begon te tappen, zonder dat er een woord gewisseld hoefde te worden. Toen de man de tweede volle pul op de toog gezet had laste hij een kleine pauze in en trok driemaal hard aan zijn oorlel, voordat hij aan de laatste stilzwijgende bestelling begon.

Zelfs zonder dat teken had Will wel kunnen raden dat daar de man stond die hij zocht. Het grote zwarte litteken, dat van net onder het linkeroog tot onder de kaaklijn naar beneden liep, kon je van ver al goed zien. Will wachtte rustig, terwijl O'Malley en zijn twee kameraden hun bierpullen meenamen naar een tafel dicht bij het turfvuur. Daar zaten al twee andere mannen, die enigszins nerveus opkeken toen de smokkelaar zich bij hen vervoegde.

'Nou, O'Malley,' begon een van hen klaaglijk, 'wij zaten hier anders al wel...'

'Oprotten!'

O'Malley wees met zijn duim, en de twee pakten zonder verder morren hun bierpullen op en maakten de tafel vrij voor de drie smokkelaars. Die gingen rustig zitten en keken daarna op hun gemak de gelagkamer rond. Een aantal bekenden werd luidkeels begroet. Het viel Will op dat de reacties op de begroeting eerder terughoudend dan enthousiast waren, over het algemeen. O'Malley leek de andere gasten vooral angst in te boezemen.

O'Malleys ogen bleven even hangen bij de jongeman met zijn grijsgroene mantel, daar in de hoek van de gelagkamer. Een paar seconden bestudeerde hij Will, waarna hij hem als onbelangrijk leek af te schrijven. Hij boog zich tenminste over zijn tafel, en met de hoofden dicht bij elkaar begonnen de mannen zachtjes te praten.

Will stond op en liep naar hen toe. Terwijl hij de toog passeerde gleed zijn hand over het ruwe hout, waarbij hij de andere helft van de munt vlak voor de waard achterliet. De man graaide hem meteen naar zich toe. Hij bedankte niet, maar dat had Will ook niet verwacht. Natuurlijk wilde de waard niet dat iemand zou vermoeden dat hij O'Malley had aangewezen.

O'Malley merkte Will pas op toen hij vlak naast hem stond. De smokkelaar had op gedempte toon iets zitten uitleggen aan zijn twee kameraden en keek verstoord op naar de tengere gestalte, die onverwacht een meter van hem vandaan opgedoken was.

Het bleef een tijdje stil. 'Kapitein O'Malley?' vroeg Will ten slotte. De man zag er gespierd uit, al leek ook hij niet erg groot. Misschien een paar centimeter langer dan Will, maar wie was dat niet?

Hij had enorme schouders en op zijn handen een dikke laag eelt. Je zag er een leven van hard werken aan af, van trekken aan kabels en touwen, van vrachten in- en uitladen, van sleuren aan het weerbarstig roer bij windkracht negen. Zijn buik verraadde een even lange ervaring met bier. Hij was te zwaar, maar sterk, een geduchte tegenstander. Hij had zwart haar, dat in lange krullen tot over zijn kraag hing, en een baard die tevergeefs zijn best deed het litteken te camoufleren. Zijn neus was zo vaak gebroken dat je nauwelijks meer kon spreken van een bepaalde vorm. Het was meer een uitstulping van vlees, met twee gaten erin, midden op zijn gezicht. Will vermoedde dat het O'Malley moeite kostte voldoende zuurstof door die neus naar binnen te krijgen.

Zijn twee metgezellen waren aanzienlijk minder interessant. Dikke nekken, dikke buiken, sterk als een os, groter dan hun baas. Dat O'Malley hun baas was, leed geen enkele twijfel.

'Kapitein O'Malley?' herhaalde Will vragend. Hij glimlachte ontspannen, maar kreeg een frons terug.

'Ik dacht het niet!' snauwde de man kortaf en hij wendde zich weer tot zijn kameraden.

'Maar ik wel!' zei Will, nog steeds met een glimlach.

O'Malley leunde achterover in zijn stoel, keek een paar tellen onbestemd in de verte en richtte zijn te dicht bij elkaar staande ogen daarna kil op de jongeman naast hem. Er glommen gevaarlijke lichtjes in.

'Snotjong,' zei hij langzaam en duidelijk, zijn stem een en al minachting, 'ben je soms doof? Opzouten!'

Rondom hen zwegen de gasten, die inmiddels stuk voor stuk met verdraaide nekken naar het veelbelovende schouwspel zaten te kijken. De jonge vreemdeling was gewapend met een enorme boog, zagen ze nu. Maar daar zou hij in deze volle gelagkamer niet veel aan hebben.

'Ik ben op zoek naar bepaalde inlichtingen,' zei Will, 'en ik ben ook bereid daarvoor te betalen.'

Hij legde zijn hand op de beurs aan zijn riem, en er klonk een zacht gerinkel. O'Malleys ogen knepen zich tot spleetjes. Dit kon nog interessant worden.

'Inlichtingen, hè? Nou, misschien moet je dan toch nog maar even blijven. Carew!' beet hij een man aan het tafeltje naast hem toe. 'Sta eens op en geef dat joch je stoel!'

Het was veelbetekenend dat de man die Carew genoemd werd niet tegensputterde. Hij stond snel op en schoof zijn stoel naar Will. Als hij al geërgerd was, dan alleen door de brutale jonge Grijze Jager die zijn stoel opeiste. Hij zorgde er wel voor dat O'Malley niets merkte.

Will bedankte hem met een knikje, kreeg een onvriendelijke blik terug en schoof de stoel aan bij O'Malleys tafel.

'Inlichtingen dus. En wat had mijnheer dan willen weten?'

'Jullie hebben een paar dagen geleden een man meegenomen op jullie boot, een man die Tennyson heet,' antwoordde Will. 'Die man, en een stuk of twintig van zijn volgelingen.'

'Hebben wij dat?' O'Malleys borstelige wenkbrauwen probeerden zowat over elkaar heen te schuiven, terwijl hij zijn metgezellen fronsend aankeek. 'Als je dat weet, weet je al een heleboel. Ik vraag me af van wie je dat gehoord hebt.'

'Van niemand van hier,' zei Will snel. En voor O'Malley hem

nog meer vragen kon stellen ging hij verder: 'Ik wil weten waar je hem naar toe gebracht hebt.'

Nu gingen de wenkbrauwen van de smokkelaar verbaasd de lucht in.

'O, dat wil je weten? En als ik je dat nou eens niet wil vertellen – even ervan uitgaand dat ik die persoon die jij noemt ergens heen gebracht zou hebben, wat natuurlijk niet het geval is?'

Will kon er niets aan doen, hij zuchtte even vermoeid. Hij wist dat het niet slim van hem was en trok zijn gezicht meteen weer in de plooi, maar hij besefte dat O'Malley het gezien had.

'Nou, ik zei al dat ik best bereid was om wat te betalen voor die inlichtingen,' zei hij, terwijl hij probeerde zijn stem neutraal te houden.

'Zoals bijvoorbeeld nog zo'n goudstuk, als ik je net stiekem aan Ryan zag geven, toen je langs de toog kwam?' En hij wierp een boze blik op de waard, die met belangstelling had staan luisteren naar hun gesprek, maar nu geschrokken een stap achteruit deed.

Verrast beet Will op zijn onderlip. Hij had toch durven zweren dat O'Malley niet eens op hem gelet had, toen hij de halve munt ongemerkt op de toog probeerde te leggen.

'Jou ontgaat niet veel, begrijp ik.' Hij kon een lichte bewondering niet verbergen. Bovendien, een beetje vleien kon nooit kwaad. Maar O'Malley was niet zo gemakkelijk te lijmen.

'Mij ontgaat niets, jochie,' zei hij, en hij keek Will weer boos aan. Met mooie praatjes kom je er bij mij niet, zeiden zijn ogen.

Will schoof onrustig heen en weer op zijn stoel. Hij was bang dat hij de overhand aan het verliezen was. Of liever, hij had die overhand nooit gehad. Het was O'Malley die het gesprek bepaald had, meteen vanaf het begin al. Will had alleen maar kunnen reageren, tot nu toe. Hij probeerde het nog een keer.

'Ja, ik zou eventueel bereid zijn nog zo'n munt neer te leggen, in ruil voor inlichtingen.'

'Maar ik ben al betaald,' zei O'Malley kortaf. Dat betekende in elk geval dat hij niet meer net deed alsof hij Tennyson en zijn mannen niet had weggebracht.

'Nou, dan krijg je nu misschien wel twee keer betaald. Geen slechte zaak, lijkt me,' zei Will.

'Geen slechte zaak, zei je? Laat mij je dan eens iets vertellen over zaken doen, ventje. Ten eerste zit ik nu net te bedenken dat ik je gewoon de keel af zou kunnen snijden, net als daarna dat beursje van je, dat daar aan dat riempje bungelt. Die Tennyson over wie je het had, die interesseert me geen donder. Had ik de kans gekregen, dan had ik hem ook gekeeld en overboord gezet, niemand had me wat kunnen maken. Maar die goochemerds met die paarse mantels, die hielden me te goed in de gaten de hele tijd. En dat vertel ik je alleen maar zodat je weet dat je geen moment moet denken dat ik te vertrouwen ben. Voor geen cent.'

'Dus...' begon Will, maar de smokkelaar snoerde hem met een kort gebaar de mond.

'Ik kom dus nu op dat zakendoen, ventje. Ik heb geld aangenomen van die man, om hem Clonmel uit te helpen. Dat is het soort werk waar ik goed in ben. Als ik nu geld aanneem van een derde partij, en iedereen hier in de zaak is daar getuige van, hoe lang denk je dan nog dat ik mijn zaak kan blijven runnen? Mensen komen niet voor de lol naar mij toe. Ik weet hoe en wanneer ik mijn kop dicht moet houden.'

Hij wachtte even. Will voelde zich helemaal niet op zijn gemak. Hij had eigenlijk niets in te brengen tegen wat de man gezegd had.

'Dat betekent niet dat ik iets geef om eerlijkheid of zo,' ging O'Malley verder. 'Of betrouwbaarheid. Of loyaliteit. Ik geloof maar in één ding en dat is geld verdienen. En om iets te verdienen wil ik best af en toe mijn kop houden.' Zonder waarschuwing keek hij ineens de mensen om hen heen streng aan. De vele ogen die met intense belangstelling dit toneelstukje hadden zitten volgen, keken snel de andere kant op.

'En dat geldt, neem ik aan, ook voor alle andere aanwezigen hier!' riep hij dreigend de gelagkamer in.

Will maakte een hulpeloos gebaar. Hij zat klem. Ineens wou hij dat Halt erbij was. Die had wel raad geweten, dacht hij. En daardoor voelde hij zich nog machtelozer.

'Nou, dan ga ik maar weer eens,' zei hij aarzelend. Hij kwam omhoog van zijn stoel.

'Wacht eens even!' O'Malley sloeg keihard tussen hen in op tafel. 'Je hebt me nog niet betaald!'

Will kon het niet helpen, maar hij lachte ongelovig. 'Betaald? Je hebt mij niet geantwoord op mijn vraag.'

'Jazeker wel. Het was alleen misschien niet het antwoord dat je hoopte te krijgen. Maar geantwoord heb ik, en betalen zul je.'

Will keek wanhopig de gelagkamer rond. Alle ogen waren nu weer op hen gericht, en de meeste mannen zaten breed te grijnzen. Misschien was O'Malley niet geliefd hier, misschien hadden ze wel een hekel aan hem, maar Will was de vreemdeling, en ze vonden het maar wat leuk om te zien hoe hij in het nauw gedreven werd. Ineens besefte hij dat de smokkelaar deze hele confrontatie geregisseerd had, om zijn eigen reputatie op te krikken. Het ging hem niet eens zozeer om het geld, hij zag alleen een kans om iedereen in het café er nog eens van te doordringen wie er hier de baas was. En die kans had hij meteen gegrepen, instinctief.

Proberend zijn woede en frustratie te verbergen, greep Will in zijn beurs en pakte er een ander goudstuk uit. Zo wordt dit wel een dure onderneming, dacht hij, en een die tot dusver nog niet veel opgebracht heeft. Hij schoof de munt nors over de tafel. O'Malley pakte hem op, testte het goud met zijn tanden en grijnsde gemeen.

'Prettig zaken met je te doen, ventje! En nou opgerot!'

Will wist dat zijn wangen vuurrood waren van opgekropte woede en verontwaardiging. Hij stond met een ruk op van de tafel, de stoel achter zich omgooiend. Ergens in de zaak begon iemand te grinniken. Will draaide zich om en liep door de menigte weg uit de gelagkamer.

Toen de deur met een klap achter hem dichtgevallen was, boog O'Malley zich naar zijn twee metgezellen en zei op gedempte toon: 'Dennis, Niall – ga eens braaf dat beursje voor me halen.' De twee dikke mannen stonden gedwee op en gingen achter Will aan. De gasten begrepen wat ze van plan waren, en maakten een breed pad voor hen vrij. Een paar keken verongelijkt – ze hadden net zelf het plan opgevat dat watje te grazen te nemen.

Dennis en Niall liepen de heldere, koude nacht in en keken naar links en naar rechts door de smalle steeg of ze Will nog ergens zagen. Ze bleven even staan. Her en der waren tussen de huizen en opslagplaatsen smalle steegjes, waarin hun prooi kon zijn weggedoken.

'Laten we die kant...'

Verder kwam Niall niet. De lucht tussen de twee mannen werd bijna geluidloos doorkliefd door iets wat Niall vlak voor zijn neus langs voelde vliegen, en dat zich met een doffe klap in het oude hout van de deur boorde. De twee mannen schrokken terug en keken vol ongeloof naar de donkergrijze pijl die trillend tussen hen in uit de deur stak.

Van een eindje verderop in de steeg klonk een stem: 'Nog één stap en de volgende pijl boort zich door jullie hart, begrepen?' Even bleef het stil, en toen ging de stem verder: 'Geloof me, ik ben kwaad genoeg om mijn woord te houden.'

'Waar zit hij?' fluisterde Dennis vanuit zijn mondhoek.

'Ergens daar tussen de huizen,' antwoordde Niall.

De dreiging die van die ene pijl uitging was onmiskenbaar.

Maar allebei waren ze zich ervan bewust dat er binnen in het café een ander, nauwelijks kleiner gevaar dreigde, als ze straks met lege handen terug zouden komen.

Zonder waarschuwing vooraf klonk er voor de tweede keer een sis en vervolgens een plonk tussen hen in. Maar dit keer schoot de hand van Niall doodsbenauwd naar zijn rechteroor, dat door de pijl geraakt was. Hij voelde hoe het bloed heet over zijn wang stroomde. Het leek de mannen ineens beter om dan toch maar O'Malleys toorn te trotseren. 'Laten we maken dat we wegkomen hier!' zei Dennis en ze persten zich zo snel ze konden door de deur weer naar binnen en trokken die snel achter zich dicht.

Uit een van de steegjes verderop kwam een donkere gestalte tevoorschijn. Will nam aan dat het wel een paar minuten zou duren, voor zich weer iemand naar buiten zou wagen. Hij rende geluidloos terug naar de herberg, trok zijn pijlen uit het vermolmde hout en leidde Trek achter zich aan de binnenplaats af. Hij sprong in het zadel en galoppeerde weg. De hoefijzers van het kleine paard klonken helder op de kinderkopjes en hun geluid weerkaatste van de muren langs de steeg.

Al met al een bijzonder onbevredigend verlopen ontmoeting.

HOOFDSTUK 4

H alt en Arnaut hielden hun paarden in, toen ze beneden zich, minder dan een kilometer van hen vandaan, Port Cael zagen liggen. Wit geschilderde huizen schoolden samen boven op een golvende heuvelrug, die afliep in de richting van de haven. Daar stak een door mensen gemaakte dam een eind de zee in, om vervolgens een rechte hoek te maken en zo de haven van het stadje als een golfbreker tegen het geweld van de oceaan te beschermen. Vanaf de hoogte waarop zij, op hun paarden, naar beneden keken, zagen ze in de verte de schepen liggen als een bos masten, waardoor je de individuele boten niet meer kon onderscheiden.

De huizen op de heuvel waren niet gewoon wit, nee, ze waren blinkend wit. Ze zagen er allemaal even fris geverfd en goed onderhouden uit. Zelfs in dit vage zonlicht, dat maar nauwelijks door de wolken scheen te dringen, leken ze wel te stralen, zo wit waren ze.

Onder aan de heuvel, dichter bij de haven, zagen de gebouwen er minder opzichtig uit en was grauwgrijs de overwegende kleur. En zo hoorde het ook in een drukke havenstad, dacht Halt. De nette burgers woonden in smetteloze huizen op de heuvel – beneden aan het water vond je het schorriemorrie. Al durfde hij er heel wat om te verwedden dat daarboven, achter die witgepleisterde muren, ook heel wat geboefte en gewetenloze zakenmensen woonden. Die daarboven waren niet beter dan die van beneden – ze hadden alleen meer succes in het leven gehad.

'Zien wij daar niet een bekend gezicht?' vroeg Arnaut zich hardop af. Hij wees naar een eenzame gestalte, een paar honderd meter van hen vandaan, die met de armen om zijn knieen geslagen en gehuld in een grijsgroene mantel op een steen naast de weg zat. Vlak bij de gestalte stond een kleine pony onverstoorbaar de berm kaal te grazen.

'Ik geloof inderdaad dat je gelijk hebt. En hij heeft zo te zien ook Will meegebracht!'

Arnaut wierp een snelle blik op zijn oudere metgezel. Zijn humeur klaarde door dat grapje weer een beetje op. Niet dat het op zich zo geslaagd was, maar het was wel het eerste grapje dat Halt gemaakt had sinds ze weggereden waren van het graf van zijn broer, in Dun Kilty. De Grijze Jager was al nooit een bijzonder spraakzame reisgezel, maar deze keer, de laatste paar dagen, was hij nog stiller dan normaal. En dat was niet zo vreemd ook, dacht Arnaut. Hij had immers net zijn tweelingbroer verloren.

Maar het leek erop dat de oude Jager nu zijn somberheid van zich af gooide. Misschien wel omdat ze snel eindelijk weer eens actie zouden zien.

'Nou, hij kijkt anders alsof hij net zijn laatste oortje versnoept heeft!' zei Arnaut toen ze dichterbij gekomen waren. 'Ik bedoel Will, natuurlijk,' voegde hij er lichtelijk overbodig aan toe.

Halt draaide zich om in het zadel en trok één wenkbrauw kritisch omhoog, terwijl hij de jongen recht in de ogen keek. 'Misschien ben ik in jouw ogen wel een halfseniele oude baas, Arnaut, maar dat betekent nog niet dat je me hoeft uit te leggen wat ik met eigen ogen ook kan zien. Ik dacht heus niet dat je Trek bedoelde!'

'Sorry, Halt.' Maar Arnaut moest toch grijnzen. Eerst zelf een grapje maken en dan flauw doen als hij erop doorging. Het was in ieder geval een verbetering, vergeleken met het trieste stilzwijgen dat Halt sinds het overlijden van zijn broer bewaard had.

'Laten we maar eens gaan vragen wat hem mankeert,' zei Halt. Arnaut zag hem geen teken geven aan Abelard, niet met zijn handen of benen in elk geval, maar het beestje begon meteen in draf naar Will te lopen. Arnaut gaf zijn Schopper de sporen en samen haalden ze Halts kleinere paard snel in.

Toen ze bij hem in de buurt kwamen, stond Will op en sloeg het stof van zijn mantel. Trek hinnikte naar Abelard en Schopper, en de twee paarden groetten op dezelfde manier terug.

'Ha, Halt en Arnaut,' verwelkomde Will hen terwijl zij naast hem inhielden, 'ik hoopte al dat jullie vandaag zouden opduiken.'

'Wij kregen de boodschap die je voor ons had achtergelaten in Fingle's Baai,' zei Halt, 'dus we zijn vanochtend vroeg meteen op weg gegaan.'

Fingle's Baai, dat was waar Tennyson in eerste instantie heen was gevlucht. Een welvarende haven- en vissersplaats, een paar kilometer ten zuiden van Port Cael. De meeste reders en kapiteins in Fingle's Baai waren nette zakenlui – heel anders dan die in Port Cael, zoals eerst Tennyson en daarna Will aan den lijve hadden ontdekt.

'En, hoe ging het?' vroeg Arnaut. Terwijl Halt en hijzelf in Dun Kilty nog wat laatste zaakjes hadden afgehandeld, was Will meteen achter Tennyson aan gegaan om uit te zoeken waarheen hij zou vluchten.

De jonge Grijze Jager haalde vermoeid zijn schouders op. 'Best, en niet zo best,' antwoordde hij. 'Tennyson is het land uit, zoals jij al vermoedde, Halt!'

Will wipte van zijn ene been naar zijn andere. Hij was nerveus, zag Halt en hij moest glimlachen. Hij wist hoe vervelend zijn vroegere leerling het vond, als hij een opdracht van Halt niet voor honderd procent met succes had kunnen uitvoeren.

'Dat is het slechte nieuws dus, ben ik bang. Ik weet niet waarheen hij gevlucht is. Ik weet wel wie hem geholpen heeft – een smokkelaar die ze Zwarte O'Malley noemen. Maar die weigert me verder iets te vertellen. Ik schaam me, Halt!'

Zijn oude mentor haalde zijn schouders op. 'Ach, je hebt vast je best gedaan. Het is niet zo gek dat zeelieden in een plaatsje als dat daar niet erg openhartig zijn. Misschien moest ik zelf maar eens een hartig woordje met hem gaan spreken. Waar kunnen we hem vinden, die man met de mooie bijnaam?'

'Bij de haven is een café, daar schijnt hij de meeste avonden audiëntie te houden.'

'Dan zal ik vanavond met hem gaan praten,' zei Halt.

Will haalde zijn schouders op. 'Doe dat – maar het is een taaie, hoor. Ik waarschuw je. Ik vraag me af of jij iets uit hem krijgt. Hij is niet geïnteresseerd in geld, dat heb ik al geprobeerd.'

'Nou, misschien dat hij mij uit de goedheid van zijn hart een plezier wil doen! Ik weet zeker dat hij met mij wel zal praten,' zei Halt zorgeloos. Opnieuw viel het Arnaut op dat Halt vrolijker was. Ik had gelijk, dacht hij, het vooruitzicht van actie en avontuur had Halts humeur aanzienlijk verbeterd. Hij had nog een rekening te vereffenen, en Arnaut vermoedde dat die Zwarte O'Malley maar beter op zijn tellen kon passen.

Will daarentegen keek nog steeds sceptisch. 'Weet je het zeker?'

Halt grijnsde naar hem. 'Iedereen praat toch graag met me?' zei hij. 'Zo'n sprankelende persoonlijkheid en interessante gesprekspartner kom je niet elke dag tegen. Vraag het maar aan Arnaut. Arnaut, was ik geen aangenaam gezelschap, onderweg hierheen? Heb ik je niet de oren van je hoofd gekletst?'

Arnaut knikte bevestigend. 'Hij heeft geen seconde zijn mond gehouden. Ik ben blij dat iemand het luisteren van me over kan nemen.'

Will keek zijn twee vrienden verongelijkt aan. Hij had er al zo'n hekel aan, Halt te moeten vertellen dat iets hem niet gelukt was. En nou deden die twee ook nog net of het allemaal maar een grote grap was. En hij was helemáál niet in de stemming. Hij probeerde iets hatelijks te verzinnen om terug te zeggen, maar zelfs dat lukte niet. Dus klom hij maar in het zadel en dreef Trek de weg op.

'Ik heb kamers gereserveerd in een herberg in de bovenstad. Tamelijk schoon ook – en niet te duur,' zei hij. Dat wekte Arnauts interesse.

'En het eten? Hoe is dat?'

Ze stonden een paar meter van het eind van de steeg, verdekt opgesteld in het donker tegen de huizen aan. Vandaar hadden ze goed zicht op de ingang van De Reiger; ze konden mensen zien binnengaan en buitenkomen zonder dat ze zelf opgemerkt werden. Tot dusverre hadden O'Malley en zijn twee vrienden zich nog niet laten zien.

Will drentelde rusteloos heen en weer. Het was al bijna middernacht.

'Ze zijn wel erg laat – als ze nog komen vanavond,' zei hij met gedempte stem. 'Gisteren waren ze veel vroeger.'

'Misschien waren ze gisteren voor hun doen juist vroeg,' probeerde Arnaut. Halt zei niets.

'Waarom zouden we eigenlijk niet gewoon binnen op die kerels wachten?' Arnaut weer.

Het was fris en hij voelde de vochtige kilte langzaam door de zolen van zijn laarzen naar zijn enkels en kuiten stijgen. Hij kreeg er onderhand kramp van. Koude, natte kinderkopjes, bah, dacht hij. De vervelendste ondergrond die hij kende om lang op stil te moeten staan. Hij wilde eigenlijk een paar keer flink met zijn voeten stampen, om het bloed weer een beetje te laten stromen, maar hij wist dat Halt een dergelijke actie scherp zou afkeuren.

'Ik probeer ze liever te verrassen,' zei Halt. 'Als ze naar binnen lopen en ons daar zien zitten, is dat voordeel verloren. Als we buiten wachten tot ze zijn gaan zitten, en dan ineens naar binnen stormen, dan overvallen we ze, voordat ze de kans krijgen om na te denken en iets te doen. En je loopt natuurlijk altijd ook het risico dat iemand, terwijl wij binnen zitten te wachten, besluit naar buiten te glippen om hen te waarschuwen.'

Arnaut knikte. Halt had natuurlijk gelijk. Zelf was hij niet zo van de subtiliteiten, maar in anderen kon hij het wel waarderen.

'En, Arnaut...' begon Halt.

'Ja, Halt?'

'Als ik je straks een teken geef, zou ik het wel zo prettig vinden als jij je bekommert om die twee bullebakken van hem.'

Arnaut grijnsde breed. Dat klonk niet alsof Halt zijden handschoentjes verwachtte.

'Prima wat mij betreft, Halt!' Maar ineens bedacht hij iets. 'Wat voor teken, Halt?'

Halt keek hem aan met zijn bekende kritische blik. 'Nou, ik denk dat ik zoiets zal zeggen als: "Arnaut, nú!" Of iets dergelijks.'

De grote krijger hield zijn hoofd peinzend scheef.

'Nu... wat?'

'Niets. Gewoon: "Arnaut, nú!"'

Arnaut dacht daar even over na. Daarna knikte hij. Hij had de logica begrepen.

'Slim van je, Halt. Gewoon simpel houden. Heer Roderick zegt dat ook altijd. Gewoon simpel houden.'

'En ik? Moet ik iets moeilijks doen dan?' vroeg Will.

'Kijken en leren!' antwoordde Halt.

Will lachte als een boer met kiespijn. Hij was de teleurstelling al weer bijna vergeten, dat hij O'Malley niet aan de praat gekregen had. Hij was maar wat benieuwd hoe Halt dat varkentje ging wassen. En wassen zou hij het, daar twijfelde hij geen moment aan.

'Ja, kijken en leren... Dat is mijn leven, niet?'

Halt keek hem even scherp aan. Hij zag dat Will al minder teleurgesteld was dan daarnet.

'Alleen een dwaas denkt dat hij is uitgeleerd,' zei hij. 'En jij bent van alles, maar geen dwaas, Will Verdrag!'

Voor Will iets terug kon zeggen gebaarde hij in de richting van de haven. 'Ik geloof trouwens dat onze vrienden daar aankomen!'

O'Malley en zijn twee manusjes–van–alles kwamen vanaf de kade de steeg ingelopen. De drie mannen uit Araluen zagen hoe zij het café binnengingen, waarbij de twee dikzakken O'Malley beleefd voor lieten gaan. Tegelijk met de streep licht die naar buiten scheen, golfde door de steeg even het lawaai van de lachende en schreeuwende mannen binnen. Daarna werden zowel licht als geluid gedoofd, terwijl de deur achter de drie smokkelaars in het slot viel.

Arnaut begon al te lopen, maar Halt hield hem met een hand op zijn onderarm tegen.

'Wacht nog een minuut of wat,' zei hij. 'Dan hebben ze hun bier gekregen en iedereen weggestuurd die per ongeluk aan hun tafeltje zat. Waar staat dat tafeltje precies, vanaf de deur gezien?'

De jonge Grijze Jager fronste terwijl hij zich de gelagkamer voor de geest haalde. Niet dat Halt het antwoord op zijn eigen vraag niet allang wist. Hij had er Will de hele middag over doorgezaagd. Maar hij wilde de jongeman een beetje afleiden.

'Binnen... Twee stappen en dan naar rechts. Ongeveer vier meter van de deur, naast het vuur. Pas op voor je hoofd als we naar binnen gaan, Arnaut!' voegde hij eraan toe.

Hij voelde meer dan hij zag hoe Arnaut naast hem knikte dat hij alles begrepen had. Halt stond met de ogen dicht af te tellen.

Hij stelde zich voor hoe het er daarbinnen uit zou zien. Will was onrustig, wilde in actie komen. Halts kalme stem klonk naast hem. 'Rustig maar. We hebben geen enkele haast.'

Will haalde een paar keer diep adem en probeerde zo zijn bonkend hart te kalmeren.

'Je weet wat ik wil dat je doet?' vroeg Halt hem weer. Hij had die namiddag natuurlijk al tien keer alles met de twee jonge, mannen doorgenomen. Maar je kon nooit zeker genoeg zijn.

Will slikte een paar keer. 'Ik blijf bij de deur staan en hou een oogje in het zeil.'

'En denk eraan, niet met je rug tegen de deur, zodat je omver gekegeld wordt als er ineens nog iemand naar binnen wil.'

Dat hoefde hij niet meer tegen Will te herhalen. Halt had die middag in geuren en kleuren alle mogelijkheden besproken, en ook voorgedaan wat er zou kunnen gebeuren als Will te dicht bij de deur zou blijven staan en iemand met grote dorst ineens de deur van het café wijd open smeet.

'Ja ja, begrepen,' zei Will. Zijn mond voelde een beetje droog aan nu.

'Arnaut, jij ook geen vragen meer?'

'Ik blijf bij jou. Blijf staan als jij gaat zitten. Let op die twee bullebakken en als jij zegt "Arnaut, nú!", dan reken ik met ze af.'

'Precies!' antwoordde Halt. 'Ik had het zelf niet beter kunnen verwoorden.' Hij wachtte nog een paar seconden en stapte toen uit de schaduwen de straat op.

Ze liepen snel naar de overkant en Halt duwde de deur open. Will voelde weer die golf van lawaai en vochtige hitte, terwijl hij achter Halt aan naar binnenliep en zich naast de deur opstelde. Hij hoorde een gedempte verwensing achter zich, toen Arnaut toch vergat om zijn hoofd te buigen.

O'Malley zat met zijn rug naar de haard en keek op toen de nieuwe gasten binnenkwamen. Hij herkende Will meteen en daardoor was hij even afgeleid. Daarom was hij te laat voor Halt, die met grote passen door de gelagkamer liep, een stoel greep en tegenover hem aan tafel kwam zitten.

'Zo, vriend, een goedenavond,' zei de grijsgebaarde nieuwkomer. 'Mijn naam is Halt en wij moeten nodig eens even praten.'

HOOFDSTUK 5

Niall en Dennis sprongen al overeind, maar O'Malley stak zijn hand op om hen van overhaaste reacties te weerhouden.

"'t Is goed, jongens. Rustig maar!'

De twee dikzakken gingen niet weer zitten, maar kwamen achter hun baas staan, een solide muur van spieren, vlees en vet tussen hem en het haardvuur.

O'Malley herstelde zich van de eerste verrassing en bestudeerde de man tegenover hem grondig. Hij was klein. En er zat meer grijs dan zwart in zijn haar. Alles bij elkaar niet iemand die normaliter veel indruk zou maken op de smokkelaar. Maar O'Malley had jarenlange ervaring in het inschatten van mogelijke vijanden en wist dat je verder moest kijken dan de buitenkant. Deze man had harde ogen. En hij straalde zelfverzekerdheid uit. Hij was zojuist de leeuwenkooi binnen komen lopen, had de opperleeuw uitgezocht en die aan zijn staart getrokken. En nu zat hij daar rustig tegenover hem, zo koel als een kikker. Hij maakte zich geen zorgen. Hij was niet zenuwachtig. Het was dus of een gek, of een bijzonder gevaarlijk iemand. En hij zag er niet uit als een gek.

O'Malley keek snel even naar de metgezel van de man. Groot, breedgeschouderd, afgetraind lichaam. Maar jong, dacht hij, vooral in zijn gezicht. Bijna een jongen nog. En zonder dat air van kalme vastberadenheid van de oudere man. Zijn ogen vlogen voortdurend heen en weer tussen O'Malley en diens twee beulsknechten. Wikkend. Wegend. Hij besloot aan die jongen verder geen bijzondere aandacht te schenken. Niets van te vrezen.

En dat was een vergissing die inmiddels al velen vóór hem gemaakt hadden – tot hun eigen schade en schande.

Hij keek ook even in de richting van de buitendeur en zag daar de jongen staan die hem de avond daarvoor had lastiggevallen. Hij stond een eindje van de deur vandaan, zijn grote boog klaar voor een schot, de pijl losjes op de pees. Voorlopig wees die pijl nog naar beneden, op niemand gericht. Maar dat kon natuurlijk in een fractie van een seconde veranderen, wist O'Malley. Dennis en Niall hadden hem al verteld hoe goed die jongen met zijn wapen overweg leek te kunnen. Niall droeg niet voor niets een dik verband om zijn oor, dat het joch bijna van zijn hoofd had geschoten.

Deze – even was hij kwijt hoe de man zich ook al weer aangekondigd had – deze Halt droeg trouwens net zo'n boog over zijn schouder. En nu pas zag O'Malley dat ze ook allebei eenzelfde soort mantel droegen, met rare vlekken en een grote kap. Zelfde wapen, zelfde mantel. Ze hadden iets officieels, zo met zijn tweeën. En O'Malley hield niet van officiële functionarissen. Hij had niets met officiële instanties te maken, hij niet!

'Jullie komen van de koning zeker?' zei hij tegen Halt.

Halt haalde zijn schouders op. 'Niet van die van jou, dat is zeker,' antwoordde hij. Hij zag hoe de mond van de smokkelaar zich tot een minachtende grijns vertrok, en even maakte hij zich weer flink kwaad op wijlen zijn broer, die het gezag van de koning zo had uitgehold. Maar niets van die gevoelens werd zichtbaar in zijn ogen of op zijn gezicht. 'Ik kom uit Araluen!' zei hij alleen maar.

O'Malleys wenkbrauwen gingen omhoog. 'En ik neem aan dat ik daarvan onder de indruk moet raken?' vroeg hij sarcastisch.

Halt bleef een paar tellen zwijgend zitten. Hij keek de man

tegenover hem recht in de ogen, hem de maat nemend, hem be-
oordelend.

'Dat moet jij weten,' zei hij toen. 'Het zal mij worst wezen. Ik
zeg het je alleen maar opdat je weet dat jouw smokkelpraktijken
me op dit moment niet interesseren.'

Die zat. O'Malley hield er niet van als in alle openheid zijn
beroep en dagelijkse bezigheden besproken werden. Zijn gezicht
vertrok van woede.

'Ik zou maar oppassen als ik jou was, ventje! Wij houden er
hier niet van als vreemdelingen binnenlopen en ons van van
alles beschuldigen!'

Halt was niet onder de indruk. 'Ik zei niets over "van alles".
Ik zei alleen dat het me niets kan schelen dat je een smokkelaar
bent. Ik wil alleen inlichtingen, dat is alles. Vertel me wat ik wil
weten en ik zal je niet verder lastigvallen.'

O'Malley had zich ver voorovergebogen om Halt bestraffend
toe te spreken. Nu zakte hij weer achterover, nog kwader dan
eerst.

'Ik heb dat joch daar niets verteld,' zei hij, met zijn duim
naar de zwijgende jongeman naast de deur wijzend, 'dus waarom denk je dat ik zijn opa wel iets zou vertellen?'

Nu was het Halts beurt om een wenkbrauw op te trekken.
'Dat is enigszins overdreven, als ik zo vrij mag zijn. "Oom" lijkt
me toepasselijker.'

Maar de smokkelaar had besloten dat ze genoeg gebabbeld
hadden. 'Donder op!' zei hij kortaf. 'Ik heb het helemaal gehad
met jullie.'

Halt schudde zijn hoofd. Zijn donkere ogen boorden zich in
die van O'Malley. 'Jij misschien met ons,' zei hij kalm, 'maar ik
nog niet met jou.'

In die rustige woorden klonk zowel een dreigement als een
uitdaging. En hij deed nauwelijks moeite om zijn minachting te
verbergen. Het werd O'Malley allemaal te veel.

'Niall, Dennis, gooi die gek de deur uit,' zei hij. 'En als dat joch daar bij de deur zijn boog durft op te tillen, snij hem dan meteen de keel af.'

De twee bullebakken liepen om de tafel heen om Halt in te sluiten – Niall rechtsom, Dennis linksom. Halt wachtte rustig tot ze bijna bij hem waren en zei toen: 'Arnaut, nú!'

Hij was benieuwd hoe de jonge krijger het klusje zou aanpakken. Hij zag dat Arnaut begon met een rechtse directe op de kin van Dennis. Een harde klap, maar niet hard genoeg om hem in een keer buiten westen te slaan. Arnaut wilde eerst wat tijd rekken en zich wat manoeuvreerruimte bezorgen. Dennis wankelde achteruit, en voor Niall in de gaten had wat er gebeurde draaide Arnaut zich om zijn as en gaf hem een linkse directe tegen zijn hoofd. Nialls ogen draaiden scheel weg en hij zakte door zijn knieën. Hij viel als een zak aardappelen op de tegelvloer, knock-out.

Dennis stond nog overeind. Hij probeerde Arnaut met een reusachtige uithaal te raken, maar die dook er gemakkelijk onderdoor, en hamerde twee keer kort achter elkaar zijn vuist in de ribbenkast van de dikke man, om meteen daarop van onderen verwoestend uit te halen tegen de onderkin van de smokkelaar.

In die klap was alle kracht van Arnauts benen, bovenlijf, schouder én arm samengebald. Toen hij op de kaak van Dennis landde, kregen diens hersenen een heldere boodschap door: het licht ging uit, als een kaarsje in de stormwind. De man werd door die enorme klap zelfs even een paar centimeter omhoog getild, los van de vloer. Daarna zakte hij in elkaar en viel met een doffe dreun in het zaagsel op de harde tegels.

En dat alles duurde nauwelijks meer dan vier seconden.

O'Malley was verbijsterd dat zijn twee lijfwachten met zo'n nonchalant gemak uitgeschakeld waren – en nog wel door een jochie dat hij niet als gevaarlijk had herkend. Hij wilde opstaan uit zijn stoel, maar een ijzeren vuist greep hem in de kraag en trok hem weer naar beneden, half over de tafel heen. Tegelijk voelde hij iets scherps, iets heel scherps, in zijn keel prikken.

'Ik zei dus dat ik nog niet helemaal klaar was met jou. Ga weer zitten.'

Halts stem klonk nu laag en dwingend. Nog dwingender was het vlijmscherpe Saksische mes, dat een beetje te hard tegen de keel van de smokkelaar gedrukt werd. O'Malley had niet eens gemerkt dat Halt het wapen uit de schede getrokken had. Hij besloot dat die grijsbaard wel enorm snel moest zijn – net als zijn jonge metgezel.

O'Malley keek nog eens in die ogen, en zag vlak daaronder, vervaarlijk dichtbij, het onscherpe beeld van dodelijk staal vlak bij zijn adamsappel.

'Laten we die opmerking over opa's voor nu maar even vergeten,' ging Halt verder. 'Ik beloof je zelfs dat ik niet boos zal worden over het feit dat jij net hebt geprobeerd me door je twee bullebakken buiten te laten zetten. Maar ik heb wel een vraag. En die vraag stel ik maar één keer. En als je me niet meteen antwoord geeft, dan keel ik je, hier en nu. Will!' riep hij ineens over zijn schouder. 'Als die grote kerel daar bij de kast nog één stap in mijn richting zet, schiet je hem maar neer!'

'Ik had hem al op de korrel, Halt,' antwoordde Will. Hij trok zijn boog omhoog, de pijl in de richting die Halt had gewezen. De grote zeeman, die dacht dat niemand hem in de gaten had, stak meteen zijn beide handen hoog de lucht in. Net als de meeste andere gasten had ook hij in geuren en kleuren moeten aanhoren wat er gebeurd was met de twee pijlen die Will de avond daarvoor tussen Niall en Dennis door geschoten had. Eventjes had hij bedacht dat het misschien wel de moeite waard was O'Malley te hulp te schieten. Maar als hij daarvoor een pijl door zijn bast zou krijgen lag de zaak anders, natuurlijk.

De jongen gebaarde met de pijl dat hij weer moest gaan zitten op de lange houten bank. Die scherpe pijlpunt alleen al was al erg genoeg – maar de zeeman schrok eigenlijk nog meer van het feit dat de man met de baard helemaal niet in zijn richting gekeken had.

'Nou, waar waren we?' vroeg Halt.

O'Malley opende al zijn mond om te antwoorden, maar deed die toch weer dicht. Hij was op onbekend terrein nu. Hij was gewend zelf de loop der dingen te bepalen – dat anderen zich naar hém richtten, zeg maar – en hij was niet gek. Hij wist dat de gasten van De Reiger hem niet mochten. Hij wist dat ze zelfs bang voor hem waren, en dat was maar goed ook. Maar nu hadden alle stamgasten met eigen ogen kunnen zien dat er mensen waren die hun nog meer angst aanjoegen dan hij – en door dat ongelukkige feit stond hij eigenlijk met lege handen. Als ze hem aardig gevonden hadden, dan was er misschien nog iemand bereid geweest om hem te hulp te schieten. Maar nu was hij, zonder Niall en Dennis, geheel op zichzelf aangewezen.

Halt bestudeerde de man tegenover hem zorgvuldig. Hij begreep heel goed wat zich achter de schichtige ogen van O'Malley afspeelde. Hij zag de twijfel opkomen, de onzekerheid, en wist dat hij gewonnen had. Uit alles wat Will hem verteld had over de avond daarvoor had ook hij de conclusie getrokken dat O'Malley in Port Cael niet erg geliefd was. En daar had Halt op ingespeeld, en hij wist dat hij goed gegokt had.

'Een paar dagen geleden heb jij een man met de naam Tennyson samen met een groep volgelingen ergens heen gebracht, waarschijnlijk het land uit. Herinner je je dat nog?'

O'Malley gaf geen enkel teken. Zijn ogen staarden strak naar die van Halt. En Halt zag dat de man zijn woede nauwelijks kon bedwingen – een woede die alleen maar versterkt werd door de onmogelijke positie waarin hij zich bevond.

'Ik hoop dat je dat inderdaad nog weet,' ging Halt onverstoorbaar verder, 'want daar hangt je verdere leven misschien wel van af. Denk aan wat ik je net heb gezegd. Ik ga mijn vraag één keer stellen en dan nooit weer. Als je wilt blijven leven, dan vertel je me meteen wat ik wil weten. Begrepen?'

Nog kwam er geen antwoord van de smokkelaar.

Halt haalde diep adem en stelde zijn vraag opnieuw: 'Waarheen heb je Tennyson gebracht?'

Er viel een bijna tastbare stilte in de gelagkamer. Iedereen zat op het puntje van zijn stoel en hield de adem in, in gespannen afwachting van wat O'Malley zou gaan antwoorden.

De smokkelaar moest een paar keer slikken, waardoor de punt van het dolkmes nog pijnlijker in het zachte vel op zijn keel prikte. Daarna zei hij, met droge keel en krakende stem: 'Je kunt me toch niet doodmaken.'

Halts linkerwenkbrauw schoot de lucht in. Een vreemd soort van grijns verspreidde zich over zijn gezicht.

'Is dat zo?' zei hij. 'En waarom dan wel niet, als ik vragen mag?'

'Omdat je, als je mij dood maakt, nooit te weten komt wat je wilt weten,' kreunde de smokkelaar.

Halt begon te proesten. 'Je maakt een grapje!' zei hij.

O'Malleys voorhoofd was een en al rimpel. Hij had zijn enige troef op tafel gelegd, en de vreemdeling lachte hem uit. Hij blufte, besloot O'Malley, en zijn bijna verdwenen zelfvertrouwen begon weer wat te groeien.

'Je hoeft tegen mij niet te bluffen,' zei hij. 'Jij wilt weten waar die Tennyson naar toe gegaan is. En dat wil je heel graag weten ook, anders had je niet al die moeite gedaan om vanavond terug te komen. Dus haal dat mes maar weg van onder mijn keel, dan zal ik er eens over nadenken of ik misschien bereid ben je iets te vertellen. Maar dat gaat je wel geld kosten.' Die laatste woorden kwamen er snel achteraan, alsof hij ze net pas bedacht had. Hij had alle troeven in handen, dacht hij, dus waarom niet het onderste uit de kan gehaald?

Halt zei twee seconden niets. Toen boog hij zich over de tafel. De punt van het dolkmes bleef waar die was.

'Ik had graag dat je wat voor me deed, O'Malley. Kijk me eens in mijn ogen, en vertel me dan of je daar iets ziet dat je de zekerheid geeft dat ik jou niet zal doden.'

O'Malley deed wat hem gevraagd werd. En hij moest toegeven, de rillingen liepen je over de rug als je in die ogen keek. Er was geen spoor van medelijden of zwakte in te bekennen. Deze man was in staat hem te doden, dat was duidelijk. Afgezien van het feit dan, dat hij hem levend nodig had... O'Malleys overwinning in deze stille strijd smaakte bij die gedachte nog zoeter. Die grijsbaard, die stumper... Natuurlijk was Halt in staat hem te doden. Hij zou niets liever doen, waarschijnlijk, maar toch kon hij het niet.

O'Malley kon het niet helpen. Een triomfantelijk lachje gleed over zijn lippen. 'O, ik ben ervan overtuigd dat je me zou kunnen doden,' zei hij bijna luchthartig, 'maar tegelijkertijd kun je dat dus niet, hè?'

Uit niets bleek dat Halt gefrustreerd was of boos, wat hij wel moest zijn, nu O'Malley hem alsnog had afgetroefd. Ik zou niet graag een potje met die kerel kaarten, dacht O'Malley.

Halt antwoordde zacht: 'Laten we de situatie dan nog eens goed van alle kanten bekijken. Jij zegt dat ik je niet kan doden, omdat ik er dan nooit achter kom waar jij Tennyson heen hebt gebracht. Maar tegen Will zei je gisteren al dat je niet bereid was om die informatie te delen...'

'O, nou, misschien kunnen we daar een deal over sluiten,' begon O'Malley, maar Halt onderbrak hem.

'Dus eigenlijk maakt het allemaal niets uit en wordt mijn positie niet zwakker als ik jou doodmaak, of wel? Anderzijds biedt jouw dood misschien wel enige genoegdoening voor alle last die je veroorzaakt hebt... Alles overwegend denk ik eigenlijk dat ik je toch maar zal vermoorden. Je bent een vervelende vent, O'Malley, dat ben je! Eigenlijk vind ik het wel prettig dat je besloten hebt je mond te houden. Dan hoef ik tenminste niet als beloning je rottige leven te sparen.'

'Zeg, luister eens...' Het herwonnen zelfvertrouwen ebde al weer weg. O'Malley besefte dat hij te ver was gegaan. De punt van het enorme dolkmes verschoof van zijn keel naar de punt van zijn neus.

'Nee, niets daarvan! Nou moet jij eens goed luisteren!' beet Halt hem toe. Hij sprak zonder stemverheffing, maar daarom niet minder hard. 'Kijk dit café rond, en vertel me dan: is er hier iemand die jou enige trouw of vriendschap schuldig is? Is er iemand die zijn mond zou opentrekken om te protesteren, als ik jou de keel afsnijd?'

In weerwil van zichzelf keek O'Malley schichtig langs de rijen gezichten die gespannen toekeken. Hij wist dat hij van hen niets hoefde te verwachten.

'En geef me dan ook eens antwoord op mijn volgende vraag: weet jij honderd procent zeker dat er hier in deze gelagkamer niemand is die weet waarheen jij Tennyson gevaren hebt? En die misschien wel bereid zou zijn die kennis met ons te delen?'

Op dat moment wist O'Malley dat hij verloren had. Natuurlijk waren er anderen die wisten waarheen hij die man in zijn witte jurk gebracht had. Het was eigenlijk helemaal niet geheim gehouden, destijds. En zodra hij, O'Malley, er zelf niet meer zou zijn om te zorgen dat ze hun mond hielden, zouden ze deze man hier, die beul, maar al te graag komen vertellen wat hij wilde weten.

'De Craiskill,' fluisterde hij.

Het mes maakte een rondje voor zijn neus. 'Hoe zeg je?' vroeg Halt.

O'Malleys schouders zakten naar beneden, net als zijn blik. 'De riviermonding van de Craiskill. Dat is in Picta, onder de Kaap van Linkeith. Daar brengen wij vaker vrachtjes heen.'

Halt fronste. Hij wist niet of hij hem moest geloven. 'Waarom zou Tennyson in 's hemelsnaam naar Picta willen?'

O'Malley haalde zijn schouders op. 'Dat wou hij helemaal niet. Het enige dat hij wilde was hier wegkomen. En ik ging toevallig naar de Craiskill, dus daar heb ik hem afgezet.'

Halt knikte bedachtzaam.

'Ik wil jullie er ook wel heen brengen,' stelde O'Malley hoopvol voor.

Halt begon vol minachting te lachen. 'O, daar twijfel ik niet aan! Beste vriend, ik vertrouw je ongeveer zo ver als Arnaut je kan schoppen. Ik zou trouwens best willen weten hoe ver dat is. En nou opgesodemieterd!'

Hij liet de kraag van de man eindelijk los en duwde hem naar achteren. O'Malley viel eerst terug in zijn stoel en probeerde toen haastig op te staan. Maar Halt hield hem tegen.

'Wacht even, niet zo snel. Eerst je beurs leeggooien hier op de tafel.'

'Mijn beurs?'

Halt zei niets maar zijn ogen schoten vuur. O'Malley zag dat hij nog steeds dat vervaarlijke mes in zijn rechterhand had. Snel maakte hij zijn beurs los van zijn riem en liet de inhoud op de tafel glijden. Halt verspreidde met zijn wijsvinger de munten tot hij een goudstuk tevoorschijn haalde. Dat pakte hij op en zei: 'Ik geloof dat die van jou was, Will!'

'Zo op het eerste gezicht is dat hem inderdaad, Halt!' zei Will opgewekt. Omdat hij zelf door de smokkelaar vernederd was genoot hij nu met volle teugen.

'Wil je er de volgende keer wat minder slordig mee omgaan?' vroeg Halt.

Toen wendde hij zich weer tot O'Malley en keek hem streng aan. 'En jij... maak dat je wegkomt!'

O'Malley mocht eindelijk gaan. Hij stond op, keek het vertrek rond, en zag alleen maar minachting in de vele ogen die hem aanstaarden. Hij deed snel wat hem gezegd was.

HOOFDSTUK 6

'Je vriend daar kijkt niet bijzonder blij...'
De kapitein gaf Will een por met zijn elleboog en wees met een brede grijns naar de gestalte die als een hoopje ellende in elkaar gedoken tegen het boeisel in de boeg van de Sperwer zat, de kap van zijn mantel ver over zijn hoofd getrokken.

Het was een gure, grijze dag. De wind kwam in harde vlagen uit het zuidoosten, terwijl de korte onregelmatige golfslag uit het noorden leek te komen. Telkens wanneer het schip over een golfkam naar beneden dook en de boeg hard in de grauwe watermuur van de volgende sloeg, vloog vuilwit schuim over het dek.

'Hij redt het wel,' zei Will. De kapitein scheen het wel grappig te vinden, een passagier die zo zeeziek was. Misschien, dacht Will, geeft hem dat een gevoel van macht.

'Het is ook vaste prik,' ging de schipper opgewekt verder. 'Vooral die stille, stoere types, op de vaste wal dan, die veranderen in groen uitgeslagen zielenpootjes zo gauw ze het dek wat heen en weer voelen gaan!'

Overigens rolde en steigerde de Sperwer heel wat meer dan 'wat'. Het schip dook naar beneden, viel dan bijna achterover en maakte vervolgens vervaarlijk slagzij. En dat in wisselende volgorde. De Sperwer was helemaal in de war, doordat de golven de ene kant en de wind de andere kant op wilden.

'Die stenen daar, zijn die niet gevaarlijk?' vroeg Arnaut, en hij wees naar een rij puntige rotsblokken, die telkens tevoorschijn kwam als de branding er bruisend overheen getrokken was. De rotsen lagen aan bakboord, een paar honderd meter van hun schip vandaan, maar de wind dreef hen er schuin op af.

De schipper tuurde naar de scherpe punten, die met de golf-slag opdoken en verdwenen.

'Dat zijn de Palissaden, een berucht rif hier!' Hij kneep zijn ogen half dicht en mat in zijn hoofd afstanden en vaarrichting, om zeker te zijn dat hun positie niet te veel veranderd was sinds de vorige keer dat hij gecheckt had – nog maar een paar minuten daarvoor.

'Het lijkt alsof we er nogal dichtbij komen,' zei Arnaut. 'En dat is geen prettig idee.'

'Wees maar niet bang, we varen er vlak langs, en dat lukt wel, hoor!' antwoordde de schipper. 'Landrotten als jullie raken altijd een beetje opgewonden, als ze de Palissaden van zo dicht-bij mogen bewonderen.'

'Ik ben helemaal niet opgewonden,' protesteerde Arnaut. Maar zijn gespannen stem verraadde hem. 'Ik wil alleen graag checken of jullie weten wat je doet!'

'Maar beste jongen, juist daarom hebben we net afgestopt. Het zeil zorgt voor de voorwaartse beweging, maar door de wind drijven we ook naar het rif toe. Omdat we aan één kant de riemen in het water houden, draaien we de boot een beetje meer aan de wind. En dan maar hopen dat we er lang genoeg vandaan blijven om straks de keerwind te vangen.'

'De keerwind? Wat is dat?' vroeg Will.

'Zie je hoe dat rif in een rechte lijn naar de punt van de kaap loopt, daarginds?' wees de kapitein. Will knikte. Je kon aan de branding precies zien waar het rif liep. En inderdaad wees het naar de punt van de hoge kaap ten noorden van hen – de Kaap van Linkeith.

'En voel je de wind? Die blaast zo over mijn schouders, en drijft ons langzaam in de richting van het rif hier.'

Weer knikte Will.

'Nou, de riemen zorgen er dus voor dat we niet te dicht bij het rif komen. En als we dan dadelijk dicht bij de kaap komen, dan blaast de wind tegen die steile wand, en dan kaatst-ie weer terug – dat is de keerwind. De wind draait daar dan om, en die vangen wij weer in ons zeil, zodat we bij de kaap en die rij rotspunten weggeblazen worden. Daarna varen we rustig een paar mijl verder de baai in, tot we bij de riviermonding komen. Dat laatste stuk zullen we moeten roeien, want die keerwind duurt maar even, een paar honderd meter, net genoeg om ons om die kaap heen te krijgen.'

'Interessant!' zei Will en hij bestudeerde aandachtig de ligging van de kust, de stroming en de richting van de wind. Hij begreep nu hoe ze net niet de punt van de kaap en het rif zouden raken, terwijl ze toch recht op de kaap af leken te varen. Die kapitein maakte dan misschien een zorgeloze indruk, hij leek wel zijn vak te verstaan.

'Misschien moest ik maar eens naar voren lopen en jullie vriend wijzen op het rif,' zei de kapitein grinnikend. 'Dat wordt lachen – ik wed dat hij het, in tegenstelling tot jullie, nog niet eens heeft opgemerkt.' Hij moest om zichzelf lachen. 'En dan kijk ik er natuurlijk heel bezorgd bij, zo van...' Hij trok een extreem zorgelijk gezicht en deed net alsof hij zenuwachtig op zijn nagel beet.

Will keek hem koeltjes aan. 'Dat zou je kunnen proberen,' zei hij. En voegde er meteen aan toe: 'Zeg, is die stuurman van je een goede zeeman?'

'Ja, natuurlijk is hij dat! Anders had ik hem niet in dienst genomen,' antwoordde de kapitein. 'Waarom vraag je dat?'

'Nou, omdat we hem misschien nodig zullen hebben om het schip te besturen, nadat Halt je overboord gegooid heeft!' zei Will ernstig. De kapitein begon te lachen, maar zag hoe Will keek en de grijns stierf op zijn lippen.

'Halt krijgt altijd een extreem slecht humeur als hij zeeziek is,' legde Arnaut uit. 'Vooral als mensen dan ook nog eens grappig willen zijn.'

'Zéker als mensen grappig willen zijn,' beaamde Will.

De kapitein leek ineens minder zelfverzekerd. 'Nou, ik maakte maar een grapje, hoor!'

Will schudde zijn hoofd. 'Ja, dat zei die Skandiër toen ook,' zei hij. 'Weet je nog, Arnaut, wat Halt met hem deed?'

Arnaut knikte ernstig. 'Dat was niet fraai.'

De kapitein keek van het ene naar het andere ernstige jongensgezicht. Skandiërs, daar had hij in de loop van zijn carrière wel mee van doen gehad. Net als de meeste zeelieden. En hij had nog nooit iemand gekend die de Noormannen de baas kon.

'Wat deed hij dan? Jullie vriend, bedoel ik?'

'Hij kotste in zijn helm!' zei Will.

'Lang, en veel!' voegde Arnaut eraan toe.

De mond van de kapitein zakte steeds verder open terwijl hij zich de scène voorstelde. Wat Will en Arnaut er niet bij zeiden was dat het Halt was, die destijds zelf die geleende helm op had gehad, en ook niet dat hij de beschermeling was van Erak, groot en sterk als geen ander, en spoedig daarna de oberjarl van alle Skandiërs. En dus nam de kapitein maar aan dat het volgende gebeurd was: dat die kleine grijsbaard, zoals hij daar in de boeg lag, de helm van het hoofd van een grapjesmakende Skandische reus had afgerukt, om er daarna in over te geven – een daad die normaal gesproken gelijk stond met zelfmoord.

'En de Skandiër? Wat deed die toen?'

Will haalde zijn schouders op. 'Die verontschuldigde zich. Wat kon hij anders?'

De kapitein keek weer van Will naar Arnaut en omgekeerd. Beide jongemannen leken heel serieus, er was niets dat aangaf dat ze de kapitein stonden te dollen. De schipper moest een paar keer slikken en besloot toen dat, of hij nou voor de gek gehouden werd of niet, het misschien toch verstandiger was om

Halt en zijn zeeziekte met rust te laten.

'Zeil in zicht!'

Die kreet klonk ineens uit het kraaiennest boven hen. Instinctief keken ze alle drie naar boven. De matroos wees met gestrekte arm achter hen, naar het zuidoosten. Ze draaiden zich alle drie om en volgden zijn wijzende vinger. Er lag daar een lage bank van mist op de golven. Terwijl zij keken begon er zich een donkere vorm uit los te maken.

'Herken je de boot?' schreeuwde de kapitein naar omhoog.

De matroos in het kraaiennest hield zijn hand boven zijn ogen en tuurde naar het schip achter hen.

'Zes riemen aan bak- en stuurboord... een vierkant zeil. Ze halen ons in! Sterker nog, ze gaan ons voorbij!'

Het onbekende schip voer voor de wind, en er werd ook nog flink geroeid. Blijkbaar wilden ze vóór de Sperwer ergens aankomen. Dat kon niet missen, bij deze koers en deze snelheid.

'Herken je het schip?' riep de schipper weer. Even werd er geaarzeld.

'Ik denk dat het de Klauw is. Van Zwarte O'Malley!'

Will en Arnaut wisselden bezorgde blikken uit.

'Dat betekent dus dat Halt gelijk had!' zei Will.

De ochtend na de confrontatie met O'Malley in De Reiger had Halt de twee vrienden heel vroeg wakker gemaakt.

'Kleed je aan!' zei hij kortaf. 'We gaan terug naar Fingle's Baai.'

'En mijn ontbijt dan?' vroeg Arnaut mopperend, terwijl hij eigenlijk al wist wat het antwoord zou zijn.

'We eten onderweg wel wat!'

'Ik haat het, onderweg eten,' ging Arnaut door. 'Dat is heel slecht voor mijn spijsvertering.' Maar natuurlijk bleef Arnaut hoe dan ook de gedisciplineerde krijger. Snel kleedde hij zich aan, rolde zijn bagage netjes op en gespte zijn zwaard aan zijn riem. Will was een paar seconden na hem ook klaar voor vertrek. Halt inspecteerde de twee jongemannen, en controleerde of ze niets vergeten hadden.

'Zo, dan gaan we maar!' zei hij en ging hen voor naar beneden. Hij betaalde de herbergier en daarna liepen ze naar de stallen. De paarden hinnikten een ochtendgroet toen ze binnenkwamen.

'Halt,' vroeg Will, toen ze eenmaal op weg waren, 'waarom gaan we eigenlijk weer terug naar Fingle's Baai?'

'We moeten een schip zien te vinden!' antwoordde Halt. Will keek om naar het dorp dat ze zojuist achter zich gelaten hadden. Ze waren bijna boven op de heuvel, en ze konden het mastenwoud al weer zien liggen.

'Daar zijn ook schepen!' probeerde hij.

Halt keek hem van opzij vorsend aan. 'Ja, daar zijn ook schepen,' beaamde hij. 'En O'Malley is er ook. Hij weet al waar we heen gaan. Maar ik wil niet dat hij ook weet wanneer we daarheen gaan.'

'Denk je dat hij zal proberen ons tegen te houden dan?'

De Grijze Jager knikte. 'Dat weet ik haast zeker. Eigenlijk twijfel ik er niet aan. Maar zolang hij niet weet wanneer, kunnen we hem misschien nog te snel af zijn. Bovendien zijn de schippers van Fingle's Baai van een iets betrouwbaarder soort dan die in dat dieven- en smokkelaarsnest daar beneden.'

'Ietsje betrouwbaarder maar?' vroeg Will, die een grijns nauwelijks kon verbergen. Hij wist dat Halt het helemaal niet op zeelieden had – waarschijnlijk vooral omdat hij er een bloedhekel aan had om over zee te reizen.

'Eigenlijk ken ik geen enkele schipper aan wie ik met een gerust hart mijn lijf en leden zou toevertrouwen!' bevestigde Halt zuur Wills vermoedens.

In Fingle's Baai aangekomen, hadden ze de kapitein van de Sperwer en zijn schip ingehuurd, een breed vrachtschip met genoeg ruimte voor drie passagiers en hun paarden. Toen de kapitein hoorde waar ze heen wilden, keek hij niet blij.

'De monding van de Craiskill?' zei hij. 'Daar zitten allemaal smokkelaars. Maar het is inderdaad een goede plek om in Picta aan land te gaan. Daarom zitten die smokkelaars daar ook, waarschijnlijk. Maar dat kost je dus wel wat extra!'

'Dat is redelijk,' antwoordde Halt hem. Hij vond het niet meer dan normaal dat de schipper extra geld wilde, omdat hij daar meer risico liep van piraten en ander geboefte.

Maar wat de schipper onder 'redelijk' bleek te verstaan, daar kon hij het niet een-twee-drie mee eens zijn. Uiteindelijk kwamen ze tot overeenstemming, en Halt betaalde vooruit in klinkende munt. En toen hij daarmee klaar was, legde hij nog drie extra goudstukken op tafel.

De kapitein wierp een schuine blik op het geld. 'Waar is dat voor?'

Halt schoof hem de munten toe. 'Dat is voor het feit dat je hier verder met niemand over praat,' zei hij. 'Ik wil graag vanavond in het donker vertrekken, en ik wil niet dat iemand hier weet waar we heen gaan.'

De schipper haalde zijn schouders op. 'Ik zwijg als het graf!' zei hij. Daarna draaide hij zich om en begon met een serie vloeken en verwensingen instructies te geven aan de leden van zijn bemanning, die bezig waren vaten in het ruim van het schip te laden.

Will moest erom lachen. 'Daar komt nog heel wat uit, uit dat graf!' zei hij.

En nu lagen zij hier voor de kust van Picta, nog een paar zeemijlen te gaan. En O'Malley had hen dus toch gevonden en ingehaald.

Zijn schip was sneller en wendbaarder dan dat van hen. Het was erop gebouwd om de marineschepen te ontlopen die de koning van Clonmel uitzond om smokkelaars op heterdaad te betrappen. En het had ook een grotere bemanning dan de Sperwer. Will zag hun hoofden boven de reling uitsteken, en hij kon zelfs af en toe al het staal van wapens zien blikkeren. Op het iets verhoogde achterkasteel herkende hij O'Malley zelf, die de helmstok stevig in handen had, en de Klauw vastberaden op koers hield.

'We kunnen ze er niet uit varen, hè?'

Will schrok op van de stem van Halt, vlak achter hem. Hij draaide zich om en zag dat de zieke zijn plekje in de boeg had verlaten en nu gespannen naar het achtervolgende schip stond te kijken. Hij was nog wat bleekjes, maar leek verder zijn misselijkheid de baas te zijn.

Will herinnerde zich hoe hij jaren geleden alweer met Svengal, de stuurman van Erak, over zeeziek zijn gesproken had. 'Eigenlijk hoef je alleen iets te hebben dat je afleidt van dat nare gevoel,' had Svengal gezegd. 'Als je maar aan iets anders denkt, dan heb je de tijd niet om zeeziek te zijn.'

Het leek erop dat hij gelijk had gehad. Halts aandacht werd nu opgeslokt door de achtervolgende smokkelaar. Hij leek zijn zieke maag helemaal vergeten te zijn.

De kapitein schudde het hoofd, in antwoord op Halts vraag van zonet.

'Nee, dat lukt ons nooit. Hij gaat sneller dan wij, en hij kan ook scherper aan de wind dan ik. Hij dringt ons het rif op, ben ik bang. Of...' Hij zweeg, dat alternatief stond hem ook niet aan.

'Of wat?' vroeg Arnaut. Hij maakte de riempjes van de schede van zijn zwaard los. Hij had ook al gezien dat de bemanning van de Klauw tot de tanden bewapend was.

'Of hij gaat ons rammen! O'Malley heeft de boeg van zijn boot laten bepantseren. Er wordt gezegd dat hij zo al heel wat schepen heeft laten zinken.' Hij keek boos naar Halt. 'Had je me tevoren verteld dat Zwarte O'Malley achter je aan zat, dan had ik je nooit aan boord genomen!'

Er leek even een glimlach om Halts mond te zweven. 'Daarom heb ik je dat ook niet verteld,' zei hij. 'Dus wat ben je nu van plan?'

De kapitein haalde hulpeloos de schouders op. 'Wat kán ik doen? Ik kan niet vluchten. Ik kan niet vechten. Ik kan je niet eens aan hem overdoen. Hij laat nooit getuigen achter. We zullen gewoon moeten afwachten of hij ons inderdaad naar de bodem jaagt.'

Halt trok zijn befaamde ene wenkbrauw op.

'Nou, ik denk niet dat we echt helemaal zó machteloos zijn. Laat hem maar rustig wat dichterbij komen.'

De kapitein was niet onder de indruk. 'Ook dat kan ik niet voorkomen, dus dat komt vanzelf wel.' En hij voegde daaraan toe: 'Wat ben je van plan?'

Halt schudde namelijk net de grote boog naar voren, die al die tijd over zijn linkerschouder gehangen had. Tegelijk trok hij met zijn andere schouder de pijlenkoker omhoog en zocht een pijl uit. Will zag hem dat doen en besloot meteen hem te imiteren.

'Een paar pijlen zullen dat schip heus niet tegenhouden, hoor!' waarschuwde de kapitein.

Halt keek hem nieuwsgierig aan. 'Ik vroeg wat je van plan was. Blijkbaar bestaat jouw plan uit niets meer of minder dan gewoon rustig afwachten tot O'Malley ons ramt, laat zinken en ons aan de vissen voert.'

De kapitein voelde zich niet erg op zijn gemak. 'Misschien kunnen we de kust toch halen,' probeerde hij. 'Als ik wat lege tonnen overboord gooi, en wat stukken hout, dan kunnen we ons daaraan vastklampen. Misschien halen we dan het strand wel.'

'Het lijkt me waarschijnlijker dat we te pletter slaan op dat akelige rif daar,' antwoordde Halt. Maar hij keek de kapitein al niet meer aan. Hij was dicht bij de reling gaan staan en legde de pijl op de pees van zijn grote boog. Zijn ogen keken strak naar de schipper van de Klauw. O'Malley stond met zijn benen wijd uit elkaar tegen de helmstok te duwen; hij dwong het schip koers te houden in weerwil van de verschillende krachten die erop werkten. Zijn schip hing zo in een delicaat evenwicht. Wind, riemen en roer probeerden elk het schip in een bepaalde richting te krijgen, en het was O'Malley aan het roer, die al die krachten samen moest brengen, zodat het schip daarheen voer waarheen hij het wilde hebben. Halt wist dat je maar één van die vier elementen hoefde te verstoren om chaos te creëren, terwijl de andere de macht probeerden over te nemen.

Hij schatte de afstand die hem scheidde van het andere schip, en rekende de beweging van het dek onder zijn voeten mee. Vreemd, dacht hij, nu hij zich concentreerde op een perfect schot was hij ineens niet meer zo misselijk.

Maar eenvoudig was het niet. De Klauw ging namelijk zelf ook nog eens op en neer. Dat moest hij ook nog meenemen. Hij voelde dat Will met zijn boog naast hem was komen staan.

'Braaf!' zei hij uit zijn mondhoek. 'Als ik het teken geef schieten we allebei.'

'Maar luister nou,' riep de kapitein, 'ik zei toch dat je met pijlen dat schip niet tegenhoudt! We hebben nu al nauwelijks kans op overleven. Als je O'Malley ook nog eens kwaad maakt, dan laat hij zeker niemand in leven als hij klaar is met jullie.'

'Volgens mij komt hij nooit klaar met ons!' antwoordde Halt. 'Nu, Will! Een, twee, drie... Schiet!'

Alsof ze door een onzichtbare macht gestuurd werden staken de twee Grijze Jagers tegelijk hun boog omhoog, trokken de pees aan en lieten hun pijlen gaan. De twee projectielen zeilden door de lucht, de een nauwelijks een halve seconde na de ander.

HOOFDSTUK 7

De twee pijlen, de een net voor de ander uit, maakten een boog door de grijze lucht. Arnaut probeerde hun vlucht te volgen, maar raakte hen tegen de achtergrond van wolken snel kwijt. Hij zag dat Halt en Will al weer nieuwe pijlen op hun bogen gelegd hadden, klaar voor het volgende schot. Gespannen keek hij naar de zware gestalte aan het roer van de Klauw, en zag in een flits iets bewegen toen twee pijlen tegelijk naar beneden sloegen.

Hij had niet kunnen zeggen welke van de twee O'Malley raakte. Halt was de beste scherpschutter, wist hij, maar Will was nauwelijks minder goed.

In elk geval sloeg een van de pijlen trillend in de dekplanken, nauwelijks een meter van de helmstok. De andere boorde zich pijnlijk in het vlezige deel van O'Malleys linkerarm. Er was zoveel lawaai om hem heen, van de wind en de golven, dat Arnaut de smokkelaar niet kon horen schreeuwen van de pijn. Maar hij zag wel hoe hij ineens wankelde, de helmstok losliet en naar zijn getroffen bovenarm greep.

Het effect op de Klauw was onmiddellijk en rampzalig. Plotseling bevrijd van de druk die het roer uitoefende – het roer dat het schip aan de wind hield –, draaide het in één ruk voor de wind. Het vierkante zeil bolde omhoog, touwen knapten als te strak gespannen harpsnaren, doordat de wind nu ineens recht van achteren kwam. Door de plotselinge koersverandering werd O'Malley omver gesmeten, tegen het dek. Enkele roeiers misten hun slag en werden door hun riem achterover van hun bankje geduwd. Een van de riemen wrong zich compleet uit zijn dol; een andere raakte hopeloos in de war met zijn buurman. Het gevolg was complete chaos aan boord.

Dat delicate evenwicht, waar Halt nog zo vol bewondering naar had staan kijken, was ruw verstoord. De Klauw vloog voor de wind door de golven, achter de Sperwer langs, recht op de wilde branding boven de Palissaden af. Ze zagen hoe een dapper bemanningslid nog probeerde over het steigerende dek naar de helmstok te sprinten, die onbemand wild heen en weer sloeg.

'Hou die man tegen, Will!' zei Halt alleen maar. Ze liepen naar de andere kant van hun dek, waar ze beter zicht hadden op het stuurloze smokkelschip. Weer vlogen twee pijlen door de lucht. En dit keer troffen beide doel. De man viel voorover en rolde naar een spuigat, toen het schip weer overhelde.

De kapitein van de Sperwer had al die tijd met open mond staan kijken.

'Dit kan niet. Niemand kan zo goed schieten!' zei hij zachtjes.

Arnaut, naast hem, lachte een vreugdeloos lachje. 'Die twee wel,' zei hij.

Aan boord van de Klauw besefte de geschrokken bemanning dat het te laat was om nog te voorkomen dat hun schip op het rif te pletter sloeg. In paniek probeerden ze allemaal naar het achterkasteel te hollen of te kruipen, zo ver mogelijk weg van de boeg, waarmee ze zouden botsen. Het schip rolde wild toen het de eerste rotspunt raakte, die door het woeste water voor het oog verborgen bleef. Er klonk een luid schrapen en kraken, even leek het schip beweginglois. Toen sloeg de mast door de botsing naar voren en brak een meter boven het dek finaal doormidden. Het lange zware hout stortte in een wirwar van touwen en zeil naar beneden, waar enkele bemanningsleden op het dek hopeloos beklemd raakten, zo niet verpletterd werden. Doordat het gewicht van de mast naar één kant hing, raakte de romp van het schip kort weer los van de rotsen. Een grote golf schoof het omhoog en verder het rif op, waar het, toen het water snel weer weggezogen leek te worden, met een dreunende klap neerkwam tussen de zwarte rotstanden. De volgende golf sloeg al over het dek van het klemvaste schip en sleurde een paar andere zeelieden mee overboord.

Halt en Will lieten hun bogen zakken. De gebaarde Grijze Jager draaide zich om naar de schipper van de Sperwer. 'We moeten iets doen om die mannen te redden!' zei hij.

De kapitein schudde bang van nee. 'Daar waag ik mijn schip niet aan, als je dat maar weet!'

'Dat zeg ik ook niet. Maar we kunnen wel wat dingen overboord gooien, die lege tonnen waar je het over had, en wat stukken hout, dan hebben sommigen misschien nog een kans om die hel te overleven!'

Halt staarde koeltjes naar het gestrande schip. 'Overigens is dat meer dan zij voor ons gedaan zouden hebben.'

Arnaut knikte. Het was een vreselijk gezicht, die Klauw, net nog een snel en beweeglijk zeedier, nu niet meer dan een gebroken en versplinterd wrak. Hij besefte maar al te goed dat de bemanning van dat arme schip hem, zijn vrienden en de bemanning van de Sperwer zonder mededogen hun zeemansgraf in gejaagd zou hebben.

De kapitein riep een bevel en een paar van zijn roeiers stonden op en begonnen wat lege tonnen overboord te zetten. Arnaut besloot hen een handje te helpen. Al gauw dreef er een hele rij vaten in de richting van het zinkende schip.

De kapitein wendde zich weer naar Halt. Hij keek angstig.

'Die mannen moeten nu wel snel weer gaan roeien,' zei hij, 'anders slaan wij dadelijk ook nog op die rotsen.'

Halt knikte. 'We hebben gedaan wat we konden. Laten we maken dat we hier wegkomen.'

De matrozen klauterden over de banken naar hun eigen plekje en begonnen weer aan de zware riemen te trekken. Langzaam bewoog de Sperwer weg van het angstaanjagende rif. Maar het was kantje boord. Een van de vervaarlijke rotsen gleed maar een paar meter verwijderd van de boegspriet langs hen heen, verdween onder de reling en dook achter hen weer uit het kielzog op. De koude rillingen liepen over Arnauts rug, terwijl hij er naar stond te kijken. Hij begreep niet hoe zij die rots hadden kunnen missen. Hij zag al voor zich hoe de romp van de Sperwer er met een klap bovenop had kunnen slaan, en hoe zij door de wind vastgezet werden, rond zouden draaien, hoe de mast overboord zou slaan en de mannen links en rechts meegesleurd werden door de grauwe golven die over het dek sloegen. Hij schudde die nachtmerrie uit zijn hoofd, terwijl hun schip langzaam uit de gevarenzone kroop. Toen kreeg hij een vreemde sensatie. Het ene moment blies de wind nog tegen zijn linkerwang, maar het volgende viel die weg, om twee tellen later ineens terug te komen, maar dan tegen zijn rechterwang. Ze waren bij de keerwind aangekomen.

'Overstag!' schreeuwde de kapitein. De mannen haalden hun riemen binnenboord, doken weg en met een harde klap vulde het zeil zich aan de andere kant van het schip. Alsof het wist dat het maar net aan een groot gevaar ontsnapt was, voer de Sperwer snel weg van het rif.

Ze landden aan de zuidoever van de brede riviermonding. Het schip werd gewoon met de boeg op het langzaam aflopende zandstrand gevaren, zodat het zonder schokken tot stilstand kwam. De bemanning maakte een grote singel vast aan de ra om de paarden overboord te hijsen. Maar de kapitein had eerst nog een appeltje te schillen met Halt.

'Dat had je me dus wel eerder mogen vertellen', zei hij beschuldigend tegen Halt. 'Je had moeten zeggen dat O'Malley jullie achternazat.'

Verrassend genoeg knikte Halt bevestigend. 'Eigenlijk wel,' beaamde hij. 'Maar ik wist dat je dan de klus geweigerd zou hebben. En ik moest en zou op de een of andere manier hier in Picta komen, en snel ook.'

De kapitein schudde boos het hoofd en wilde nog wat mopperen. Maar hij aarzelde en bedacht met wat voor scherpschutters hij te maken had. Zoals die mannen hun pijlen naar dat deinende schip hadden gestuurd! Misschien was het verstandiger om niet al te boos te doen tegen deze magiërs, dacht hij. Halt zag de man denken en legde vriendelijk zijn hand op diens arm. Hij begreep best hoe hij zich voelde, en hij moest toegeven dat hij inderdaad de man voorgelogen had en daardoor hem en zijn schip en zijn bemanning in gevaar gebracht had.

'Ik zou je daarom best wat extra's willen betalen, maar ik kan eigenlijk geen cent meer missen. Ik heb alles nodig wat ik nog heb.' Even dacht hij na. 'Heb je misschien pen en papier voor me?'

De schipper aarzelde even en verdween toen, gesterkt door nog een knikje van Halt, in zijn hut aan de achtersteven. Het duurde een paar minuten voor hij weer met een rood hoofd tevoorschijn kwam, gewapend met een stuk perkament dat ergens afgescheurd leek te zijn, een pen en een potje inkt. Hij had geen idee wat Halt van plan was, en dat straalde hij ook uit.

Halt nam de schrijfwaren aan en zocht ergens een vlak stuk om het perkament op te leggen. Voor op het dek zag hij de kaapstander en daar liep hij naar toe. De kapitein liep hem nieuwsgierig achterna. Halt legde het vel op de gehavende houten bovenkant. Het deksel van het inktpotje zat vast door uitgedroogde inktresten, en het duurde even voor hij het eraf gekregen had.

'Hoe heet je precies?' vroeg hij ineens aan de schipper, die nogal verrast werd door de vraag.

'Keelty. Ardel Keelty.'

Halt dacht even na en begon toen snel te schrijven. Hij schreef een regel of vijf, zes en leunde toen achterover, om wat hij neergepend had nog eens na te lezen. Zijn hoofd schuin houdend, knikte hij. Hij was tevreden. Zwierig zette hij zijn handtekening onder de tekst en wapperde met het vel om de inkt te drogen. Daarna overhandigde hij het document aan de kapitein, die er naar keek en zijn schouders ophaalde.

'Ik kan niet zo goed lezen!' zei hij.

Halt knikte. Hij begreep nu ook waarom het zo lang geduurd had voordat de man pen en papier gevonden had, en waarom het deksel van het inktpotje zo vastzat. Hij nam het vel weer terug en las hardop voor.

'Kapitein Keelty en de bemanning van zijn schip de Sperwer hebben ons enorm geholpen bij het overwinnen en laten zinken van het beruchte piraten- en smokkelaarschip de Klauw, voor de kust van Picta. Ik verzoek lezer dezes om deze mannen een passende beloning uit te betalen, waarvoor een beroep gedaan kan worden op de schatkist. Was getekend, Halt, van de Grijze Jagers.'

Hij keek op en zei: 'En dit document is gericht aan koning Sean van Clonmel. Als je dit aan hem laat lezen, zal hij je betalen voor al je moeite.'

De kapitein snoof minachtend toen Halt hem het perkament terug wilde geven. 'Koning Sean? Nooit van gehoord. De koning van Clonmel heet Ferris.'

'Ferris is dood,' zei Arnaut. Hij wilde voorkomen dat Halt zelf de dood van zijn broer moest gaan uitleggen. 'Wij achtervolgen de man die hem gedood heeft. En zijn neef Sean zit nu op de troon!'

De kapitein keek Arnaut aan. Het bericht van de dood van de koning verraste hem nogal. Fingle's Baai was natuurlijk een heel eind van de hoofdstad. Hij keek sceptisch naar de hanenpoten van Halt.

'Als die koning dan dood is, waarom zou de nieuwe zich iets aantrekken van iemand uit Araluen?'

'Omdat Sean mijn neef is,' vertelde Halt hem. Zijn donkere ogen keken strak in die van Keelty, en de kapitein wist instinctief meteen dat deze man de waarheid vertelde. Maar ineens kwam een andere gedachte bij hem op.

'Maar net zei je... dat hij de neef van Ferris was? Dat betekent dan... Dat betekent dan...' Hij zweeg, niet zeker wetend of zijn logische redenering inderdaad klopte. Misschien miste hij iets?

'Dat betekent dan dat ik zo snel mogelijk van dit wankele bootje vol smerig buiswater wil, en verder moet, die moordenaars achterna,' zei Halt kortaf. Hij keek om en zag dat Will hun bagage en zadels al naar boven gebracht had uit de kleine hut die zij gedeeld hadden. Hij bedankte de kapitein met een knikje en liep naar de voorplecht. De matrozen hadden daar een ladder tegen het schip gezet, zodat de drie passagiers zonder natte voeten op het strand konden komen, een meter of wat lager. Halt zwaaide een been over de reling en keek nog een keer om naar Keelty, die daar nog steeds met het document in zijn handen stond, dat in de wind heen en weer wapperde.

'Pas nou maar goed op dat je dat papier niet kwijtraakt!' waarschuwde hij.

Keelty stond met open mond nog steeds na te denken over familierelaties. Afwezig knikte hij en zei: 'Dat doe ik.'

Halt keek naar zijn twee metgezellen. 'Zullen we dan maar?' vroeg hij en liet zich snel langs de ladder naar beneden glijden. Hij was blij dat hij weer vaste grond onder zijn voeten voelde.

HOOFDSTUK 8

Ze liepen van het strand over een nauwelijks zichtbaar pad, dat kronkelde tussen de pollen helmgras en struikgewas, die overal de bodem bedekten.

Een harde wind blies onvermoeibaar uit zee, en dwong alle begroeiing nederig te buigen. Will keek om zich heen. Er was in de verste verte geen boom te zien.

Even bracht de gierende wind hem weer terug naar die ene spookachtige nacht op de Vlakte der Eenzamen, in zijn eerste jaar als leerling, toen hij en Gilan met Halt op de Kalkara joegen. Rillend probeerde hij die herinnering van zich af te zetten. Het was immers eerder zo dat de Kalkara op hen joegen dan omgekeerd.

'Met een boom hier of daar zou het uitzicht hier flink opknappen,' vond ook Arnaut, als echo van Wills gedachten. 'Maar die willen hier niet groeien. Die eeuwige wind blaast voortdurend zoute dampen het land in en daar kunnen bomen niet tegen. Die groeien pas achter de duinen.'

En dat was weer aanleiding voor Will om de vraag te stellen die hem al een tijdje dwarszat: 'Waar moeten we eigenlijk naar toe, Halt? Heb jij een plan of een idee?'

Halt haalde zijn schouders op. 'We weten dat Tennyson hier aan land gegaan moet zijn. En dit is het enige pad dat van het strand het land in loopt. Hij moet dus logischerwijs deze kant op gegaan zijn.'

'Maar wat als we straks een andere weg kruisen, of bij een splitsing komen?' vroeg Will.

Halt grijnsde zonder dat zijn ogen echt meededen. 'Dan moeten we opnieuw logisch nadenken.'

'Kun je niet beter naar sporen zoeken of zo?' vroeg Arnaut. 'Daar zijn jullie Grijze Jagers toch zo goed in?'

'Dat zijn we ook,' zei Halt opgeruimd. 'Maar onfeilbaar zijn we natuurlijk niet.' Zodra hij dat gezegd had, had hij spijt. Hij had de gespeelde verrassing op Arnauts gezicht kunnen verwachten.

'Goh,' zei de jonge krijger, 'dat is nou de eerste keer dat ik je dat ooit heb horen toegeven!' Hij lachte Halt zowaar uit, en die kon dat natuurlijk niet waarderen.

'En jij, jij was veel aangenamer reisgezelschap toen je nog nat achter je oren was en een beetje respect had voor je meerderen.'

Er waren genoeg tekenen, dat er kort voor hen andere mensen over dit pad getrokken waren; maar Halt en Will konden natuurlijk niet zeggen of dat de groep van Tennyson was geweest of andere mensen. Dit was immers het enige pad dat naar de plek leidde waar sinds jaar en dag smokkelaars afspraken met hun afnemers. Waarschijnlijk maakten heel wat Scoti er gebruik van, als ze naar het strand gingen om goederen of geld te ruilen tegen wat de smokkelaars er aan land brachten, zoals balen wol en vaten sterke drank. Het was in dit deel van Picta te koud en te nat om schapen te houden, dus vooral wol was altijd welkom hier. De plaatselijke hooglandrunderen waren beter bestand tegen het klimaat, en de Scoti ruilden maar wat graag hun huiden en hoorns tegen wol uit Hibernia.

Onze vrienden volgden dus voorlopig het pad, al was het maar omdat ze geen alternatief hadden zonder zich dwars door het doornige struikgewas een weg te moeten banen.

Toen ze begonnen was het al laat in de middag, en het was bijna donker toen ze bij de eerste splitsing kwamen. De hoofdroute ging ongeveer rechtdoor naar het oosten, maar de andere weg boog hier af naar het zuiden. Ze leken beide even druk gebruikt.

'Weet je wat? We beslissen morgenvroeg wel welke kant we opgaan!' zei Halt, en hij ging hen voor van het pad af tussen de struiken door, tot ze een geschikte kampeerplek hadden gevonden. Het was een vlak stuk met gras, achter een gaspeldoornbosje en wat bramenstruiken, die elkaar hadden ondersteund zodat ze samen meer dan manshoog hadden kunnen groeien. Onze vrienden lieten hun paarden een paar rondjes lopen om het taaie gras plat te krijgen, en zadelden de dieren toen af om hen rustig te laten grazen. Schopper was er inmiddels aan gewend om met de twee kleine Jagerspaarden op te trekken, en Arnaut hoefde ook hem niet meer te kluisteren. Hij bleef zo ook wel bij zijn twee vrienden.

Arnaut zat te luisteren naar het rustgevende geluid van de malende kaken van de drie paarden, en vroeg zich toen hardop af waar ze hout voor een vuurtje zouden kunnen vinden. 'Niet hier!' zei Halt met een halve grijns. 'Er ligt hier niets, maar we mogen toch geen vuurtje stoken. Straks is het helemaal donker en dan kun je een vuur van kilometers ver zien, vanaf die bergen daar. En je weet maar nooit wie er staat te kijken!'

Arnaut zuchtte diep. Weer geen warm eten dus. En alleen koud water om een koude hap weg te spoelen. Hij was al bijna net zo gek op koffie als de twee Grijze Jagers zelf.

'Nou, ik hoor het wel als we weer wat leuks mogen doen dan,' zei hij beteuterd.

Er viel de halve nacht een miezerig regentje en ze werden wakker onder dekens die zwaar van het water waren. Halt stond op, rekte zich eens flink uit en kreunde, toen zijn stijve spieren protesteerden.

'Langzaam maar zeker word ik hier te oud voor!' mompelde hij. Hij tuurde de horizon om hun kampement af en zag niemand of niets bewegen. Daarna wees hij op de gaspeldoorn en zei tegen Will, die ook zijn ogen open had: 'Ik denk dat we nu wel een vuurtje kunnen riskeren. Kijk eens in dat bosje of er wat dorre takken te vinden zijn.'

Will knikte. Het vooruitzicht van een warm drankje om de dag te beginnen stond hem wel aan. Hij probeerde zich een weg te banen door de bramen en slaakte een zachte verwensing toen een doorn zijn benen openhaalde.

'Maar pas op voor de bramen!' zei Halt.

'Bedankt, ik zal eraan denken!' antwoordde Will en hij trok zijn grote Saksische mes uit de schede. Daarmee begon hij op de dorre stengels in te hakken. Hoe verder hij naar binnen drong, des te meer dorre takken en stengels vond hij. Halt had dat goed gezien en al gauw had hij een flinke bos verzameld. Ze zouden op zich maar kort branden. Maar je kon er een lekker vuurtje mee maken, en er zou maar weinig rook opstijgen.

'Dit moet genoeg zijn om de koffiepot te laten pruttelen,' zei hij en Halt knikte. Het zou verder weer een karig ontbijt worden – hard brood en gedroogd vlees en vruchten. Maar met een mok hete koffie om alles weg te spoelen zou het best te pruimen zijn.

Even later zaten ze na te genieten met een tweede kopje.

'Halt,' zei Will ineens, 'mag ik je wat vragen?'

Hij zag hoe de strenge mond van zijn oude leermeester zich vermoeid klaarmaakte om het klassieke antwoord op die vraag te geven, en dus ging hij haastig verder, voordat Halt iets kon zeggen.

'Ja, ja, ik weet het, dat heb ik intussen al gedaan. Maar ik wil je nog iets anders vragen, goed?'

Een beetje geërgerd omdat Will zijn standaardreactie voor was geweest, gebaarde Halt dat hij dan maar zijn gang moest gaan – als het niet anders kon.

'Waar denk jij dat Tennyson heen is gegaan, of naar op weg

is?'

'Ik denk,' antwoordde de Grijze Jager na enkele seconden, 'dat hij naar het zuiden gaat, naar Araluen, nu hij de gelegenheid heeft.'

'En waarom denk je dat?' vroeg Arnaut. Dat wilde hij echt graag horen – hij was altijd nogal onder de indruk geweest van hoe Grijze Jagers een bepaald probleem analyseerden en dan meestal ook nog eens met de correcte oplossing voor dat probleem wisten te komen. Soms, dacht hij wel eens, leek het erop alsof een hogere macht hen daarbij een handje hielp.

'Nou, eigenlijk is het maar een gok, hoor,' antwoordde Halt.

Dat stelde Arnaut een beetje teleur. Eigenlijk had hij meteen een goed onderbouwde analyse van de situatie verwacht. Het leek even of Halt wilde lachen. Hij wist natuurlijk maar al te goed dat Arnaut af en toe overdreven verwachtingen had van zijn kennis en ervaring.

'Soms, Arnaut, is gokken de enig zinnige manier om tot een besluit te komen,' zei Halt enigszins verontschuldigend. Maar direct daarna besloot hij dat hij de jongeman toch maar zou uitleggen hoe hij vandaag tot deze keuze was gekomen. Hij greep in zijn zadeltas en trok een foedraal met kaarten te voorschijn. Daaruit haalde hij een kaart van de grensstreek tussen Araluen en Picta en vouwde die op de grond tussen hen in open.

'Ik neem aan dat we ongeveer hier zitten,' wees hij naar een plek een centimeter of wat van de kust. Will en Arnaut zagen de Kaap van Linkeith, en de rivier de Craiskill, die bocht na bocht naar het noordoosten slingerde. Arnaut boog zich voorover en keek nog eens goed.

'Waar is dan dat pad dat wij volgen?' vroeg hij.

Halt legde geduldig uit: 'Luister, wij tekenen niet elk paadje of weggetje in die kaarten in, hoor!' Arnaut keek lichtelijk beledigd en haalde toen zijn schouders op. Wat had je nou aan een kaart waar geen wegen op stonden? Halt besloot er geen aandacht aan te schenken.

'Tennyson wil waarschijnlijk naar het zuiden,' ging hij verder. 'En de splitsing daar waar wij gisteren opgehouden zijn is de eerste mogelijkheid.'

Will krabde zich achter zijn oor. 'Hoe weet je dat hij naar het zuiden wil?'

'Dat weet ik natuurlijk niet,' antwoordde de oude Jager. 'Maar ik vind het een logische aanname.'

Arnaut maakte een snuivend geluid. 'Een logische aanname – dat is een mooie term voor een gewone gok dus!'

Halt keek hem misprijzend aan, maar Arnaut zorgde er wel voor dat hij hem niet recht in de ogen kon kijken. Halt schudde vertwijfeld zijn hoofd en ging verder.

'Wat we weten, is dat Tennyson helemaal niet per se naar Picta wilde,' zei hij. 'Dat heeft O'Malley zelf gezegd, nietwaar?'

Aha. Nu begreep Arnaut het ineens. En zijn vertrouwen in de alwetendheid van de Grijze Jager werd weer hersteld. 'Dat is waar. Jij vroeg ernaar, en toen zei O'Malley dat Tennyson alleen maar weg uit Hibernia wilde, en niet met alle geweld naar Picta.'

'Precies. Picta was alleen waar O'Malley van plan was heen te gaan. En zo kwam het dat hij Tennyson daar aan de oevers van de Craiskill heeft afgezet. Daarnaast durf ik er wat om te verwedden dat de Buitenstaanders tot dusver in Picta nauwelijks volgelingen hebben...'

'Waarom niet?' vroeg Will.

'Omdat de Scoti het helemaal niet hebben op vreemde godsdiensten,' wist Halt. 'En hun variant van tolerantie is heel wat minder groot dan die in Araluen. Als je hier als profeet met een nieuwe godsdienst aankomt, dan hang je voor je het weet aan je duimen te bungelen aan een boomtak – zeker als je ook nog eens het lef hebt om als betaling voor redding en bekering om goud te vragen.'

'Eigenlijk heel verstandige mensen hier dus,' merkte Arnaut

op.

Halt keek hem uitdrukkingloos aan. 'Ja, dat klopt. Anderzijds is het niet zo gek om te veronderstellen dat er her en der plukjes Buitenstaanders in Araluen actief zijn, vooral in de buitengewesten. Het zou mij verbazen als ze alleen in Selsey geïnfiltreerd waren.'

Selsey was het afgelegen vissersdorp aan de westkust, waar Halt de Buitenstaanders de vorige keer betrapt had.

'En zelfs al zijn die plukjes er niet, welke andere keus heeft hij?' vroeg Will zich hardop af. 'In Hibernia kon hij niet blijven; hij wist dat wij hem achternazaten. Hij kan ook niet hier in Picta blijven...'

'...want dan hangen ze hem aan zijn duimen op!' maakte Arnaut de zin grijnzend af. Het idee dat die dikke arrogante Tennyson zo hulpeloos zou bungelen leek hem wel wat.

'Dus is Araluen de meest logische aanname,' besloot Halt. Hij tikte weer op de kaart, iets zuidelijker dan waar hij eerder had gewezen. 'En daar is de dichtstbijzijnde pas door de bergen naar Araluen. De Eenraafpas.'

De grens tussen Picta en Araluen werd gevormd door een ruig gebergte. De toppen waren niet bijzonder hoog, maar de hellingen waren wel steil en moeilijk begaanbaar. Je kon het gebergte alleen via een van de weinige passen doorkruisen.

'De Eenraafpas?' vroeg Arnaut. 'Waarom heet die zo?'

'Eén raaf brengt verdriet,' citeerde Will afwezig het oude spreekwoord.

'Precies!' knikte Halt. 'Heel lang geleden is er een veldslag uitgevochten daar. Een leger van Scoti liep er in een hinderlaag en werd tot de laatste man uitgemoord. Volgens de legende leven er sindsdien geen vogels meer. Alleen een enkele raaf, die elk jaar verschijnt op de dag van de veldslag. En dan krijst hij net zo hard als de vrouwen van de Scoti, toen ze hoorden dat hun mannen gevallen waren.'

'Hoe lang geleden was dat?' vroeg Arnaut.

Halt haalde zijn schouders op, terwijl hij de kaart zorgvuldig oprolde en weer in de koker stak. 'O, drie- of vierhonderd jaar, denk ik.'

'En hoe oud wordt een raaf?' vroeg Arnaut verder, een rimpel in zijn voorhoofd. Halts ogen rolden weer hemelwaarts. Hij wist al wat er komen ging.

Will probeerde erger te voorkomen. 'Arnaut...'

Maar de grote krijger stak een hand op om hem de mond te snoeren.

'Luister. Dat zou dus betekenen dat het niet om de oude raaf, maar om zijn achter-, achter-, achter-, achterkleinzoon gaat, of niet? En één raaf, die kan niet in zijn eentje voor nageslacht zorgen, of wel soms? Dus...'

'Arnaut, het is een legende,' zei Halt duidelijk articulerend en langzaam. 'Zo'n verhaal moet je niet letterlijk nemen!'

'Maar dan vraag je je toch af waarom ze zo'n stomme naam gekozen hebben? Waarom niet de Veldslagpas? Of de Hinderlaagpas?'

Halt keek hem vermoeid aan. Hij hield van Arnaut als was het zijn jongere broer. Of als een tweede zoon, naast Will. Hij had veel bewondering en achting voor de manier waarop hij met zijn zwaard omging. Maar soms, heel af en toe, kreeg hij wel de neiging om de jonge krijger met zijn dikke schedel tegen een boom aan te rammen.

'Jij hebt ook geen gevoel voor drama, fantasie of symboliek, hè?'

'Voor wat?!?' vroeg Arnaut, die deze wending niet kon volgen. Halt keek om zich heen of er zo'n dikke boom voorhanden was. Maar gelukkig voor Arnaut wilden die in deze barre streken niet groeien.

Hoofdstuk 9

Tennyson, zelfverklaard profeet van de god Alquezel, keek misprijzend naar het bord dat hem voorgezet was. Van wat erop lag – een klein en taai stukje gezouten vlees, met wat slappe worteltjes en erwtjes – werd hij niet blij. Tennyson was een liefhebber van de kleine (en grotere) geneugten des levens; en nu had hij het koud. Hij zat niet lekker, en het ergste van alles, hij stierf van de honger.

Met grote bitterheid dacht hij aan die smerige smokkelaar die hem en zijn mannen aan land gezet had op dat koude kale strand in Picta. De man had de Buitenstaanders eerst voor een enorm bedrag afgeperst, en had zich vervolgens pas na lang en moeizaam onderhandelen bereid getoond ook wat proviand voor de verdere reis naar het zuiden op het strand achter te laten. Eenmaal in Picta aangekomen had hij hen zowat van het schip af laten gooien, alsof ze overbodige en hinderlijke ballast waren. En op dezelfde ruwe manier volgden nog een stuk of vijf jutezakken, die letterlijk op het strand gesmeten werden.

Tegen de tijd dat Tennyson doorkreeg dat ten minste een derde van de inhoud van die zakken over de datum en oneetbaar was, voer het schip van de smokkelaars al lang en breed weer op volle zee, waar ze het als een grote zeemeeuw over de golven konden zien glijden. De leider van de Buitenstaanders stond machteloos op het strand te razen en te tieren, terwijl hij zich voorstelde hoe de boef in zijn warme kajuit breed grijnzend hun dure goudstukken zat te tellen.

Eerst wilde Tennyson het grootste deel van de beperkte voedselvoorraad voor zichzelf reserveren, maar hij besloot voorzichtig te zijn. Zoveel macht over zijn volgelingen had hij nu ook niet meer. Geen van de mensen die nog bij hem waren geloofde met hart en ziel in Alquezel. Dit hier was de harde kern van de sekte, de criminelen die maar al te goed wisten dat het hele Buitenstaandersgedoe niets meer en niets minder was dan een handige truc om mensen te ontdoen van hun overtollig geld en sierraden. Zij erkenden Tennyson alleen als leider omdat hij erg goed was in het overtuigen van goedgelovige boertjes en buitenlui, die meenden dat het goed voor hun zielenheil zou zijn als ze uit eerbied voor Alquezel afstand deden van hun hele hebben en houden. Maar nu waren er eventjes geen boeren en buitenlui om geld af te troggelen. Hun ontzag voor de grote dikke man in zijn wijde witte toga stond dus ook even op een laag pitje. Misschien was hij de aanvoerder, maar daar hadden ze op dit moment niet veel profijt van, en dus zouden ze hem ook geen extra eten of wat dan ook gunnen.

En het was natuurlijk ook zo dat hij hen even hard nodig had als zij hem. Het was anders toen ze omringd waren door honderden enthousiaste bekeerlingen, die maar wat graag Tennyson op al zijn wenken bedienden. Toen vraten ze allemaal uit dezelfde rijk gevulde trog, met Tennyson voorop. Maar nu moest hij gewoon delen met de anderen.

Hij hoorde voetstappen naderen en keek nog steeds zuur op van zijn bord. Bacari, de oudste van de twee Genovezen die nog overgebleven waren, bleef een paar passen van hem vandaan staan. De man grijnsde sarcastisch, terwijl hij het schamele avondmaal van Tennyson bekeek.

'Tsja, uwe heiligheid, niet wat je noemt een feestmaal, hè?'

Tennyson keek nog bozer dan hij al deed. Hij had die mannen uit Genova nodig, maar dat betekende niet dat hij veel met hen op had. Ze waren hem te arrogant en op zichzelf. Als hij een opdracht gaf, dan voerden ze die uit, maar met een gezicht van 'goed, maar alleen als gunst dan'. Hij had hun genoeg betaald om zijn lijfwacht te spelen, en in ruil daarvoor mocht hij toch wel enig respect verwachten, of niet soms? Maar respect, dat begrip leken de heren niet te kennen.

'En, heb je iets ontdekt?' vroeg Tennyson nors.

De sluipmoordenaar haalde zijn schouders op. 'Zo'n drie kilometer verderop is een kleine boerderij. Ze hebben wel wat vee, dus dat betekent in elk geval vlees op de plank.'

Tennyson had de twee Genovezen eropuit gestuurd om de omgeving te verkennen. Ze hadden al zo weinig te eten, en daarvan was de helft ook nog eens bedorven. Ze moesten dus nodig hun voorraden aanvullen. Bij het horen van het woord 'vlees' klaarde zijn gezicht wat op.

'Groente? Meel? Graan?' vroeg hij verder.

Bacari gebaarde dat hij geen idee had. Dat achteloze gebaar maakte Tennyson weer extra boos. De man deed nauwelijks zijn best om te verbergen dat hij eigenlijk niet veel respect kon opbrengen voor de grote leider.

'Ik zou het niet weten – misschien,' antwoordde Bacari. 'Het ziet er best welvarend uit.'

Tennyson kneep zijn ogen tot spleetjes. Welvarend – dat kon ook betekenen dat er veel bewoners waren. 'Hoeveel mensen?'

Bacari wuifde die zorg weg. 'Ik heb er maar twee gezien,' antwoordde hij. 'Dat moet geen probleem zijn.'

'Uitstekend!' Tennyson stond met nieuw enthousiasme van tafel op. Even keek hij nog vol afkeer naar zijn bord en gooide toen het voedsel in de bosjes. 'Rolf!' riep hij zijn rechterhand. 'Laat iedereen zich klaarmaken voor vertrek! De Genovezen hebben wat te eten gevonden!'

Langzaam maakte de groep zich klaar om verder te trekken. Alleen al het vermelden van voedsel stak hun een hart onder de riem. Verdwenen waren de zure gezichten en het gemopper van de laatste dagen. Het is gek, wat het vooruitzicht van een volle maag met het humeur van mensen doet, dacht Tennyson.

Het bleek inderdaad om een goed onderhouden boerderij te gaan, met een flinke schuur ernaast. Uit de schoorsteen kwam traag wat rook gekringeld. Een zorgvuldig bewerkte akker vertoonde strakke rijen opkomend groen – een of andere soort kool, dacht Tennyson. Toen de groep naderbij kwam liep er een man vanuit de schuur naar het huis, met aan een touw een zwarte koe. Hij droeg de typische klederdracht van de streek – een soort deken over zijn schouders, en een kilt om de heupen. Eerst had hij de nieuwkomers helemaal niet in de gaten, maar toen hij hen zag bleef hij staan. De koe begon meteen te grazen.

Tennyson stak zijn hand op ter begroeting en liep op de boer af. Rolf en de andere volgelingen in een brede rij links en rechts van hem. Bacari en Marisi, de twee Genovezen, liepen vlak achter hem. Beide mannen hadden hun kruisboog gepakt en hielden deze onopvallend tegen hun lijf gedrukt.

De boer draaide zich om en riep iets naar het huis. Een paar tellen later verscheen er een vrouw in de deuropening, die naast haar echtgenoot ging staan, vastbesloten om indien nodig huis en haard te verdedigen tegen deze ongenode gasten.

'Wij komen in vrede en vriendschap!!' riep Tennyson. 'We hebben geen kwaad in de zin, hoor!'

De boer antwoordde in zijn eigen taal. Tennyson had geen idee wat de man precies zei, maar er kon geen misverstand bestaan over wat hij bedoelde: Blijf van mijn erf. Nu boog de man voorover en trok iets uit de leren riemen die om zijn kuiten gebonden waren. Hij kwam overeind en ze zagen dat hij een lange zwarte dolk in zijn rechterhand hield. Tennyson toverde een geruststellende glimlach op zijn lippen en bleef recht op de man aflopen.

'Wij zijn dringend op zoek naar iets om te eten,' riep hij. 'Maar we zullen er u goed voor betalen, hoor!'

Niet dat hij van plan was ook maar een cent uit te geven, en hij had ook geen idee of de man hem wel kon verstaan. Waarschijnlijk niet, hier in deze uithoek. Het belangrijkste was nu om de man gerust te stellen door de toon waarop hij het zei.

Maar de boer liet zich niet snel overtuigen van die goede bedoelingen. Hij draaide zich om en gaf de koe een forse duw, in een poging haar weer terug de schuur in te krijgen. Het zwarte beest keek geschrokken op en hobbelde met heen en weer zwaaiende uiers een paar stappen verderop.

'Reken maar af met die man,' zei Tennyson uit een mondhoek.

Vrijwel meteen daarna hoorde hij een sissend geluid en zag hij hoe twee donkere pijlen door de lucht schoten en met een plof diep in de rug van de arme man sloegen. Zijn armen kwamen omhoog, hij slaakte een benauwd kreetje en viel voorover. Zijn vrouw begon te krijsen en viel naast hem op de knieën. Ze trok en duwde aan het lichaam, terwijl ze druk op haar echtgenoot in praatte. Tennyson wist dat de man al morsdood was geweest voor hij de grond raakte, dat had hij meteen gezien aan de manier waarop hij voorover viel. Het duurde even voordat de vrouw tot dezelfde conclusie was gekomen. Toen sprong ze op, riep iets achterom wat een vervloeking moest zijn en rende weg. Maar ze had nog geen drie stappen gezet voordat Bacari een nieuwe pijl afschoot, die ook haar deed vallen, een paar meter van haar echtgenoot.

De koe was zenuwachtig geworden door het geschreeuw en de geur van bloed, en stond nu aarzelend en half dreigend met de kop naar beneden naar de indringers te loeren. Nolan, een grote kerel die hoorde tot de naaste vertrouwelingen van Tennyson, liep op haar af en greep haar bij de halster tot ze weer kalm was. De koe keek hem nieuwsgierig aan, waarna Nolan haar met één beweging de hals afsneed. Het bloed spoot eruit en de koe strompelde nog een paar passen tot ze -- nog steeds verdwaasd – door de knieën zakte.

De Buitenstaanders kwamen in een kring rond het stuiptrekkende dier staan en keken gulzig naar het schouwspel. Daar lag genoeg biefstuk om de komende dagen door te komen.

'Stropen en slachten maar,' zei Tennyson tegen Nolan, die in een vorig leven slager was geweest.

Nolan keek tevreden naar zijn slachtoffer. 'Help me eens even,' zei hij tegen een paar mannen in de buurt. Zij moesten het karkas overeind houden terwijl hij de huid eraf stroopte en de geschikte stukken vlees uitsneed. Tennyson liet hem zijn werk doen en liep naar de boerderij. De deur was laag; hij moest zich bukken om binnen te komen. Een snelle rondblik leerde hem dat er aardappelen, knollen en uien klaarlagen. Een paar van zijn mannen schepten alles in zakken, terwijl een paar anderen naar de akker gingen om de kolen te oogsten. Tennyson keek even rond in het nette huisje. Eigenlijk had hij best zin om voor de verandering eens de nacht door te brengen in een bed, onder een echt dak. Maar hij wist niet of de boer misschien vlakbij vrienden had – het zou veiliger zijn om te pakken wat ze nodig hadden en verder te trekken.

Een van zijn mannen stond hem op te wachten toen hij weer naar buiten kwam.

'Er staan nog twee beesten in die stal daar,' zei hij. 'Moeten we die meenemen?'

Even dacht Tennyson na. Ze hadden al vlees genoeg, en aardappelen en uien. Als ze nog meer dingen mee zouden slepen zou dat alleen vertragen. Hij keek en zag Nolan druk bezig met zijn slagerswerk. De huid lag plat op het gras, en de man was druk bezig grote lappen vlees in handzamer stukken te hakken en snijden, om die vervolgens op de bloederige huid te leggen.

'Nee,' zei hij. 'Maar steek wel die schuur in de fik als we weggaan. En het huis ook maar!' Niet dat daar een reden voor was, maar hij zag ook geen reden om het niet te doen. En gewoon lekker iets zinloos kapotmaken, dat was precies waar hij zin in had nu.

De Buitenstaander knikte dat hij het begrepen had, maar aarzelde toch nog even. 'En die koeien dan?' vroeg hij.

Tennyson haalde zuchtend zijn schouders op. Hij kon die beesten niet gebruiken, en waarom zou hij ze voor iemand anders achterlaten?

'Die branden maar lekker mee.'

Hoofdstuk 10

H et zandpad dat Halt, Will en Arnaut volgden liep min of meer naar het zuidoosten, terwijl de kustlijn zelf daar naar het westen afboog. Daardoor raakten ze vanzelf steeds verder van de kust verwijderd, en viel geleidelijk ook de zoute wind weg. Ze begonnen zowaar hier en daar wat bomen te zien.

De streek was wild en heuvelachtig, nog steeds grotendeels begroeid met hei en stekelig struikgewas. Het was misschien niet zo aantrekkelijk als het lieflijke groen in het zuiden van Araluen, waar Will en Arnaut vandaan kwamen; maar toch kon je het een heel eigen schoonheid niet ontzeggen, ongerept en indrukwekkend als het was. Dat gold zelfs voor de bomen die ze steeds vaker tegenkwamen – ze leken zich voortdurend schrap te zetten tegen de elementen, hun wortels breed uitwaaierend in de zanderige bodem, de takken als dik gespierde armen breed uitgespreid.

Na een kilometer of wat slaakte Halt ineens een verraste kreet. Hij sprong uit het zadel en bestudeerde iets naast het pad. Achter hem stegen Will en Arnaut ook af. Ze keken over zijn schouder mee. Halt staarde naar een miniem stukje stof, dat aan een scherpe tak was blijven hangen.

'Wat denk je dat dit is, Will?'

'Stof,' antwoordde Will, en toen Halt hem op zijn geheel eigen wijze aan bleef kijken besefte hij, dat het wel duidelijk was dat het om een stukje stof ging – zijn oude leermeester verwachtte meer informatie. Hij stak zijn hand uit en voelde aan het kleine lapje, rolde het tussen duim en wijsvinger heen en weer. Het was dun linnen, waarschijnlijk van een hemd of zo, dacht hij.

'Nou, het lijkt in elk geval niet op die dikke wollen stoffen van de Scoti,' begon hij peinzend. Hij begreep ineens ook waarom dat noordelijke volk koos voor die dikke sterke stof. Met al die stekels om hen heen zou elk dunner kledingstuk hier binnen een paar weken aan flarden gescheurd zijn.

'Dat is al beter!' moedigde Halt hem aan.

Arnaut keek van een afstandje toe en moest lachen. Halt zou nooit ophouden de jonge Grijze Jager te overhoren, besefte hij. Will was voor eeuwig zijn leerling. En Will, dacht hij meteen daarop, zou dat zonder er verder bij na te denken ook altijd blijven verwachten.

'Dus... wat komt er nog meer in je op?' vroeg Halt.

Will keek naar links en naar rechts, het smalle zandpad af dat zij zojuist bereden hadden. Hij zag duidelijk sporen die aangaven dat behalve hij en zijn vrienden hier kort geleden nog anderen langsgekomen waren. Maar de wind en de regen hadden het haast ondoenlijk gemaakt om te bepalen of het daarbij om één grotere groep ging, of dat er meerdere kleinere gezelschappen waren langsgetrokken.

'Nou, je kunt je afvragen waarom de eigenaar van dit kledingstuk niet gewoon op de weg gebleven is. Waarom zou hij in de bosjes lopen als er een pad is?'

Halt zei niets. Maar zijn lichaamstaal, waarbij hij zich lichtjes naar Will boog en aanmoedigend knikte, vertelde Will dat hij op het juiste spoor zat. Hij keek weer naar het pad, met al die voetafdrukken over elkaar heen.

'Het pad is hier wel nogal smal,' zei hij ten slotte. 'Je kunt er hoogstens met twee man naast elkaar lopen. De persoon die hier aan die struik bleef haken, althans zijn kleren, werd misschien even door anderen opzij geduwd. Bijvoorbeeld omdat hij ineens stil bleef staan, en de man achter hem botste tegen hem op. Of hij wilde hem inhalen en duwde hem opzij.'

'Dus dat betekent dat we het over een grotere groep mensen hebben. Ik schat meer dan tien, vijftien zelfs,' zei Halt.

'De herbergier zei dat Tennyson een stuk of twintig mensen bij zich had,' opperde Will.

Halt knikte. 'En ik denk dat zij ongeveer twee dagen voorsprong hebben.'

Will en Halt kwamen weer overeind. Arnaut schudde bewonderend zijn hoofd.

'En dat kunnen jullie allemaal afleiden uit een stukje stof dat ik niet eens gezien zou hebben?'

Halt keek hem dreigend aan. Hij was nog steeds een beetje gepikeerd over wat Arnaut de dag ervoor gezegd had. Kritiek bleef bij Halt altijd lange tijd hangen. 'Nee,' zei hij streng. 'We verzinnen maar wat. Maar we probeerden het te laten klinken als een logische aanname.'

Halt bleef even wachten of Arnaut hier nog op zou reageren, maar deze besloot maar wijselijk te zwijgen. Toen gebaarde de oude Jager naar het pad.

'Laten we maar verder rijden dan,' zei hij.

De wind had de regenwolken van de vorige dag weggeblazen, en de hemel straalde schitterend blauw, al was het verder koud. De heidestruiken overal om hen heen leken in het felle zonlicht constant te verkleuren, van donkerbruin tot roodpaars en omgekeerd. Het was maar toeval dat Will het volgende stukje stof zag hangen. Het waren eigenlijk nauwelijks meer dan een paar draadjes aan een doorn, en dit keer vlak naast het pad. Het was een wonder dat hij het zag, want ze waren paars, precies de kleur van de heide eromheen.

Will gebaarde Arnaut, die achter hem reed, dat hij moest stoppen. Daarna boog hij zich diep voorover in het zadel en trok de draadjes los uit de stekelstruik.

'Halt!' riep hij.

De oude Jager hield Abelard in en draaide zich in zijn zadel om. Hij tuurde naar de purperen draadjes tussen Wills vingers en begon breed te grijnzen. 'Wie kennen wij die dat soort purper dragen?'

'De Genovezen!' antwoordde Will.

Halt haalde diep adem. 'Dus het lijkt er nu toch echt op dat we op het juiste spoor zitten!'

En een paar kilometer verder volgde een tweede bevestiging. Eerst roken ze het. Het waaide nog steeds te hard om te zeggen dat er rook hing. Die was al lang weggeblazen. Maar de geur van verbrand hout en riet – gemengd met iets anders – was onmiskenbaar.

'Ik ruik een brand!' zei Will. Hij hield Trek in, draaide zijn neus alle kanten op en probeerde de oorsprong van de geuren te bepalen. Hij rook nu echt iets anders ook – iets wat hij eerder geroken had, toen hij het spoor volgde van een van Tennysons roversbenden, in het zuiden van Hibernia. Het was de geur van verbrand vlees.

Nu roken Halt en Arnaut het ook. Will wisselde een korte blik uit met zijn leraar en zag dat ook de oudere man de geur herkend had.

'Kom,' zei Halt en hij dreef Abelard in draf, al wist hij heel goed dat ze te laat zouden komen.

De hoeve van de arme boer had een paar honderd meter van het pad gestaan, tussen zijn velden en akkers. Nu, ruim vierentwintig uur nadat het vuur zijn werk had gedaan, zagen ze alleen nog maar een smeulende hoop zwarte rommel. Resten van de dakconstructie hingen schuin tegen een geblakerde muur, omdat de ondersteunende balken waren weggebrand.

'Dat riet moet wel flink nat geweest zijn,' zei Halt, 'dat het niet helemaal opgebrand is!'

Ze waren een paar meter van het uitgebrande huis blijven staan. Het was onmogelijk dat daar nog iemand levend uitgekomen was. En toen zagen ze de lichamen van een man en een vrouw in het lange gras liggen, hun gezichten naar de grond.

Er had nog een tweede gebouw gestaan, een eindje van de boerderij vandaan – de schuur of de stal, nam Will maar aan. Ook dat was tot de grond afgebrand. Er stond geen muur meer overeind, alleen lag er her en der nog een nat stuk rieten dak te smeulen tussen het puin. Trek verzette zich zenuwachtig toen Will er naar toe wilde rijden. De geur van verbrand vlees was daar veel sterker. Te sterk voor het paardje. Will zag tussen de resten twee zwartgeblakerde vormen liggen. Koeien, dacht hij.

'Rustig maar, Trek!' fluisterde hij. Het kleine paard schudde onrustig zijn hoofd, als om zich te verontschuldigen voor zijn reactie. Daarna kalmeerde hij wat. Will steeg af en hoorde Trek diep uit de brede borstkas waarschuwend grommen.

'Rustig maar,' zei hij nog eens. 'Wie dit op zijn geweten heeft is al lang weer weg.'

En al snel werd duidelijk wie dat alles op zijn geweten had. Will knielde naast het lichaam van de arme boer en trok voorzichtig de wollen deken opzij. Verborgen tussen de plooien van de stugge stof vond hij de twee instrumenten waarmee de man gedood was: twee korte kruisboogpijlen, nauwelijks een centimeter van elkaar, diep in de rug van de man gestoken. Er was nauwelijks bloed. Tenminste een van die pijlen moest de man in het hart geraakt hebben, waardoor hij in een klap dood geweest moest zijn. Gelukkig voor hem, dacht Will.

Hij keek op. Halt en Arnaut zaten nog steeds te paard naar hem te kijken. 'Kruisboog!' zei hij alleen.

'Niet een wapen dat de Scoti gebruiken,' antwoordde Halt.

'Nee. We hebben die pijlen eerder gezien. Ze zijn van die Genovezen. Tennyson is hier geweest.'

Arnaut keek naar het verdrietige schouwspel om hem heen.

Uit zijn ogen straalden afwisselend medelijden, afkeer en woede. Misschien waren de Scoti en hun land Picta formeel vijanden van Araluen, maar dit waren geen soldaten geweest, en ook geen rovers die straf verdienden. Het waren simpele boerenmensen, die hier hun dingen deden, ver weg van alles en iedereen, hard werkend om hun dagelijks brood te verdienen op dit magere koude land.

'Waarom moest dat nou?' zei hij. 'Waarom?'

Arnaut was jong, maar hij had al heel wat veldslagen meegemaakt en hij wist dat aan oorlog en strijd weinig glorieus was. Soldaten hadden nog tot op zekere hoogte hun eigen lot in handen. Ze konden doden, of gedood worden. Ze kregen de kans om zichzelf te verdedigen. Dit hier, dit was het meedogenloos afslachten van onschuldige, ongewapende burgers.

Halt wees naar een ander stoffelijk overschot, een eindje verderop en half verborgen in het lange gras. Er hing een klein wolkje vliegen boven, en een grote zwarte kraai hipte er heen en weer, met zijn grote zwarte snavel af en toe naar beneden pikkend. Het waren de resten van de derde koe van de boer. Maar deze was gedood en geslacht. Het vlees hadden ze meegenomen.

'Ze moesten te eten hebben,' zei hij. 'En dus pakten ze dat gewoon. En toen de boer protesteerde schoten ze hem en zijn vrouw dood en staken de boerderij in brand.'

'Maar waarom dood? Ze konden hem toch ook vastbinden of zo? Waarom moesten ze dood?'

Halt haalde zijn schouders op. 'Ze moeten nog een heel eind, tot de grens,' zei hij. 'Ik denk dat ze geen getuigen achter wilden laten die de rest van de streek konden waarschuwen.' Hij keek met de hand boven zijn ogen in de verte, maar zag nergens een ander teken van bewoning. 'Ik wed dat er binnen een kilometer of wat nog wel meer van dit soort boerderijtjes zijn. Waarschijnlijk ook een dorpje of een gehucht. Tennyson wil natuurlijk niet dat die mensen hem achterna komen.'

'Tennyson, dat is een vuile moordenaar,' zei Arnaut met in-gehouden stem.

De oudere Jager snoof. 'En daar kwam je nu pas achter?!' zei hij droogjes.

Hoofdstuk II

H alt speurde zorgelijk de horizon af. 'We kunnen beter maken dat we wegkomen hier,' zei hij, maar intussen was Arnaut ook afgestegen.

'Nee, Halt, we kunnen die arme mensen hier niet zo laten liggen. Dat kan echt niet, hoor!'

En hij begon de kleine schop los te maken, die standaard bij zijn kampeeruitrusting hoorde.

Halt leunde voorover in zijn zadel en waarschuwde: 'Arnaut, denk even na – wil jij echt hier staan te graven, als dadelijk ineens de vrienden van deze mensen opduiken? Ik ben bang dat ze niet geduldig zullen luisteren naar jouw ingewikkelde uitleg van de situatie, of denk je van wel?'

Maar Arnaut liep al speurend rond of er ergens een plekje was om de boer en boerin een passend graf te geven.

'Dat zal allemaal wel, Halt, maar ik vind dat we die mensen netjes moeten begraven. We kunnen ze niet zomaar laten liggen. En als ze in de buurt vrienden hebben, dan zullen die ons heus dankbaar zijn dat we die kleine moeite genomen hebben.'

'Ik ben bang dat je die Scoti te hoog inschat dan,' zei Halt. Maar hij zag wel in dat hij Arnaut niet van gedachten zou kunnen veranderen.

Will had ook al zijn schop gepakt. Hij keek op naar Halt. 'Overigens, als we de lijken niet begraven, dan trekken ze steeds meer kraaien aan, en raven en zo. En juist dat trekt dan misschien de aandacht van die kennissen of vrienden van die arme mensen.'

'En wat zijn jullie dan daarmee van plan?' vroeg Halt, wijzend naar de geslachte koe.

'Dat trekken we de ruïne van de schuur in. En dan gooien we er wat van dat natte riet van het dak overheen.'

Halt zuchtte en gaf het op. Natuurlijk had Arnaut ergens ook wel gelijk. Het was alleen maar netjes en beschaafd om die mensen een laatste rustplaats te gunnen – dat was wat hen onderscheidde van gespuis als Tennyson. En wat Will zei was ook waar. Misschien, dacht Halt, ben ik op mijn oude dag een beetje te gevoelloos en pragmatisch aan het worden. Hij liet zich ook uit het zadel glijden, pakte zijn eigen schep en begon te helpen.

'Ik ben te oud om nog te veranderen in een heilig boontje,' klaagde hij. 'Jij hebt een slechte invloed op me, Arnaut!'

Ze wikkelden de twee lijken in hun stugge geruite dekenmantels en legden hen naast elkaar in een ondiep graf. Terwijl Will en Arnaut het gat weer dichtgooiden, pakte Halt een stuk touw uit zijn zadeltas en trok met Abelard samen het karkas van de koe midden in de ruïne van de stal. Daarna trok en duwde hij wat dikke plukken riet over de bloederige resten. De andere twee beesten waren zo verbrand dat er voor lijkenpikkers weinig meer te halen viel.

Arnaut sloeg de aarde plat en ging staan terwijl hij over zijn onderrug wreef.

'Die rottige schepjes zijn veel te kort voor een normale krijger,' zei hij. Hij keek zijn metgezellen even aan. 'Moeten we nog iets officieels zeggen, vinden jullie?'

'Nou, horen doen ze ons niet meer,' mopperde Halt nog en wees met zijn duim naar de wachtende rijdieren. 'Laten we nu maar weer opstijgen en vertrekken. We hebben Tennyson al veel te veel voorsprong gegeven.'

Arnaut knikte. Daar had Halt natuurlijk ook gelijk in. Bovendien zou het maar pijnlijk zijn om een paar woorden te zeggen over mensen van wie hij niet eens de naam wist.

Halt wachtte geduldig tot zijn twee metgezellen weer in het zadel zaten. 'Laten we maar voortmaken,' zei hij, terwijl hij het hoofd van Abelard in zuidelijke richting trok. 'We moeten heel wat uren goedmaken.'

De rest van de dag lieten ze de paarden draven. Trek en Abelard konden dat tempo als het moest dagen volhouden. Schopper had minder uithoudingsvermogen, maar hoefde zich door zijn veel langere benen niet zo in te spannen als de twee pony's.

Het was die ochtend nog helder geweest, maar nu was de hemel bedekt met grauwe wolken die vanuit het westen binnen waren komen zeilen. Halt snoof de lucht op, met opengesperde neusgaten.

'Ik denk dat het vanavond weer gaat regenen,' zei hij. 'Ik hoop dat we dan al in die pas zijn.'

'Waarom?' wilde Will weten.

'Grotten,' antwoordde Halt kortaf. 'Het zit daar vol grotten, en ik slaap liever in een warm droog hol dan nog een nacht in die druilerige Picta-regen te moeten liggen.'

Toen het donker viel, bereikten ze inderdaad de voet van de Eenraafpas. Eerst hadden Will en Arnaut het niet eens in de gaten. Ze leken over een heuvel recht op een bergwand af te rijden, maar ineens maakte de weg een bocht naar links en reden ze in een kloof. Voorzichtig gingen ze verder, de hoefslag van hun paarden weerkaatste van de rotswanden naast hen. De eerste vijftig meter bleef de kloof smal, maar daarna weken de wanden dertig of veertig meter uit elkaar. Maar het ging wel steil omhoog, en de bodem was ongelijk en vol losse stenen. De schaduwen waren inmiddels ook aardedonker geworden, en nadat Schopper een paar keer flink gestruikeld was stak Halt zijn hand op.

'Laten we hier maar kamperen,' stelde hij voor. 'Straks breekt een van de paarden nog een been, en dat kunnen we nu helemaal niet hebben.'

Will zocht ingespannen de duistere rotswanden af. 'Ik zie alleen nergens zo'n warme droge grot waar je het over had,' zei hij.

Halt klakte geërgerd met zijn tong. 'Volgens mijn kaart moeten die er anders wel zijn.' Hij wees in de verte. 'Daar is in elk geval een overhangende rots. Daar moeten we het dan vannacht maar mee doen.'

Inderdaad stak de rotswand daar een paar meter naar voren, waardoor er een soort afdak ontstaan was. Het was geen grot, maar het zou in iedere geval enige bescherming bieden tegen een plensbui, besloot Will.

Ze maakten hun spullen los van achter hun zadels. Will en Arnaut hadden allebei wat droog hout meegenomen van de laatste overnachtingsplaats en Halt besloot dat ze een vuurtje wel konden riskeren. Ze hadden het koud en hun humeur was niet al te best meer. Voor je het wist zouden ze elkaar in de haren vliegen. Dus waren een vuurtje, wat eten en een bak koffie geboden. Je had natuurlijk altijd de kans dat iemand het vuur zou opmerken, maar aan de andere kant kronkelde de pas zo, dat die kans niet zo heel erg groot was. Tot dusverre was er ook geen enkele aanwijzing dat iemand achter hen aanzat. En als er al iemand was, dan betekende de oneffen bodem voor die lui een even groot risico. En dus zouden zij zelf ook niet in het donker verder durven te gaan. Alles bij elkaar wogen de voors van een vuur heel goed op tegen de tegens.

Ze gingen vroeg slapen, nadat ze de smeulende resten van het vuur zorgvuldig met zand bedekt hadden. Even een vuurtje om koffie te zetten en eten op te warmen was één ding – de hele nacht een vuur laten branden, dat hun aanwezigheid van verre zou signaleren, dat was andere koek. Arnaut bood aan de eerste wacht op zich te nemen, en Will en Halt accepteerden dat aanbod maar al te graag.

Will werd uit een diepe en droomloze slaap gewekt door de

hand van Arnaut op zijn schouder. Even vroeg hij zich verwilderd af waar hij was en waarom er een scherpe steen in zijn heup prikte, dwars door de dekenzak heen. Toen wist hij het weer.

'Is het mijn beurt al?' mummelde hij. Maar Arnaut bleef boven hem gehurkt zitten en hield zijn wijsvinger voor zijn lippen om hem tot stilte te manen.

'Luister!' fluisterde hij, en hij draaide zijn hoofd zo, dat hij verder de kloof in kon kijken. Will gaapte, haalde zijn verstopte neus op en kwam op één elleboog half overeind.

Er klonk een lange schorre kreet door de kloof, echoënd van de ene bergwand naar de andere, nog lang nadat de oorspronkelijke schreeuw geklonken had. Will kreeg kippenvel over zijn hele rug. Het klonk als groot verdriet, als een haperende schorre kreet van smartelijk lijden.

'Wat kan dat in 's hemelsnaam zijn?' fluisterde hij terug.

Arnaut schudde zijn hoofd. Hij wist het ook niet. Daarna probeerde hij weer te luisteren, zijn hoofd een beetje schuin.

'Dat was al de derde keer. De eerste twee keer klonk het zo zacht dat ik niet zeker wist of ik het wel echt gehoord had. Maar het komt dichterbij.'

Toen kwam de kreet weer, maar nu uit een andere richting. De eerste die hij hoorde kwam van verder in de pas, dacht Will. Maar nu klonk de schreeuw van achter hen, van ergens waar zij langsgekomen moesten zijn.

Ineens herkende hij het geluid.

'Het is een raaf,' fluisterde hij. 'De raaf van de Eenraafpas!'

'Maar die andere was daarginds,' begon Arnaut en wees naar het zuiden. Onzeker geworden draaide hij zich om in de richting van waar de eerste kreet geklonken had. 'Dan moeten er twee raven zijn.'

'Of het is er maar één, die ver boven ons heen en weer vliegt.'

'Denk je?' vroeg Arnaut. Hij was voor de duivel niet bang.

Maar hier te zitten, in deze pikdonkere kloof in een onbekend gebergte, en te moeten luisteren naar dat vreselijk droevige geluid, daar gingen al zijn haren van overeind staan.

Uit de stapel dekens die Halt bedekte klonk een klaaglijke stem. 'Ik heb altijd begrepen dat raven vogels waren, en vogels vliegen rond,' klonk het kreunend en steunend. 'Willen jullie een oude man alsjeblieft rustig laten slapen?'

'Het spijt me, Halt,' zei Arnaut beschaamd en enigszins verlegen. Hij gaf Will een schouderklopje. 'Ga jij ook maar weer slapen. Ik moet nog een uur.'

Will ging weer liggen. En meteen klonk het krassende geluid opnieuw, weer uit een andere richting.

'Ja,' zei Arnaut in zichzelf. 'Vast een raaf. Gewoon een raaf die heen en weer vliegt. Precies. Dat moet het wel wezen.'

'Ik waarschuw niet nog een keer,' klonk het uit de dekens van Halt. Arnaut opende zijn mond al om zich nog eens te verontschuldigen, maar besloot dat beter te laten.

De raaf bleef de hele nacht door zijn droevig lied ten gehore brengen. Will nam de wacht over van Arnaut en maakte een paar uur voor zonsopgang Halt wakker. Toen de hemel boven de hoge rotswanden lichter begon te worden, hield de raaf geleidelijk op.

'Ik begin hem zowaar te missen, onze vriend, nu hij niet meer zijn droeve liedje zingt,' zei Arnaut, terwijl hij met zijn laarzen zand over het ontbijtvuurtje schoof.

'Nou, gisterenavond kon je hem anders missen als kiespijn,' grijnsde Will. Hij sperde zijn ogen wijd open en zwaaide zijn armen in de rondte, alsof hij doodsbenauwd voor iets was. 'Ooo, Will, help! Een grote boze raaf probeert me te grazen te nemen!'

Arnaut schudde beschaamd het hoofd. 'Uhh... ik was best een beetje geschrokken, ja. Maar dat kwam omdat ik niet wist wat het was, eerst.'

'Nou, gelukkig stond ik weer klaar om je te beschermen,' zei Will tevreden.

Halt was bezig zijn spullen op te rollen en op te bergen. Hij vond dat Will nu overdreef. 'Weet je,' zei hij. 'Vlak nadat hij de eerste keer die raaf hoorde, hebben Arnaut en ik nog iets raars gehoord, iets dat knetterde.'

Will keek hem verbaasd aan. 'O ja? Wat dan? Ik weet van niets.'

'Nou ik wel. Het was jouw hoofdhaar, dat recht overeind stond. Er kwamen allemaal angstvonkjes af.'

Arnaut schoot in de lach, en Halt verwende hem met een van zijn bijzonder zeldzame glimlachjes. Will draaide zich om en begon met rode wangen zijn eigen spullen bij elkaar te rapen. 'Haha. Leuk, hoor. Wat een grap,' mompelde hij. Maar hij verbaasde zich dat de oude Jager dat van onder zijn stapel dekens had kunnen zien, in het stikdonker.

Ze reden verder omhoog door de pas. Na een tijdje steeg het pad niet meer, daarna begon het zelfs weer te dalen. Een uur of zo na hun vertrek wees Halt op een constructie van platte stenen die aan de oostkant van het pad stond.

'Daar huilde onze vriend raaf om,' zei hij ernstig.

Ze reden er naar toe om de stenen beter te bekijken. Van dichtbij had het iets weg van een altaar. Het zag er heel oud uit, en op de rotswand erachter stond een vage inscriptie, nauwelijks nog leesbaar na eeuwen vol wind en regen.

'Een gedenkteken voor hen die hier vielen,' zei Halt.

Will boog zich voorover om de kerven te bestuderen. 'Wat staat er eigenlijk?'

Halt trok zijn schouders op. 'Het is nauwelijks te lezen, zo verweerd is het al. Bovendien kan ik geen Scotische runen lezen. Ik denk het verhaal van de hinderlaag en de daaropvolgende veldslag.' Hij wees naar links en naar rechts, waar de steile rotswanden weer hoog oprezen. De kloof was hier weer nauwer geworden en nauwelijks twintig meter breed. 'Daarboven, zie je dat, daar heb je allemaal richels, daar had de vijand zijn boogschutters geposteerd. En toen de Scoti hier dicht op elkaar moesten gaan lopen begonnen ze te schieten. Met pijlen, maar ze gooiden ook rotsblokken en speren naar beneden. De soldaten van de Scoti liepen elkaar vreselijk in de weg, terwijl ze achteruit probeerden te vluchten. En terwijl ze zo over elkaar heen buitelden en hopeloos in verwarring waren, kwam daar de cavalerie de bocht om en viel hen meedogenloos aan.'

Zijn twee jonge vrienden luisterden geboeid naar zijn verhaal, hun hoofden meedraaiend met zijn wijzende arm. Zo jong als ze waren hadden ze allebei al heel wat veldslagen meegemaakt, en ze konden zich heel goed voorstellen wat een slachtpartij dat geweest moest zijn, lang geleden.

'Wie waren dat dan, Halt?' vroeg Arnaut. Hij sprak als vanzelf met gedempte stem, uit eerbied voor de dappere krijgers die hier als ratten in de val gesneuveld waren.

Halt staarde hem aan, alsof hij de vraag niet begrepen had. Dus legde Arnaut het uit: 'Wie was die vijand van de Scoti?'

'Wij, wie anders?' antwoordde Halt kortaf. 'Araluen. Het is niet van de laatste tijd, dat we elkaars vijand zijn, dacht je dat? Dat zijn we al eeuwen. Juist daarom wil ik eigenlijk weg uit Picta, hoe eerder hoe liever, wat mij betreft.'

En dat was duidelijk een hint, dus gaven de twee jongemannen hun rijdieren de sporen en reden hun oude mentor achterna, in zuidelijke richting. Arnaut keek nog een paar keer om naar het kleine monument, maar al snel verdween het uit zicht.

Een uur later vonden ze een tweede set sporen.

Hoofdstuk 12

H alt en Will bleven steeds gespitst op mogelijke sporen die Tennyson en zijn trawanten hadden achtergelaten. Zij zagen dan ook bijna tegelijk dat er ineens een nieuw spoor bijgekomen was.

'Halt...' begon Will. Maar de oude Jager knikte al.

'Ik heb het ook gezien.' Hij hield Abelard in en ook Schopper en Trek bleven staan. De twee Grijze Jagers lieten zich uit het zadel glijden en bestudeerden de aanwijzingen die de nieuwkomers hadden achtergelaten. Arnaut merkte dat zij zich zorgen maakten en trok zijn zwaardschede open. Hij had duizend vragen, maar durfde ze niet te stellen – hij wist dat ze die afleiding nu niet konden gebruiken. Zodra ze zich een oordeel hadden gevormd, over wat er gebeurd was, zouden ze het hem vanzelf wel vertellen.

Will keek achterom langs het pad. Een meter of wat eerder waren ze een andere kloof gepasseerd, een smalle spleet in de rotswand links van hen. Blijkbaar liep daar ook een pad de bergen uit, naar Araluen. Ze waren er glad voorbijgereden, zonder dat het hun opgevallen was. Ze waren wel meer van die zijkloven en spleten gepasseerd, maar hadden er nooit bijzondere aandacht aan besteed. De meeste liepen immers na een meter of twintig, dertig dood tegen een steile bergwand. Maar deze was anders. Alles wees erop dat er mensen uit die kloof waren gekomen en Tennyson achterna waren gegaan, of althans diezelfde kant op. Will holde terug en verdween een paar minuten in de smalle spleet. Arnaut slaakte een zucht van verlichting toen hij weer tevoorschijn kwam, hij vond het maar niets zoals zijn vriend daar ineens door de berg opgeslokt leek te zijn. Trek trouwens ook niet, merkte hij. Het kleine paard had nerveus wat heen en weer staan drentelen, en sloeg met zijn hoef op de rotsige bodem toen hij zijn baasje weer terug zag komen.

'Nou, ze zijn inderdaad daar uitgekomen,' zei hij en wees met zijn duim achterom. 'Die kloof loopt niet dood. Ik ben er wel honderd meter in gelopen, maar hij ging gewoon verder. En hij werd ook steeds breder.'

Halt krabde nadenkend in zijn baard. 'Er moeten natuurlijk nog veel meer zijpaden zijn, die uitkomen op de pas.' Hij bestudeerde nog eens de grond voor hem en beet op zijn lip. Arnaut besloot dat zijn kameraden lang genoeg hadden kunnen nadenken.

'Wie of wat zijn het, denken jullie?'

Halt gaf niet meteen antwoord. Hij keek naar Will. 'Wat denk jij?'

De tijd was al lang voorbij dat Will op een dergelijke vraag van Halt meteen een antwoord klaar had. Beter precies dan snel, wist hij, als het ging om antwoorden. Hij ging op één knie naast het spoor zitten en volgde met zijn wijsvinger een indruk in het zand. Hij keek naar links en naar rechts, en volgde de vage voetafdrukken.

'Ze hebben allemaal grote voeten,' zei hij toen. 'En ze hebben best een diep spoor achtergelaten, terwijl de grond toch aardig hard is hier. Dus in ieder geval zijn het geen dwergen.'

'Ja, en?' drong Halt aan.

'Het zijn mannen, ik zie tenminste geen kleine voeten. Ze hebben geen vrouwen en kinderen bij zich. Dus ik ga er maar vanuit dat het een groep krijgers is.'

'Die Tennyson achtervolgt?' vroeg Arnaut, die nog steeds de verbrande boerderij voor ogen had.

Nu was het Will die op zijn lip beet. Hij keek naar Halt, maar die gebaarde dat hij door moest gaan op de ingeslagen weg.

'Misschien,' zei hij. 'In elk geval kwamen ze hier langs ná Tennyson en zijn bende. Je kunt duidelijk zien dat hun voetsporen over die van de eerdere groep lopen. En ze zijn verser ook, die sporen, ik denk niet ouder dan van vanmorgen vroeg.'

'Nou, ik hoop dat ze hem te pakken krijgen,' zei Arnaut. Wat hem betrof was dat een fraaie oplossing, als een groep op wraak beluste Scoti Tennyson en zijn Buitenstaanders zou opruimen.

'Ik zei "misschien",' herhaalde Will nog eens. 'Als zij Tennyson achternazitten, waarom kwamen ze dan uit het oosten, uit het binnenland? Hij wees naar de zijkloof. 'Als iemand achter Tennyson en zijn mannen aanzat, nadat hij gezien had wat ze aangericht hadden, dan was die toch ook rechtstreeks over de grote weg gekomen, uit het noorden, net als wij?'

'Misschien is er een snellere route?' opperde Arnaut, maar Will schudde al van nee.

'Die kloof kronkelt alle kanten op, dat kan nooit een kortere weg zijn. Volgens mij komt dat pad ergens anders vandaan. Ergens oostelijk van hier.' Hij keek naar Halt, of die het met hem eens was. De oude Jager knikte.

'Dat denk ik ook,' zei hij. 'Dus dan is het puur toeval dat we hun pad kruisen. Het zit er dik in dat die mannen helemaal niet weten dat Tennyson voor hen uit trekt.'

'Zij kunnen toch ook de sporen zien?' merkte Arnaut op, en hij wees vaag naar de steenachtige bodem.

Halt veroorloofde zich een zuinige glimlach. 'Kun jij ze zien dan?' vroeg hij.

Arnaut moest toegeven dat hem, als de Grijze Jagers hem niet gewezen hadden waar hij moest kijken, niets bijzonders opgevallen zou zijn.

'Scoti staan nou niet direct bekend als grote spoorzoekers,' besloot Halt. Hij gebaarde dat ze weer op moesten stijgen en gaf zelf het voorbeeld.

'Maar als ze niet achter Tennyson aan zitten, wat moeten ze dan hier?' ging Arnaut verder.

'Het meest waarschijnlijke is dat het een bende rovers is, die van plan is om vee te stelen in Araluen. Er zijn hier een paar dorpjes, vlak bij de grens. Misschien gaan ze daarheen.'

'En dan?' vroeg nu Will.

'Dan moeten wij hen van dat onzalige idee zien af te brengen,' antwoordde Halt. Hij keek Will strak aan. 'En dat komt wel heel ongelukkig uit nu.'

Wat de Scoti van plan waren werd al snel duidelijk, nadat ze de Eenraafpas achter zich gelaten hadden en de grens met Araluen waren gepasseerd. De groep van Tennyson boog even af naar het oosten, maar bleef in zuidelijke richting verdergaan. De Scoti daarentegen sloegen bij de eerste de beste gelegenheid naar het zuidwesten af, een route die bijna haaks op die van de Buitenstaanders stond.

Halt zuchtte vermoeid toen hij de sporen op de splitsing las. Aarzelend keek hij naar het zuidoosten, maar besloot toen toch Abelards hoofd naar het westen te trekken.

'We kunnen die mannen niet zomaar hun gang laten gaan,' zei hij. 'We moeten eerst met hen afrekenen, en dan kunnen we daarna wel weer Tennyson opsporen.'

'Kunnen die mensen hier niet hun eigen boontjes doppen dan?' merkte Will op. Hij vond het maar niks om de jacht op Tennyson op te geven, alleen maar vanwege een paar gestolen koeien. Maar Halt was onverbiddelijk.

'Het is een grote groep rovers, Will. Ik denk wel een man of vijftien, en zwaarbewapend. Straks zoeken ze een kleine boerderij uit, waar hoogstens twee of drie man verzet kunnen bieden. En dan vermoorden ze de mannen, steken de huizen en schuren in brand, net als Tennyson, en roven al het vee mee. En waarschijnlijk nemen ze de vrouwen en kinderen ook mee, als slaven, als hun dat zo uitkomt.'

'En als hun dat niet uitkomt?' vroeg Arnaut.

'Dan vermoorden ze die ook. Wil jij dat gewoon laten gebeuren?'

Beide jongemannen schudden heftig van nee. Beiden zagen de scène in Picta nog haarscherp voor zich.

'Erachteraan dan maar,' zei Will grimmig.

Omdat zij te paard waren, haalden ze de Scoti snel in. Het landschap aan deze kant van de grens veranderde en al gauw reden ze door dichte bossen. Halt riep Will bij zich.

'Rij jij maar vooruit,' zei hij. 'Ik wil niet onverwacht op hun achterhoede botsen.'

Will knikte dat hij het begrepen had en dreef Trek in een snellere draf. Paardje en ruiter verdwenen in de mist die inmiddels tussen de bomen hing. Halt vertrouwde blind op Will – hij wist dat hij de Scoti zou vinden, zonder dat ze hem zagen of hoorden. Daarin waren Trek en hij getraind. In tegenstelling tot Arnaut en Schopper.

'Waarom laten we hem eigenlijk alleen vooruitgaan?' vroeg eerstgenoemde, een paar minuten nadat zijn vriend uit het zicht verdwenen was.

'Met zijn drieën zouden we vier keer zoveel lawaai maken als hij in zijn eentje!' antwoordde Halt.

Arnaut fronste zijn wenkbrauwen. Die rekensom kon hij zo gauw niet volgen. 'Waarom zouden we met zijn drieën niet drie keer zoveel lawaai maken?'

'Will en Trek maken bijna geen lawaai. Abelard en ik ook niet. Maar jij en die wandelende aardbeving van je, die jij altijd "paard" noemt...' Hij wees naar Schopper en deed er verder het zwijgen toe.

Arnaut was beledigd door dit commentaar op zijn trouwe ros. Hij was erg dol op Schopper.

'Nou overdrijf je, Halt!' protesteerde hij. 'En hij kan er trouwens niets aan doen. Schopper heeft nooit geleerd om als een kat door het bos te sluipen, zoals die pony's van jullie...' Zijn stem stierf weg, in het besef dat hij zojuist eigenlijk Halts oordeel bevestigd had. De Grijze Jager keek hem aan met zijn hoofd scheef en opgetrokken wenkbrauwen. Soms, overwoog Arnaut, kon je met opengesperde ogen en een raar hoge wenkbrauw meer sarcasme uitstralen dan met welk venijnig woord ook.

Natuurlijk begreep Halt heus wel dat Arnaut gewoon bezorgd was om zijn vriend. Eigenlijk moest hij hem geruststellen, besloot hij, maar dat kon nog wel even wachten. Hij was blij dat hij de jonge krijger weer eens kon plagen. Net als vroeger, dacht hij, en keek ineens stuurs voor zich uit. Niet sentimenteel worden, oude man!

'Will loopt heus niet in zeven sloten tegelijk!' zei hij snel. 'Maak je maar geen zorgen.'

Een uur later ging Abelards hoofd ineens omhoog en brieste hij kort. Een paar tellen later kwamen Will en Trek in lichte draf uit de mistflarden op hen af gereden. Inderdaad. Die Jagerspaardjes waren erg lichtvoetig, als je dat van een paard kon zeggen, dacht Arnaut. De hoeven van Trek maakten nauwelijks geluid op het zand van het bospad.

Will bleef voor hen staan.

'Ze hebben verderop halt gehouden,' rapporteerde hij. 'Twee kilometer verderop, daar hebben ze hun kamp opgeslagen. Ze hebben eerst wat gegeten, en nu liggen de meesten te slapen. Ze hebben natuurlijk wel wachtposten uitgezet.'

Halt knikte. Hij keek naar de stand van de zon.

'Ze hebben de hele dag een flink tempo aangehouden,' zei hij. 'Waarschijnlijk rusten ze een uur of wat voordat ze gaan aanvallen. Heb jij gezien of daar in de buurt een boerderij of zo staat?'

Will schudde van nee. 'Ik ben nog niet verder gereden, Halt. Ik dacht dat ik je beter eerst kon vertellen dat ze gestopt zijn.'

Halt gebaarde dat hij zich niet hoefde te verontschuldigen. 'Geeft niet,' zei hij. 'Die boerderij is er vast wel. Daar gaan ze straks natuurlijk heen. Ze zullen aanvallen als de schemer valt, in de late namiddag.'

'Hoe weet je dat?' vroeg Arnaut. Halt keek hem aan.

'Zo werken ze altijd,' zei hij. 'Er is dan nog net genoeg licht, maar te weinig voor de boeren om goed te zien wat er gebeurt. Ze worden compleet verrast en raken in paniek. En tegen de tijd dat die Scoti er dan met hun geroofde vee vandoor gaan, is het intussen te donker om hen te achtervolgen. En dan hebben ze de hele nacht om terug te lopen naar Picta.'

'Ja, dat klinkt logisch,' zei Arnaut.

'O, ze zijn er inmiddels heel goed in, neem dat maar van me aan,' merkte Halt op. 'Ze hebben honderden jaren ervaring!'

'Hoe pakken we het aan, Halt?' vroeg Will.

De oude Grijze Jager dacht even na voor hij antwoord gaf. Daarna zei hij, half in zichzelf: 'In dit bos kunnen we ze niet een voor een neerhalen, zoals toen in Craikennis.' In Hibernia hadden Will en hij een soortgelijke groep rovers van een afstand kunnen decimeren. 'En het laatste wat we willen is dat we van man tot man moeten gaan vechten.' Hij keek Will aan. 'Met zijn hoe velen zijn ze?'

'Zeventien,' antwoordde de jonge Jager. Hij had zich duidelijk grondig op Halts vraag voorbereid.

Halt streek over zijn ruwe baard. 'Zeventien. En waarschijnlijk zijn er op die boerderij hoogstens drie of vier volwassen mannen, meer zeker niet.'

'Als we maar eenmaal binnen in het gebouw zitten, dan kunnen we ze met zijn drieën wel tegenhouden, lijkt mij,' dacht Arnaut hardop.

Halt keek hem aan. 'Dat mag dan zo zijn, Arnaut, maar als ze even volhouden, en Scoti zijn een bijzonder vasthoudend volkje, dan zitten we daar voor je het weet een paar dagen vast. En dan wordt de voorsprong van Tennyson wel erg groot. Nee,' zei hij, een besluit nemend, 'ik wil ze niet alleen maar tegenhouden. Ik wil ze naar hun eigen land terugjagen!'

De twee jongere mannen keken hem vol verwachting aan; ze waren benieuwd wat de oudere man van plan was. En hij liet hen niet te lang wachten.

'Ik stel voor dat we om het kamp van de Scoti heen trekken en daar op hen wachten. Ik wil weten welke kant ze opgaan. Kun jij ons de weg wijzen, Will?'

Will knikte en liet Trek omdraaien. Hij reed weer het bos in. Maar Halt riep hem terug.

'Wacht even.' Hij draaide zich om in zijn zadel en rommelde even in zijn zadeltassen. Daarna haalde hij een bruin met grijs kledingstuk tevoorschijn. Hij gaf het aan Arnaut. 'Trek jij dit maar aan, Arnaut, dan val je minder op.'

Arnaut nam het aan en vouwde het open. Het was een camouflagemantel, zo een als de Grijne Jagers droegen.

'Misschien zit hij wat strak – het is mijn reserve,' merkte Halt op.

Arnaut sloeg opgewonden de mantel om zijn schouders. Misschien was hij bedoeld voor Halt, maar die Jagersmantels vielen ruim, dus het ging best. Hij was alleen te kort, maar omdat hij op zijn paard zat gaf dat niets.

'O, leuk, ik heb altijd al zo'n toverjas willen hebben!' zei hij grijnzend. Hij trok de grote kap diep over zijn hoofd, zodat zijn gezicht niet langer zichtbaar was in de schaduw. Daarna trok hij de mantel voor zijn borst dicht.

'Ben ik nu ook onzichtbaar?' vroeg hij.

HOOFDSTUK 13

Onze vrienden reden met een wijde boog om het kamp van de veerovers heen. Pas toen Will vond dat ze ver genoeg gekomen waren, zochten ze de oorspronkelijke zandweg weer op.

Na een tijdje zagen ze her en der omgekapte bomen. Aan de rand van een akker, die duidelijk veroverd was op het bos, zagen ze een boerderij met een schuur staan, omringd door een wal met geriefhout. Uit de schoorsteen kringelde wat rook omhoog. Tussen huis en schuur lag een omheinde kraal, waarin donkerbruine runderen kalm heen en weer liepen.

'Kijk, daar komen ze voor,' zei Halt. 'Koeien. Het zijn er wel twintig.'

Arnaut snoof de geur van brandend droog hout op die uit de schoorsteen kwam. 'Ik hoop dat ze eten op het vuur hebben staan,' merkte hij op. 'Ik sterf van de honger.'

'Ik hoor een stem – van wie zou die zijn?' vroeg Will zogenaamd verrast en opzichtig om zich heen kijkend. Hij deed alsof hij Arnaut nu pas zag en zei: 'O, jij was het. Door die mantel zag ik je eerst niet.'

Arnaut keek hem aan alsof hij gemarteld werd. 'Will, het was de eerste tien keer al niet grappig toen je dat zei – waarom denk je dat ik nu wel in lachen zou uitbarsten?'

Halt lachte hartelijk om Arnauts reactie, terwijl hij op Wills flauwe opmerkingen niet gereageerd had. Maar meteen daarna werd hij weer serieus. 'Waar zijn de bewoners toch?'

Je zou denken dat er om deze tijd – het was een uur of drie 's middags – wel iemand aan het werk zou zijn, op het erf of op de akkers. Maar er was geen levende ziel te zien.

'Misschien knappen ze een uiltje?' suggereerde Arnaut. Daar had hij zelf best zin in. Halt keek hem uit een ooghoek aan. 'Boeren knappen geen uiltjes. Alleen dure ridders doen dat.'

'Ja, de enigen die zich kunnen permitteren uiltjes te kopen om te knappen,' zei Will, weer trots op zijn eigen gevoel voor humor.

Halt schonk hem alleen een vuile blik.

'Arnaut heeft gelijk. Je bent niet erg grappig vandaag. Kom, we moeten verder.'

Hij reed voor hen uit over de bescheiden akker. Arnaut zag dat zijn beide metgezellen hun grote bogen van hun rug hadden geschud en over hun zadel gehangen. Ze hadden ook de pijlenkoker bij de hand. Zelf voelde hij aan zijn zwaard. Even dacht hij erover om ook maar het ronde schild te pakken, dat links achter hem aan zijn zadel hing. Maar hij besloot daarmee te wachten. Ze waren nu al bijna bij de boerderij.

Het rieten dak stak aan een kant van het gebouw voorbij de muur waar het op rustte, waardoor een soort afdak was ontstaan. Halt hield in en boog zich voorover om onder de rand te kijken.

'Volluk!' riep hij aarzelend. Maar het bleef doodstil.

Hij keek om naar zijn metgezellen en gebaarde hen af te stijgen. Over het algemeen deed een ruiter die zich bij onbekenden meldde dat pas als hij daartoe uitgenodigd werd, maar het leek er voorlopig niet op dat dat zou gebeuren.

Arnaut en Will liepen achter Halt aan, naar wat de voordeur zou moeten zijn. Halt klopte met zijn knokkels op de deur, waardoor deze naar binnen toe openging. De leren scharnieren kraakten vervaarlijk.

'Hallo, is daar iemand?' riep Halt nog eens.

'Blijkbaar niet,' zei Will na een minuut.

'Nee. Niemand thuis, maar wel de deur van het slot,' merkte Halt op. 'Vreemd.'

Hij ging hen voor naar binnen. Ze kwamen in een klein vertrek, dat blijkbaar tegelijk als keuken en woonkamer dienstdeed. Er stonden een houten tafel en een paar ruwhouten stoelen – allemaal zelfgemaakt zo te zien. Er hing een grote zwarte kookpot aan een ijzeren zwaaiarm naast het haardvuur. En dat vuur brandde nog steeds, al was de brandstof bijna op. Er moest nodig een nieuw houtblok op gegooid worden.

Er waren nog twee andere kamertjes, en er stond een ladder waarlangs je naar de zolder kon klimmen. Will deed dat en keek rond door de ruimte onder het rieten dak. Arnaut inspecteerde de twee kamertjes.

'Niets en niemendal daarboven!' zei Will terwijl hij weer naar beneden kwam.

'Hier ook niet,' beaamde Arnaut. 'Waar zou iedereen zitten?'

Het was overduidelijk dat de bewoners hun huis nog maar kort geleden verlaten hadden. Dat zag je aan het vuur en aan een paar borden en bekers op de tafel. Niets wees op een gevecht of worsteling. De vloer was netjes geveegd, de bezem stond naast de deur. Halt haalde zijn wijsvinger over een plank met potten en pannen naast de haard. Hij bekeek zijn vingertop: geen stof.

'Ze zijn hard weggelopen!' concludeerde Halt. 'Ze kregen de Scoti in de gaten en zijn gevlucht.'

'En dan alles zomaar achterlaten?' vroeg Arnaut, terwijl hij om zich heen wees.

Halt haalde zijn schouders op. 'Nou, zo veel is het niet. En kijk eens, er hangt geen jas of mantel meer naast de deur – alleen een lege kapstok.' Hij wees naar een lege rij haken in de muur naast de voordeur.

'Maar hun koeien laten ze wel achter?' Dat begreep Arnaut dan weer niet.

'Die kunnen ze moeilijk meenemen als ze snel moeten vluchten, of wel soms?' Halt liep naar de deur en naar buiten, het erf op. Arnaut en Will volgden hem naar de koeien.

'Ze hebben trouwens wel geprobeerd hen te verjagen,' zei hij en wees op het hek dat wagenwijd open stond. 'Maar die beesten zijn ook niet gek. Ze hebben hier water en eten – ik vermoed dat ze na een tijd uit zichzelf zijn omgekeerd en teruggekomen.'

De koeien keken hem trouwhartig en nieuwsgierig aan. De meeste stonden te herkauwen en leken niet onder de indruk van de drie vreemde mannen. Het waren sterke en stevige beesten, met een ruwe vacht die hen goed zou beschermen tegen de kilte van de noordelijke winters. En het waren natuurlijk maar koeien, die maakten zich zelden erg druk.

'Misschien hoopten ze wel dat als ze de koeien lieten staan, de Scoti niet de moeite zouden nemen om hun huis in de brand te steken,' opperde Will.

'Misschien,' antwoordde Halt. 'Maar dat is geen moeite voor de Scoti. Dat is juist de helft van de lol.'

'Alles goed en wel, maar wat gaan wij nu doen?' vroeg Arnaut. 'Moeten we ons maar gewoon stilletjes terugtrekken nu? In elk geval zijn de boer en zijn mensen buiten gevaar zo.'

'Dat mag zo zijn,' reageerde Halt, 'maar als hun vee verdwenen is, en hun huis en voorraden verbrand, dan sterven ze straks van de honger.'

'Wat is jouw voorstel dan?' vroeg Will.

Halt aarzelde even. Hij leek een plan te overwegen. Daarna zei hij: 'Ik stel voor dat we het vee naar de Scoti brengen.'

Will keek alsof zijn oude mentor volslagen seniel geworden was. 'Maar waarom zijn we dan helemaal hierheen gekomen? Dan hadden we net zo goed achter Tennyson aan kunnen blijven jagen.'

'Als ik zeg dat we hun het vee brengen, dan bedoel ik niet dat we die beesten cadeau gaan geven. Ik bedoel, we geven ze de volle laag, met die kudde.' Het begon Will te dagen, en ook Arnaut begreep wat Halt van plan was. Will wilde wat gaan zeggen, maar de oude Jager snoerde hem de mond en wees naar het bospad waar zij uit gekomen waren.

'Ga jij daarheen en hou daar de wacht. Ik wil weten wanneer ze eraan komen. Zo gauw ze tussen de bomen uit komen jagen we de koeien op hol en sturen ze recht op de rovers af.'

Will knikte en grijnsde breed bij het beeld van verraste veedieven, die op de vlucht sloegen voor hun eigen prooi. Hij sprong in het zadel en galoppeerde over het veld, reed het bos in en bleef na een meter of veertig staan. Het bos was hier nog open. De stammen waren niet zo dik en kaal van onderen. Waarschijnlijk haalde de boer hier zijn timmerhout vandaan, als hij dat nodig had. Zo kwam hij aan zijn bouwmateriaal, en kreeg hij nog brandhout op de koop toe. Er stonden al wat nieuwe jonge boompjes tussen, maar daar zouden de Scoti niet veel aan hebben, als een op hol geslagen kudde runderen op hen af kwam gestormd.

Will koos voor zichzelf een struik tussen twee jonge dennen en parkeerde Trek daar. Hij keek nog even in de richting van de boerderij. Hij zag twee kleine gestalten bij de omheining met de koeien staan. Ineens bedacht hij dat hij geen idee had hoe je dat deed, een stel koeien op hol laten slaan. Maar daar hoefde hij zich gelukkig niet druk om te maken, daar was Halt voor. En die wist immers alles.

'Hoe laat je die brave beesten op hol slaan?' vroeg Arnaut.

'Nou, je maakt ze aan het schrikken. Je maakt ze bang. Als ze maar eenmaal aan het hollen zijn, dan springen wij op onze paarden en drijven de kudde recht op die veedieven af. Zo gauw ze uit het bos zijn,' antwoordde Halt. Hij liep tussen de koeien door, die hem nog steeds nieuwsgierig kauwend aanstaarden. Hij gaf er een een flinke por. Alsof hij tegen een huis duwde, dacht hij. Daarna wapperde hij wat met zijn armen. 'Hoeoeoe! Vort! Tsk-tsk!' De koe liet een vette wind, maar bleef verder gewoon staan waar ze stond. 'Nou, je hebt hem flink bang gemaakt!' grijnsde Arnaut. Halt keek hem bozig aan. 'Misschien moest jij die cape afdoen, dan schrikken ze wel, als ineens uit het niets zo'n lelijkerd tevoorschijn komt,' zei hij nors.

Arnauts grijns werd breder en breder. Hij trok inderdaad zijn mantel uit, maar dat bleek geen enkele indruk te maken op de beesten. Twee of drie keken hem lodderig aan. De rest was niet geïnteresseerd, tenzij je nog een paar winden een blijk van belangstelling kon noemen.

'Ze hebben wel erg last van lucht in de darmen, niet?' merkte hij op. 'Misschien kunnen we ze allemaal met hun gat richting Scoti zetten, dan blazen ze dat geboefte zo weer de Eenraafpas op.'

Halt maakte een ongeduldig gebaar. 'Help nou eens. Jij bent toch op een boerderij opgegroeid, of niet dan?'

Arnaut schudde heftig van nee. 'Ik ben helemaal niet op een boerderij opgegroeid. Ik was een van de wezen van Redmont. Maar jij, jij was een prins in Hibernia. Hadden jullie geen koeien thuis?'

'Ja, die hadden we. Maar we hadden ook een ruim aanbod van simpele zielen zoals jij, gelukkig, om ervoor te zorgen.' Hij dacht even na. 'De stier, die moet het hem doen. Als we de stier op hol krijgen, dan gaan de koeien er vanzelf achteraan.'

Arnaut keek naar de kleine kudde. 'Maar welke is de stier?'

Halt trok nu twee wenkbrauwen tegelijk op – een teken dat de oude Grijze Jager bijzonder verstoord was.

'Ja, dat leer je natuurlijk niet in het weeshuis,' zei hij. Hij wees: 'Die daar, dat lijkt me de stier.'

Arnaut bestudeerde het beest van dichterbij. 'Ja, je hebt gelijk. Dat moet hem zijn. Wat ben je met hem van plan?'

'Laat hem schrikken. Maak hem boos. Maak hem bang!' zei Halt.

Arnaut leek niet overtuigd. 'Ik weet niet of dat erg verstandig is!

Halt snoof minachtend. 'Watje! Wat kan dat beest je nou doen?'

Arnaut keek achterdochtig naar de stier naast hem. Hij was niet zo groot als sommige vakbroeders die hij vroeger in de grazige weiden rond Redmont had zien staan. Maar hij was wel sterk en gespierd, dat zag je zo. Hij woog heel wat kilo's. En, zag hij nu, in tegenstelling tot de koeien keek hij absoluut niet lodderig of sloom naar de twee mannen. Integendeel, de kleine oogjes leken hen eerder uit te dagen.

'Je bedoelt afgezien van zijn scherpe hoorns in mijn weke delen steken?' vroeg hij zich hardop af.

Halt wuifde die bezwaren weg. 'Hoorns? Die twee puntjes? Dat zijn toch nauwelijks meer dan bulten op zijn voorhoofd!'

De uitsteeksels waren misschien niet zo enorm als je bij sommige stieren wel zag, zeker in de noordelijke bergen, maar ze waren best indrukwekkend. Het enige was dat de punten stomp waren, in plaats van scherp. Maar dat betekende nog niet dat hij er geen schade mee zou kunnen aanrichten.

'Nou, doe eens wat!' spoorde Halt hem weer aan. 'Je hoeft alleen maar je mantel op te rollen en hem er dan een flinke tik mee over zijn ogen te geven. Dan wordt hij vast wel boos.'

'Ik dacht dat ik al zei dat ik hem helemaal niet boos wilde maken, toch?' klaagde Arnaut.

'Stel je niet zo aan! Jij, de beroemde dappere drager van het eikenblad! De held die Morgarath klein kreeg! De man die tientallen duels gewonnen heeft zonder een schrammetje op te lopen!'

'Maar dat waren geen woeste stieren!' hielp Arnaut hem herinneren. Dat beest keek hem echt niet vriendelijk meer aan, vond hij.

'Huh, alsof een ridder zo'n plattelandsbeest niet aan zou kunnen! Dat beest durft jou toch zeker niets te doen? Geef hem een mep en hij begint te rennen. met de koeien achter zich aan.'

Maar voordat Arnaut daar iets tegen in kon brengen hoorden zij een schel fluitje. Aan de andere kant van de akker konden ze Will naar hen toe zien rennen, met Trek in draf achter hem aan. Achter hem zagen ze beweging tussen de boomstammen.

De Scoti kwamen eraan.

HOOFDSTUK 14

H alt sprong op Abelard, terwijl Arnaut bij de stier bleef
dralen.

'Schiet nou eens op! Doe het nou, ze komen eraan!' schreeuwde Halt.

En op dat moment kwam Will hijgend aan bij de omheining.
'Ze zijn er, Halt!' riep hij tamelijk overbodig. Je kon horen dat
hij gespannen was, zijn stem klonk hoger dan normaal.

'Klim op je paard. Als die beesten eenmaal aan het lopen
gaan moeten wij ze de goede kant op drijven!'

Halt wendde zich weer naar Arnaut. 'Arnaut! Doe nou eindelijk eens wat!'

En Arnaut kwam in actie. Hij deed een stap naar voren en
sloeg met zijn opgerolde mantel zo hard als hij kon op de kop
van de stier. Midden tussen zijn horens.

En toen barstte de hel los.

De stier liet een woedend gebrul horen, knipperde een paar
keer met zijn ogen en viel met de grote kop naar beneden aan.
Met stijve poten denderde hij verbazend snel op zijn kwelgeest
af, raakte hem op zijn middenrif, tilde de ridder op en smeet
hem een paar meter door de lucht; waarna de dappere krijger
met een doffe klap en een adembenemend 'Oeff!' op zijn rug
tegen de grond smakte.

Even leek het erop dat de stier het werk af zou maken. Maar
gelukkig kwam Schopper tussenbeide. Geheel in lijn met zijn
jarenlange training, die hem geleerd had zijn berijder onder alle

omstandigheden tegen onheil te beschermen, sprong het grote paard dapper in het strijdperk tussen Arnaut en zijn belager. De razende stier schraapte zijn voorhoeven over de grond en liet een uitdagend gebrul horen. Pollen gras en zand vlogen door de lucht, de brede horens schudden woest heen en weer. Dat kon Schopper niet over zich heen laten gaan. De dierenwereld van Araluen kende een duidelijke rangorde, en een zorgvuldig gefokt en getraind strijdros was vanzelfsprekend ver verheven boven een slordig gekapte plattelandsstier zonder welke stamboom dan ook. Het enorme paard steigerde op zijn achterpoten en danste gillend naar voren, met zijn voorbenen en scherpe hoeven wild voor zich uit slaand.

Van die scherpe hoefijzers, die duizelingwekkend vlak voor zijn ogen op en neer sloegen, had de simpele stier niet terug. Brullend van frustratie deed hij een paar stappen achteruit en draaide zich toen om.

Maar hij had hoe dan ook Schopper geërgerd, uitgedaagd zelfs, en dat moest gewroken worden. Het paard sprong naar voren, hapte met zijn grote gele tanden naar de arme stier en kreeg hem te pakken op zijn achterhand, waar een pijnlijk stuk harige huid met aanhangende biefstuk verwijderd werd.

De stier schreeuwde het uit van pijn en woede en angst. In een vergeefse poging zijn aanvaller te raken trapte hij wild met zijn poten achteruit. Maar Schopper had een harde leerschool gehad en had zich al op veilige afstand teruggetrokken. Terwijl de achterpoten van de stier neerdaalden draaide Schopper een fraaie pirouette, naadloos uitmondend in een ferme uithaal met zijn achterbenen, die meedogenloos hard in de toch al beschadigde bil van de stier sloegen.

Dat was de druppel. Schok, pijn, en nu een enorme dubbele dreun op zijn achterwerk waren de stier te veel. Met een wanhopige kreet rende hij radeloos en redeloos de omheining uit. En door die kreet gealarmeerd volgde zijn trouwe kudde als één koe, paniekerig loeiend. Hun hoeven dreunden over de harde grond.

'Hop, hoa!!' schreeuwde Halt en reed de verschrikte dieren achterna. De achterste koe kreeg nog een extra mep mee van zijn lange boog. Will volgde zijn voorbeeld aan de andere kant van de kudde, zodat ze deze samen dicht op elkaar hielden.

Intussen waren de eerste Scoti tussen de bomen van het bos uit op het open veld aangekomen. Stomverbaasd zagen ze hoe een woeste horde runderen op hen af daverde. Ze aarzelden even en draaiden zich toen snel om. In hun haast weer de bescherming van de bomen op te zoeken, liepen ze de mannen achter hen bijna omver. Een paar slimmeriken probeerden naar opzij te ontsnappen aan de horde. Halt ontging dat niet, hield Abelard in, ging staan in de stijgbeugels en legde aan voor een schot. Zijn eerste pijl siste al door de lucht, onmiddellijk gevolgd door drie andere.

Twee van de drie ontsnapte veedieven stortten ter aarde en verdwenen uit zicht in het lange gras. Aan de andere kant van de kudde had Will alles gezien en volgde Halts voorbeeld. De Scoti bemerkten het gevaar en bleven onder dreiging van een regen zwarte pijlen dicht bij elkaar. Een tel later werden ze door de woeste kudde ingehaald.

Het leken wel kegels zoals de veerovers omvergegooid werden, door een combinatie van gespierde lijven, harde schedels en scherpe horens. De koeien vertrapten de gevallenen onder hun hoeven. Toen de horde voorbij was bleef minstens de helft van de veedieven zwaargewond op het veld achter. De overigen hadden zich achter een boomstam weten te redden.

Toen de stier en zijn koeien steeds meer bomen voor zich zagen opdoemen bogen ze naar rechts af en verdwenen nog steeds wild loeiend en brullend uit zicht. Halt op Abelard bleef staan wachten, een pijl op zijn boog. De overlevenden staarden angstig naar de twee ruiters. Een paar gewonden kropen en strompelden naar hun kameraden. Bijna niemand was er onbeschadigd vanaf gekomen. Drie dieven lagen bewegingloos met een pijl in hun lijf op de grond.

'Maak dat je weg komt hier, terug naar waar je vandaan komt, in Picta!' riep Halt met luide stem. 'Minstens de helft van jullie gespuis is gewond of erger. En als de mensen hier dat te horen krijgen, komen ze vast en zeker achter jullie aan om ons werk af te maken! Opzouten dus maar!'

De aanvoerder van de rovers lag gesneuveld in het gras, vertrapt door de koeien in het kielzog van de stier, die hem persoonlijk omver gekegeld had. Zijn adjudant staarde verdwaasd naar de grimmige figuur op zijn ruwharige pony tegenover hem. Hij zag een tweede man in net zo'n mantel als de eerste en op net zo'n paard naast hem komen staan. Ook hij hield een lange boog in de aanslag.

De Scoti wisten als geen ander dat succes of falen van een aanval grotendeels afhing van het element van verrassing en de snelheid van handelen. Val aan, dood je slachtoffers, steek de boel in brand, grijp het vee en... wegwezen, snel de grens weer over, voordat de vijand de kans krijgt om bij te komen van de verrassing en een tegenaanval te organiseren. Liefst nog voor ze goed en wel beseffen dat er weer een bende overvallers in het land was.

De snelheid en verrassing van hun aanval waren dit keer op niets uitgelopen. En zodra andere Araluenen hoorden wat er gebeurd was, zouden de Scoti gemakkelijke doelwitten zijn, terwijl zij door de Eenraafpas naar huis strompelden, vol pijn en wonden en blauwe plekken, vertraagd omdat ze hun minder fortuinlijke kameraden met zich meesleepten. Want hun getroffen collega's achterlaten, dat zouden Scoti nooit doen. Dat was hun eer te na.

Bovendien was het hun niet ontgaan hoe doeltreffend de pijlen van die twee boogschutters met hun rare mantels waren. Ze hoefden alleen maar weer te gaan schieten en ze verloren nog eens vijf of zes man. De adjudant schudde moedeloos het hoofd en gebaarde naar zijn mannen. Zij haalden hun kameraden op, draaiden zich om en sjokten weg tussen de dunne bomen. Will zuchtte diep en ontspande zich in zijn zadel.

'Nou, dat was een uitstekend plan van je, Halt! En het werkte ook nog!'

Halt haalde wat nuffig zijn schouders op. 'Ach, met mijn ervaring... Trouwens, we hebben gezelschap gekregen,' zei hij en hij knikte in de richting van de boerderij, waar Arnaut tegen de omheining aan geleund zijn pijnlijke ribbenkast stond te masseren. Achter de boerderij kwamen een paar mensen uit het bos gelopen. Voorzichtig liepen ze in de richting van de gebouwen.

'Die hebben al die tijd in het bos staan te kijken!' zei Will.

Halt knikte grimmig. 'Ja. Fijn dat ze zelf ook een handje meehielpen, niet?' Hij gaf Abelard een teken met zijn hielen en reed rustig terug naar de boerderij. Trek volgde vanzelf toen hij voelde hoe zijn berijder zijn spieren aanspande.

Arnaut knikte een groet terwijl zij afstegen. Will keek bezorgd naar zijn vriend. Hij leek nogal wat pijn te hebben, en het ademhalen ging ook niet zo best. 'Gaat het een beetje?'

Arnaut wuifde zijn zorgen weg, maar kromp door die armbeweging in elkaar van de pijn. 'Gebutst,' zei hij, 'meer niet. Dat stiertje wist zijn kop te gebruiken, wat jij?'

De mensen van de boerderij waren bij hen aangekomen en Halt groette hen. 'Nou, jullie boerderij is gered,' zei hij. 'Die zullen zich hier voorlopig niet meer laten zien!' Hij kon het niet helpen, maar hij klonk een beetje triomfantelijk.

Ze waren met zijn vijven. Een oudere man en vrouw, een jaar of vijftig, schatte Will, een jonger echtpaar van midden dertig, en een jongen van een jaar of tien. Opa en oma, vader en moeder en hun zoon, dacht hij. Drie generaties.

De oudere man nam het woord.

'Al ons vee is weg. Dankzij jullie!' zei hij op verwijtende toon. Will trok zijn wenkbrauwen op. 'U slaat de spijker op zijn kop,' antwoordde Halt, als altijd de redelijkheid zelve. 'Maar die vind je wel weer terug. Die stoppen snel genoeg. Als ze al niet vanzelf terugkomen.' 'Maar dat gaat ons dagen werk kosten,' zei de man somber.

Halt haalde eens diep adem. Will kende hem al langer dan vandaag en wist dat Halt nu zijn uiterste best deed om niet in woede uit te barsten. 'Als het niet langer is,' beaamde de oudere Grijze Jager. 'Een voordeel: je hoeft niet tegelijk je huis opnieuw op te bouwen.'

'Mpfff!' brieste de boer. 'Allemaal goed en wel, maar wij zijn dagen bezig om al die koeien weer uit het bos te halen.'

'Nou, nog altijd beter dan ze voorgoed in de magen van de Scoti te zien verdwijnen, of niet soms?' Halt was aan zijn laatste restje geduld begonnen.

'O ja? En wie gaat ze melken, daar in het bos, hè?' Dat was de jongere man. Hij was dan wel jonger, maar hij scheen net zo'n vrolijk karakter te hebben als zijn vader of schoonvader. 'Je moet die beesten wel elke dag melken, anders geven ze straks niks meer.'

'Ja, dat risico loop je. Maar nog altijd liever een droogstaande koe dan helemaal geen koe, wat jij?'

'Nou, dat is maar hoe je het bekijkt,' ging de oude boer verder. 'Het zou wel prettig zijn als een paar mensen met paarden ons zouden helpen, dat wel.'

'Mensen met paarden?' vroeg Halt. 'Je bedoelt wij?' Hij wendde zich vol ongeloof tot Will en Arnaut. 'Het is echt zo... Hij bedoelt dat wij hem...'

De boer knikte heftig zijn hoofd op en neer. 'Ja. Jullie hebben onze beesten ook het bos ingejaagd. Als jullie dat niet gedaan hadden, stonden ze nu nog hier.'

'Als wij dat niet gedaan hadden waren ze nu op weg naar

Picta, de bergen in, potverdrie!' schoot Halt uit zijn slof. Hij keek kwaad in de richting van Will en Arnaut en zag tot zijn verontwaardiging dat ze allebei moeite hadden hun lachen in te houden. Sterker nog, ze deden zo hun best niet te lachen, dat ze wel moesten willen dat hij dat zag.

'Ik kan daar met mijn verstand echt niet bij, hoor,' zei hij verontwaardigd. 'Ik verwachtte niet meteen dat ze op de knieën zouden gaan om hun dank te tonen. Maar om de schuld te krijgen van wat hen overkomen is, dat gaat me echt te ver.' Hij dacht even na over zijn eigen woorden en kwam erop terug. 'Herstel. Ik verwacht eigenlijk wel degelijk enige dank voor het feit dat we die mensen gered hebben van een wisse dood.' Hij wendde zich weer tot de oudere boer.

'Beste man,' zei hij stijfjes, 'dankzij onze bemoeienis heb jij nog een hele boerderij, een schuur, en een kraal voor je koebeesten. Dankzij ons leven je koeien nog, al staan ze niet netjes hier. Terwijl hij druk bezig was uw bezittingen te beschermen tegen die veedieven, werd mijn vriend hier laag en gemeen aangevallen door die geniepige stier van u. U kunt nu het fatsoen opbrengen om ons voor de moeite te bedanken. Anders zal ik mijn metgezellen hier opdracht geven alsnog uw bedoening hier in de hens te zetten, ja?'

De boer keek hem met starre koeienogen aan.

'Twee woordjes maar,' zei Halt. 'Dank je.'

'Tja... dan...' De boer aarzelde nog, terwijl hij van zijn ene been op het andere wipte. Hij deed Arnaut erg denken aan zijn stier. 'Nou... eh... dankjewel dan maar.'

'Graag gedaan.' Halt beet die woorden naar de man en trok Abelards hoofd toen in westelijke richting. 'Arnaut, Will, we gaan.'

Ze waren halverwege het veld toen ze de boer achter zich hoorden schreeuwen: 'Maar ik begrijp nog steeds niet waarom jullie onze koeien moesten wegjagen!'

Will keek met een brede grijns naar de Grijze Jager die met een verdacht rechte rug naast hem reed. Halt deed duidelijk alsof hij die laatste opmerking van de boer niet gehoord had.

'Kom op, Halt,' zei hij, 'je was toch niet echt van plan die man zijn huis in brand te steken hè?'

Halt keek hem onheilspellend aan.

'Ik zou er mijn leven niet om verwedden als ik jou was.'

Hoofdstuk 15

Halt had gehoopt dat ze voor donker het spoor van Tennyson weer zouden kunnen oppikken, maar het bleef in de herfst hier in het hoge noorden maar kort dag. Toen dus de zon achter de bomen wegzakte en de schaduwen hen op hun weg naar het oosten inhaalden, hield hij zijn rijdier in en wees naar een grasveldje naast de weg.

'Laten we hier maar ons kamp opslaan,' zei hij. 'Het heeft geen zin om in het donker verder te gaan. We staan morgen wel vroeg op.'

'Wat denk je, kunnen we een kampvuur riskeren?' vroeg Arnaut.

De Grijze Jager knikte. 'Ik zou niet weten waarom niet. Ze zijn ons intussen zover vooruit... En al zouden ze ergens een vuur zien, dan hoeven ze nog niet meteen te denken dat het iemand is die hen achtervolgt.'

Nadat ze hun rijdieren verzorgd hadden, zocht Arnaut hout en bouwde een vuurtje. Intussen vilde Will twee konijnen, die hij die middag nog geschoten had. De beesten waren jong en mals en het water liep hem al in de mond bij het vooruitzicht van een lekkere stoofpot. Hij hakte de poten van de konijnen en gooide het karkas, waar toch nauwelijks vlees aan zat, weg voor kraaien en andere aaseters. Daarna trok hij de zadeltas los, waarin ze hun voedselvoorraden bewaarden. Vaak moesten de Jagers het met gedroogd vlees en fruit doen, als ze onderweg waren, en wat hard brood. Maar als ze eens de gelegenheid kregen om fatsoenlijk te eten, maakten ze daar graag gebruik van en daarom namen ze als het even kon altijd wat lekkere dingen mee. Eerst had Will overwogen om de konijnenbouten gewoon boven het vuur te roosteren, maar hij had zich bedacht. Een echte maaltijd hadden ze onderhand wel weer eens verdiend.

Hij snipperde dus een paar uien, net als een pondje aardappelen. Daarna pakte hij de kookpot, die tot de standaardkampeeruitrusting hoorde, en zette die aan de rand van het vuur op de gloeiende as. Zodra de pot heet genoeg leek, liet hij er wat olie in lopen en schoof er toen de uien in.

Ze sisten vrolijk in het vet en werden snel een beetje bruin. Het rook heerlijk. Hij voegde er een teen knoflook aan toe, die hij fijnwreef met de roerstok die hij onder een boom gevonden had. Nu ging het nog lekkerder ruiken daar op die open plek aan de rand van het bos. Daarna gooide hij er een handje kruidenmix in, eigen recept, gevolgd door de bouten zelf. Hij bleef roeren tot ook die rondom bruin waren.

Halt en Arnaut hadden hun eigen werkjes af en kwamen naast de kok zitten. Ze keken hongerig toe terwijl Will zijn stoofpot bereidde. De heerlijke geuren van gebraden vlees, uien, knoflook en kruiden lieten hun magen knorren. Ze hadden weer een lange en zware dag achter de rug.

'Kijk, daarom ga ik er graag met jullie Jagers op uit,' merkte Arnaut na verloop van tijd op. 'Jullie eten er altijd goed van, als je de kans krijgt.'

'Nou, vergis je niet,' zei Halt. 'Er zijn niet veel Grijze Jagers die zo lekker kunnen koken. Will is beroemd om zijn gestoofd konijn.'

Will gooide water in de pot en toen dat kookte, gooide hij de stukken aardappel erbij. Zodra het weer kookte, roerde hij alles goed door en keek naar Halt. Die knikte en toverde uit zijn eigen tassen een leren zak met rode wijn te voorschijn. Will goot een flinke scheut van het rijke vocht bij zijn mengsel.

Daarna snoof hij de fijne geuren op, die uit de kookpot opstegen, en knikte tevreden. 'Misschien hebben we later nog een beetje nodig, als het vocht verdampt,' zei hij en liet de wijnzak naast zich liggen.

'Ga je gang,' zei Halt, 'daarvoor heb ik hem meegenomen!' Halt was als alle Grijze Jagers geen groot drinker.

Een uur of wat later was de stoofpot klaar en begonnen ze met smaak te eten. Het heerlijke vlees was zo gaar, dat het vanzelf van de botten loskwam. Halt had intussen wat meel en water en zout gemengd en tot een platte ronde schijf gerold, en die had hij ook in de hete as gelegd. Dus toen Wills stoofpot klaar was, kon hij een met as bedekt brood aan het feestmaal bijdragen, dat -- eenmaal schoongeveegd – een prachtige gouden kleur had. Hij brak het in stukken en deelde die rond aan zijn metgezellen. Daarmee kon je heel goed de vette jus opvegen.

'Lekker brood, Halt,' mompelde Arnaut met volle mond. 'Dat heb ik nog nooit gegeten!'

'Het is brood zoals de herders in Hibernia het maken,' vertelde Halt. 'Het is vooral lekker als het net uit het vuur komt en nog warm is. Later, afgekoeld, smaakt het eigenlijk naar niks. Ze noemen het platbrood.'

'Ik begrijp waarom,' zei Arnaut. Het interesseerde hem niet zo hoe het brood heette; als hij maar genoeg had om er de heerlijke saus mee op te deppen.

Na het eten bogen ze zich over Halts kaarten.

'Tennyson en zijn bende gingen die kant op,' wees Halt. 'Een route die ongeveer zuidoost ten zuiden loopt. Wij gaan nu in oostelijke richting, terug naar waar we van ons pad afweken om de Scoti te volgen. Ik zou die verloren tijd in willen lopen, als het even kan. We kunnen erop gokken dat zij die kant op blijven gaan – dan zouden wij een stuk kunnen afsnijden als we morgen al naar het zuidoosten gaan.' Hij wees op de kaart. 'Dan zouden we hun spoor ergens daar moeten kruisen, ik denk rond het middaguur morgen.'

'Tenzij ze dus op een gegeven moment een andere richting zijn ingeslagen,' opperde Will.

'Ja, dat risico lopen we dan. Maar waarom zouden ze? Ze hebben geen idee dat wij hen achternazitten. Dus waarom zouden ze niet gewoon de kortste weg nemen naar hun eindbestemming? Maar goed, als ze inderdaad een andere weg zijn ingeslagen dan zit er voor ons niets anders op dan terug te rijden en hun sporen weer op te zoeken.'

'Als we het bij het verkeerde eind hebben dan verliezen we dus twee dagen!'

Halt knikte. 'Ja, maar als we gelijk en geluk hebben, dan winnen we bijna een volle dag.'

Arnaut hoorde de discussie afwezig aan. Hij vond het best, als zijn vrienden dat soort beslissingen namen. Hij wist ook dat Halt tegenwoordig best bereid was naar Wills argumenten te luisteren. De tijd dat Halt helemaal alleen alle beslissingen nam, lag al ver achter hen. Hij respecteerde Wills mening net zo zeer als hij de jongen zelf respecteerde.

Arnaut keek nog eens naar de kaart en ineens viel hem een plaatsnaam op. Hij boog zich voorover en wees met zijn wijsvinger. 'Macindaw!' zei hij. 'Ik dacht al dat ik het landschap hier herkende. Macindaw ligt pal oostelijk van hier. Als we doen wat Halt voorstelt komen we er vlak in de buurt.'

'Ja, leuk, we kunnen even langsgaan om te informeren hoe het ze gegaan is,' zei Will.

'We hebben geen tijd voor bezoekjes.'

Dat was Halt natuurlijk.

Will grijnsde. 'Dat beweerde ik niet. Ik zei alleen dat het leuk zou zijn er even langs te gaan... als we de tijd hadden.'

Halt mopperde nog wat en begon zijn kaart op te rollen. Will kende de grillen van zijn oude leermeester intussen wel.

Hij wist dat de Grijze Jager helemaal niet zo zeker was van zijn beslissing, om op de gok een stuk af te snijden. Maar hij zou natuurlijk nooit laten merken, dat ook hij wel eens bang was dat hij zich misschien vergiste. Na al die jaren kon Will zijn gedachten zowat lezen.

Hij glimlachte in zichzelf. Toen hij nog jonger was, kwam het niet eens in hem op, dat de oude Jager ooit aan zichzelf kon twijfelen. Halt leek het altijd het beste te weten, hij was gewoon onfeilbaar. Will wist intussen dat de oude Jager een nog veel belangrijkere eigenschap had – hij kon een beslissing nemen en daarbij blijven, zonder last te krijgen van twijfel en angsten.

'We krijgen die boeven heus wel, Halt. Maak je maar geen zorgen.'

Halt grimlachte. 'Nou, blij dat je daar zo zeker van bent. Kan ik tenminste met een gerust hart slapen.'

De volgende ochtend stonden ze vroeg op. Ze ontbeten met een mok koffie en de resten van het platbrood, dat ze boven het vuur warm maakten en daarna besmeerden met wat honing. Ze schopten zorgvuldig een laag zand over de gloeiende as en reden weer verder.

De uren verstreken. De zon kwam een eindje boven de horizon en begon na een uur of wat alweer naar het westen te dalen. Rond een uur of twee kruisten ze een andere weg, die pal naar het zuiden liep. Voor zover Arnaut kon zien was deze niet anders dan de drie, vier andere zijwegen die ze die dag tegengekomen waren, maar nu liet Will zich ineens uit het zadel glijden. Hij zakte op een knie en bestudeerde de grond voor hem.

'Halt!' riep hij en de oude Jager knielde bij hem neer. Het was duidelijk dat hier onlangs nog een flinke groep reizigers langsgekomen moest zijn. Will volgde met zijn vinger de omtrek van een voetafdruk, wat dieper dan de rest. Deze lag aan de kant van de weg, waar het zand wat vochtiger was en zachter dan in het vast getrapte middenstuk. Hij moest van een grote laars zijn, waarvan de zool aan de zijkant gelapt was met een driehoekig stuk leer.

'Hebben we die niet eerder gezien?' vroeg Will hardop.

Halt stond op en zuchtte opgelucht. 'Ja, boven op de Eenraafpas. Dit moet de groep van Tennyson zijn. We hebben geluk gehad.'

Nu hij goed gegokt bleek te hebben, vielen de zorgen en twijfels die hem de hele ochtend geplaagd hadden van hem af. Hij had een fors risico genomen door een heel stuk af te snijden. Als ze eerst weer terug waren gegaan naar waar hun wegen zich eerder gescheiden hadden, had er van alles kunnen gebeuren. Een storm of een zware regenbui zou bijvoorbeeld alle sporen hebben weggewist. Dan hadden ze niet meer kunnen zien welke kant Tennyson was opgegaan.

'Aan deze sporen te zien zijn ze niet meer dan twee dagen op ons voor,' merkte hij tevreden op.

Will was een paar meter verder gelopen en keek nog steeds gespannen naar de verschillende sporen. 'Ze hebben ergens paarden gepikt,' zei hij.

Halt keek hem snel even aan en kwam naast hem staan. Er waren duidelijke sporen van hoeven in het zand en het gras ernaast, van meerdere paarden zelfs.

'Ach, die arme boer, van wie ze die gestolen hebben... Maar het zijn er maar drie of vier, dus de meeste Buitenstaanders moeten nog steeds te voet verder. We kunnen hen morgen ingehaald hebben.'

'Halt,' zei Arnaut, 'ik zat te denken...'

Halt en Will wisselden geamuseerde blikken uit. 'Een gevaarlijke hobby!' zeiden ze in koor. Dat was jarenlang Halts standaardantwoord geweest, als Will op dezelfde manier een vraag aangekondigd had. Arnaut wachtte geduldig tot ze hun pretje gehad hadden en ging toen onverstoorbaar verder.

'Ja, ja, die ken ik. Maar serieus, zoals ik gisteren al zei, Macindaw is hier vlakbij...'

'En?' vroeg Halt toen Arnaut zijn zin niet afmaakte.

'Nou, ik zat dus te denken, daar is ook een garnizoen, en misschien zou het geen slecht idee zijn als iemand van ons erheen ging om versterking te vragen. Het kan toch geen kwaad, als we een stuk of tien ridders en soldaten hebben om ons te helpen als we straks Tennyson tegen het lijf lopen?'

Maar Halt schudde al van nee.

'Twee dingen, Arnaut. Ten eerste duurt het veel te lang om daarheen te rijden en alles uit te leggen, zodat ze ons de mensen geven. En zelfs al zou het snel kunnen, dan nóg hebben wij helemaal geen behoefte aan een stel lompe ridders, die met veel misbaar de boel op stelten komen zetten en alleen maar de aandacht trekken.'

Hij besefte dat die woorden niet erg tactvol geklonken moesten hebben. 'Sorry, Arnaut, daar bedoel ik natuurlijk niet jou mee.'

'O, ik dacht al,' antwoordde Arnaut stijfjes. Hij was het bij nader inzien eigenlijk wel eens met wat Halt zei. Dat was nou eenmaal wat ridders deden, ergens met veel kabaal op afgaan en opvallen. Maar dat betekende nog niet dat hij de kritiek kon waarderen.

Halt ging verder. 'Ons sterkste punt is juist het element van verrassing. Tennyson weet niet dat we komen. Dat alleen al weegt op tegen tien ridders en soldaten. Nee dus. We gaan gewoon verder op de ingeslagen weg. Voorlopig.'

Arnaut gaf met tegenzin toe. Als ze straks de Buitenstaanders hadden ingehaald, zou er flink gevochten worden. Will en Halt zouden hun handen vol hebben aan die twee sluipmoordenaars uit Genova. En dan zou hij zich in zijn eentje de rest van het gevolg van de valse profeet van het lijf moeten houden – daar had hij best graag de hulp van drie of vier collega's bij gehad.

Maar als hij één ding had geleerd tijdens de vele avonturen die hij met de twee Grijze Jagers beleefd had, dan was het wel dat de verrassing inderdaad een machtige bondgenoot kon zijn. Dus het was jammer, maar Halt had gelijk.

De twee Jagers stegen weer op en volgden de verse sporen. Het besef dat ze de achterstand op Tennyson met meer dan een dag hadden verkleind, gaf hun vleugels, leek het wel. Telkens als ze voorzichtig een heuvel overtrokken, keken ze eerst goed tot aan de volgende horizon of ze hun prooi al inhaalden.

Will zag hem als eerste.

'Halt!' zei hij. Hij was zo verstandig om niet te wijzen. Hij wist dat Halt zijn blik zo ook wel zou volgen, en als hij gewezen had, dan had de prooi geweten dat hij gezien was.

'Aan de horizon,' zei hij zacht. 'Rechts van die boom met gevorkte stam daar. Niet doen, Arnaut!' waarschuwde hij.

Hij had gezien dat Arnauts hand omhoog begon te gaan om die boven zijn ogen te houden terwijl hij naar de einder tuurde. Gelukkig brak Arnaut het gebaar net op tijd af. Hij deed net alsof hij zich achter in zijn nek wilde krabben. Halt hield zijn paard in, steeg af en deed net alsof hij een van Abelards voorhoeven inspecteerde. Zo zou de man die Will had gezien niet denken dat ze vanwege hem gestopt waren.

'Ik zie niets,' zuchtte Halt. 'Waar dan?'

'Het is een ruiter, en hij staat naar ons te kijken,' zei Will snel. Halt keek zijdelings naar de heuvel schuin voor hen, zonder zijn hoofd te bewegen. Vaag zag hij de omtrekken van iets wat inderdaad een man op een paard zou kunnen zijn. Hij was blij dat Will nog zulke scherpe ogen had.

De jonge Jager boog zich voorover en maakte zijn waterfles los van het zadel. Al die tijd bleef hij naar de verre gestalte kijken. Hij tilde de fles op om te drinken, en zag uit zijn ooghoek een korte flitsende beweging. De ruiter had zijn paard rechtsomkeert laten maken en verdween achter de heuvelrand.

'Zo,' zei hij, 'ontspan je maar. Hij is weg.'

Halt liet Abelards hoef weer op de grond zakken en steeg op. Zijn stijve spieren en gewrichten protesteerden fel.

'Heb je hem herkend?' vroeg hij.

Will schudde zijn hoofd. 'Nee, veel te ver weg. Alleen...'

'Alleen wat?' vroeg Halt.

'Toen hij zich omdraaide meende ik iets purperroods te zien.'

Purperrood, dacht Halt, dat was de kleur van de cape van de Genovezen. Misschien waren ze dus zojuist wel hun belangrijkste bondgenoot kwijtgeraakt. De verrassing.

HOOFDSTUK 16

D e ontberingen die de Buitenstaanders op hun tocht te doorstaan hadden gekregen, waren na de overval op de boerderij minder ernstig geworden. Tennyson stuurde steeds mensen eropuit om eenzame boerenhoeven te beroven – niet alleen van voedsel, maar ook van andere spullen die hun reis aangenamer zouden kunnen maken, zoals zeildoek, latten en touwen voor tenten, en vachten en dekens om 's nachts de noordelijke kou buiten te sluiten.

Aan de laatste overval hadden ze ook vier paarden overgehouden. Het waren scharminkelige boerenknollen, maar in elk geval konden Tennyson en de Genovezen nu rijden in plaats van te moeten lopen. Voor het vierde paard had Tennyson een andere bestemming. Lekker uit de wind in zijn nieuwe tent gezeten, legde hij een en ander uit aan de jongeman die hij uitverkoren had om het dier te berijden.

'Dirkin, ik wil dat je vooruitrijdt,' zei hij. 'Neem dat paard en rij naar dit dorp hier.'

Hij wees een bepaalde plek aan op de ruwe kaart die hij getekend had.

'Naar Willey's Plat,' las de jongeman op.

'Precies. Willey's Plat ligt net over die klippen hier, in het zuiden. Daar moet je een man opzoeken die Barret heet.'

'En wie mag dat zijn?' vroeg de boodschapper. Het was niet Tennysons gewoonte om zijn volgelingen toe te staan om vragen te stellen, maar in dit geval kon het geen kwaad, als de jongeman wist waarom hij juist deze man moest opzoeken.

'Barret is de leider van onze plaatselijke Buitenstaanders. Hij is al een paar maanden bezig mensen te bekeren daar. Ik wil dat je hem de opdracht doorgeeft, om zoveel mogelijk volgelingen bij elkaar te roepen; we zullen elkaar dan treffen op een plek bij de klippen waar wij onze tenten zullen opslaan.'

Tennyson had het idee nog niet opgegeven om ook in Araluen voet aan de grond te krijgen met zijn Buitenstaandersbeweging. Hij had eerder al twee groepen zendelingen naar Araluen gestuurd – maar wel naar uithoeken van het land, uit het zicht van de autoriteiten. Een was naar Selsey gegaan, het welvarende vissersdorp aan de westkust. De tweede groep was de groep van Barret, die dus in deze noordelijke uithoek was neergestreken. Het laatste nieuws dat hij van Barret gehoord had, was dat hij zo'n honderd mensen had bekeerd, of liever gerekruteerd. Niet zo heel veel, maar Barret was ook geen bijzonder inspirerende man. Honderd volgelingen was een goed begin, in elk geval. En die zouden intussen genoeg geld en juwelen ingeleverd hebben om Tennyson in staat te stellen zelf de beweging nieuw leven in te blazen.

De jongeman keek geïnteresseerd naar de kaart.

'Ik dacht dat wij nog maar de enigen waren,' zei hij.

Tennyson keek verontwaardigd. 'Nou, dan had je het goed mis,' zei hij. 'Een wijs man heeft altijd een plan B. Hij houdt een troef achter de hand, voor het geval niet alles volgens plan verloopt. En nu, scheer je weg.'

Dirkin haalde zijn schouders op voor de verwijtende toon en stond op. 'Het zal wel een paar dagen duren voordat die Barret al zijn mensen opgetrommeld heeft.'

'Ja, daarom stuur ik je nu al vast vooruit, groot licht!' antwoordde Tennyson sarcastisch. 'Maar als je van plan bent om nog langer te blijven staan wauwelen, dan moest ik misschien maar iemand anders voor dit plezierritje vragen.'

Opnieuw ontging de geïrriteerde toon Dirkin niet en hij gaf

zich snel over. Hij was allang blij dat hij de kans kreeg om te rijden. Hij stak de kaart in zijn binnenzak en liep de tent uit.

'Ik ga al, ik ga al!'

Tennyson gromde alleen wat.

Dirkin moest snel een stap opzij doen, omdat iemand anders met grote haast de tent binnengestormd kwam en hem ruw wegduwde. Hij wilde nog protesteren tegen dit duidelijke gebrek aan manieren, maar slikte zijn woorden in toen hij de nieuwkomer herkende. Het was een van de moordenaars uit Genova, die Tennyson als lijfwacht dienden. Die kerels moest je niet in de weg lopen, en al helemaal niet ergeren, wist Dirkin. Dus mompelde hij een verontschuldiging en haastte zich de tent uit. Marisi keek de jongeman minachtend na. Hij wist dat de meeste Buitenstaanders hem en zijn landgenoot niet bijzonder waardeerden.

Tennyson keek fronsend op van zijn papieren. Sinds ze die paarden hadden gevonden, reed een van de Genovezen elke dag een stuk van de afgelegde route terug, om te kijken of zij niet gevolgd werden. Het was een routinemaatregel, maar Tennyson had erop gestaan, zelfs al had het tot dusverre niets opgeleverd.

Maar nu kwam daar die Marisi ineens binnenlopen, en met slecht nieuws, vermoedde Tennyson. Bacari, de oudste van de twee, liet zich immers alleen zien als er goed nieuws te melden was.

'Wel? Wat is er?' vroeg Tennyson.

'O, we worden gevolgd,' antwoordde Marisi, zoals altijd met een nonchalant schouderophalen.

Tennyson sloeg met zijn vuist op het vouwtafeltje dat ze de dag ervoor hadden gestolen van een boerderij waar ze langskwamen. 'Ik mag vervloekt worden! Ik vond al dat alles te gladjes verliep. Hoeveel?'

'Drie man,' antwoordde de Genovees. Dat viel mee. Drie

man, daar hoefde hij zich geen zorgen over te maken. Maar de volgende woorden van de sluipmoordenaar veranderden alles. 'Het zijn diezelfde drie als in Hibernia. Die twee met hun mantels en die rare grote ridder.'

Tennyson vloog omhoog uit zijn stoel, alsof een wesp hem gestoken had. De stoel viel achter hem op het gras, maar dat merkte hij niet eens.

'Die weer?' schreeuwde hij. 'Wat moeten die lui toch? Hoe zijn ze hier gekomen?'

Weer schokschouderde de Genovees. Hoe ze hier kwamen deed er voor hem niet zo toe. Belangrijker was dat ze er waren, en hen blijkbaar op de hielen zaten. Het waren drie gevaarlijke mannen, dat wist hij al. Maar hij wachtte tot de zelfbenoemde profeet van Alquezel verder zou tieren.

Tennyson dacht koortsachtig na. Die smokkelaar! Die moest het verteld hebben. Ze hadden hem natuurlijk gewoon geld gegeven, om hem en zijn Buitenstaanders te verraden.

Hij begon te ijsberen in de krappe tent. Dit was echt geen goed nieuws. Hij moest en zou zijn getrouwen bijeenroepen, daar bij Willey's Plat. Want hij had dringend meer goud en juwelen nodig. Het zou nog wel even duren voor al die mensen er zouden zijn, ze moesten natuurlijk van hun verafgelegen boerderijen en gehuchten komen. Hij mocht en kon het risico niet nemen dat die mannen uit Araluen hem voor die tijd in zouden halen.

'Hoe ver van ons vandaan?' vroeg hij. Dat had hij meteen moeten vragen, dacht hij.

Marisi spitste zijn lippen terwijl hij nadacht. 'Niet ver – ik schat een dag rijden, ten hoogste.'

Tennyson dacht even na en nam een besluit. Een dag voorsprong, dat was geen voorsprong. Zeker niet nu hij zelf niet sneller kon reizen dan de langzaamste onder zijn troep. Hij keek op naar de moordenaar.

'Dan moeten jullie die kerels maar zien op te ruimen,' zei hij zonder omhaal van woorden.

Marisi's wenkbrauwen kwamen verbaasd omhoog. 'Opruimen?' herhaalde hij.

Tennyson boog zich over de tafel heen, zijn gebalde vuisten op het blad rustend.

'Precies! Daar zijn jullie toch zo goed in, dat is jullie werk toch? Opruimen. Jij en je vriend. Maak ze dood. Gebruik die kruisbogen maar eens, waar jullie zo trots op zijn. Als ze ons maar niet langer achtervolgen.'

Wat een ellendige kerels, dacht hij. Die boogschutters met hun capuchon en die grote jonge ridder met zijn zwaard dat niets leek te wegen... Alleen maar ellende. Hoe meer hij erover nadacht, hoe zekerder hij het wist. Ze moesten dood. En snel ook.

Marisi stond nog na te denken over deze opdracht. Hij knikte bedachtzaam. 'Ik heb toevallig een plek gezien waar we een fraaie hinderlaag zouden kunnen leggen. Dan moeten we terugrijden en een vals spoor uitzetten. Maar...' Hij zweeg veelbetekenend.

Even had Tennyson niets door, maar toen beet hij de Genovees toe: 'Maar wat?'

'Het gaat hier wel om uiterst gevaarlijke individuen, en in ons contract... Daar staat niets in over het opruimen van tegenstanders van dat kaliber.'

Het was duidelijk waar hij heen wilde. Tennyson probeerde kalm te blijven en zijn opkomende woede te beteugelen. Hoe hij die twee kerels ook haatte en verafschuwde, hij kon hun hulp voorlopig niet missen.

Knarsetandend zei hij: 'Ik betaal jullie extra.'

Marisi grijnsde en stak zijn hand uit. 'Nu? Boter bij de vis?'

Maar dat ging Tennyson te ver. Hij schudde zijn hoofd. Zo gemakkelijk gaf hij niet toe. Wat dacht die vlerk wel?

'Als je werk gedaan is, en niet eerder,' zei hij verbeten. 'Dan betaal ik pas.'

Marisi haalde weer zijn schouders op. Natuurlijk had hij niet verwacht dat de dikke hogepriester meteen en vooraf zou betalen. Maar nee had je, ja kon je krijgen, toch?

'Goed, je betaalt ons later,' zei hij. 'Over het bedrag worden we het wel eens. Maar luister – later betalen is wel meer betalen, dat begrijp je.'

Tennyson wuifde die laatste opmerking weg. 'Prima. Laat Bacari maar langskomen, dan worden we het wel eens.' Hij wachtte even. 'Als jullie klus geklaard is, bedoel ik.'

Met een beetje geluk, dacht hij nog, maakten ze elkaar af, en hoefde hij helemaal niets te betalen.

HOOFDSTUK 17

'We moeten er maar van uitgaan dat hij ons inderdaad gezien heeft,' zei Halt. Eerst hadden ze steeds achter elkaar gereden, maar nu reden ze naast elkaar, zodat ze gemakkelijker konden overleggen.

'Gezien wel, maar of hij ons ook herkend heeft?' vroeg Will zich af. 'Het was ver weg, we zouden ook gewoon drie mensen uit de buurt kunnen zijn, toch?'

Halt draaide zich in zijn zadel zodat hij hem aan kon kijken. Het was natuurlijk waar wat Will zei. Maar Halt was niet zo oud geworden als hij nu was, als hij ooit nodeloos risico had gelopen door te denken dat zijn vijand minder slim was dan hijzelf.

'Als hij ons gezien heeft, moeten we ervan uitgaan dat hij ons ook heeft kunnen herkennen.'

'En vergeet niet,' deed Arnaut er nog een schepje bovenop, 'dat jullie nogal opvallend en herkenbaar zijn, als je tenminste niet achter een bosje onzichtbaar ligt te wezen. Zoveel mensen kom je niet tegen met een enorme boog op de rug en rare mantels met kappen om.'

'Dank je, Arnaut, dat je ons nog even daaraan herinnert,' zei Halt droogjes. 'Maar je hebt wel gelijk. En die Genovezen zijn geen onnozelaars. Tennyson weet nu dus, dat we achter hem aan zitten.'

Hij wachtte even en krabde bedachtzaam in zijn baard. 'De grote vraag is nu natuurlijk: wat doen we eraan?'

'De afstand tussen ons en hen vergroten?' stelde Will voor.

'Als ze ons niet meer zien, zou Tennyson kunnen denken dat die Genovees zich vergist heeft, en dat wij gewoon drie reizigers zijn met een heel andere bestemming.'

'Nee, ik ben bang dat hij daar niet intrapt. Bovendien, als we ver van hen vandaan blijven, dan heeft hij ook weer meer tijd en gelegenheid om ons te ontglippen. Ik denk dat we beter het omgekeerde kunnen doen: hem dichter op de huid gaan zitten.'

'Dan weet hij zeker dat we er zijn,' merkte Arnaut op.

Halt knikte. 'Maar dat weet hij toch al. Dus laten we de druk maar wat opvoeren. We laten hem merken dat we op hem jagen. Dan moet hij door blijven gaan, en een bewegend doel is gemakkelijker dan een doel dat zich schuil houdt.' Nu hij een besluit genomen scheen te hebben, ging hij opgewekt verder: 'We gaan hem onder druk zetten. Mensen die onder druk staan maken fouten, en daar kunnen wij dan weer ons voordeel mee doen.'

'Ja, maar...' begon Arnaut, maar aarzelde toen. Halt gebaarde dat hij verder moest gaan. 'Maar ik dacht, wij zetten onszelf dan toch ook onder druk? Wat als wij dan een fout maken?'

Halt keek hem enkele ogenblikken zwijgend aan. Daarna zei hij tegen Will: 'Hij is echt ons zonnetje in huis, hè, die vriend van je?'

Zo reden ze een paar minuten zwijgend door, de lange flauwe helling op, tot waar ze de Genovees aan de horizon hadden zien staan. Op honderd meter van de top stak Halt zijn hand op en stond stil.

'Anderzijds,' zei hij kalm, 'heeft Arnaut wel een punt. De Genovezen zijn gespecialiseerd in sluipmoord en een van hun favoriete technieken is: de hinderlaag. Ineens bedenk ik dat het dus misschien wel niet zo verstandig is als we gewoon daar de heuvel over rijden, alsof we ons nergens zorgen over hoeven te maken.'

'Denk je dat hij ons ergens staat op te wachten dan?' vroeg Will, de heuvel boven en voor hen afspeurend.

'Dat lijkt me inderdaad niet ondenkbaar. Dus, laten we afspreken dat we vanaf nu geen heuvel meer overgaan, voordat we eerst aan de andere kant poolshoogte genomen hebben.'

Hij maakte aanstalten om zich uit het zadel te laten glijden, maar Will was hem te snel af en stond al op de zandweg.

'Ik ga wel,' zei hij.

Halt wilde nog protesteren, maar besloot zijn mond te houden. Instinctief probeerde hij nog steeds Will voor elk gevaar te beschermen, maar hij besefte dat de jongen daar intussen te oud voor was geworden. Hij kon zijn eigen boontjes doppen en hoefde al lang niet meer uit de wind gehouden te worden.

'Pas wel op!' zei hij alleen maar. Trek was het daar duidelijk mee eens, want hij liet een donker gerommel horen, ergens diep vanuit zijn borstkas. Will lachte hen allebei uit.

'Jullie zijn een stel mietjes!' zei hij. En meteen daarna verdween hij uit het zicht, tussen de manshoge struiken waarmee de helling begroeid was. Arnaut hapte verrast naar adem.

Halt keek hem aan. 'Wat is er?'

'Hoe vaak ik hem dat ook zie doen, elke keer schrik ik er weer van. Het is niet normaal.'

'Ja,' zei Halt terwijl hij de heuvelrand boven hem scande. 'Ik kan me dat wel voorstellen. Hij is daar erg goed in. Natuurlijk,' voegde hij er bescheiden aan toe, 'heb ik hem dat allemaal geleerd. Bij de Grijze Jagers geld ik als kampioen ongemerkt ergens passeren.'

Arnaut trok een diepe rimpel in zijn voorhoofd. 'O, ik dacht dat Gilan dat was? Will heeft wel eens verteld dat hij de fijnste kneepjes van Gilan geleerd heeft!'

'Is dat zo?' vroeg Halt ijzig. 'En van wie dacht je dat Gilan alles geleerd heeft?'

Daar had Arnaut zo snel niet aan gedacht. Niet voor de eerste keer wenste hij, dat zijn mond niet zo veel sneller was dan zijn hersens.

'Uhm... Ja, natuurlijk... van jou natuurlijk!' mompelde hij en Halt maakte een kleine buiging in het zadel.

'Zo is het maar net!' zei hij met grote waardigheid.

'Maar... kun jij ook zien waar hij nu is dan?' vroeg Arnaut, nieuwsgierig of het ook andersom werkte, of het, als je iemand alle trucs en kunstjes had geleerd, betekende dat jij hem wél kon zien, in tegenstelling tot anderen?

'Natuurlijk kan ik dat,' antwoordde Halt plechtig. 'Hij is daarboven!'

Arnaut volgde Halts uitgestoken vinger en zag Will staan, boven op de rand van de heuvel. Een paar tellen later hoorden ze zijn fluitje en gebaarde hij dat ze rustig verder konden rijden.

'Ja, daar wel. Ik zag hem ook. Maar kon je hem ook zien voordat hij boven rechtop ging staan?'

'Natuurlijk kon ik dat, Arnaut. Geloof je me soms niet?' Halt gaf Abelard de sporen en gebaarde Trek om hem te volgen. Hij reed vooruit, zodat Arnaut zijn gezicht niet kon zien. En ook niet de brede grijns, die dat gezicht nu in tweeën spleet.

'Het lijkt erop dat hij gewoon is doorgereden,' rapporteerde Will, toen zijn vrienden zich weer bij hem gevoegd hadden. 'Wie weet waar hij nu uithangt.'

Voor hen liep het land geleidelijk naar beneden, nog steeds overdekt met struiken en stekelbosjes. Will had gelijk. Iemand met een kruisboog kon zich hier werkelijk overal schuil houden.

Halt keek gespannen om zich heen. 'Dit vind ik niet leuk,' zei hij. 'Het betekent namelijk dat we geen vaart meer kunnen maken.'

'Terwijl we dat juist moeten,' voegde Will eraan toe.

'Precies,' zuchtte Halt, geërgerd door de tegenslag.

'Ik neem aan dat we hem zo ook niet extra onder druk kunnen zetten?' veronderstelde Arnaut. Halt keek hem even met kille blik aan. Het leek er verdacht veel op dat, als zijn plannen gedwarsboomd werden, het goede humeur van de oude Grijze Jager als sneeuw voor de zon wegsmolt. Dus besloot Arnaut dat het beter was om maar even zijn mond te houden. Halt, blij dat zijn onuitgesproken boodschap ontvangen en begrepen leek te zijn, wendde zich weer tot Will. Hij had een nieuw besluit genomen.

'Goed dan. Ga jij maar vooruit, te voet. Als verkenner. We geven je honderd meter voorsprong en dan komen wij achter je aan. Je weet hoe het werkt: Kijk. Roep. Schiet.'

Will knikte. Hij gaf Trek een teken dat hij moest blijven staan waar hij stond en rende vervolgens op een holletje het pad af, zijn ogen op de grond voor zijn voeten gericht om geen spoor te missen. Halt liet Abelard een kwartslag draaien zodat hij ruim baan had om te schieten. Daarna pakte hij een pijl uit zijn koker en legde die op zijn boog klaar. Hij keek links en rechts van het pad dat Will volgde.

'Mag ik wat vragen?' vroeg Arnaut voorzichtig. Hij was bang dat de oude Jager het niet zou waarderen als hij hem uit zijn concentratie haalde. Maar Halt knikte alleen maar, zonder zijn blik naar Arnaut te wenden.

'"Kijk, roep, schiet," wat betekent dat?'

Halt begon aan een antwoord. Als Arnaut, zoals het plan nu was, vaker met hem en Will op expeditie zou gaan, in opdracht van de koning, dan was het alleen maar nuttig als hij bekend was met dat soort kreten. 'Dat zeggen we...'

Maar op dat moment zag hij iets bewegen in de bosjes rechts naast Will. Hij ging meteen rechtop in de stijgbeugels staan en spande zijn boog.

Een klein vogeltje vloog op uit de takken die Halt had zien bewegen, ging na een paar meter op een andere struik zitten en floot een deuntje.

Halt ontspande zich en liet pijl en boog zakken. Arnaut zag dat Will de commotie ook opgemerkt had. Hij had zich meteen op één knie laten zakken. Nu kwam hij voorzichtig weer overeind en keek achterom naar waar Halt en Arnaut stonden te wachten. Hij gaf een kort knikje en liep weer verder, de bodem grondig bestuderend.

'Sorry, Arnaut. Jij vroeg naar "Kijk, roep, schiet." Dat is wat we doen in dit soort situaties. Will kijkt uit naar sporen, vooral naar sporen die erop wijzen dat iemand de weg heeft verlaten en de bosjes is ingelopen, om daar in een hinderlaag te wachten. Zolang Will zoekt is hij natuurlijk afgeleid van wat er verderop gebeurt. Daarom kijk ik daar voor hem, naast het pad en voor hem uit, voor het geval iemand een eind verder de bosjes is ingelopen, op hem wacht en zodra hij voorbij is ineens achter hem opduikt. Dus als ik nu ineens een man met een kruisboog omhoog zie komen, dan roep ik en laat Will zich meteen plat op de grond vallen. Tegelijk schiet ik op de kruisboogman: kijk, roep, schiet.'

'Hij kijkt, jij roept en schiet.'

'Precies. En dat doen we elke vijftig meter, want als er ginds een hinderlaag is kan ik hem nog gemakkelijk neerschieten. Alleen als we bij die bomen daar komen wordt het lastiger.'

Arnaut keek op. Het landschap met de lage bosjes en struiken ging nog een kilometer of wat verder, maar daarachter zag hij de donkere rand van een bos opdoemen.

'Daar kun je geen vijftig meter verder kijken,' zei hij.

Halt knikte. 'Juist. Daar kunnen we maar twintig meter per keer doen. Kom,' zei hij, 'Will wenkt dat we verder kunnen.'

Ze reden het dal in tot waar Will op hen stond te wachten. Hij grijnsde naar Halt toen de twee ruiters naast hem inhielden. Trek stak zijn neus tegen Wills hand en maakte zijn brommende geluidjes. Hij vond het maar niks, als Will er alleen op uittrok.

'Druktemaker!' zei Will en aaide liefkozend over zijn zachte neus. Halt keek bewonderend naar het paardje.

'Weet je wat? Neem hem maar mee!' zei hij. 'Ik snap eigenlijk niet waarom ik daar niet eerder aan dacht. Volgens mij heeft hij eerder door dat er iemand in de bosjes staat dan jij of ik.'

Will keek bezorgd. 'Maar ik wil niet dat hij geraakt wordt door een van die kruisboogpijlen!'

Halt moest lachen. 'Wie is er nu de druktemaker?' Will haalde zijn schouders op. 'Nou, ik vind het toch een prettiger idee als hij bij jullie kan blijven, zeker als er geschoten gaat worden.'

'En wij vinden het een prettiger idee als hij bij jou blijft,' antwoordde Halt, en hij klopte op de grote boog die voor hem op het zadel lag. 'Maak je geen zorgen. De enige die gaat schieten ben ik voorlopig.'

HOOFDSTUK 18

Zoals Halt al had voorspeld, zakte hun tempo aanzienlijk, nadat ze eenmaal in het dichte bos waren aangeland. Het karrenspoor versmalde zich en de bomen stonden dicht op en door elkaar. Het was een wirwar van met mos bedekte stammen en takken, en al lopende veranderde de hoek waaronder je die zag voortdurend. Arnaut moest steeds stoppen omdat hij dacht ergens opzij een beweging te zien, terwijl het alleen om verschuivende schaduwen ging.

Gelukkig kregen ze veel hulp van de twee Jagerspaarden. Trek en Abelard waren er beide op getraind een waarschuwing te laten horen zodra ze ergens iets vreemds ontdekten. Maar daarbij waren ze nogal afhankelijk van de wind en de windrichting; met de wind mee konden ze niemand voor hen ruiken.

Ze gingen met horten en stoten verder. Eerst liep Will een meter of twintig, terwijl Halt met boog in de aanslag klaar stond om af te rekenen met eventueel opdukende vijanden. Als hij een dikke boom gevonden had die enige dekking bood, speurde Will eerst het volgende stuk pad af. Halt kwam dan naar voren, passeerde Will en zocht twintig meter verder een nieuwe observatiepost. Daarna herhaalde het proces zich met Will weer in de voortrekkersrol. Vaak bleven ze even staan om de paarden de gelegenheid te geven hun werk te doen, met breed opengesperde neusgaten. Ook luisterden ze voortdurend of ze ergens tussen de bomen vreemde geluiden, dan wel plotseling opvliegende vogels konden horen.

Arnaut vormde de achterhoede. Zijn schild had hij op zijn rug gehangen om daar althans enigszins beschermd te zijn. Als hij het ineens aan de voorkant nodig mocht hebben kon hij het met een simpele schok van zijn schouders naar voren laten vallen. Zijn zwaard hield hij in zijn rechterhand. Hij had zich een beetje gegeneerd toen hij het wapen trok, alsof hij daardoor zenuwachtig zou lijken. Gelukkig had Halt goedkeurend geknikt toen hij de lange kling zag glanzen in het vage licht onder de dichte bomenkruinen.

'Een zwaard in de schede heeft niemand ooit geholpen!' had hij gezegd.

Halt had hem ook opgedragen om zich af en toe ineens helemaal om te draaien en achterom te kijken, om er zeker van te zijn dat er niemand achter hen aan kwam sluipen.

'Maar niet vast elke twee of drie minuten, steeds onverwacht!' waarschuwde hij toen ze de groene tunnel van het woud inliepen. 'Iemand die ons achtervolgt zal elk vast patroon zo doorhebben, en dan weet hij dat hij in de tussentijd gewoon door kan lopen. Dus moet je de interval steeds veranderen. Dan weer kort, dan weer lang, dan weer twee keer kort na elkaar, enzovoorts.'

En dat was dus wat Arnaut probeerde te doen. Hij liep rustig door, draaide zich om en keek het pad af; dan draaide hij weer, zette een stap en keek snel nog eens achter zich. Juist door dat onverwachte zouden ze een achtervolger op den duur onherroepelijk moeten snappen.

Maar hoe vaak onze jonge ridder zich ook bijna de nek verrekte, hij zag nooit iemand achter zich. Niet dat hij zich daardoor minder gespannen voelde; hij wist maar al te goed dat er elk moment wel degelijk iemand achter hen zou kunnen opduiken. De hand waarmee hij zijn zwaard vasthield was helemaal klam van de zenuwen, hij veegde hem droog aan zijn jas. Gewoon, in een gevecht van man tot man, met een tegenstander die je kon zien, was Arnaut niet snel onder de indruk. Maar de onzekerheid van de huidige situatie vond hij maar niets. Hij wist dat het elk moment mis kon gaan, hoe vaak hij ook omgekeken had en ook al zag hij tot aan de vorige bocht helemaal niets anders dan het pad en de bomen.

Hij voelde zich extra kwetsbaar omdat Halt en Will erbij waren. Hoe meer hij zag hoe zij als halve geesten door het bos leken te flitsen, waarbij zij door hun mantels soms seconden helemaal leken te verdwijnen, hoe meer hij besefte dat een vijand juist hem niet zou kunnen missen.

Hij had natuurlijk ook zo'n mantel om, die Halt hem geleend had. Maar hij wist maar al te goed dat de kunst van het zich onzichtbaar maken heel wat meer vergde dan alleen een camouflagemantel. Die kunst werd ontwikkeld door jaren van training, en weten hoe je van elk schaduwplekje gebruik kon maken, hoe je door een bos kon lopen zonder op elk takje te stappen, hoe je ervoor zorgde dat dode bladeren niet ritselden, weten wanneer je moet bewegen, en wanneer je doodstil moet blijven staan – zelfs al schreeuwen al je zenuwen dat je weg moet duiken... Vergeleken met de twee stille schaduwen die hem vergezelden voelde hij zich als een groot lomp paard, dat met veel kabaal dwars door struiken en bomen drong. En hij dacht met enige zelfspot dat hij, als hijzelf hier in een hinderlaag zou liggen, wel zou weten welke prooi het eerst aan de beurt zou zijn.

Hijzelf.

Weer veegde hij zonder erbij na te denken zijn vochtige hand af aan zijn jas.

Een eind verderop keek Will snel even achterom naar zijn vriend, terwijl Halt hem voorbijliep. Hij wilde alleen even kijken of er nog steeds niemand achter Arnaut was opgedoken. De man in het midden, of dat nu Halt was of Will, die moest altijd voor, achter en opzij alles in de gaten houden.

Will was onder de indruk van de kalmte waarmee Arnaut dit

alles onderging. Natuurlijk was de jonge krijger erop getraind om in moeilijke situaties kalm te blijven, maar hij bleef er nu wel erg koel en onverstoorbaar onder. Will zelf kon zich bijna niet voorstellen dat zijn beide metgezellen zijn hart niet tekeer konden horen gaan in zijn ribbenkast. De spanning in het bos was om te snijden. Elk moment kon er een venijnige kruisboog-pijl aan komen vliegen, en het idee dat hij verantwoordelijk was voor leven en welzijn van zijn vrienden ging Will niet in de koude kleren zitten. Verontwaardigd schudde hij zijn hoofd leeg. Dat soort wanhoop kon juist zorgen voor onoplettendheid – en dat kwam nu helemaal niet van pas.

Maak je hoofd leeg. Denk aan niets, behalve het onmiddellijke doel, had Halt hem honderden keren op het hart gedrukt in de afgelopen jaren. Wees een met je omgeving – ga er niet over piekeren. Voel wat er om je heen gebeurt.

Hij haalde diep adem en probeerde niet meer te denken aan wat er kon gebeuren. Met verstand en instinct op scherp concentreerde hij zich op het pad en zijn onmiddellijke omgeving. En na een paar tellen drongen de geluiden van het bos weer tot hem door. Een vogel die van de ene tak naar de andere vloog. Een eekhoorn die iets mummelde naar een collega. Een tak die krakend de strijd tegen de zwaartekracht opgaf. Trek en Abelard die stilletjes met hen opliepen, hun oren nerveus naar voren en naar achteren draaiend, altijd gespitst op mogelijke gevaren. Voor zich hoorde hij Halts gedempte voetstappen naar voren haasten. Achter hem het kabaal van Arnaut en Schopper, ondanks alle pogingen van de jonge ridder om stil te zijn.

Zo moest hij zien te blijven. Hij moest alle geluiden om zich heen tot zijn hersens toelaten, zodat elke onregelmatigheid, elke vreemde krak, sis of luchtverplaatsing onmiddellijk opgemerkt zou worden. Als een vogel bijvoorbeeld opvloog, en niet binnen enkele seconden met klapperende veren weer op een nieuwe tak neerstreek, betekende dit dat het dier opgeschrikt was. Het probeerde te vluchten of te ontsnappen, niet alleen maar een nieuw veelbelovend voederplekje op te zoeken. En als een eekhoorn schril piepte in plaats van wat te moek-moeken, dan betekende dit dat er iets of iemand zijn territorium was binnengeslopen.

Ook de meeste andere dieren, zeker de kleinere, wist Will, zouden op dezelfde manier opletten en reageren door zich op een veilige plek terug te trekken. Alleen een roofdier zou zich er niets van aantrekken. En een menselijk roofdier zeker niet. Halt was blijven staan in de schaduw van een oude met mos bedekte iep. Will lette goed op waar hij zijn voeten zette en snelde onverwacht zigzaggend zijn oude leermeester voorbij. Trek en Abelard volgden hem stilletjes.

Na een tijdje werd het minder schemerig in het bos, de bomen stonden niet meer zo dicht op elkaar. Bij elke volgende ruk naar voren legden ze een grotere afstand af, tot ze bijna aan de rand van het woud waren aangekomen. Will liep al weer ver vooruit, de met gras begroeide vlakte op, maar Halt stak zijn hand op om hem tegen te houden.

'Eerst goed kijken,' zei hij zacht. 'Dit is nou net een plek waar ik een hinderlaag zou leggen, ervan uitgaand dat mijn prooi blij was het bos achter zich te kunnen laten, en dus niet goed zou opletten!'

Will kreeg een droge mond en besefte dat Halt hem zojuist weer voor een stommiteit behoed had. Hij was zo blij dat hij geen bomen meer zag, zo opgelucht, dat hij bijna een mogelijk fatale vergissing begaan had. Hij hurkte naast Halt achter een struik en samen bestudeerden ze het terrein dat voor hen lag. Arnaut bleef een paar meter achter hen geduldig staan wachten, zijn grote paard aan de leidsels.

'Zie jij iets bijzonders?' fluisterde Halt.

Will schudde van nee, terwijl zijn ogen heen en weer flitsten.

'Ik ook niet,' zei Halt zacht. 'Maar dat betekent niet dat het er niet is.' Hij keek naar de bomen die hun rugdekking gaven. Een ervan was ouder en groter dan zijn buren.

'Klim jij maar eens in die boom daar,' zei hij. 'Maar probeer aan de goede kant van de stam te blijven, ja?'

Will moest grijnzen. 'Ik ben niet helemaal groen meer, hoor!'

Halt trok zijn ene wenkbrauw op. 'Misschien niet. Maar je had wel dood kunnen zijn, als ik je net niet had tegengehouden.'

Daar had Will niets tegen in te brengen. Hij bestudeerde even de takken van de hoge boom en maakte een plan. Hij was altijd al een goede klimmer geweest, en binnen een paar tellen zat hij tien meter hoger in een vork tussen de bladeren van de kruin. Van daaruit had hij ruim zicht op het veld met gras en heide dat zich voor hen uitstrekte.

'Niets te zien!' siste hij naar beneden.

Maar Halt gromde wat in zijn baard. 'Kun je daarboven ergens gaan zitten, vanwaar je een vrij schootsveld hebt?'

Will keek om zich heen. Een paar meter boven hem stak er een dikke tak uit de stam, waarop hij een goed zicht zou hebben en redelijk stevig kon zitten, zo te zien. Hij begreep wat Halt bedoelde. Als hij daar hoog bleef zitten, zou hij het meteen zien als er toch een vijand uit een hinderlaag zou opduiken. En kon hij schieten, voor zij dat zouden kunnen.

'Wacht even,' riep hij met gedempte stem en klom nog wat hoger de boom in. Halt keek er met een glimlach naar. Hij wilde dat hij nog zo kon klimmen. Die jongen heeft geen hoogtevrees, dacht hij. Hij voelt zich daar helemaal op zijn gemak.

'Ga maar!' riep Will. Hij hield een pijl op de pees en zijn ogen gingen al kalm heen en weer over de vlakte.

Halt kwam overeind naast de boom en liep het open veld op. Hij zag de sporen die de Buitenstaanders hadden achtergelaten

– hier een afdruk van een hiel, daar platgedrukt gras. Alleen een getrainde spoorzoeker vielen ze op, maar ze waren er.

Hij liep tien meter naar voren. Twintig. Toen vijftig. Zonder erbij na te denken had hij half gebogen gelopen, al zijn spieren gespannen, klaar om weg te duiken of terug te schieten. Langzaam maar zeker besefte hij dat er geen onmiddellijk gevaar dreigde. Hij ging overeind staan en gebaarde Arnaut en Will dat ze naar hem toe moesten komen.

Het gras was hier kniehoog. Er was geen enkele beschutting, heel anders dan toen ze eerder tussen de bosjes en struiken hadden gelopen. Als hier iemand in een hinderlaag lag, liep hij meer gevaar dan zijn doelwit, dacht Halt. Want hij zou echt plat op zijn buik moeten blijven liggen, zodat er kostbare tellen verloren zouden gaan als hij eerst omhoog moest komen om zijn prooi in het vizier te krijgen en te schieten. En je kon er van uitgaan dat de Genovezen diezelfde overwegingen zouden maken.

Dus klommen ze weer in het zadel, minder gespannen dan voorheen, maar nog steeds keken ze zorgvuldig naar sporen, en af en toe achterom om zeker te zijn dat daar ook geen gevaar dreigde. Het pad liep een paar kilometer verder over de heide. Daarna stonden ze ineens hoog op een rotspartij aan de rand van een brede vallei, die zich voor en onder hen uitstrekte.

'Kijk, dáár zullen we pas echt al onze ogen en oren open moeten houden,' merkte Halt op.

HOOFDSTUK 19

D e vallei was vele kilometers breed. Heel in de verte zagen ze een rivier, die zich als een stalen band door het landschap kronkelde, altijd op zoek naar het volgende laagste punt.

Aan de voet van de steile afgrond voor hen liep een flauwe grashelling naar beneden, tot waar het lieflijke uitzicht ineens verstoord werd.

Grijze kale boomstammen rezen daar omhoog uit de vlakke bodem, als een ordeloos leger schots en scheef door elkaar. Kale takken werden naar de hemel opgeheven, geknakt en ongelijk, zonder een enkel blaadje. Het leek alsof de bomen pijn leden, en in de meest vreemde houdingen om genade smeekten. En het waren er duizenden, misschien wel tienduizenden, dicht op elkaar gepakt. Alle even dood, grijs en kaal.

Will, gewend als hij was aan het zachte groen van Redmont en Zeeklif, vond het een naar en troosteloos gezicht. De wind zuchtte door de dode takken en stammen en ademde een bijna onhoorbaar droevig lied. Hij kon de takken, zonder hun beschermende bladertooi en sinds jaar en dag verdord, niet langer elegant laten zwieren en zwaaien. Haast bewegingloos stonden de bomen stram in hun slordig gelid.

Als het hier in het najaar stormde, moesten die takken wel bij tientallen afbreken, dacht Will, en als kromme speren machteloos op de grond vallen.

'Wat is daar in 's hemelsnaam gebeurd, Halt?' vroeg hij op fluistertoon, onder de indruk van al die dode bomen.

'Het is een verdronken woud,' antwoordde Halt ernstig. Arnaut boog zich voorover, beide handen op de zadelknop voor hem, en liet zijn ogen dwalen over het treurige landschap. 'Hoe kan een bos nou verdrinken?' vroeg hij. Net als Will sprak hij op gedempte toon, alsof hij bang was de tragische stilte die er van het grauwe bos uitging te doorbreken. De duizenden grijze gestalten leken zo'n respect haast af te dwingen.

Halt wees naar de rivier in de verte, die achter een laag rivierduin lag te glinsteren.

'Ik denk dat die rivier een keer de hele vallei heeft overstroomd,' zei hij. 'Jaren geleden, toen het een keer erg nat geweest is. De hele vallei moet onder water gestaan hebben – en het bos is toen gewoon verdronken. Bomen overleven het niet, als hun wortels maandenlang onder water staan. Dan sterven ze af.'

'Maar een overstroming heb ik al zo vaak gezien,' zei Arnaut. 'Die duurt toch niet zo lang? Het water komt omhoog en trekt na verloop van tijd weer weg. En dan is alles weer als eerst.'

Halt knikte terwijl hij de contouren van de valleibodem bestudeerde. 'Normaliter wel, ja. En als het niet te lang duurt hebben de bomen er ook weinig last van. Maar kijk daarginds. De rivier ligt daar achter een rij duinen, zie je dat? Als het water over die zandhopen stroomt en dat hele vlakke stuk erachter bedekt, dan kan het nergens meer heen, toch? Dat is, denk ik, wat er gebeurd is toen het een jaar enorm veel geregend had. Er kwam een overstroming, en in plaats van een bos kreeg je een meer. En omdat dat meer zo langzaam opdroogde, gingen alle bomen eraan.'

Will schudde vol meelij zijn hoofd. 'Hoe lang geleden, denk je?'

Halt beet op zijn onderlip. 'Vijftig jaar, zestig jaar... zoiets, denk ik. Er zit geen greintje leven meer in die stammen. Die moeten hier al tientallen jaren staan te drogen en te vermolmen.' Intussen zocht hij de steile helling onder hen af naar een mogelijkheid om beneden te komen. Hij vond het pad, dat bijna onzichtbaar naar beneden leidde, en stuurde Abelard erheen.

De anderen volgden voorzichtig, en toen ze eenmaal beneden waren zagen ze pas wat een obstakel dat verdronken woud betekende. Alle stammen hadden dezelfde kleur, en hun onregelmatige, maar duizendmaal herhaalde vorm maakte het moeilijk door het bos de afzonderlijke bomen te zien. Ze leken samen te smelten tot een ondoordringbare grijze muur. Je zag nauwelijks details of perspectief, als je probeerde tussen de stammen door te kijken.

'Kijk, als ik een plek voor een hinderlaag moest zoeken, dan had ik die hier gevonden!' merkte Halt op. Een tel later liet hij zich van Abelards rug glijden. Hij liep een paar meter verder, en inspecteerde intussen de bodem. Hij gebaarde de anderen zijn voorbeeld te volgen.

'Will,' zei hij, 'weet je nog hoe de sporen van Tennyson en zijn mensen eruitzagen in het gras, toen we uit het bos hierboven kwamen?'

Will knikte en Halt wees naar de grond. 'Kijk hier eens goed naar en vertel me dan of je verschillen ziet?'

Er hing een draadje wol aan een struikje. Een eindje verder glom er iets tussen het gras. Will liep erheen en raapte het op. Het was een hoornen knoop. Weer een eindje verder zag hij een heel duidelijke afdruk van de hiel van een laars op een modderig plekje. Het gras eromheen was helemaal platgetrapt.

'Wat denk je?'

Iets klopte er niet, dat was duidelijk, dacht Will, en uit Halts vraag kon je opmaken dat hij er ook zo over dacht. Hij haalde zich de sporen voor de geest die ze boven aan de steile helling voor het laatst gezien hadden. Daar ging het om vage afdrukken, om hier en daar een platgetrapte pol gras, nauwelijks zichtbaar voor de gewone achtervolger. Hier daarentegen waren er ineens diepe afdrukken, een draadje wol, een knoop – precies het soort opvallende sporen dat Tennyson en zijn mannen tot dusverre consequent niet had achtergelaten. En dit spoor wees bovendien duidelijk een bepaalde richting uit – namelijk recht het dodebomenbos in.

'Tja... het is allemaal wel erg opzichtig, vind je niet?' antwoordde hij. En toen hij die woorden uitsprak wist hij ineens wat hem dwarsgezeten had, wat die sporen aanging. Eerst hadden ze een gewoon spoor gevolgd, alleen herkenbaar voor geoefende speurders. En nu ineens lieten de Buitenstaanders een heleboel sporen achter, die zelfs Arnaut niet konden ontgaan.

'Precies,' zei Halt, kijkend naar de grijze stammenzee voor hem. 'Wel erg gemakkelijk te volgen ineens.'

'Dus het was de bedoeling dat we die sporen zouden zien,' zei Will. Dit was een vaststelling van feiten, geen vraag. Halt knikte bedachtzaam.

'Dan is de volgende vraag: waarom willen ze dat?'

'Omdat ze willen dat wij dat spoor gaan volgen!' besloot Arnaut. Hij was zelf verbaasd, en Halt grijnsde naar hem.

'Dat is slim geconcludeerd, Arnaut. Blijkbaar helpt die mantel je ook te denken als een Grijze Jager!' Hij wees naar het bos voor hen. 'Ze willen zeker zijn dat wij doorhebben dat ze die kant zijn opgegaan. En daarvoor is weer maar één reden te bedenken!'

'Ze liggen ergens in dat bos op ons te wachten, in een hinderlaag,' zei Will. Net als Halt tuurde hij de grauwe woestenij in die daar voor hen lag te wachten. Hij fronste zijn wenkbrauwen, terwijl hij keek of er ergens iets bewoog, of er iets niet klopte tussen de lang geleden gestorven stronken. Hij knipperde met zijn ogen – het leek wel of de grijze stammen, als je er te lang naar keek, begonnen te dansen.

'Kijk, zoiets zou ik zelf hebben kunnen verzinnen,' mijmerde Halt. Maar hij voegde er meteen op minachtende toon aan toe: 'Ik hoop wel dat ik het iets subtieler had aangepakt. Op deze manier is het bijna een belediging, vinden jullie niet? Alsof wij imbecielen zijn!'

'Maar hoe slim jullie zijn, kunnen zij natuurlijk niet weten,' zei Arnaut. 'Ik denk niet dat ze tot nu toe veel te maken hebben gehad met Grijze Jagers. Hoe kunnen zij nou weten dat jullie het spoor kunnen volgen van een zwaluw die over kale rotsen gevlogen is?'

Halt zowel als Will keek hem achterdochtig aan. 'Hoorde ik daar enig sarcasme?' vroeg Halt dreigend.

'Volgens mij wel!' steunde Will hem.

'Arnaut, was jij zonet sarcastisch? Is het heus?' Halt bleef aandringen.

Arnaut probeerde een grijns in te houden. Maar dat lukte maar half. 'Hoe kom je daar nu bij, Halt?' vroeg hij verontwaardigd. 'Ik gaf alleen uiting aan mijn bewondering voor jullie verbazingwekkende vaardigheden. Bijna bovenmenselijk zijn die, als je het mij vraagt.'

'Nu weet ik het zeker! Sarcasme!' concludeerde Will.

Arnaut, de onschuld zelf, bleef ontkennen. 'Als het al iets was, dan ironie, geen sarcasme, hoor. Wat denk je wel?'

Halt knikte. 'Hoe dan ook, onze sarcastische – ik bedoel ironische – vriend heeft wel een punt. Hoe kunnen de Genovezen nou weten dat wij goed zijn in spoorzoeken? Misschien vermoeden ze wel zoiets. Maar dan nog... Dit gedoe hier laat weinig ruimte voor twijfel.'

Hij wees met zijn laars naar de hakafdruk en de andere sporen. 'Ze voeren ons!'

'Dus wat doen we?' vroeg Arnaut.

'Wat we doen, is dat jij met de paarden een paar honderd meter terugloopt en daar blijft wachten. Will en ik zullen proberen die verdraaide Genovezen uit de tent te lokken.'

Arnaut kwam met uitgestrekte arm naar voren om te protesteren.

'Halt, nee hè? Ik geef toe dat ik een beetje sarcastisch klonk net, maar dat is toch geen reden om mij verder buiten de actie te houden! Kom op, je weet dat je altijd op me kunt bouwen!'

Maar Halt schudde al van nee en hij legde een hand op Arnauts arm om hem te kalmeren.

'Arnaut, ik wil je helemaal niet straffen, hoe kom je daar nu bij? Ik vertrouw jou net zo veel als ik Will vertrouw, en dat gaat ver, geloof me. Maar wat ons nu te wachten staat, dat is niet het soort gevecht waar jij voor getraind en opgeleid bent. En je wapens passen er trouwens ook niet bij.'

Zonder dat hij het zelf in de gaten had was de hand van Arnaut instinctief naar zijn zwaard gegleden. 'Ik heb wapens, ja! Geef me de kans om dicht bij mijn vijand te komen en ik zal die rotmoordenaars een lesje leren en laten zien dat ik wapens heb. Ik zou maar wat graag de moordenaar van Ferris aan mijn zwaard rijgen!'

Maar Halt liet de arm van de boze jongeman niet los. Hij trok die arm zachtjes heen en weer om zijn punt extra kracht bij te zetten.

'Daarom wil ik juist dat je je strategisch terugtrekt. Het gaat hier niet om een gevecht van man tegen man, als in een duel. Dit zijn mannen die van een afstand moorden. Will en ik hebben onze bogen, en dat betekent dat we ze met gelijke munt kunnen betalen. Terwijl jij niet eens bij hen in de buurt zou kunnen komen. Ze schieten je vanaf een meter of twintig zo vol pijlen uit hun kruisbogen, dat je wel een stekelvarken lijkt.'

'Maar...' begon Arnaut nog.

'Denk nou even na, Arnaut! Als het daar in dat dichte bos tot een gevecht komt, kun jij ons niet helpen. Ze zullen veel te ver weg zijn voor je zwaard. Je enige bijdrage zal dus zijn, dat je hun een extra doelwit biedt. En als Will en ik ook nog eens op jou moeten letten, dan krijgen wij de kans niet om ons goed te concentreren, zodat we hen onschadelijk kunnen maken voordat zij ons doden. Dus alsjeblieft, ga jij nou met de paarden ergens buiten bereik van hun pijlen staan, en laat ons doen waar wij voor getraind zijn!'

Aan het gezicht van Arnaut kon je zien dat hij het er moeilijk mee had. Het ging tegen al zijn instincten in, om zich terug te trekken en de moeilijke en gevaarlijke klussen aan een ander over te laten. Maar diep in zijn hart wist hij ook wel dat Halt gelijk had. Ze zouden niet veel aan hem hebben, daar in dat bos. Hij zou eerder in de weg lopen, of nog erger, hen afleiden.

'Nou goed dan,' zei hij met tegenzin. 'Ik denk dat je gelijk hebt. Maar dat betekent niet dat ik het leuk vind, als je dat maar weet.'

Will antwoordde met een grijns: 'Ik ook niet. Ik bleef veel liever bij jou en de paarden! Maar ik mag niet van Halt.'

Arnaut lachte zijn oude vriend toe. Hij zag hoe vastberaden Will keek. Nu moesten die twee, oog in oog met de Genovezen, de smerige klus opknappen. En ook al maakte Will er grapjes over, Arnaut wist dat zijn vriend er klaar voor was.

Hij greep dus Treks teugels. 'Kom dan maar mee, beestje!' zei hij en hij voelde zich even nutteloos als machteloos.

Even stribbelde het kleine paard tegen en keek zijn baasje vragend aan. Hij hinnikte bezorgd.

'Ga maar mee, Trek!' zei Will en hij gebaarde hem Arnaut te volgen. Met tegenzin sjokte het dier achter Schopper en Arnaut aan.

'Abelard, ga mee!' zei Halt. Ook zijn paard gooide opstandig zijn manen achterover en brieste. Maar daarna volgde hij de twee andere paarden, die wegliepen van het stille, dreigende bos.

Arnaut keek achterom en riep zacht: 'Denk eraan, als jullie me nodig hebben moet je roepen en dan kom...'

Hij maakte zijn zin niet af.

De twee Grijze Jagers waren van de aardbodem verdwenen.

Ze waren opgelost in de grijze zee van bomen. Een rilling ging over Arnauts rug. Hij keek Trek aan. 'Ik vind het nog steeds eng als ze dat doen!' zei hij. Trek knikte dat hij het daar helemaal mee eens was. Zijn lange manen golfden op en neer. 'Maar ja,' voegde Arnaut eraan toe, 'beter dat ze achter die Genovezen aan gaan dan achter ons, hè?'

Trek keek hem wijs aan met één oog, zijn hoofd een beetje scheef.

Je haalt me de woorden uit de mond, leek hij te zeggen.

HOOFDSTUK 20

Will en Halt hielden vijf meter afstand van elkaar, zodat ze niet samen één doelwit zouden vormen voor een mogelijke sluipmoordenaar. Geluidloos slopen zij door het dode bos. Hun ogen flitsten van links naar rechts, omhoog en omlaag. Ze leken geestverschijningen, die van de ene dekking naar de volgende gleden. Al hun zintuigen waren erop gericht elke onverwachte beweging, ongewoon geluid of ongewone kleur onmiddellijk te signaleren.

Will keek vooral naar links, Halt naar rechts. Zo hielden zij samen de volle breedte van het bos voor hen in het oog. Om de zoveel tijd draaide een van hen zich in een flits om. Daar zou ineens ook iemand kunnen opduiken.

Een meter of veertig de zee van kale stammen in liep Halt tegen een natuurlijke verschansing aan. Het was een boom die in een paar stammen uitgegroeid was en daardoor breed genoeg was om hun allebei tegelijk dekking te bieden. En er waren nog meer dingen die pasten in zijn plan.

Na nog een snelle blik achterom wenkte Halt Will om bij hem te komen. Hij zag tevreden hoe zijn leerling moeiteloos van boom naar boom flitste en elke schaduw gebruikte om te zorgen dat hun vijand hem niet zou zien. Zelfs Halt kon hem nauwelijks volgen.

Samen hurkten ze neer achter de stammen. Nu ze midden in het bos waren, hoorde Will ineens dat de bomen een bijzonder geluid maakten. In een gewoon bos verwachtte je de wind te horen, die zich een weg blies dwars door de bladeren, en geluiden van vogels en andere kleine dieren die boven of onder je met hun eigen dingen bezig waren – of daar juist mee ophielden. In dit trieste woud hoorde je geen vogels of andere dieren, laat staan bladeren die ritselden in de wind. Maar in tegenstelling tot wat hij aanvankelijk dacht, bewogen de stammen en takken wel degelijk een beetje heen en weer. En daardoor klonk er voortdurend en overal om hen heen een zacht gekreun en gekraak, van dode takken die meebogen en terugveerden in de eeuwig waaiende wind. Soms kraste er een piepend tegen een buurtak. Het was alsof het hele bos in een eeuwigdurende doodstrijd kreunde en steunde.

'Akelige geluiden, vind je niet?' merkte Halt op.

'Ja, het werkt me wel op de zenuwen,' gaf Will volmondig toe. 'Wat nu?'

Halt knikte naar het smalle pad dat zich naast hen tussen de dikke stammen door slingerde. Ondanks alle kronkels en bochten scheen het uiteindelijk steeds in dezelfde richting te leiden, namelijk naar het zuidoosten.

'Je kunt zien dat ze nog steeds hun best doen om sporen achter te laten,' zei hij.

Will keek naar waar Halt wees. Opnieuw zag hij een stukje stof, dat aan de scherpe punt van een afgebroken tak was blijven hangen. Of daar was opgehangen misschien?

'Ze worden niet subtieler in hun aanwijzingen,' antwoordde hij. Beiden spraken met gedempte stem, nauwelijks harder dan op fluistertoon.

'Nee,' beaamde Halt. 'En kijk, al die voetsporen. Aan de diepte ervan te zien zou je denken dat er een reus heeft lopen stampen, of zo.'

Will bukte zich en voelde met twee vingers aan de grond. Het gras was hier kort, onder de dode bomen, en de aarde hard en droog. 'De grond is niet eens nat of zacht.'

'Nee, dit is allemaal expres gedaan. Ze willen dat wij zien waar ze heen gaan.'

'En dat wij hen achternagaan.'

Halt grijnsde. 'Dat ook.'

'Maar zullen we dat dan wel doen?'

Eigenlijk leek dat Will niet erg logisch. Als je vijand wilde dat je linksaf ging, zou je dan niet juist rechtsaf moeten gaan?

'Wij niet,' antwoordde Halt. 'Maar ik wel!'

Will deed zijn mond al open om te protesteren, maar Halt stak zijn hand op.

'Luister, als het net lijkt alsof we precies doen wat in hun straatje past, dan worden ze misschien wel onvoorzichtig. En dat kan ons dan weer helpen.' Terwijl hij dat zei bleven zijn ogen onvermoeibaar de grijze rimboe afspeuren, naar een beweging of een ander teken dat de Genovezen in de buurt waren.

'Dat is wel zo,' gaf Will toe, 'maar ik...'

Weer hield Halts hand hem midden in de zin tegen.

'Will, het zou dagen kunnen duren voor we hen vinden, als we niet iets doen om hen uit de tent te lokken. Intussen vergroot Tennyson zijn voorsprong. We moeten wel risico's nemen. En trouwens, het is nog steeds zo dat we aannemen dat ze hier ergens op de loer liggen. We weten niets zeker. Misschien zijn ze ons wel helemaal te slim af en hebben ze die sporen alleen zo achtergelaten om ons te laten denken dat ze een hinderlaag hebben gelegd. Wie weet zijn ze intussen zo snel als ze kunnen het bos uitgereden, terwijl wij hier voorzichtig stap voor stap verder sluipen en kostbare uren daglicht verspillen.'

Die mogelijkheid was nog niet eerder bij Will opgekomen. Maar het kon natuurlijk best. 'Denk je het heus?' vroeg hij bezorgd.

Halt schudde langzaam van nee. 'Volgens mij zijn ze hier wel degelijk. Ik voel het gewoon in mijn botten. Maar ik kan me natuurlijk altijd vergissen.'

Achter hen bewoog een tak met een ongewoon langdurend gekraak en gesteun. Bliksemsnel draaide Will zich om, pijl en boog in de aanslag. Weer voelde hij die harde steen onder zijn middenrif. Waar zou de vijand zich verstoppen? Wanneer liet hij zich zien?

Halt boog zich voorover en zei, zijn stem nog kalmer dan anders: 'Luister. Ik blijf hier een tijdje rustig zitten wachten. Dit is een goede plek, aan alle kanten genoeg beschut. Laten we maar eens rustig afwachten wat zij gaan doen, nu ze weten dat wij ook in het bos zitten.'

'Denk je dan dat ze zelf iets zullen doen?' vroeg Will.

'Nee, daar zijn ze te goed voor getraind. Maar we kunnen het altijd proberen. Over een uur staat de zon lager en worden de schaduwen langer. Daar hebben wij dan weer plezier van.'

'Maar zij ook,' zei Will.

Halt schudde zijn wijze hoofd. 'Ze zijn best goed,' merkte hij op, 'maar ze zijn niet gewend in dit soort omstandigheden te moeten opereren. Ze zijn meer gewend aan de stad, waar ze zich in de mensenmassa kunnen verstoppen. En onze mantels zijn hier ook heel nuttig. Die vallen hier minder op dan die pimpelpaarse van hen. We wachten gewoon een uurtje en dan zien we wel weer.'

'En dan?'

'Dan ga ik verder, en volg dat opvallende spoor dat ze achtergelaten hebben.' Halt zag dat Will schrok en wist dat de jonge Jager zou gaan protesteren. Maar daar gaf hij hem de kans niet toe. 'Luister, ik ben heus wel voorzichtig, Will. Maak je maar niet druk. Je weet, ik heb eerder met dat bijltje gehakt, of niet soms?'

Will glimlachte aarzelend terug.

'Heb ik iets leuks gezegd, per ongeluk?' vroeg Halt.

Will schudde zijn hoofd en leek te overwegen of het verstandig was te zeggen wat hij dacht. Hij besloot ten slotte dat het in de gegeven omstandigheden geen kwaad kon.

'Weet je, voor we weggingen heeft Vrouwe Pauline me iets gevraagd. Voor jou.'

Halts wenkbrauwen schoten de lucht in. 'Voor mij? En wat dan wel, als ik zo nieuwsgierig mag zijn?'

'Wel...' Will voelde zich toch niet helemaal op zijn gemak. Hij had er al spijt van dat hij erover begonnen was. 'Ze vroeg me of ik een beetje op je wilde passen.'

Halt knikte een paar keer terwijl hij dit nieuwtje zat te verwerken. Daarna zei hij: 'Ik ben ontroerd dat ze zo veel vertrouwen in je heeft.' Hij wachtte even. 'En zo weinig in mij!'

Will besloot dat hij maar beter zijn mond kon houden verder. Maar Halt was nog lang niet klaar.

'Ik neem aan dat dit verzoek gepaard ging met een soort verklaring in de trant van: "Hij wordt er ook niet jonger op." Of niet soms?'

Will aarzelde net iets te lang. 'Nee... natuurlijk zei ze dat niet.'

'Dus wel!' brieste Halt, een en al verontwaardiging. 'Dat vrouwtje, dat denkt zeker dat ik al half seniel ben?' Maar in weerwil van zijn gekwetste mannelijkheid kroop er wel een liefhebbende grijns over zijn gezicht, terwijl hij dacht aan zijn lange, elegante echtgenote. Maar hij schudde dat heimwee snel van zich af en ging verder met zijn betoog.

'Goed. Ter zake. Waarom ik vooruit wil lopen, dat is omdat ik jouw vaardigheid in ongezien van hier naar daar gaan wil gebruiken. Jij bent kleiner en leniger dan ik, oude stramme man, dus heb jij meer kans om onopgemerkt te blijven. Ik ga straks gewoon verder over het pad, achter die kerels aan. Ik wil dat jij vijf minuten wacht en dan daar naar links gaat. Als het goed is krijgen zij mij dan in de smiezen – maar jou niet, als jij tenminste inderdaad zo goed bent als je altijd beweert!'

Hij wees naar links, waar een soort sloot of geul haaks op

het pad lag. Tien meter verderop was er een grote boom schuin overheen gevallen. Dat waren de dingen die hem eerder opgevallen waren, toen hij achter de boom met vele stammen dekking gezocht had. Dat waren nou net de details waar hij al op lette sinds ze de eerste stappen in het dodebomenwoud gezet hadden.

'Wat je moet doen is door die sloot tijgeren, of wat het ook is daar, tot voorbij die boom die er overheen hangt. Als je daar onderdoor bent, kruip je nog een meter of dertig verder. Zonder dat iemand je ziet natuurlijk. Als ze ons in de gaten houden, denken ze dat jij nog steeds achter deze boom hier zit, om mij rugdekking te geven, mocht dat nodig zijn. Maar intussen ben jij dan een omtrekkende beweging aan het maken.'

'Zelfs al weten we helemaal niet of ze daar zitten?' vroeg Will. Maar hij begreep wel dat het een goed plan was.

Halt bestudeerde nog eens goed de bomenmassa voor hen. Hij kneep zijn ogen tot spleetjes.

'Ze zitten vast niet ver van het pad,' ging hij onverstoorbaar verder. 'Dat kan ook niet, met deze bomen. Het valt niet mee hier iets te raken, dat verder dan vijftig meter van je vandaan is. Misschien zelfs maar dertig meter. Zodra jij dus een meter of honderd van het pad bent, loop je parallel aan deze richting verder. Dat is te ver van het pad om op die kerels te stuiten. En dan kun je hen dus van achteren verrassen.'

Will knikte langzaam. Een goed plan, dacht hij. Er was maar één maar.

'Ik vind het nog steeds niks dat jij voor lokaas speelt,' mopperde hij.

Halt haalde zijn schouders op. 'Ik zou het ook wel andersom willen doen, maar daar ben ik te oud voor. Luister, ik ben nou ook weer niet van plan om extra aandacht te trekken terwijl ik over dat pad loop, zo van "hier ben ik, schiet maar". En denk eraan, de lange schaduwen zullen me ook helpen. Als jij er maar

voor zorgt dat jij, zodra zij mij willen gaan beschieten, klaarstaat en hun voor bent. Ik wil het zo in elk geval proberen. Anders duurt het me te lang.'

Will haalde een paar keer diep adem. Hij stelde zich voor hoe
het zou gaan, als hij linksom een omtrekkende beweging maakte, terwijl Halt hier over het pad verder liep. Het was een eenvoudig plan, maar dat was juist goed. Simpele plannen werkten
meestal beter dan ingewikkelde, waarbij niets mis mocht gaan.
Hoe minder er mis kon gaan, hoe beter het plan was, dat had hij
intussen wel ervaren.

Hij stelde zich ook voor hoe hij ineens een van die moordenaars zou zien. Waarschijnlijk lagen ze ergens achter een
omgevallen boom. Daarvandaan konden ze, steunend op het
hout, beter schieten met hun kruisbogen. In tegenstelling tot
iemand met zo'n lange boog als hij, hoefden zij dus niet eerst
op te staan. En ze hoefden ook niet vanachter hun dekking tevoorschijn te komen, zoals wanneer ze zich achter een overeind
staande boom zouden opstellen.

Halt liet zijn jonge vriend even rustig nadenken. Haast had
hij niet meer. Het was nog veel te licht, en hij kon zien dat Will
zijn plan zorgvuldig overdacht, zodat hij zeker wist dat hij alles
goed begrepen had.

Na een minuut of twee ging Halt verder.

'Er zijn een paar dingen die in ons voordeel werken, Will.
Ten eerste hebben die sluipmoordenaars geen idee van wat wij
Grijze Jagers kennen en kunnen. Zolang ze jou niet van achter
deze boom vandaan zien komen, zullen ze denken dat je er nog
steeds zit. Dat geeft jou de troef van de verrassing.

Ten tweede gebruiken zij kruisbogen. Omdat alles van dichtbij moet gebeuren, hebben wij er niets aan dat wij misschien
nauwkeuriger schieten. Maar zij hebben er niets aan dat zij een
groter bereik hebben.'

De zwaarste kruisbogen konden verder schieten dan de

grote houten bogen van de Jagers. Maar omdat zij een korte, dikke pijl gebruikten in plaats van de lange dunne van de Grijze Jagers, was de kans dat zij hun doel raakten kleiner naarmate de afstand groter was. En omdat je hier met al die bomen toch niet van ver kon schieten, had eigenlijk niemand extra voordeel bij de situatie.

'Trouwens, die Genovezen hebben helemaal niet van die krachtige kruisbogen bij zich,' merkte Will op. Hij wist dat de echt grote enorm brede boogstaven hadden. Die moest je laden en spannen met een hefboom, waarbij je beide handen nodig had. En dat spannen kostte soms wel een minuut of zo voor elk schot. De Genovezen gebruikten een iets handzamere versie, die je met de punt op de grond zette, met je voet in een soort stijgbeugel. Dan kon je met twee handen en een flinke krachts-inspanning de pees terugtrekken, tot die achter een nok viel – die dan met een haan weggetrokken werd zodra je schoot. Die dingen reikten niet zo ver, maar het duurde ook maar kort om ze te spannen – hoogstens twintig of dertig seconden. Natuur-lijk moest je daarbij wel recht overeind gaan staan. Will besefte dat de Genovezen van achter hun dekking in elk geval een eer-ste schot konden proberen. Maar daarna hadden de Jagers alle kans om hen een paar keer te raken.

'Na hun eerste schot moeten ze overeind komen,' merkte hij op tegen Halt.

'Misschien hebben ze wel meer dan één boog, heb je daaraan gedacht?' zei Halt. 'Neem geen risico. Hoe dan ook, wij kunnen sneller schieten dan zij.'

Om de kruisbogen opnieuw te spannen duurde, laten we zeggen, twintig seconden. En daarna moesten ze nog aanleg-gen en mikken, voordat ze konden schieten. Will kon zijn boog spannen, mikken en schieten in minder dan vijf. Halt was nog sneller. Tegen de tijd dat een Genovees aan zijn tweede schot toe was, konden de twee Jagers dus al twaalf schoten op hem afgevuurd hebben. Misschien hadden zij het eerste voordeel van de hinderlaag – maar als dat eerste schot miste, dan waren de Grijze Jagers ineens weer in het voordeel.

Halt keek voor de honderdste keer naar het grijze woud om hen heen. Door zijn hoofd een beetje te draaien keek hij recht in de zon, die in het westen tussen de boomkruinen door priemde. De schaduwen waren langer geworden nu de zon lager stond. De schemering viel snel.

Als ze nog langer wachtten konden ze in het donker helemaal geen kant meer op.

'Goed,' zei Halt. 'Denk eraan: vijf minuutjes wachten, en dan die sloot in.'

Will grijnsde als een boer met kiespijn. Een sloot – het was meer een geultje, een deukje in de grond, dacht hij. Maar dat zag Halt niet. Die keek al weer ingespannen naar de wirwar van bomen voor hem. Hij kwam moeizaam overeind en bleef gebogen staan.

'Laten we die kerels maar eens uitdagen,' zei hij droogjes en hij gleed onhoorbaar weg van achter de boom met al zijn stammen.

Een grijsgroene schicht versmolt snel met de andere schaduwen in het bos.

Hoofdstuk 21

Halt kneep zijn ogen tot spleetjes, terwijl hij geconcentreerd verderliep door het bos, zigzaggend over het smalle pad. Voortdurend scande hij de omgeving, en hij merkte met een grijns de vele sporen op die de Buitenstaanders voor hem hadden achtergelaten – en stukje stof hier, een extra diepe voetafdruk daar. Hij bleef maar net doen alsof hij elke keer weer blij verrast was zo'n aanwijzing gevonden te hebben, en volgde ze braaf. Je mocht de vijand natuurlijk nooit laten merken dat je hem doorhad!

De grond lag hier vol sprokkelhout, takken en twijgen die de eeuwige wind van de boomstammen boven hem had afgebroken en over de bodem verspreid. Ze vormden een dik tapijt, en hoe goed Halt ook was, en hoe voorzichtig hij ook zijn voeten neerzette, hij kon niet voorkomen dat er af en toe een takje doormidden brak. De enige manier om dat te vermijden was heel langzaam lopen, en elke keer met zijn voet de grond te testen voordat hij er zijn hele gewicht op liet rusten. Maar extra langzaam lopen was nu even geen optie, dat was veel te gevaarlijk. Grijze Jagers bewogen zich altijd snel, van schaduw naar schaduw, en zeker hier was dat nodig om te voorkomen dat hij een al te gemakkelijk doelwit werd. Trouwens, het had weinig zin om je geluidloos voort te bewegen als je juist wilde dat de vijand je opmerkte.

Daar stond weer zo'n dikke boom, die hem enige dekking zou bieden. Over de jaren was het sommige planten toch gelukt wortel te schieten, tussen de dode stammen, en in de beschutting van de dode boom had een forse vuilboom zich een plekje veroverd. De groene bladeren en grijze bast van de boom pasten precies bij Halts mantel.

Gehurkt keek hij om zich heen. Dankzij lange jaren van training deed hij dat instinctief zonder zijn hoofd te bewegen. Alleen zijn ogen schoten heen en weer, onderzoekend, testend of er iets bewoog, waarbij hij zijn ogen dan weer op dichtbij, dan weer op veraf instelde. Zijn gezicht bleef verborgen in de schaduw van de grote kap die hij over zijn hoofd getrokken hield. Als de Genovezen hem al hadden bespioneerd, hadden ze hem weg zien duiken naar de beschutting van de vuilboom; maar of hij er nu voor of achter zat konden ze onmogelijk zeggen, zo één was hij geworden met de begroeiing. Zo lang hij zich nu maar niet bewoog, zouden ze nooit zeker weten of hij er nog was, en zo ja, waar precies.

En dat betekende natuurlijk dat zij zich volledig concentreerden op hem, en dus niet op Will zouden letten. Hij was blij dat de jongen in de buurt was om als achtervang dienst te doen.

Inmiddels kroop zijn vroegere leerling, wist hij, daar door die sloot naar de omgevallen boom. Hij kon zich niemand voorstellen die hij liever als medestrijder had gehad. Op Gilan na, misschien. Die kon als geen ander ongezien blijven. Of Crowley zelf natuurlijk, zijn oudste vriend.

Maar hoeveel ervaring die twee ook hadden, hij wist dat hij eigenlijk toch altijd voor Will zou kiezen.

Crowley was een oude vos, die onder alle omstandigheden zijn kalmte zou bewaren. Maar hij was niet zo goed als Will als het op sluipen aankwam. Dat kon Gilan misschien wel weer beter dan Will, maar Will had één ding voor op hun beider vriend: hij was sneller van geest, en hij kwam eerder met een onverwacht alternatief op de proppen dan Gilan. Halt wist dat hij, mocht er iets onverwachts gebeuren, altijd kon vertrouwen op Wills improvisatietalent. Niet dat Gilan dat niet had; Gilan was ook een fantastische Grijze Jager, met vele talenten. Maar Will was net iets beter in snel beslissen. Gilan zou langer over een probleem nadenken, en dan pas met misschien dezelfde oplossing komen. Bij Will was het meer instinct dan logisch nadenken en afstrepen.

En er was nog iets anders, dat in de gegeven omstandigheden niet onbelangrijk was. Halt wist, al zou Will dat waarschijnlijk niet eens beseffen, dat Will een betere schutter was. Beter dan Gilan, en zelfs beter dan Crowley.

En daar, dacht hij met een grimmig lachje, had je nu waarschijnlijk het meeste aan.

Hij wachtte nog even tot zijn adem en hartslag weer tot rust kwamen. Ondanks wat hij tegen Will gezegd had, dat het niet de eerste keer was dat hij dit deed, vond hij het helemaal niet prettig om welbewust de vijand uit te dagen. Terwijl hij van de ene naar de andere boom holde, verwachtte hij elk moment een dikke pijl in zijn rug. Het idee alleen al, dat hij daar gewoon door het bos liep zonder zich te verschuilen, ging tegen alles in wat hij ooit geleerd had. Halt bleef het liefst onzichtbaar – eigenlijk had hij nog liever dat de Genovezen niet eens wisten dat hij in de buurt was.

Hij wist dat hij onder deze omstandigheden en met zijn cape om een lastig doelwit was. Maar de Genovezen waren ervaren schutters. Ze waren heel goed in staat om een lastig doelwit te raken. Dat was nou juist de reden waarom ze zo dik betaald werden door hun opdrachtgevers.

'Je verdoet je kostbare tijd,' mopperde hij tegen zichzelf. 'Of ben je eigenlijk te bang, om je zo meteen te laten zien?'

En inderdaad, zo besefte hij, daar zag hij eerlijk gezegd helemaal niet naar uit. Maar ja, het moest nu eenmaal toch gebeuren.

Hij keek weer het pad af, koos de plek waarheen hij zou rennen, een meter of tien verderop, dook ineens van achter de groene vuilboomstruik op en holde over het bospad.

Plat op zijn buik tijgerde Will intussen met knieën, voeten en ellebogen door de ondiepe greppel. Hij zorgde ervoor nooit boven de rand uit te komen. Hij kroop naar de omgevallen boom. Dat tijgeren had hij urenlang moeten oefenen, als leerling, altijd maar proberend onzichtbaar te blijven voor zijn leraar. Steeds weer dacht hij dat het hem nu eindelijk gelukt was – tot hij die sarcastische stem weer hoorde:

Wat zie ik daar? Een mager ruggetje in het gras? Daar bij dat zwarte rotsblok, ja? Als ik het niet dacht! Misschien moest ik daar maar eens een pijltje op afschieten, als de eigenaar tenminste niet snel PLAT GAAT LIGGEN!

Vandaag liep hij natuurlijk meer risico dan alleen door zijn leermeester uitgefoeterd te worden. Halts leven en dat van hemzelf hingen er vanaf of hij zijn achterwerk ver genoeg omlaag kon houden, plat op de grond, samen met de rest van zijn lijf.

Langzaam kroop hij verder en legde intussen elk gevaarlijk takje weg dat hij tegenkwam. Anders dan Halt mocht hij geen geluid maken. Natuurlijk was het niet stil in het bos, het kraakte en kreunde als altijd en de wind suisde door de dode takken. Maar het harde geluid van een plotseling brekende tak zou elke oplettende bosbewoner onmiddellijk voor onraad waarschuwen.

Plat op zijn buik zag hij duidelijk elk sprietje gras dat binnen een paar centimeter van zijn neus opdook. De wereld van Will kromp ineen tot een klein stukje aarde met wat gras en grijze dode takjes. Hij keek toe hoe een kleine bruine kever langs holde, niet meer dan vijf centimeter van zijn gezicht – zonder hem maar een blik waardig te keuren. Een lange sliert mieren marcheerde onverstoorbaar over zijn linkerhand, niet bereid tot welke omweg dan ook. Hij liet hen passeren en schoof toen voorzichtig weer naar voren. Een takje dat zou kunnen kraken werd zorgvuldig opgeruimd. Voor zijn gespannen oren klonk het alsof hij een halve boom wegschoof, en hij bleef even doodstil liggen. Daarna zei hij tegen zichzelf dat het onzin was, dat niemand dat minieme geluidje gehoord kon hebben tussen alle gewone bosgeluiden door, en kroop hij weer verder. De beschutting van de dikke omgevallen boom was nog maar een paar meter van hem af. Zodra hij eenmaal achter die stam was zou hij sneller en minder voorzichtig verder kunnen gaan. En achter die boom hoefde hij ook niet meer per se plat op zijn buik te blijven liggen.

Hij bedwong het verlangen om nu maar snel onder die boom weg te duiken. Daardoor kon hij immers al zijn eerdere inspanningen om onzichtbaar te blijven tenietdoen. Elke plotselinge beweging zou opvallen in dit stille bos. In plaats daarvan vertrouwde hij op de techniek die hij zichzelf als leerling had aangeleerd. Hij probeerde zich voor te stellen dat zijn lijf zich in de grond onder hem drukte, en hij voelde hoe gras en grond en takjes zwaar tegenwicht boden.

Erger nog was het gevoel dat hij zo kwetsbaar als een baby was. Hij had immers niets aan zijn wapens. Om echt zo plat mogelijk te blijven, had hij de boog van zijn rug moeten halen; die had hij opgeborgen door hem door twee knoopsgaten in zijn mantel te schuiven die daar speciaal voor bedoeld waren. Bovendien had hij natuurlijk de pees losgemaakt, want het gevaar was groot dat er een tak of iets anders aan zou blijven haken. Zo was de boog niet veel meer dan een lange rechte stok op zijn rug, die nergens aan vast kon blijven zitten.

Om dezelfde reden had hij zijn riem op zijn rug gedraaid, zodat de grote gesp en de twee scheden ook op zijn rug zaten, verstopt onder de mantel. Het tijgeren ging zo aanzienlijk vlotter – maar het betekende ook dat hij als hij ontdekt werd kostbare seconden zou verliezen terwijl hij een van zijn messen probeerde te trekken.

Zich zo zonder bescherming bloot te moeten stellen aan zijn vijand stuitte hem enorm tegen de borst. Vooral dat zijn boog niet gespannen kon worden stond hem niet aan. Zoals Grijze Jagers altijd zeiden: Je vangt geen vlees met een boog zonder pees. Toen hij die uitspraak voor de eerste keer hoorde dacht hij nog dat het een grapje was. Nu wist hij wel beter.

Eindelijk was hij aangekomen bij de omgevallen boom. Hij stond zichzelf een klein zuchtje van verlichting toe. Niemand had moord en brand geschreeuwd; hij had geen snerpende pijnscheut gevoeld van een pijl die zich in zijn rug boorde. Hij voelde hoe zijn rug ontspande. Zonder dat hij het doorhad had zijn lijf zich al die tijd verkrampt, in een ongetwijfeld vergeefse poging de pijn van een eventuele pijl op te vangen.

Nu kon hij een beetje overeind komen – niet te veel! – en sneller voortmaken. Pas toen hij dacht dat hij ver genoeg van het pad was, kwam hij voorzichtig helemaal overeind. Hij bleef even staan achter een dikke boom, trok de pees weer aan zijn boog en ontspande zich nog meer. Nu was hij het niet zozeer meer die gevaar liep – maar de Genovezen.

Halt knielde op één knie en bestudeerde – of deed net alsof – een van de sporen die de sluipmoordenaars hadden achtergelaten. Hoewel hij zijn hoofd gebogen hield, keek hij intussen omhoog, terwijl hij de omgeving met al zijn grijze boomstammen en donkere schaduwen afzocht.

Heel even ving hij tussen de bomen links van hem een minimale beweging op, een flits purper misschien. Hij bleef onbeweeglijk zitten. Zo op zijn hurken vormde hij maar een klein doelwit voor een mogelijke kruisboogschutter. Waarschijnlijk zou een pijl pas worden afgevuurd nadat hij weer was gaan staan.

Halt keek naar links. De boomstammen die hij de laatste meters was gepasseerd waren maar dunnetjes – een jong bos nog, toen het ten prooi was gevallen aan het verstikkende water van de rivier. Sommige waren nauwelijks twee meter hoog; nergens kon hij hier het soort dekking vinden dat dikkere stammen hem gunden. Halts mond vertrok in een grimas. Daarom hadden de Genovezen juist hier hun aanwijzing opgehangen, natuurlijk. Ze wisten dat hun achtervolger zou knielen om het spoor te bestuderen. Zodra hij dan weer opstond vormde hij een niet te missen doel. Halts ogen zochten de oorsprong van die eerste purperen flits weer op, maar zag niets meer. Dat was logisch. Zodra hij stil was blijven staan zou de schutter aangelegd hebben. Dat was die kleine flitsende beweging die hij uit een ooghoek gezien had. Nu zou de man doodstil blijven liggen, zijn kruisboog richtend op de plek waar Halt overeind moest komen. Halt spande al zijn spieren, klaar om weg te sprinten.

Hij keek nog eens naar links en koos daar een boom uit die net een beetje dikker was dan de rest. Niet dik genoeg om hem volledig te beschermen, maar dat moest dan maar. Hij hoopte vurig dat Will intussen zijn afgesproken positie had kunnen innemen. Af en toe had hij het bos in geloerd – zonder dat het de Genovezen zou opvallen –, maar hij had geen spoor van Will kunnen ontdekken.

Misschien was Will intussen inderdaad op dezelfde hoogte gekomen als hij. Het kon ook betekenen dat hij om de een of andere reden opgehouden was. Misschien was hij wel heel ergens anders. Maar Halt twijfelde niet lang. We hebben het wel over Will hier, dacht hij. Will zou er zijn.

Zonder enige waarschuwing vooraf liet hij zich opzij vallen en rolde naar de voet van de boom die hij had uitgekozen. Daar bleef hij doodstil liggen – hoewel al zijn zenuwen tot het uiterste gespannen waren.

Er gebeurde niets.

Er klonk geen ploing! van een boogpees die terugsprong. Geen gemene pijl met weerhaken kwam vlak over hem heen gevlogen, om met een doffe klap in een boomstam te slaan. Niets. Het enige wat je hoorde was dat akelige gekreun en gepiep van het dodebomenbos, dat langzaam heen en weer zwaaide en langs zichzelf wreef en streek. Dat maakte al één ding duidelijk: de Genovezen hadden zich door zijn plotselinge verplaatsing niet laten verleiden tot overhaast schieten. Daar waren ze dus te gedisciplineerd voor. Of had hij het zich allemaal maar ingebeeld, die kleine beweging daar in het bos? Misschien was er wel helemaal niemand daar...

Maar hij voelde in zijn botten dat ze er wel degelijk waren, die moordenaars. Ze lagen geduldig te wachten tot hij zich zou laten zien. Het was een combinatie van factoren – de aanwijzingen overal, het jonge bos hier met weinig beschutting – hij wist zeker dat ze vlak bij hem waren, misschien maar een paar meter van hem vandaan, wachtend op zijn volgende zet. Voorlopig konden ze hem niet zien. Maar dat zou veranderen, zodra hij weer overeind kwam. Hij keek om zich heen. Hij kon proberen naar een dikkere boom te kruipen – maar de eerste die in aanmerking kwam stond meters verderop. En ze konden hier gemakkelijk tussen die dunne boompjes doorschieten, zo gauw hij zich liet zien.

Juist daarom hadden de Genovezen natuurlijk ook precies dit stuk bos uitgezocht. Nu wist hij het zeker. Want voor een hinderlaag was dit een ideale plek. Eigenlijk kon hij geen kant meer op. Hij had voor het moment weinig te vrezen, en dat zou zo blijven zolang hij plat op de grond bleef liggen. Maar hij kon vanuit deze positie bijna niets zien. En hij wist dat hij, zodra hij zijn hoofd zou optillen, zou vragen om een pijl tussen zijn ogen. Hij zat gevangen, en dat nog ziende blind ook.

De mannen uit Genova hielden alle troeven in handen. Ze hadden vast in de gaten waarheen hij zojuist gerold was. Bovendien had zijn plotselinge beweging verraden dat hij wist dat zij er waren. Zij hoefden nu alleen maar rustig af te wachten.

Hij was ten dode opgeschreven. Hoe hij zijn hersens ook pijnigde, de situatie werd er niet beter van. Als hij besloot te blijven liggen, zou vroeg of laat een van de moordenaars een omtrekkende beweging maken, terwijl de ander hem onder schot hield. Hij kreeg een brok in zijn keel toen hij dacht aan wat hij nauwelijks een uur daarvoor tegen Will gezegd had. Na het eerste schot zijn wij in het voordeel.

Afgezien van een klein maar niet onbelangrijk detail: na dat eerste schot zou hij hoogstwaarschijnlijk niet meer in leven zijn.

Even sloot Halt zijn ogen en dacht diep na. Hij had maar één kans, en die hing er dan helemaal af van of Will inderdaad een positie had kunnen innemen áchter de Genovezen. En weer vielen de zorgen snel van hem af. Natuurlijk stond Will daar klaar. Want Halt had hem daar nodig. Will zou er zijn, omdat hij Will was – en Will had Halt nog nooit in de steek gelaten.

De oude Jager deed zijn ogen weer open. Hij bleef liggen, maar pakte voorzichtig een pijl uit de koker op zijn rug en legde die op de boogpees. Daarna trok hij zijn armen en benen onder zijn lijf en ging op zijn hurken zitten. Wat nu? Al zijn instincten schreeuwden hem toe langzaam overeind te komen, zodat de Genovees niet onmiddellijk zou schieten. Maar dat idee wees hij onmiddellijk weer af. Zo gaf hij die moordenaars eigenlijk alleen alle tijd om rustig aan te leggen en te mikken. Als hij daarentegen ineens weg sprintte, zouden ze misschien zo schrikken dat ze inderdaad overhaast zouden beginnen te schieten. En missen. Het leek hem niet erg waarschijnlijk, maar toch. Een alternatief was er eigenlijk niet.

'O Will, ik hoop maar dat je klaarstaat,' mompelde Halt. En meteen daarop sprong hij overeind, boog in de aanslag, wanhopig om zich heen turend naar een klein teken van leven, een beweging tussen de bomenrijen.

HOOFDSTUK 22

Het dodebomenwoud leek levenloos en uitgestorven, maar zoals Halt al eerder had vastgesteld, begon er her en der tussen de dode stammen toch wat struikgewas te groeien. En toen Will voorzichtig uit zijn schuilplaats onder de gevallen boom kwam gekropen botste hij tegen een nieuwe soort bewoners aan.

Een klimplant had zich om de stam van een van de dode woudreuzen omhoog gewikkeld en was daarna over een laaghangende tak verder gegroeid. Een lange tentakel hing vanuit het uiteinde van die tak naar beneden, en toen Will de boom voorbij wilde lopen kon hij die niet ontwijken. Binnen de kortste keren had zich een viertal weerhaken stevig in de ruwe stof van zijn mantel vastgehaakt. Ze hielden dat kledingstuk, met hem erin, klemvast. Will uitte zacht een verwensing. Voor dit soort tegenwerking had hij nu geen tijd. Er was maar één oplossing: hij pakte de mantel stevig vast en begon te trekken.

Eerst zachtjes, maar al snel harder en harder probeerde hij het kledingstuk los te rukken. Even leek het te lukken. Er zat beweging in. Maar al snel bleek dat de klimplant zelf elastisch was en door zijn getrek uitgerekt werd. Op een gegeven moment was de rek eruit, en gaf de plant geen centimeter meer toe. Eigenlijk, merkte Will, had zijn getrek een averechts effect gehad: de plant had hem nog steviger vast dan eerst. De doorns zaten nog dieper in de stof dan eerst en de klimplant begon hem al omver te trekken.

Er zat niets anders op dan uit de mantel te glippen en te proberen om hem los te snijden. De plant hield hem van achteren vast, dus hij kon er anders niet bij. En dat betekende dat hij eerst zijn pijlenkoker af moest doen, want die hing over zijn mantel heen. Daarna pas kon hij de mantel uittrekken – al met al een heleboel onnodige bewegingen, die hem zouden kunnen verraden aan de sluipmoordenaars die daar ergens tussen de bomen moesten liggen te wachten. Zo voorzichtig als hij kon trok hij de riem van de pijlenkoker over zijn hoofd. Daarna maakte hij de sluiting van de mantel onder zijn keel los en stapte naar voren.

Snel nou, dacht hij, Halt rekent erop dat je op tijd klaarstaat!

Hij gaf niet toe aan de lichte paniek die hem overviel en ging geduldig aan het werk. Hij wist dat elke overhaaste beweging hem kon verraden. De mantel was uit, hij pakte zijn groot Saksisch dolkmes. De klimplant had hem hoog tussen de schouderbladen te pakken gekregen. Het vlijmscherpe mes sneed moeiteloos door de taaie liaan, en daarna liet hij zich voorzichtig op de grond zakken, de mantel opgerold over zijn arm.

Even akelig langzaam trok hij de mantel weer over zijn schouders. Kort overwoog hij zelfs de mantel gewoon daar achter te laten, maar de extra bescherming tegen speurende ogen weerhield hem. Hij hing de koker met pijlen weer over zijn schouder en trok de klep, die de opvallende veren aan de uiteinden bedekte, er weer overheen. Even keek hij achterom naar waar hij vandaan gekomen was. Er was geen enkele beweging, geen enkel teken dat iets of iemand hem opgemerkt had. Logisch, dacht hij, want als hij dat al zou merken, was het waarschijnlijk omdat een kruisboogpijl zich door zijn vel boorde.

Hij moest er maar van uitgaan dat niemand hem tot nu toe opgemerkt had. Diep voorovergebogen liep hij verder tussen de dode stammen door, in korte spurts van de ene dikkere boom naar de volgende. Een paar keer maakte hij een omweg, om niet opnieuw vast te blijven haken aan een van die akelige klimplanten met hun kromme doorns. Al doende leert men, dacht hij verbeten.

Zodra hij inschatte dat hij een zeventig, tachtig meter naar links was gevorderd, sloeg hij rechtsaf en holde hij verder, evenwijdig aan het pad van Halt. Als hij nog verder van het pad gelopen was, zou hij nooit op tijd komen. De ondoordringbare massa bomen zou bovendien zijn uitzicht belemmeren. En zo liep hij verder en verder en verkleinde langzaam maar zeker de afstand tussen hem en zijn mentor.

Hij liep gewoon rechtop nu, snelheid was belangrijker dan onzichtbaarheid. Hopelijk kon hij de tijd die hij kwijt was geraakt aan die klimplant weer goedmaken. Zo diep het bos in, kon hij het risico wel lopen, meende hij. Tenzij Halt en hij de situatie helemaal verkeerd ingeschat hadden, was de vijand nu ergens rechts van hem, hopelijk aan deze kant van het pad – dan keken immers ze de andere kant op. Geluid maken was nu het grootste risico, dus zette hij zijn zachte laarzen zo voorzichtig mogelijk neer tussen de dode takken die de bodem bedekten, zodat ze niet doormidden knapten.

Zo'n vijftig meter naar rechts zag hij een stuk bos waar de bomen verder uit elkaar stonden. De stammen waren daar ook veel dunner. Hij stelde zich verdekt op en bestudeerde het terrein.

Niets bewoog. Maar hij wist dat dit de plek moest zijn. Hij gleed weg van achter zijn stam en sloop vijf meter verder, naar een volgende boom, zonder dat zijn ogen hun doel een moment losliēten.

Net tilde hij zijn rechtervoet op om een volgende stap te zetten toen hij ergens iets zag bewegen. Meteen bevroor hij. Met een been in de lucht bleef hij staan wachten, zijn ogen starend naar de grijze stammen. Misschien zou de beweging zich herhalen.

En toen zag hij hen. Toen hij ze eenmaal in de gaten had, kon hij nauwelijks begrijpen hoe hij de Genovezen ooit had kunnen missen. Alhoewel – hij moest toegeven dat de donkerpaarse jassen eigenlijk helemaal niet zo opvielen in dit bos.

Een grimmige grijns trok over zijn lippen. Weer was het de beweging geweest die hen verraden had. Beweeg je, en ze zullen je zien, had Halt niet voor niets wel duizend keer herhaald.

'Je had weer eens groot gelijk, Halt,' zei hij in zichzelf.

Zoals hij al had verwacht, hurkten de twee kruisboogmannen achter een dikke, omgevallen boomstam. Daar bovenop hadden ze bovendien nog een flinke stapel takken gelegd, zodat de borstwering zonder dat het zou opvallen hoger werd. Hun kruisbogen lagen bovenop de takken, klaar om te schieten. De twee mannen zaten schuin voor hem en keken recht voor zich uit. De omgevallen boom lag in een schuine hoek, vanuit Will gezien, en de Genovezen staarden naar een plek zo'n dertig meter van hen vandaan.

Hij probeerde hun blik te volgen, maar zag daar niets bijzonders. Waarschijnlijk hadden zij Halt zien lopen, dacht Will, maar was die nu ergens achter weggedoken.

Op dat moment hoorde hij geluid – alsof iemand snel ergens liep, de takken kraakten luid onder zijn voeten. Het geluid leek uit dezelfde richting te komen als waar de twee mannen naar staarden, en inderdaad kwam een van hen een beetje overeind om de kruisboog ergens op te richten.

De boomstammen vormden een bijna ondoordringbaar gordijn tussen hem en de sluipmoordenaars. Hij wilde dat hij iets dichterbij was. Als hij nu moest schieten, was er een grote kans dat zijn pijl onderweg langs een stam zou schampen. Hij schatte dat hij zo'n zestig meter van de mannen verwijderd was, en om goed te mikken moest hij dichterbij zien te komen.

In elk geval hadden zij alleen maar oog en oor voor de plek vanwaar dat geluidje net gekomen was. Waarschijnlijk was dat

Halt geweest, die naar een nieuwe schuilplaats holde. Er was geen enkele noodzaak om zich zo te laten horen, tenzij hij het expres deed om hen uit de tent te lokken. Will klapte de klep weg boven zijn pijlen en legde er een op de pees van zijn boog. Daarna kwam hij, lichtvoetig als een vos, van achter zijn stam tevoorschijn en liep snel in de richting van de twee schutters.

Vijf meter. Tien meter. Nog eens vijf. Ze bleven gespannen naar rechts voor hen kijken. Hadden ze beter opgelet, dan hadden ze hem misschien uit een ooghoek zien aankomen. Hij kwam in een hoek op hen af, van schuin rechts achter hen, dus niet recht achter hun rug. Will kon aan hun lichaamstaal zien dat ze oog noch oor hadden voor wat er achter hen gebeurde. Net twee jachthonden, dacht hij, trillend van opwinding omdat ze zojuist voor het eerst hun prooi geroken hadden.

Nog een stap dichterbij. Pas op nou, voor die kromme tak onder je linkervoet. Steek je laars daar liever onder. Voel of de grond stevig is daar. Verplaats dan pas je hele gewicht op dat been. En zo vervolgens ook met het andere been. Weer twee stappen. Hij begon nu gelukkig binnen schootsafstand te komen. Er was meer ruimte tussen de bomen. Nog een paar stappen en dan...

Halt stond op van waar hij weggedoken had gezeten. Zonder de minste waarschuwing vooraf. Het ene ogenblik leek het bos dood en verlaten. Het volgende moment leek de Grijze Jager onder licht geritsel uit de grond omhoog te schieten, zijn boog al gespannen en een pijl op de mannen gericht.

Will hoorde een van de Genovezen een verraste kreet slaken. Hij zag hoe Halt zijn doelwit iets verlegde zodra hij dat geluid hoorde. Beide kruisbogen kwamen omhoog. Will schoot op de man die het dichtst bij hem stond en hoorde tegelijk het diepe geluid van Halts boog, met vlak daarop de droge klap waarmee de pees van een kruisboog naar voren sloeg.

Die eerste pijl miste zijn doel. De Genovees die door Will als doelwit was uitgekozen had hem afgeschoten op hetzelfde moment dat Wills pijl zich in zijn zij geboord had. De man zakte zijdelings in elkaar en viel tegen zijn buurman aan, die daardoor ook mis schoot. En meteen daarna sloeg ook Halts pijl in de borstkas van de eerste man. De man was al dood toen hij achteroverviel en bleef hangen in een laaghangende tak achter hem.

Will fluisterde een verwensing toen tot hem doordrong dat ze een gevaarlijke vergissing hadden begaan. Ze hadden allebei op dezelfde man geschoten, waardoor de andere boogschutter ongedeerd was gebleven, en nu bovendien extra beschermd werd door het lijk van zijn collega. Will zag dat de tweede kruisboog nu op hem gericht werd. Hij schoot nog een pijl af, wist meteen dat hij gemist had en dook weg achter de dichtstbijzijnde boomstam. Daar hoorde hij Halt ook weer schieten, maar deze pijl schampte langs een boomstam. Meteen daarop sneed een korte kruisboogpijl een diepe voor in Wills boomstam, om verderop zonder schade te hebben aangericht in het sprokkelhout te landen.

Twee kruisbogen, twee schoten, dacht Will blij. Nu hadden ze hem!

Hij stapte aan de andere kant van achter de boom vandaan, en zag met een schok dat de Genovees een nieuwe kruisboog op Halt gericht hield en de haan naar achteren trok. Hij hoorde de klap van de korte pees. Halt had daar al voor gewaarschuwd, dat ze misschien meerdere kruisbogen mee zouden nemen. Weer had hij het bij het rechte eind gehad...

En toen bevroor Wills hart. Hij hoorde het meest akelige geluid dat hij ooit in zijn leven gehoord had: een schreeuw van pijn, gevolgd door het geluid van Halts boog die op de grond viel.

'Halt!' krijste Will, die de hele Genovees op dat moment vergeten was. Hij keek in de richting waar hij Halt eerder had zien staan. Geen spoor van zijn leraar meer te zien nu. Halt lag op de grond, dacht Will in paniek. Hij was geraakt. Hij was gevallen...

Een plotseling geluid deed hem opschrikken. Hij zag nog net hoe de Genovees in de verte tussen de bomen verdween. Een laatste glimp van die paarsrode mantel. Will stuurde hem nog drie pijlen achterna, en hoorde hoe ze een voor een tegen dode boomstammen sloegen. Daarna klonken er paardenhoeven die in een driftig ritme op de grond roffelden. Blijkbaar hadden de moordenaars vlakbij hun paarden vastgebonden. Die zou hij nooit meer inhalen.

Stilte of voorzichtigheid waren niet langer meer nodig. Will rende zo hard hij kon naar de plek waar hij Halt had zien vallen. Takken braken met veel lawaai onder zijn voeten, hij sloeg wild naar de klimplanten die hun tentakels naar hem uitstrekten en zijn mantel probeerden te grijpen.

Met kloppend hart zag hij de Grijze Jager voorovergebogen zitten. Vers rood bloed verspreidde zich snel over de mantel. Veel bloed, zo te zien.

'Halt!' riep hij weer, en zijn stem sloeg over van angst en wanhoop. 'Ben je geraakt?'

HOOFDSTUK 23

H et duurde even voordat er antwoord kwam, en Will voelde een ijskoude beklemming onder zijn middenrif. Maar die verdween onmiddellijk, toen de oude Jager opkeek, zijn rechterhand om zijn linkerarm geklemd in een poging daar het bloeden te stelpen. Zijn gezicht was van pijn in een grimas vertrokken.

'Het gaat best,' knarsetandde hij. 'Die pijl schampte alleen langs mijn arm. Maar het doet verduiveld veel pijn!'

Will knielde naast zijn mentor neer en trok voorzichtig de hand van de oudere man weg.

'Laat me eens kijken,' zei hij. Hij was eerst heel voorzichtig, bang dat zodra de hand werd weggehaald het bloed uit een slagader zou spuiten. Gelukkig was dat niet het geval, de stroom bloed was heel gelijkmatig. Gerustgesteld pakte hij zijn dolkmes en sneed de mouw van de oude Jager rond de plek van de wond los. Na een zorgvuldige inspectie pakte hij een schoon stuk linnen uit de rol met eerstehulpartikelen die elke Grijze Jager bij zich droeg en veegde daarmee de omgeving van de wond schoon, zodat hij de schade kon inschatten.

'Nou, dat was maar net raak!' zei hij. 'Een centimeter meer naar links en hij had je finaal gemist!'

Het was inderdaad een ondiepe schram over Halts onderarm – misschien vier centimeter lang, en niet eens diep genoeg om een spier geraakt te hebben. Will trok de stop uit Halts waterfles en goot wat over de wond, om meteen daarop weer met de linnen doek in de weer te gaan. Het bloed verdween even, maar welde meteen weer op uit de lange snee. Hij haalde zijn schouders op. In elk geval was de wond nu schoon. Hij pakte zalf tegen ontstekingen, smeerde dat op Halts arm en legde daarna een strak verband aan.

'Nou heb je wel mijn mooie jak geruïneerd!' zei Halt en wees beschuldigend naar de helft van zijn mouw, die van de manchet om zijn pols naar beneden bungelde. Will schoot in de lach. Dat gemopper deed meer om hem te overtuigen dat er niets aan de hand was, dan wat zijn eigen ogen hem vertelden. Het was maar een oppervlakkige wond.

'Dan heb je vanavond wat te naaien!' zei hij opgewekt.

Halt snoof verontwaardigd. 'Maar ik ben gewond. Jij moet het naaien.' Daarna voegde hij er op iets serieuzer toon aan toe: 'Ik neem aan dat die andere ontsnapt is? Ik hoorde tenminste een paard.'

Will pakte hem bij zijn goede arm en hielp hem overeind. Alhoewel, hulp had Halt eigenlijk al niet meer nodig. Hij was inderdaad maar lichtgewond. Maar de oude Jager snapte wel dat Will hem zo bemoederde omdat hij nogal geschrokken was, toen zijn oude leermeester door de pijl getroffen werd. Hij liet alles dus maar zuchtend toe. Ook dat Will zijn boog van de grond opraapte en naar hem toebracht.

'Ja,' antwoordde Will. 'Ze hadden blijkbaar een eindje verder hun paarden staan. Ik heb nog geschoten, maar ik kon hem niet meer raken. Het spijt me, Halt!'

Hij voelde zich schuldig omdat hij zijn leraar in de steek gelaten had. Maar Halt klopte hem vriendelijk op de schouder.

'Niets aan te doen!' zei hij. 'Het is in dit rare bos ook moeilijk schieten! Je ziet door de stammen je doel niet meer!'

'Waar we de fout ingingen,' zei Will, en Halt trok een wenkbrauw vragend op, 'waar we de fout ingingen is dat we allebei op dezelfde man schoten. Daardoor kon de ander ook rustig een pijl op jou afschieten.'

Halt haalde zijn schouders op. 'Dat hadden we onmogelijk van tevoren kunnen weten. Hoe vaak heb ik je niet op het hart gedrukt dat er altijd wel iets fout gaat als je in gevecht raakt? Er gebeurt altijd wel iets wat niemand had kunnen voorzien.'

'Dat zal wel... Maar toch...' Will maakte de zin niet af, hij vond het moeilijk precies onder woorden te brengen wat er door hem heen ging. Hij had hoe dan ook het gevoel dat hij het beter had kunnen doen, als hij nou maar... Dan had hij Halt de schrik en de pijn van een vleeswond kunnen besparen. Dan was hij niet op een haar na dood geweest.

Maar Halt legde een hand op Wills schouder en schudde hem zacht heen en weer.

'Maak je nou maar niet druk. Kijk naar wat we wel bereikt hebben! Een van die moordenaars is dood, en ik heb alleen een krasje op mijn arm. Als je het mij vraagt is dat een goede afloop, vooral als je bedenkt dat zij eigenlijk alle troeven in handen hadden. Of niet soms?'

Will zei niets. Hij stelde zich voor hoe Halt in dit barre woud op de grond had kunnen liggen, nu, een korte dikke kruisboogpijl in zijn hart, zijn ogen blind starend naar de dorre takken boven hem. Halt schudde hem nog eens door elkaar, steviger nu.

'Of niet?' herhaalde hij en Will toverde een vermoeide glimlach op zijn gezicht. 'Ja, dat is ook zo,' zuchtte hij.

Halt knikte tevreden, hoewel ook hij stiekem gehoopt had dat zij beide Genovezen onschadelijk hadden kunnen maken. Dan was de rest van hun opdracht heel wat eenvoudiger geweest. 'Goed, laten we nu dan maar weer uit dit akelige bos weggaan en Arnaut opzoeken. Die is waarschijnlijk intussen gek van angst dat ons iets is overkomen!'

En inderdaad zat Arnaut op hete kolen te wachten. Hij had de tenten opgezet en een vuurtje gemaakt, maar was daarna te gespannen om daar rustig van te genieten. Hij bleef maar heen en weer ijsberen, hopend op een teken van leven van zijn vrienden – hij had een heus pad uitgesleten door het lange gras. De drie paarden hadden zich aanzienlijk minder druk gemaakt en stonden rustig te grazen.

Natuurlijk zagen de Grijze Jagers hem heen en weer lopen, lang voor hij hen in de gaten had. Zelfs hun eigen tenten benaderden ze omzichtig, ze zorgden er steeds voor niet op te vallen – tot ze er ineens stonden. Will liet een schril fluitje horen. Het hoofd van Trek schoot omhoog, de oren gespitst, en hij hinnikte een opgelucht antwoord. Toen pas zag Arnaut zijn twee vrienden, en holde hen door het lange gras tegemoet. Een paar meter van hen vandaan bleef hij geschrokken staan bij het zien van het verband om Halts arm en de fladderende kapotte mouw.

'Is alles goed met ju...'

Halt stak bezwerend zijn hand op. 'Ik mankeer niets ernstigs. Alleen maar een krasje, verder niets!'

'Letterlijk een krasje,' bevestigde Will. Nu hij over de eerste schrik heen was kon hij er ook wel een grapje over maken. Halt keek hem schuins aan.

'Nou, het doet anders wel héél, héél erg pijn!' zei hij op klaaglijke toon.

'Maar wat is er gebeurd dan?' onderbrak Arnaut zijn aanstellerij. Hij begreep dat ze anders weer in dat eindeloze gekissebis van Grijze Jagers onderling zouden verzanden. 'Hebben jullie ze te pakken gekregen?'

'Eentje maar, helaas,' moest Will bekennen. De grijns op zijn gezicht smolt weg. 'De ander is ontsnapt.'

'Eentje maar?' zei Arnaut beteuterd. Dat was hij niet gewend, dat een avontuur van de Grijze Jagers niet voor honderd procent slaagde. Toen hij hun reacties zag besefte hij dat dit niet erg tactvol van hem was.

'Ik bedoel...' verbeterde hij zichzelf haastig, 'fantastisch!

Goed gedaan, zeg.' Er viel een pijnlijke stilte, terwijl Arnaut wachtte op de sarcastische reactie die ongetwijfeld zou volgen. Hij was nogal verbaasd toen die uitbleef.

Het was natuurlijk zo, dat zowel Halt als Will het eigenlijk helemaal met hem eens waren. Allebei hadden ze graag een beter resultaat gerapporteerd. En hoewel geen van beiden dat hardop zou zeggen, wilden ze allebei dat ze geen half werk hadden afgeleverd.

Arnaut keek zijn twee vrienden een paar tellen niet-begrijpend aan. Wat bedoelden ze? Wat vonden ze echt? Maar toen nodigde hij hen met een handgebaar uit hem te volgen naar het kamp, waar een vrolijk vuurtje op hen wachtte en de eeuwige koffiepot al klaarstond.

'Ik schenk snel even een kop koffie voor jullie!' zei hij. 'Ga zitten en vertel wat er gebeurd is.'

Kort beschreven ze hun recente avonturen tussen de duizenden dode bomen. Zonder te erkennen dat ze allebei doodsangsten hadden uitgestaan natuurlijk. Doodsangsten, toen ze daar tussen de grijze dorre stammen dwaalden en elk moment een pijl in hun lijf konden verwachten. Will zei ook niets over de paniekaanval, toen hij vast was blijven haken aan de doornen van de klimplant. Als hij daar nog een paar tellen langer getreuzeld had, wist hij, was hij nooit op tijd gekomen om Halt te helpen en was die ene kruisboogpijl misschien wel raak geweest. Over dat soort details dacht hij maar liever niet te veel na.

'Dus hoe gaan we nu verder?' vroeg Arnaut ten slotte, toen ze met gekruiste benen om het kampvuur van hun koffie zaten te genieten. 'Denken jullie dat die ene overgebleven Genovees nóg een hinderlaag zal proberen te leggen?'

Will en Arnaut keken beiden Halt aan.

'Ik denk het niet,' antwoordde die na enig nadenken. 'Die Genovezen zijn huurlingen. Die vechten voor geld, niet voor een ideaal of omdat ze iets beloofd hebben. En onze overgebleven vriend beseft heus wel dat hij nu zwak staat. Als hij ons nog een keer in de luren probeert te leggen, kan hij misschien één van ons te pakken krijgen, maar de kans is groot dat de anderen hém dan alsnog te grazen nemen. En dat is zakelijk geen positief scenario. Misschien zou Tennyson het wel willen, maar ik denk dat zelfs hij er niet in zal slagen onze purperen vriend zomaar zijn leven te laten offeren voor de Buitenstaanders!'

Hij keek naar de westelijke horizon. De zon verdween al achter de boomtoppen. Het zou snel donker worden.

'We overnachten hier,' zei hij kort.

'En morgen?' vroeg Arnaut.

Halt draaide zich om en reikte naar zijn zadeltassen. Zijn gezicht vertrok terwijl een pijnscheut door hem heen trok. De wond in zijn linkerarm was opgedroogd, maar begon nu door de beweging weer te bloeden. Arnaut stond snel op, pakte de zadeltas en legde die voor Halts voeten.

'Dank je, Arnaut,' zei Halt en pakte de kaart eruit. Hij vouwde deze op zijn knieën open.

'Jammer dat het verdronken bos er niet op staat,' zei Will.

Halt knikte. 'Dat veranderen we later wel. Het staat er trouwens wel op, maar als het woud van Ethelsten. Er staat alleen niet bij dat de bomen allemaal dood zijn. Maar wel iets anders, dat ook belangrijk voor ons is.'

Will schoof dichterbij om de kaart beter te kunnen zien, en Arnaut zakte achter de rug van de Grijze Jager op een knie. Hij keek over zijn schouder naar de wijzende vinger van Halt.

'Ik denk dat onze vriend geen hinderlaag meer legt, maar zeker weten doe ik dat natuurlijk niet. "Ik dacht van niet" – dat waren de laatste woorden van heel wat onvoorzichtige reizigers. Hoe dan ook, ik ben niet van plan om nog eens halfblind door dat rotbos te trekken. Tenminste niet over hetzelfde pad. Ik stel voor dat we een kilometer of zo naar het westen gaan en daar een andere doorgang zoeken.'

'Maar hoe vinden we dan ooit hun spoor terug?' vroeg Will.
'Eenmaal het bos uit kunnen ze alle kanten op.'

'Dat zouden ze inderdaad kunnen,' antwoordde Halt. 'Maar dan lopen ze hoe dan ook tegen de rivier op, die al deze ellende veroorzaakt heeft.' En hij wees naar de grijze kale stammen, die nu als een leger van geesten uit de schemering opdoemden. 'Welke richting ze ook kiezen, ze moeten in elk geval de rivier oversteken. En dat kan maar op één plek in deze buurt – de volgende doorwaadbare plek is vijftien kilometer verderop. Dus daar zullen ze wel heen gaan.'

'Ik denk dat je gelijk hebt,' zei Arnaut grijnzend. 'Ik zie Tennyson nog niet over een diepe rivier zwemmen en zijn jurk natmaken.'

'Ja, hij houdt wel van comfort, die hogepriester. En dat is dus nog een reden om een eindje naar het westen te gaan, eerst, voordat we ons weer tussen die bomen wagen. Nog los van het feit dat we zo minder kans hebben in een eventuele val te lopen, zijn we dan ook al dichter bij de oversteekplaats.'

'En daar kunnen we dan ook hun spoor weer oppikken,' vulde Will tevreden aan.

'Als we geluk hebben!' zei Halt droogjes. Hij vouwde de kaart weer op en stopte die weg in zijn tassen. 'Ik vind dat we wel een beetje geluk verdiend hebben nu. Tot dusverre is dat vooral aan de andere kant terechtgekomen.'

'Maar niet bij die ene die in dat bos daar ligt,' merkte Will op.

Halt knikte. 'Niet bij hem, nee. Ik neem aan dat ik ondankbaar klink. Vandaag hadden we over geluk eigenlijk niet te klagen.'

En dat was de ironie ten top – hadden ze geweten wat hun de volgende dag te wachten stond.

HOOFDSTUK 24

D ie dag was tamelijk normaal begonnen. Onze drie reizigers waren vroeg opgestaan. Met een lange dag in het
zadel voor de boeg aten ze een uitgebreid ontbijt, pakten alle
spullen netjes weer in en reden door het hoge gras eerst een tijd
in westelijke richting. Na een paar kilometer zag Halt in de bosrand links van hem een andere weg die tussen de dode bomen
door naar de rivier leek te lopen. Met een zacht teugelsignaal
stuurde hij Abelard die kant op, en al snel reden ze weer tussen
de verdronken stammen.

Will en Halt kenden intussen het vreemde gevoel al, dat over
je heen kwam als je een tijdje door dat levenloze bos reed. Maar
voor Arnaut was het nieuw, en hij was snel onder de indruk.
Zijn ogen flitsten van links naar rechts, naar voren en achterom. Het kostte hem grote moeite ergens op te focussen in die
verwarrende massa van eenvormige grijze stammen.

'Ik vraag me af hoe jullie in dit vreselijke oord iemand hebben kunnen vinden,' merkte hij op. De twee Grijze Jagers keken
hem grijnzend aan.

'Dat was ook héél moeilijk!' zei Will. Door de kleurloosheid
van de stammen overal om hen heen was het moeilijk het juiste
perspectief te bewaren, zoals hij ook de dag daarvoor al had gemerkt.

'Ja, het was knap van Gilan dat hij de eerste te pakken kreeg!'
zei Halt een beetje afwezig.

Will keek hem verbaasd aan. 'Gilan?'

Nu was het Halts beurt om verbaasd te kijken. 'Gilan? Wat is er met Gilan?'

'Je zei net: "Knap dat Gilan de eerste vond,"' legde Arnaut uit.

Nu was het Halts beurt om de wenkbrauwen te fronsen.

'Dat zei ik helemaal niet.' Maar even later voegde hij daaraan toe: 'Zei ik dat?'

De uitdrukking op de gezichten van zijn twee jonge metgezellen sprak boekdelen. Hij had inderdaad Gilan gezegd. Halt schudde zijn hoofd en lachte wat.

'Ik bedoelde natuurlijk Will,' zei hij. 'Mijn excuses, Will – je weet hoe ik jullie twee altijd door elkaar haal.'

'Geeft niks,' zei Will. Maar terwijl ze verder reden bekroop hem toch een ongemakkelijk gevoel. Halt had hem nog nooit eerder verward met Gilan. Hij keek snel even naar Arnaut, maar de jonge ridder leek tevreden met de door Halt gegeven uitleg, dus zei hij maar niets.

Er was ook weinig gelegenheid om met elkaar te praten, terwijl zij door het vreemde woud reden. Halt liet hen achter elkaar rijden, op een meter of vijf van elkaar, voor het geval de ene overgebleven Genovees toch ook op dit weggetje een hinderlaag had voorbereid. Uit medelijden met Arnaut reed Will achteraan, en hij was het ook die om de zoveel tijd achteromkeek om er zeker van te zijn dat ze niet achtervolgd werden.

Alle drie slaakten ze een zucht van verlichting toen ze het verdronken bos achter zich konden laten. Ze reden weer door graslanden, en na een laatste duin overgestoken te zijn zagen ze de oever van de rivier voor zich.

'Blij dat we die bomen achter ons hebben,' merkte Arnaut op.

Halt glimlachte. 'Nou en of. Ik was steeds bang dat die Genovezen toch nog iets voor ons in petto hadden.'

Will fronste opnieuw zijn wenkbrauwen.

'Wat bedoel je met die Genovezen? Hoeveel denk je dat er zijn dan?'

Halt keek hem verbaasd en een beetje verward aan. 'Twee toch?' zei hij. 'Nee. Een. Er is er nog maar een. Die andere heb jij toch te pakken gekregen?'

'Die hebben we sámen te pakken gekregen,' herinnerde Will hem. Halt keek even alsof dit nieuw voor hem was, maar knikte toen. Alsof hij het zich ineens herinnerde.

'Natuurlijk.' Hij wachtte even, fronste toen zelf zijn wenkbrauwen en vroeg: 'Zei ik twee dan?'

'Ja!' antwoordde Will.

Halt schoot in de lach en schudde zijn hoofd, alsof hij er een vreemde gedachte uit wilde jagen. 'Ik word vergeetachtig, geloof ik!' zei hij opgewekt.

Will maakte zich zorgen. Er was iets niet in de haak, dat voelde hij. Halt was nooit zo vriendelijk, en zeker niet als er kritiek op hem was. En vergeetachtigheid, daar had hij hem nooit eerder op kunnen betrappen. Hij koos zorgvuldig zijn woorden, bang als hij was zijn meester te beledigen.

'Halt, is alles wel goed met je? Weet je het zeker?'

'Ik mankeer niets,' zei Halt, met een glimp van zijn gebruikelijke norsheid. 'Laten we nu maar die oversteekplaats opzoeken, ja?'

Hij gaf Abelard de sporen en reed hard weg van zijn twee vrienden, waarmee hij elke verdere toespeling op zijn vreemde gedrag ontliep. Will zag dat hij over zijn gewonde arm wreef terwijl hij voor hen uit galoppeerde.

'Doet je arm pijn?' riep hij hem achterna.

Halt hield meteen op met wrijven. 'Mijn arm is beter dan ooit!' Het was duidelijk dat hij er niet over wilde praten. Naast elkaar rijdend wisselden Arnaut en Will verbaasde blikken uit. Maar Arnaut haalde zijn schouders op. Dit was niet de eerste keer dat Halts gedrag of woorden hem verbaasden. Hij was er intussen aan gewend geraakt, dat de reacties van de oudere man soms nogal onvoorspelbaar waren. Will was helemaal niet gerustgesteld, maar aarzelde om zijn zorgen met Arnaut te delen – misschien ook wel omdat hij niet precies kon zeggen waar die zorgen op gebaseerd waren.

Ze kwamen bij de oversteekplaats. De rivier was hier heel breed, en minder diep, zodat de snelle stroom flink afgezwakt werd. Halt reed voorop het water in tot Abelard tot zijn vetlokken in het water stond. Hij boog zich voorover in het zadel en keek in het glasheldere water naar beneden.

'Een mooie gladde zandbodem hier,' zei hij. 'En nergens te diep.' Hij liet Abelard verder gaan tot ze midden in de rivier stonden. Het water kwam langzaam hoger en hoger, tot het niet verder steeg.

'Kom maar verder!' riep hij achterom en Will en Arnaut spetterden achter hem het water in. Toen ze bij Halt waren aangekomen reden ze gedrieën langzaam verder. Halt reed iets vooruit, zorgvuldig de bodem in de gaten houdend. Will en Arnaut bleven een paar stappen achter hem, bang dat er ineens een diep gat in de rivierbodem zou opduiken. Maar zo'n verdieping bleef uit en al snel begon het water weer langs de benen van de paarden te zakken. Even later reden ze druipend tegen de oever omhoog.

'Kijk aan! Wat ziet ons oog hier?' vroeg Halt. En hij wees naar de oeverwal die geleidelijk omhoog liep. De aarde was modderig en het was duidelijk dat er nog maar onlangs flink wat verkeer gepasseerd was. Er liepen heel wat sporen uit het water de oever op.

Will steeg af en bekeek op één knie de afdrukken. Hij herkende er een paar, en merkte op dat de meesten van hun voorgangers nog steeds te voet waren.

'Ja, ze zijn hier langsgekomen!' zei hij, naar Halt opkijkend. De Grijze Jager knikte en speurde de horizon voor hen af.

'Nog steeds op weg naar het zuiden?'

'Naar het zuiden,' bevestigde Will.

Halt dacht even na en krabde in zijn grauwe baard. 'Misschien moeten we hier maar overnachten.'

Will keek hem snel aan. Had hij dat goed gehoord? 'Overnachten?' vroeg hij toen. 'Halt, het is nauwelijks middag! Het blijft nog uren licht!'

De Jager leek deze informatie langzaam tot zich door te laten dringen. Toen knikte hij afwezig. 'Oké, dan rijden we nog een stukje. Ga jij maar voor.'

Het lijkt wel of Halt er niet helemaal bij is, dacht Will, terwijl hij weer op Trek klom. Af en toe zat de oudere man te knikken, alsof hij in zichzelf een bepaalde gedachtegang volgde. En tegelijk met dat knikken mompelde hij dan iets, maar zo binnensmonds en zacht dat Will het niet kon verstaan.

Het ongemakkelijke gevoel dat Will eerder die dag bevangen had begon nu wel erg te groeien. Er moest echt iets mis zijn met zijn oude leermeester. In al die jaren dat ze nu samen optrokken had Will hem nog nooit zo meegemaakt, zo... Will zocht naar het goede woord, en kwam uiteindelijk op los, los van de wereld om hem heen.

Toen ze het oeverbos achter zich gelaten hadden, reden ze weer over open land – gras, met her en der een groepje bomen en struiken. Het was andere begroeiing dan de droge heide en stekelstruiken van het hooggelegen grensland dat achter hen lag. Hier was alles groener en zachter. Will zag in de verte een dunne paarse streep aan de horizon, die op lage heuvels zou kunnen wijzen. Hij schatte dat het nog ongeveer een dag rijden zou zijn daarheen. Door de heldere atmosfeer kon je de precieze afstand moeilijk schatten.

'Het ziet er naar uit dat ze op weg zijn naar die heuvels daar,' merkte hij op.

'Dat is logisch,' antwoordde Halt. 'Volgens de kaart zitten die vol met grotten en holen. Daar houden de Buitenstaanders van, die verstoppen zich graag op donkere plekjes. Laten we maar in slagorde verdergaan.'

Weer keek Will zijn leider onderzoekend aan. Dit keer leek de suggestie verstandig. Het terrein dat voor hen lag was erg open, en was niet lastig te bereizen. Het had dus weinig zin om dicht bij elkaar te blijven. Slagorde, dat betekende dat ze naast elkaar verder zouden rijden, op een afstand van ongeveer dertig meter van elkaar. Zo vormden ze een minder gemakkelijk doelwit. En konden ze elkaar toch gemakkelijk te hulp schieten, mocht dat nodig zijn.

Will leidde Trek naar links, en Arnaut deed hetzelfde met Schopper, maar dan naar rechts. Halt bleef in het midden rijden, en zo verstreek ruim een uur zonder dat ze een woord wisselden. Toen liet Halt een schril fluitje horen en raakte met zijn gebalde vuist zijn hoofd aan. Dat betekende: 'Kom hierheen!'

Will begreep niet wat er aan de hand kon zijn – hij had niets opgemerkt dat de aanleiding kon vormen voor deze oproep. Hij zette Trek in draf en reed naar zijn leermeester. Arnaut voegde zich een tel later bij hen. Will had op hem gewacht voordat hij zijn vraag aan Halt afvuurde.

'Wat is er?'

Halt keek hem niet-begrijpend aan. 'Hoezo? Wat moet er zijn dan?'

Luider dan ooit klonken de alarmbellen in Wills hersenpan. Zorgvuldig articulerend gaf hij antwoord. 'Halt, eerst liet je ons in slagorde rijden, een uur geleden. Nu roep je ons bij je. Wat was de aanleiding of de reden?'

'O! Dat...' Halt leek opgelucht dat hij de achtergrond van Wills vraag nu begreep. 'Och, ik dacht dat we misschien een tijdje naast elkaar konden rijden? Ik vind het maar eenzaam zo, met jullie ver weg.'

'Eenzaam?' Dit keer was het Arnaut die er niets van leek te

begrijpen. Zijn stem sloeg over. 'Halt, wat is er...'

Will gebaarde snel dat hij zijn mond moest houden. De jonge ridder liet de zin onafgemaakt wegsterven.

Will dreef Trek dichter naar Abelard en boog zich naar Halt toe. Hij keek hem strak in zijn ogen. Halt zag er een beetje bleek uit, vond hij. En die ogen... de schaduwrand van zijn capuchon hield hen in het donker. Maar...

Abelard stond zenuwachtig te trappelen, zonder verder te lopen. Hij gromde diep in zijn borstkas. En dat kwam niet omdat Trek en Will zo dichtbij gekomen waren. Dat wist de jonge Jager zeker. Abelard was gewend aan hun aanwezigheid. Hij besefte ineens dat ook het paard voelde dat er iets niet klopte. Er was iets aan de hand met zijn baas, en dat maakte het paard onrustig.

'Halt, kijk me aan, alsjeblieft. Laat me je ogen eens zien!'

Halt keek boos en drong Abelard een paar meter opzij.

'Mijn ogen? Er is niks mis met mijn ogen! En ga niet zo dicht bij me staan, ja? Abelard houdt daar niet van!'

Zonder het in de gaten te hebben wreef hij wild over zijn arm.

'Hoe gaat het met je wond?' vroeg Will, zo kalm en normaal mogelijk.

'Ook prima!' zei Halt schril en boos. Weer begon Abelard te trappelen.

'Ik zag je wrijven,' antwoordde Will verzoenend. Maar Halt was nu pas echt boos aan het worden.

'Ja, natuurlijk wreef ik. Het doet pijn. Wat dacht je dan? Ik hoop dat ze vandaag of morgen jou een kruisboogpijl in je lijf schieten, dan piep je wel anders! En luister eens, we hebben geen tijd om de hele dag over mijn ogen en mijn arm te kletsen en mijn paard van streek te maken. Abelard, hou eens op daarmee, ja?'

Wills mond zakte open van verbazing. In al die jaren had hij

Halt nooit, maar dan ook nooit, zijn stem horen verheffen tegen zijn geliefde kameraad. Geen enkele Grijze Jager, trouwens.

'Halt,' begon hij voorzichtig, maar Halt onderbrak hem.

'Terwijl wij hier onze tijd staan te verdoen, lopen Farrell en zijn mannen steeds verder op ons uit!'

'Farrell?' Dit keer was het Arnaut die duidelijk bezorgd klonk. 'Halt, we zitten Tennyson op de hielen, niet Farrell! Farrell, dat was de aanvoerder van de Buitenstaanders in Selsey, weet je nog?'

En zo was het. Onder leiding van die Farrell had een bende Buitenstaanders geprobeerd een dorpje aan de westkust in het zuiden van Araluen leeg te roven. En dat was nu precies de aanleiding van alles – dat had Halt op het spoor gezet van de snode plannen van de Buitenstaanders in Hibernia en elders.

Halt keek nu boos naar Arnaut.

'Net of ik dat niet weet!' beet hij hem toe. 'Denk je dat ik dat vergeten ben? Dat ik gek geworden ben of zo?'

Het bleef even stil. Will noch Arnaut wisten goed wat ze hierop moesten zeggen. Halt keek woedend van de een naar de ander, alsof hij hen wilde uitdagen.

'Nou? Denken jullie dat? Ik heb het heus wel door, hoor!' En toen niemand hem antwoordde gaf hij Abelard de sporen en reed in een drafje weg. Naar het westen.

'Will, wat is er in 's hemelsnaam aan de hand met Halt?' vroeg Arnaut terwijl hij Halt nakeek.

'Ik heb geen idee – maar het stinkt aan alle kanten,' antwoordde Will. Hij dreef Trek achter Abelard aan en riep zijn leermeester.

'Halt! Kom terug!'

Arnaut reed hem onzeker achterna. De oude baardman nam niet de moeite te kijken. Maar ze hoorden wel zijn antwoord.

'Kom op, als jullie nog meedoen! We verspillen kostbare tijd, en de Temujai zitten vlak achter ons!'

'Temujai?' zei Arnaut tegen Will. 'De Temujai zijn duizenden kilometers hier vandaan, toch?'

Will schudde bedroefd zijn hoofd en gaf Trek de sporen.

'Niet in zijn hoofd, ben ik bang!' Hij begreep het nu. Er was iets wat Halt helemaal in de war had gebracht. Hij kon niet meer denken, hij wist niet waar hij was. Hij zag overal vijanden van vroeger opdoemen. Van een paar maanden geleden, zelfs van een paar jaar daarvoor! Alles liep door elkaar in zijn hoofd.

'Halt! Wacht op ons!' riep hij.

En ineens gaf hij Trek de sporen, in volle galop, toen hij zag hoe zijn leraar de armen ten hemel hief, een gesmoorde kreet slaakte en met een doffe klap uit het zadel op de grond viel, waar een geschrokken Abelard trillend naast hem bleef staan.

Halt lag op de grond. Hij bewoog zich niet meer.

Hoofdstuk 25

'Halt!'
Will schreeuwde het uit en gaf Trek de sporen. Bij de bewegingloze gestalte in het gras liet hij zich uit het zadel vallen en knielde naast zijn leraar neer. Abelard bleef zenuwachtig naast zijn baasje heen en weer drentelen. Hij duwde met zijn zachte neus tegen het lichaam en probeerde het tot leven te wekken. De pony hinnikte aan een stuk door, en er klonk duidelijk angst en bezorgdheid in door – op een manier die Will nog nooit eerder van een paard gehoord had.

'Rustig maar, Abelard!' zei hij en duwde het paard met de rug van zijn hand opzij. 'Laat hem met rust.'

Het paard stond alleen maar in de weg, ondanks al zijn goede bedoelingen. Met tegenzin trok Abelard zich een paar passen terug. Eigenlijk gehoorzaamde hij alleen Halt, maar hij was slim genoeg om door te hebben dat er iets grondig mis was met zijn vaste berijder. En hij wist ook dat Will de baas was in zo'n geval.

Enigszins gerustgesteld door Wills kalme stem hield hij op met hinniken. Hij bleef stil staan wachten met zijn oren recht overeind en hij verloor Halt geen moment uit het oog.

Halt lag op zijn buik en Will rolde hem voorzichtig op zijn rug. Toen hij zijn kap wegschoof zag hij dat Halt lijkbleek was. Zijn ogen waren gesloten. Hij leek niet meer te ademen en even voelde Will een panische angst in zich opkomen. Halt dood? Dat kon niet. Een wereld zonder Halt, dat was ondenkbaar.

Maar toen snakte het stille lichaam ineens trillend naar adem. De borstkas ging een paar keer moeizaam op en neer, om daarna weer tot rust te komen. Will voelde een vreselijke last van zijn schouders glijden. Daar was ook Arnaut, die van zijn paard sprong en aan de andere kant van de oude baas neerknielde. Je kon zien dat ook hij enorm geschrokken was.

'Hij is toch niet...' Hij durfde het niet hardop te zeggen.

Will schudde zijn hoofd. 'Nee, nee, hij leeft nog. Maar hij is wel buiten kennis.'

Weer haalde Halt moeizaam diep adem. Het leek of zijn hele lichaam ervan trilde. Daarna ademde hij weer wat rustiger, maar wel onregelmatig, met extreem korte horten en stoten, en dan snakte hij opeens weer naar adem, alsof hij dreigde te verdrinken. Hij kreeg zo niet genoeg zuurstof naar binnen.

Snel stond Will op, trok zijn mantel uit en vouwde die tot een kussen.

'Til zijn hoofd eens op,' commandeerde hij Arnaut. Voorzichtig, teder haast tilde de grote krijger het hoofd van de oudere man van de vochtige grond. Will schoof zijn cape er snel onder en Arnaut liet het hoofd weer zakken. Hij keek naar de beweginloze Grijze Jager. Het was duidelijk dat hij zich geen raad wist.

'Will,' zei hij, 'wat moeten we nu doen? Wat is er toch met hem?'

Will schudde gefrustreerd zijn hoofd, boog zich voorover en trok zachtjes een ooglid van de oudere man omhoog. De bewusteloze Jager gaf geen krimp. Het viel Will op dat de pupil niet samenkromp, hoe fel het licht ineens ook geweest moest zijn. Blijkbaar reageerde Halts lichaam niet op normale stimulansen.

'Wat heeft hij, denk je?' vroeg Arnaut nog eens. Hij hoopte eigenlijk dat Will, die immers net iets gedaan had, een idee had van wat hun vriend mankeerde. Maar Will schudde het hoofd.

'Ik weet het niet,' mompelde hij.

Hij liet het ooglid weer zakken. Hij voelde met een wijsvinger in Halts hals of het hart regelmatig klopte. Regelmatig kon je de hartslag die hij voelde niet noemen, maar hij was er in elk geval. Will ging zitten en overwoog wat ze nu konden doen. Net als alle Grijze Jagers had ook hij een cursus eerste hulp moeten volgen. Hij wist wat hem te doen stond als een collega gewond raakte. Maar hier was verbinden of hechten niet aan de orde. Er was wat anders aan de hand dan een gewone vleeswond...

Die wond! Ineens zag hij weer voor zich hoe Halt had zitten wrijven en krabben aan het verband om zijn arm. Hij pakte die arm en trok de resten van de mouw opzij.

Het verband zat nog netjes op zijn plaats. Een klein rood plekje gaf aan waar het bloed er dwars doorheen gedrongen was. Hij boog zich voorover en rook aan de wond. Meteen schrok hij terug, met een kreet van afschuw.

'Wat is er?' vroeg Arnaut meteen.

'Zijn arm stinkt enorm. Ik heb een donkerbruin vermoeden dat het dat is.' Wat stom, dat hij daar niet eerder aan gedacht had! Maar eigenlijk kon je het hem niet verwijten – het was toch maar een oppervlakkige wond? Hoe had hij nou kunnen bedenken dat er misschien een verband was tussen het vreemde gedrag van Halt en dat schrammetje in zijn arm?

Hij pakte zijn mes en stak het onder het verband. Abelard gromde dreigend.

'Niets aan de hand, jongen!' zei Will, zonder op te kijken. 'Kalm maar, braaf.'

Trek kwam vlak naast Abelard staan en drukte zijn lijf tegen dat van het andere Jagerspaard om hem te steunen en te troosten. Hij hinnikte zachtjes, als om zijn vriend gerust te stellen dat Halt van Will niets te vrezen had. Wist ik dat maar net zo zeker, dacht Will.

Hij sneed het verband los en probeerde het van de wond te

trekken. Op de plek zelf zat het vastgekoekt – dat verbaasde hem. Het had wel flink gebloed, maar toch ook niet zoveel? Hoe dan ook, hij durfde het er niet zomaar af te trekken. Wie weet wat voor extra schade hij daarmee aan zou richten.

Hij stootte Arnaut aan.

'Ga eens wat water halen,' zei hij. De grote ridder haastte zich om een van de waterzakken te pakken die aan zijn eigen zadel hingen. Die van Abelard waren dichterbij, maar die was zo opgewonden dat Arnaut het niet verstandig vond nu op hem af te lopen om daar iets weg te halen. Hij gaf het water aan Will, die voorzichtig wat over en in het verband liet lopen. Als dat goed doorweekt was, zouden de korsten misschien ook wel zacht worden en loslaten van Halts arm.

Na een minuutje probeerde hij voorzichtig aan het verband te trekken. Het kwam een beetje los. Halt bewoog en kreunde. Abelard hinnikte.

'Braaf,' suste Will. 'Braaf, hoor!' Hij wist niet zeker of hij dat tegen Halt of tegen Abelard zei. Misschien eigenlijk wel tegen allebei. Arnaut kwam weer naast hen knielen en keek gespannen toe terwijl Will langzaam, stukje bij beetje, de stof lostrok uit de korsten om de wond.

Het duurde wel een paar minuten, van water erop gieten, even wachten en dan voorzichtig weer een stukje trekken, tot het verband helemaal verwijderd was. Nu pas konden ze zien wat daaronder verborgen was gebleven.

'Mijn hemel!' zei Arnaut. Je kon horen hoe geschrokken hij was door wat hij zag. Will maakte een vreemd geluid in zijn keel en moest even wegkijken van Halts vreselijk toegetakelde arm.

De wond zelf, waarvan je zou verwachten dat die inmiddels droog zou zijn met een gezonde bloedkorst erop, stond nog wagenwijd en vochtig open. Het vel eromheen was helemaal opgezet en bedekt met een vieze onaangenaam ruikende smurrie.

De geur van verrotting die Will geroken had, was nu overduidelijk aanwezig. Instinctief bogen de twee jongemannen zich naar achteren. Het ergst van alles was eigenlijk hoe de rest van de arm eruitzag. Die was namelijk helemaal dik. Geen wonder dat Halt er zo over had zitten wrijven, dacht Will. Bovendien was hij helemaal verkleurd. Vlak om de wond heen een ziek soort geel, verderop donkerblauw met felrode strepen. Voorzichtig voelde hij met een wijsvinger. De huid was gloeiend heet.

'Hoe kan dat nou? Hoe is dat gekomen? Je had de wond toch netjes schoongemaakt?'

Arnaut fluisterde haast, zo geschokt was hij. Zowel hij als Will hadden aan heel wat veldslagen en gevechten meegedaan, en wonden, daar waren ze wel aan gewend. Maar zo iets als dit hadden ze geen van beiden ooit eerder gezien. Nooit hadden ze een relatief schone wond, en dat had het toch geleken, in zo korte tijd zo zien ontsteken. Het was duidelijk dat Halt met iets bijzonder akeligs geïnfecteerd was.

Will keek ernstig terwijl hij de symptomen bestudeerde. Halt bewoog weer, kreunde zacht en probeerde met zijn goede arm naar de gewonde te grijpen. Will hield hem zacht maar onverbiddelijk tegen, en legde de hand weer naast Halt op de grond.

'Er moet iets op die pijl uit de kruisboog gezeten hebben, dat kan haast niet anders,' zei hij ten slotte.

Arnaut keek hem niet-begrijpend aan. 'Wat dan?'

'Vergif,' zei Will kortaf. Hij voelde de onmacht en onzekerheid weer opkomen. Straks was Halt zijn arm kwijt, of erger nog, zou hij doodgaan, hier in de wildernis, honderden kilometers van alles en iedereen vandaan.

En dat was allemaal de schuld van Will, zijn vertrouweling en beschermeling. Will Verdrag, beroemd in heel het rijk, om zijn snelle verstand en besluitvaardigheid. Will Verdrag, die nu geen idee had wat hij moest doen. Onzeker stak hij zijn hand uit om de misvormde arm aan te raken. Hij zag dat die hand erg

trilde. Van angst, van paniek, van een besef van uiterste nut-
teloosheid.

Hij moest iets doen. Iets proberen in elk geval. Maar wat?
Weer besefte hij verslagen dat hij het niet wist. Misschien ging
Halt wel dood – en hij had geen flauw benul wat hij daartegen
kon beginnen.

'Heb je enig idee wat voor? Wat voor vergif, bedoel ik?' vroeg
Arnaut. Ook hij kon zijn blik vol afkeer niet afwenden van Halts
arm. Een gewone vijand, in een gevecht van man tot man, deed
de jonge ridder weinig of niets. Maar het idee alleen al dat je iemand stiekem zou vergiftigen...

'Nee, ik heb geen flauw idee wat voor gif het is!' schreeuwde
Will naar hem. 'Wat weet ik nou van vergif? Ik ben een Grijze
Jager, geen heelmeester!' Hij dreigde nu helemaal in paniek te
raken en de tranen biggelden over zijn wangen. Hij wilde Halt
weer vastpakken, wachtte onzeker, trok toen zijn hand terug.
Wat had het voor zin de man aan te raken? In het zieke vlees
te porren? Een behandeling, goede medische zorg, dat had hij
nodig.

Misschien was het de schreeuw van Will, die Halts hoofd
weer onrustig heen en weer deed rollen. Hij mompelde ook iets
onverstaanbaars.

'Misschien moeten we in elk geval die wond weer schoon
maken?' opperde Arnaut. Het leek hem alleen maar logisch dat
Halt zich al wat beter zou voelen, als die vieze smurrie van de
wond weggehaald werd. En een beetje koel water zou ook verlichting brengen voor het koortsige, opgezwollen en verkleurde
vlees eromheen.

Met een uiterste inspanning raapte Will zijn zinnen weer bij
elkaar. Zoals zo vaak had Arnaut in zijn nuchterheid het enige
goede advies gegeven. Als je niet weet wat te doen, doe dan het
meest simpele, dat in elk geval geen kwaad kan. Bij een wond
betekende dat schoonmaken. Proberen zoveel mogelijk gif en

verderf weg te halen. Dat kon hij in elk geval voor Halt doen, besloot hij.

Nu hij tenminste een begin van een plan had voelde hij ook de verlammende paniek wegebben. Hij stak zijn hand uit en keek er strak naar. Het trillen was voorbij.

'Dank je, Arnaut. Dat was een goede raad.'

Hij keek op naar zijn grote vriend en glimlachte treurig. 'Zou je zo goed willen zijn een vuurtje te maken? Ik moet kokend water hebben om het verband te steriliseren en zijn arm wat schoon te maken.'

Arnaut knikte en stond op. 'Ik kan dan net zo goed meteen de tenten en zo doen,' zei hij. 'Ik neem aan dat we voorlopig hier vastzitten.'

'Ik ben bang van wel, ja,' antwoordde Will. Terwijl Arnaut wegliep om stenen bij elkaar te zoeken voor een vuurplaats, voelde Will ineens een nieuw paar ogen op zich gericht. Hij keek op en zag dat het Abelard was, die zijn hoofd langzaam heen en weer bewoog. Hij liet weer een zacht gehinnik horen, terwijl hij Will recht in de ogen keek.

'Maak je geen zorgen,' zuchtte Will. 'We krijgen hem er weer bovenop, dat beloof ik je.'

Hij probeerde met overtuiging te spreken. En hij wilde dat hij het zelf kon geloven, wat hij zei.

Toen het vuur eenmaal brandde en het water kookte, begon Will de wond grondig te reinigen. Hij liet stroken schoon linnen een tijdje koken. Nadat ze wat afgekoeld waren gebruikte hij die om de omgeving van de wond, vol pus en korsten, zorgvuldig schoon te vegen. Na een tijdje zag hij tot zijn opluchting dat er in plaats van een melkachtige vieze vloeistof weer helderrood bloed uit de wond begon te sijpelen. Dat moest wel een goed teken zijn. Hij herinnerde zich dat hij iemand ooit had horen zeggen dat vers bloed een wond schoonspoelt. In ieder geval kwam er geen pus meer uit, en de verkleuring werd ook niet erger.

Voorzichtig probeerde hij met een schoon verband het bloed te stelpen. Daarna smeerde hij wat van de pijnstillende zalf om de wond, die elke Grijze Jager in zijn eerstehulpdoos heeft. Hij wist uit ervaring dat die zalf snel werkte, maar voelde zich nooit op zijn gemak als hij hem gebruikte. Het spul was gemaakt van datzelfde warmkruid dat hij had leren kennen in Skandia. De geur alleen al riep allerlei akelige herinneringen in hem wakker.

In elk geval leek, nu de wond schoon was, de geur van verrotting en bederf, eerder zo aanwezig, ietsje minder geworden. En ook dat was een goed teken.

Hij besloot geen nieuw verband aan te leggen. Misschien had dat eerder juist alle gif in de wond gehouden, en daardoor het effect nog versterkt.

In plaats daarvan kookte hij een strook linnen, liet deze afkoelen en legde hem toen voorzichtig los op de wond. Als het nodig was kon hij er altijd nog een verband omheen knopen.

Andere stukken stof doopte hij in koud water en wikkelde ze rond de opgezwollen en verhitte bovenarm. Zag hij het goed? Was de zwelling al wat minder ook? Hij haalde zijn schouders op.

'Meer kan ik op dit moment niet voor je doen, ben ik bang,' zei hij zachtjes.

'Volgens mij was dat al heel wat,' antwoordde Halt. Zijn stem was nog zwak, maar hij had zijn ogen weer open en er waren twee kleine rode blosjes op zijn bleke wangen verschenen. Of dat nou het gevolg was van het schoonmaken van de wond, van de zalf of gewoon toeval – hij was in elk geval weer bij bewustzijn.

En nu hield Will zijn tranen niet meer in. In twee stromen gleden ze over zijn wangen.

Halt was niet dood. Hij leek zelfs aan de beterende hand.

HOOFDSTUK 26

Nadat Arnaut het kamp verder op orde had gebracht, rolden ze Halts dekenzak uit en legden hem daar voorzichtig op neer. Eerst protesteerde hij en sloeg hun handen weg. Hij zou zelf wel overeind komen. Maar daarvoor bleek hij veel te zwak – hij kwam nauwelijks verder dan zitten. Will zag ineens een flits van angst in de ogen van de oudere man, voor deze zich moedeloos weer achterover liet zakken.

'Nou, doen jullie het dan maar,' zei Halt nors. Arnaut had een van hun tenten zo opgezet, dat Halt er in elk geval door beschut werd tegen wind en zon. Will keek naar de lucht en de wolken.

'Volgens mij blijft het wel droog,' zei hij. 'We laten hem maar in de openlucht liggen. Misschien helpt frisse lucht ook nog een beetje.'

Hij wist dat dit een gok was. Maar in elk geval, redeneerde hij, was een benauwde kleine tent in deze omstandigheden minder geschikt. Er kwam nog steeds een onaangename lucht van de wond, al was de geur van verrotting niet meer zo sterk. Maar na een hele nacht in een dichte tent...

Zodra ze Halt zo comfortabel mogelijk hadden neergelegd, verloor hij weer het bewustzijn. Of hij sliep gewoon – hij lag in elk geval te draaien en in zijn slaap te mompelen. Maar zijn ademhaling was wel rustig en regelmatig. Will bleef als een moederkip naast hem zitten waken.

Op een gegeven moment legde Arnaut zijn grote hand op

Wills schouder. 'Luister, nou zal ik het wel even overnemen. Jij hebt ook je rust nodig.'

Maar Will schudde zijn hoofd. 'Ik ben niet moe. Ik blijf bij hem.'

Arnaut knikte gelaten. Hij begreep wel wat er door zijn vriend heen ging. 'Zeg het in ieder geval, als je er even uit wil.' Will gromde iets onverstaanbaars terug, dus besloot Arnaut maar een bouillon te gaan maken, met ingrediënten die hij in de voorraad vond. Bouillon was goed als je moest aansterken, wanneer je gewond was geraakt. Zodra Halt weer wakker was zouden ze het hem voorzichtig laten opdrinken. Hij liet de soep aan de rand van het vuur staan pruttelen en maakte vervolgens een eenvoudige maar stevige maaltijd voor zichzelf en Will. Er was nog wat van dat platte brood, koud vlees en wat zuur. Hij bracht een bord naar Will, die naast zijn oude zieke leraar voor zich uit zat te staren. De jonge Grijze Jager keek op en nam het bord dankbaar aan.

'Lekker, Arnaut.'

Daarna keek hij weer naar zijn leermeester en begon mechanisch op de eerste hap te kauwen.

Pas tegen zonsondergang opende Halt zijn ogen weer. Even keek hij verward om zich heen, alsof hij geen idee had waar hij was. Waarom lag hij hier? Waarom zat Will weggedoken in zijn Jagersmantel naast hem te dommelen, zo te zien? Waarom voelde hij zich zo vreemd?

Ineens wist hij het weer. Hij keek naar zijn arm met het losse verband. Hij zag de zwelling en de rare kleuren. Hij voelde de wond kloppen. En een kille angst maakte zich van hem meester, toen hij zich realiseerde wat hem overkomen was.

Er kwam een klein wanhopig geluidje uit zijn keel, en meteen schoot Wills hoofd overeind.

'Halt!' zei hij, duidelijk opgelucht. De oude Jager maakte

een geruststellend gebaar met zijn rechterhand. Een eindje verderop waren ook Abelards oren rechtovereind geschoten en hij
liet een kort gehinnik horen terwijl hij snel naar zijn baasje toe
kwam lopen. De afgelopen uren was het kleine beest nooit verder dan een paar meter van Halt vandaan gegaan.

Zwakjes grijnsde Halt naar zijn trouwe metgezel. 'Hallo,
oude vriend van me,' zei hij zacht. 'Was je dan zo bezorgd over
me, ja?'

Abelard kwam nog dichterbij en besnuffelde met zijn zachte
neus de wang van Halt. Halt sprak een paar woorden Gallisch
tegen hem, zoals hij vaker deed als ze met zijn tweetjes waren.
Wills ogen vulden zich weer met tranen, terwijl hij zat te kijken
naar hoe die twee met elkaar omgingen, en hoe die omgang hun
innige verbondenheid verraadde. Maar dit keer waren het tranen van opluchting.

Na een tijdje duwde Halt Abelards neus met zijn goede arm
opzij.

'Nou is het wel genoeg geweest. Vort, Will en ik moeten praten.'

Het paard liep een paar passen achteruit, maar bleef daar
staan, met zijn beide oren gespitst, alert op elke kleine beweging of geluid die Halt zou maken. Will schoof dichterbij en
pakte Halts goede hand. Het viel hem op hoe zwak de handdruk
was die Halt hem teruggaf. Even voelde hij weer paniek opkomen, maar wuifde die toen weg. Halt was gisteren misschien op
sterven na dood geweest – nu was hij aan de beterende hand, al
zou het nog wel even duren.

'Het gaat weer beter met je,' stelde hij eenvoudig vast.

Halt keek om zich heen naar het kampement.

'Is Arnaut er niet?'

Will schudde zijn hoofd. 'Die is bezig wat strikken te zetten.
Hier vlakbij is een ven, en hij denkt dat daar vanavond wel wat
vette eenden neer zullen strijken. Hij ziet zijn kans dus schoon.

We zijn bijna door onze verse spullen heen!'

Met een klein gebaar maakte hij duidelijk dat hij het niet over de onbelangrijke bezigheden van Arnaut wilde hebben. 'Mijn hemel, Halt, wat ben ik blij dat je weer wakker bent! We dachten dat je laatste uur geslagen had. Gelukkig gaat het nu weer beter met je.'

Hij zag opnieuw die flits van angst en vrees in Halts ogen, een vrees die onmiddellijk weggestopt werd. Will schoot weer in de paniek.

'Halt? Je voelt je toch echt wel wat beter? Dat moet! Je bent wakker, je zegt weer iets. Misschien voel je je nog zwak, maar daar kom je wel weer overheen, voor je het weet huppel je weer...'

Hij zweeg, want hij wist dat hij onzin kletste. Hij probeerde alleen zichzelf wat wijs te maken, niet de oude Jager, die daar uitgeteld naast hem lag. Het bleef lange tijd stil.

'Wees eens eerlijk.' Halt aarzelde en keek naar zijn gewonde linkerarm. Voor hij verderging haalde hij diep adem. 'Je weet dat die pijl vergiftigd was, nietwaar?'

Will knikte bedremmeld. 'Ja, na verloop van tijd besefte ik dat ook. Dat had ik wel eerder kunnen bedenken.'

Maar Halt schudde vriendelijk zijn hoofd. 'Nee, waarom zou je? Eerder had ik er zelf rekening mee moeten houden. Ik wist dat die duivelse Genovezen alles weten over vergif en wat je daarmee kunt. Ik had eraan moeten denken, dat ze wel eens zo ver zouden kunnen gaan hun pijlpunten met giftig spul in te smeren.'

Hij wachtte even. 'Ik heb een vage herinnering dat het me een beetje in de bol sloeg, is het niet? Dacht ik soms dat we achtervolgd werden door Temujai?'

Will knikte. 'Toen begon ik me pas echt zorgen te maken. En toen galoppeerde je ineens weg, helemaal de verkeerde kant op... en je viel zomaar van je paard. Toen ik je ingehaald had lag je bewusteloos op de grond. Ik dacht eerst dat je al dood was.'

'Haalde ik geen adem meer dan?'

'Nee. En toen slaakte je ineens een soort diepe zucht, en begon je weer te ademen. Min of meer. Toen kwam ik pas op het idee nog eens naar je arm te kijken. Ineens besefte ik dat je daaraan al de hele dag zat te krabben.'

In het kort beschreef hij hoe het op dat moment met de arm gesteld was. Pas nadat Halt hem daartoe aanspoorde durfde hij te vertellen wat hij vervolgens gedaan had. Zijn oude leraar knikte bedachtzaam terwijl hij vertelde hoe hij de wond schoongemaakt en de warmkruidzalf erop gesmeerd had.

'Ja,' zei Halt diep nadenkend. 'Misschien dat die zalf het proces wel vertraagd heeft. Warmkruid doet nog wel wat meer dan alleen de pijn wegnemen. Ik heb wel eens gehoord dat het soms ook gebruikt wordt tegen slangenbeten – eigenlijk heb je het dan over net zoiets als dit schrammetje.'

'En werkte het ook, tegen die slangen?' vroeg Will. Het stond hem helemaal niet aan dat Halt even wachtte voordat hij op die vraag een antwoord formuleerde.

'Tot op zekere hoogte. In elk geval vertraagt het de werking van het gif. Maar dat betekende niet dat het slachtoffer daarmee genezen was. En dit gif hier, ik heb natuurlijk geen idee wat je daartegen kunt beginnen.'

'Maar Halt, je voelt je toch al veel beter? In elk geval is het een verschil van dag en nacht met eerder! Ik zie gewoon dat je aan de beterende hand bent!'

Hij zweeg toen Halt een hand op zijn arm legde. 'Vergis je niet, zo gaat het vaak met dit soort vergif. Eerst lijkt het slachtoffer zich te herstellen, en dan valt hij later ineens weer weg. En steeds komt hij dan een uurtje bij, of zo, en dan gaat het weer mis. Elke keer wordt het erger. Totdat...'

Halt zei niets meer en maakte een vaag handgebaar.

Will had het gevoel dat zich vlak voor hem plotseling een

diep zwart gat geopend had. Toen Halts woorden tot hem doordrongen werd zijn keel zo dichtgeknepen, dat hij geen woord meer kon uitbrengen.

'Halt,' zei hij met een dikke prop in zijn keel, 'je wilt toch niet zeggen dat jij...'

Hij kon de zin niet eens afmaken. Dat deed Halt voor hem.

'... aan het doodgaan bent? Ik ben bang dat dat helemaal niet zo onwaarschijnlijk is, Will. Ik neem aan dat ik af en toe bij zal komen, net als nu. Maar dan val ik weer weg. En elke keer duurt het ietsje langer om weer bij te komen. En elke keer dat ik bijkom, ben ik een beetje zwakker dan de keer daarvoor.'

'Maar dat kan niet, Halt!' De tranen stroomden nu vrijelijk over Wills wangen. 'Je mag niet doodgaan! Je kunt niet doodgaan! Hoe moet ik nou zonder jou...'

Hij bracht geen woord meer uit en zijn lichaam verkrampte in diepe snikken. Hij boog zich op zijn knieën voorover, terwijl zijn bovenlichaam heen en weer wiegde en er een hoog geluid uit zijn keel klonk. Met zijn vuist bonkte hij op de aarde.

'Will?' Halts stem was nog zwak en kwam niet boven het luidruchtige verdriet van Will uit. De oudere Grijze Jager haalde een paar keer diep adem en donderde met zijn laatste krachten:

'WILL!'

Het oude gezag deed zich nog één keer gelden en wist eindelijk tot Will door te dringen. Hij hield op met wiegen en snikken en keek door zijn tranen zijn oude meester aan. Daarna droogde hij zijn ogen met de punt van zijn mantel en veegde er ook zijn druipende neus aan af. Halt probeerde naar hem te grijnzen.

'Ik beloof met de hand op mijn hart dat ik mijn best zal doen om niet dood te gaan. Maar dat betekent niet dat jij geen rekening hoeft te houden met de mogelijkheid dat het wel gebeurt. De volgende twaalf uur of zo zijn van levensbelang. Wie weet, als ik me morgenvroeg nog steeds beter voel... Misschien hebben we het gif dan weten te verslaan. Vergif, dat is geen pure wetenschap. Sommige mensen hebben er meer last van dan anderen. Maar luister, ik zal alles moeten geven om die troep eronder te krijgen. En daarbij heb ik dan ook jouw kracht nodig. Al jouw kracht.'

Beschaamd en met rode ogen knikte Will. Hij rechtte zijn rug. Janken en jammeren, dat hielp Halt natuurlijk geen sikkepit.

'Het spijt me,' zei hij. 'Het zal niet weer gebeuren. Kan ik iets voor je doen?'

Halt keek nog eens naar zijn gewonde arm. 'Misschien kun je over een uur of zo dat verband verversen. En er nog wat van die zalf op smeren. Hoe lang geleden heb je dat gedaan?'

Will dacht even na. Hij wist dat je dat spul niet te vaak moest gebruiken. 'Vier, vijf uur geleden.'

Halt knikte. 'Goed. Over een uur of zo mag je er nog een keer wat opsmeren. Geen idee of het helpt, maar baat het niet, dan schaadt het niet. En nu wil ik wel iets drinken.'

'Natuurlijk,' antwoordde Will. Hij sprong op en pakte de veldfles. Daarna tilde hij Halts hoofd wat op, zodat hij zich niet zou verslikken, en liet hem langzaam wat drinken. De oude Jager was verstandig genoeg om niet gulzig te zijn.

Hij zuchtte toen het koele water zijn droge, vieze mond had verfrist.

'O, dat was lekker... Mensen hebben niet genoeg waardering voor fris, helder water.'

Will wierp een snelle blik op het vuur, waar een kan koffie klaarstond.

'Ik kan je ook wat koffie aanbieden, als je wilt. Of bouillon?'

Maar Halt schudde zijn hoofd en liet zich weer terugzakken, met zijn hoofd tegen het zadel aan.

'Nee, nee, gewoon water is prima. Misschien later wat soep.' Hij klonk al weer vermoeid, alsof dit korte gesprek hem uitgeput had. Zijn ogen vielen weer dicht en hij mompelde iets. Maar het was zo zacht, dat Will zich vooroverboog en hem vroeg het te herhalen.

'Waar is Arnaut?' vroeg hij met gesloten ogen.

'Dat zei ik toch, die is strikken aan het...' Hij wilde zeggen dat hij dat toch al verteld had, maar besefte dat Halts brein weer aan het ijlen geslagen was, zoals hij zelf al voorspeld had. Straks zou hij weer even helder worden, en daarna zou hij weer wegzakken...

'Ja, ja. Dat zei je al. Een brave jongen, die Arnaut. Will ook trouwens. Allebei brave jongens.'

Will zei niets, maar kneep alleen even in Halts hand. Hij vertrouwde zijn eigen stembanden niet.

'Ik kan hem natuurlijk niet tegen Deparnieux laten vechten, dat niet... Hij denkt dat iedereen eerlijk vecht, die Arnaut van ons...'

Weer gaf Will een kneepje in Halts hand, om hem te laten weten dat hij niet alleen was. Hij hoopte tenminste dat Halt dat zou begrijpen. Die Deparnieux, dat was een gemene krijgsheer in Gallica geweest, die Halt en Arnaut gevangen gehouden had toen zij onderweg waren om Will en Evanlyn te zoeken.

Voor het moment was het gif Halt weer de baas, en de oudere man droomde dat hij in een andere wereld was. Hij mompelde nog wat onverstaanbaars en viel toen in een diepe slaap. Will bleef naar hem zitten kijken. De ademhaling was regelmatig. Misschien kwam de oude baas er wel weer bovenop. Misschien dat een nacht goed slapen al zou helpen. Over een uur of zo zou Will er een nieuw verband omheen doen. En de warmkruidzalf zou zijn wonderen kunnen verrichten. Morgenvroeg was Halt vast weer beter. Of bijna beter.

Arnaut kwam even na zonsondergang terug met een koppel eenden onder zijn arm. Hij trof Will aan, geknield naast zijn oude meester, met rode ogen en natte wangen. Met zachte drang trok hij hem mee naar het vuur. Daar gaf hij hem koffie en wat brood, en dwong hem wat van de bouillon te drinken die ze voor Halt gemaakt hadden.

Toen Will weer een beetje bijgekomen was vertelde hij Arnaut wat er gebeurd en gezegd was. Ook over het gif en wat de effecten daarvan zouden kunnen zijn. Arnaut was vastbesloten de moed erin te houden. Hij bestudeerde Halt terwijl Will het verband ververste.

'Maar hij zei dus dat het best mogelijk was dat hij wel degelijk beter werd?' herhaalde hij nog eens.

'Ja,' zei Will terwijl hij het schone linnen over de wond drapeerde. Hij zag nog geen enkele verbetering daar. Maar ook geen verslechtering. 'Hij zei dat het om de volgende twaalf uur zou gaan – erop, of eronder.'

'Hij ligt nu wel rustig te slapen, zo lijkt het. Hij ligt niet te woelen of zo. Volgens mij gaat het beter. Ja, ik weet het zeker: het gaat beter met hem.'

Will stak zijn kin vooruit en knikte een paar keer. 'Je hebt gelijk, natuurlijk. Hij moet alleen een nacht doorslapen, dat is alles. Morgenvroeg is hij weer beter.'

Om de beurt waakten ze die nacht naast hun zieke mentor en vriend. Die lag al die tijd rustig te slapen, zonder enig teken dat hij het moeilijk had. Om een uur of drie werd hij even wakker en praatte geheel bij zinnen een tijdje met Arnaut, die op dat moment de wacht had. Daarna viel hij rustig weer in slaap. Alles wees erop dat hij de strijd met het gif aan het winnen was.

Maar toen de zon opgekomen was, konden ze hem niet wakker krijgen.

HOOFDSTUK 27

'Halt! Wakker worden, Halt! Wakker worden!'

Het panische geschreeuw van Arnaut wekte in elk geval Will uit een diepe slaap. Even wist hij niet waar hij was. Maar toen herinnerde hij zich wat er de dag tevoren gebeurd was en hij kroop uit zijn slaapzak. Snel liep hij naar waar zijn vriend over Halt gebogen stond.

Die lag nog steeds op zijn rug, precies zoals ze hem de avond ervoor neergelegd hadden. Arnaut keek met bange ogen op toen Will naast hem kwam staan en begon toen weer te roepen.

'Halt! Word nou eens wakker!'

Abelard, die de hele nacht niet verder dan een meter of twee van zijn baas had gestaan, voelde dat er iets loos was en begon weer nerveus te hinniken, terwijl hij met een voorhoef over de grond schraapte. Halt lag te woelen en probeerde de deken weg te trappen die de jongens over hem heen hadden gelegd. Zijn ogen bleven dicht, maar hij praatte druk en onverstaanbaar in zijn baard. Op een gegeven moment slaakte hij een kreet, alsof iets hem ineens pijn deed.

Arnaut spreidde hulpeloos zijn armen uit.

'Er... er was niets aan de hand,' zei hij stotterend van emotie, 'nog geen uur geleden sprak ik gewoon met hem en toen was alles in orde. Hij viel weer in slaap. En een paar minuten geleden begon hij ineens te draaien en te woelen, zoals nu, en ik probeerde hem wakker te maken. Maar dat lukt dus niet!'

Will boog zich voorover en legde vervolgens behoedzaam

een hand op de schouder van de oude Grijze Jager.

'Halt?' vroeg hij aarzelend. Hij schudde even aan zijn schouder, in een poging om hem uit zijn slaap te helpen. Halt reageerde, maar niet op de manier waar Will op gehoopt had. Hij begon te stuiptrekken, schreeuwde iets onduidelijks, en probeerde Wills hand met zijn goede hand van zijn schouder af te duwen. Maar hij bleef buiten kennis, zoveel was duidelijk.

Weer probeerde Will hem heen en weer te schudden, nu iets krachtiger.

'Halt! Alsjeblieft, Halt, word eens wakker nu! Toe!' En weer reageerde Halt heftig op Wills aanraking.

'Is dat wel goed, dat je hem zo heen en weer schudt?' vroeg Arnaut bezorgd.

'Weet ik veel!?' antwoordde Will geprikkeld. Het was duidelijk dat hij zich compleet machteloos voelde. 'Weet jij iets beters?'

Arnaut zei niets. Will zag ook wel in dat Halt vastgrijpen en aan zijn schouders trekken niet veel uithaalde – hij raakte er alleen maar meer overstuur van. Hij liet de oudere man dus maar los. In plaats daarvan voelde hij voorzichtig met zijn handpalm aan Halts voorhoofd. Dat was nog steeds heet, en voelde raar droog aan.

'Hij heeft koorts,' zei hij. Van de hoop van gisterenavond, dat Halt na een nachtje slapen wel opgeknapt zou zijn, was niets meer over. Integendeel – Halt was alleen maar achteruitgegaan, zeker het laatste uur. En niet zo weinig ook.

Zo voorzichtig mogelijk trok Will het verband van de wond. Hij boog zich naar de arm en rook eraan. De vieze geur van ontstoken vlees was er nog, maar nauwelijks nog te ruiken. Wat de verkleuring betreft was er verbetering noch verslechtering. De arm was misschien eerder een beetje minder opgezet. Will voelde even met zijn wijsvinger. Ja, gisteren voelde dat heet, nu tamelijk normaal.

'Nog warm?' vroeg Arnaut.

Will schudde zijn hoofd. Hij begreep er niets van. 'Nee, het voelt gewoon. Maar zijn voorhoofd is wel heet. Ik weet het ook niet, hoor.'

Hij ging zitten en overdacht de situatie. Wist hij maar meer van geneeskunde!

'Het zou natuurlijk kunnen betekenen, dat het vergif intussen uit zijn arm is weggetrokken naar de rest van zijn lijf.' Hulpeloos keek hij Arnaut aan. 'Ik weet het ook niet, Arnaut. Ik heb er gewoon geen verstand van. Hoe zou ik ook?'

Hij besloot maar weer nieuwe kompressen te maken met koud water en legde die over Halts voorhoofd. In zijn verbandrol zat nog wat gedroogde wilgenbast, dat werkte tegen de koorts. Maar hoe kon hij Halt zover krijgen dat hij dat spul zou innemen? De oude Grijze Jager lag de hele tijd te woelen en te draaien, en hield bovendien zijn kaken strak op elkaar.

Arnaut stond weer op en liep naar Halts zadeltassen, een paar meter verderop. Hij trok van een ervan de klep los, en rommelde wat in de inhoud, tot hij de kaart van de streek gevonden had. Hij bestudeerde deze een paar minuten en liep toen terug. Hij ging weer naast Will zitten, die nog steeds druk was met de verzorging van de arme Halt.

'Wat zocht je?' vroeg Will zonder op te kijken van zijn werk. Arnaut beet op zijn onderlip.

'Een stad. Een groter dorp desnoods. Ergens hier in de buurt zouden we toch een apotheker of een heelmeester moeten kunnen vinden!'

Hij tikte met een wijsvinger op de kaart. 'Volgens mij zitten we hier ergens. Of daar in de buurt. Zie je dit? Maddlers Duin? Dat kan nooit verder dan een halve dag rijden zijn.'

'Bedoel je dat we Halt daarheen moeten brengen?'

Arnaut beet op de binnenkant van zijn wang. 'Nee, dat lijkt me geen goed idee. We kunnen beter kijken of er iemand is die ons kan komen helpen. De plaatselijke dokter? We kunnen binnen een dag heen en weer zijn.' Hij keek Will aan en zag de twijfel op diens gezicht.

'Ik wil ook wel gaan, hoor!' bood hij aan. Maar Will schudde langzaam van nee.

'Als er al iemand gaat, dan ik,' zei hij. 'Ik ben sneller dan jij.'

'Dat weet ik heus wel,' gaf Arnaut toe. 'Maar ik dacht... Misschien wil jij hem hier zo niet alleen laten! Dus toen dacht ik...'

'Ik begrijp het, Arnaut, en ik waardeer je aanbod. Maar als je even nadenkt... Het is maar een gat. Waarschijnlijk hebben ze helemaal geen heelmeester daar. En zo ja, als er al een is... Denk je dat zo'n plattelandsdoktertje dit soort vergiftiging kan behandelen?' En hij wees met zijn duim naar de arme Halt, die nog steeds lag te kreunen en tandenknarsen.

Arnaut zuchtte diep. 'Het zou toch kunnen.' Maar je hoorde aan zijn stem dat hij er zelf niet meer in geloofde.

Will legde een kalmerende hand op zijn onderarm. 'Luister. Jij weet net zo goed als ik dat je daar hoogstens een kruidenmannetje of -vrouwtje vindt. Of in het slechtste geval een kwakzalver. En het laatste wat ik zou willen is dat er een of andere idioot rare deuntjes gaat zitten zingen of gekleurde rook naar Halt blaast, ja? Terwijl die daar dood ligt te gaan.'

Zo. Het was eruit. Voor hij zichzelf kon tegenhouden had hij het gezegd. Dood. Halt ging dood. Van de kleine kans op herstel binnen de eerste twaalf uur, zo belangrijk volgens Halt zelf, was niets terechtgekomen.

Arnaut schrok toen hij Will over de dood hoorde praten. Tot dan toe had hij geweigerd die mogelijkheid onder ogen te zien. Hij wilde er gewoon niet eens aan denken. 'Halt mag niet doodgaan. Dat kan gewoon niet! Hij...' Arnaut zweeg even, hij wist niet hoe hij het moest zeggen. Toen kwam er zachtjes achteraan: 'Hij is toch Halt...?'

Hij draaide zich om en liet de kaart uit zijn handen glijden.

Stel je voor dat Will zag dat zelfs hij nu tranen in de ogen had. Nee. Halt niet. Halt was... onoverwinnelijk. Halt kon niet stuk. Zo lang als hij zich kon herinneren was Halt er geweest. Zelfs voordat hij hem persoonlijk had leren kennen en had gemerkt wat een warme en humoristische persoonlijkheid schuilging achter dat norse masker. Een leven op kasteel Redmont zonder Halt op de voor- of achtergrond, dat was gewoon onvoorstelbaar.

Hij was intussen uitgegroeid tot een symbool, een mysterieuze figuur over wie sterke verhalen verteld werden aan kinderen, 's winters aan het haardvuur. Hij had de ene na de andere veldslag overleefd en gewonnen. Hij had de strijd aangebonden met krijgsheren en vreselijke monsters, en altijd had hij die strijd gewonnen. Die Halt, die kon niet doodgaan aan een simpel krasje op zijn arm. Dat kon echt niet. Dat was ondenkbaar.

Net als Will was Arnaut al jong wees geworden, en de laatste jaren was Halt voor hem meer gaan betekenen dan gewoon maar iemand die hij kende en met wie hij bevriend was. Hij wist dat Halt voor Will een soort pleegvader geworden was, en dat Halt dat eigenlijk ook zo voelde. Iedereen die hen kende voelde dat ze een speciale band hadden. Arnaut wist ook heel goed dat zijn eigen band met de oude Grijze Jager van een andere orde was. Maar toch... Voor hem was Halt de laatste jaren steeds meer een soort geliefde en gerespecteerde oom geworden.

Hij draaide zich weer om, wat kon het hem eigenlijk schelen als Will de tranen in zijn ogen zag? Halt was wel een paar tranen waard, besloot hij. Daar hoefde hij zich helemaal niet voor te schamen.

Will zat gehurkt te peinzen. Hij wist niet wat hij nog meer voor Halt kon doen. De koele kompressen op zijn voorhoofd leken wel enig effect te hebben. Hij kreunde niet meer, en je kon de gespannen spieren op zijn malende kaken niet meer zo goed zien bewegen. Als Halt nu maar rustiger werd, dan zou hij hem misschien wat van het wilgenpoeder kunnen laten innemen, opgelost in wat water. Dat zou de koorts verminderen. En hij zou ook nog wat zalf op de wond smeren, alhoewel hij het idee had dat die wond zelf het probleem niet meer was. Daar was het vergif naar binnen gegaan, maar het was al lang verder getrokken, het lijf in.

De wind deed een uitval naar de kaart die Arnaut op de grond had laten vallen, en het perkament dreigde weg te fladderen. Zonder erbij na te denken greep Will ernaar en begon het weer op te vouwen. Maar dat kon maar op één manier, met dat stijve perkament, en hij deed het net verkeerd natuurlijk. Toen hij naar de kaart keek om dat te corrigeren sprong er ineens een naam van de oppervlakte naar voren.

Macindaw.

Kasteel Macindaw. Van de veldslag met de Scoti. En vlak bij Macindaw, het stond zelfs op de kaart, lag het Grimsdalwoud. En daar woonde niemand minder dan Malcolm, ooit door de hele streek gevreesd als de wedergeboren tovenaar Malkallam, nu bij een iets beperktere groep mensen beroemd en geëerd als de knapste en geleerdste heelmeester van heel Araluen.

'Arnaut?' zei Will, terwijl hij naar de kaart bleef staren.

Ze waren al heel lang de beste vrienden. Ze hadden samen heel wat meegemaakt. Arnaut kende Will zo goed, dat hij meteen hoorde dat er iets veranderd was. De wanhoop was uit Wills stem verdwenen. Zelfs al had hij alleen zijn naam genoemd, Arnaut begreep dat Will een plan had. Hij keek over diens schouder naar de kaart zoals Will die vasthield. En ook hem viel de naam meteen op.

'Macindaw! Natuurlijk. Malcolm!'

'Een paar dagen geleden had je het er nog over, weet je nog? Je zei dat we er vlak in de buurt zouden komen, als we die weg namen. Waar dacht jij dat we nu precies waren?'

Arnaut nam de kaart uit Wills handen en bestudeerde de lijnen en woorden op het perkament. Hij vouwde de kaart verder open en herkende daar de punten die hij die dag gebruikt had om een denkbeeldige route uit te zetten. Daar was de rivier, daar het verdronken bos...

'Ergens hier in de buurt,' wees hij met zijn vinger. 'Een heel stuk zuidelijker dan toen, dat wel.'

'Dat is waar. Maar wij zijn intussen ook verder naar het oosten gekomen. En Macindaw lag toen ten oosten van ons. Ik denk dat dat opweegt tegen wat we verloren hebben door naar het zuiden te gaan. Of gewonnen, al naar gelang je het bekijkt. Met andere woorden, we zijn er nu niet veel verder vandaan dan toen.'

Arnaut beet op zijn lip. 'Niet veel verder, nee. Maar toch altijd nog wel een anderhalve dag rijden, schat ik. Misschien wel twee zelfs.'

'Ik doe het in één!' zei Will vastbesloten. Arnaut trok beide wenkbrauwen hoog op. Hij geloofde zijn oren niet.

'In één dag? Ha, ik weet ook wel dat Trek dag en nacht door kan als het moet. Maar dat is zelfs voor hem te veel. En dan moet je ook nog terug.'

'Maar ik rijd niet de hele tijd op Trek. Ik neem Abelard ook mee. Dan kunnen ze wisselen.'

Arnaut voelde ineens een sprankje hoop. Als hij twee paarden had, zou Will het kunnen, in één dag. Alleen de weg terug, met Malcolm op sleeptouw, dat zou veel langzamer gaan.

'Neem dan Schopper ook maar mee!' zei hij. Hij zag dat Will al begon te protesteren en haastte zich uit te leggen wat hem voor ogen stond. 'Op de heenweg moet je niet op Schopper rijden natuurlijk. Die kan beter zijn krachten sparen voor de terugweg. Maar dan heb je altijd één paard dat kan uitrusten, terwijl jullie zo hard als jullie kunnen op de twee andere rijden!'

Wills hoofd bewoog langzaam omhoog en omlaag. Zo bezien was Arnauts idee helemaal niet zo gek. Als hij alleen met Trek en Abelard op weg ging, zou de heelmeester op Abelard terug moeten rijden. Als Schopper er ook nog bij was, hadden ze altijd één paard dat niet zo heel erg moe was. En bovendien was Malcolm klein en mager, en hijzelf ook; ze wogen beiden bij lange na niet zoveel als Arnaut. Laat staan als die zijn harnas aanhad.

'Goed idee!' besloot Will. Hij keek nog eens naar de kaart en nam een besluit. 'En ik kan nog tijd winnen als ik hier een stuk afsnijd!' En hij wees een grote bocht in de te volgen weg aan.

Arnaut knikte en zag toen dat er iets op de kaart geschreven stond, precies daar waar Will een korte route wilde nemen.

'Grafheuvels? Wat zijn dat?'

'Dat zijn héél oude begraafplaatsen,' zei Will. 'Die vind je hier en daar in afgelegen streken als deze. Als het al graven zijn – niemand weet wie of wat erin ligt. Ze zeggen dat het graven zijn van een oud ras, dat al heel lang geleden uitgestorven is.'

'En waarom gaat de weg er dan zo helemaal omheen?' vroeg Arnaut, alhoewel hij het antwoord eigenlijk al wist.

Will haalde zijn schouders op en probeerde net te kijken alsof er niets aan de hand was.

'Och – de mensen... Er zijn mensen die denken dat het daar spookt!'

HOOFDSTUK 28

Arnaut keek hoe Will zich gereedmaakte om op weg te gaan naar Macindaw. De drie paarden kregen alleen het hoogstnodige mee, alle andere spullen bleven op een grote stapel in het kamp achter.

Zowel Abelard als Trek droeg gewoonlijk een extra voorraad pijlen met zich mee – die liet Will achter. Er was weinig kans dat hij met iemand zou moeten vechten; de twee dozijn pijlen in zijn koker moesten maar genoeg zijn, mocht hij onverwacht toch in de problemen komen. Schopper torste op zijn rug gewoonlijk ook het grote schild en het zware harnas, de helm en de maliënkolder van Arnaut met zich mee. Ook die bleven naast het kampvuur liggen.

De drie paarden droegen elk alleen hun zadel, halster en teugels.

Het eerste stuk wilde Will op Trek rijden, dus maakte hij de singels van de twee andere dieren wat losser. Dat maakte de reis voor hen wat aangenamer, wist hij. Abelard hinnikte in dank. Schopper liet niets merken, zoals het een trots strijdros betaamt.

Daarna koos Will een kleine rugzak uit zijn uitrusting, haalde alle reservekleding eruit en stopte hem daarna vol met eerste levensbehoeften. Wat van dat platte brood, intussen een beetje hard geworden maar nog best te eten, gedroogd fruit en gerookt vlees. Dat laatste was nogal taai om op te kauwen, maar hij wist uit ervaring dat het uiterst voedzaam was en dat je er snel van opkikkerde. Bovendien kon hij dat allemaal in het zadel eten, zonder te hoeven stoppen.

'Ik neem drie waterzakken mee,' zei hij tegen Arnaut, terwijl hij druk bezig was met pakken. 'Jij bent vlak bij dat ven, en ik wil geen tijd hoeven te verdoen met zoeken naar water.'

Toen hij dacht dat hij genoeg eten in de rugzak had gepropt, bond hij deze voor aan Treks zadel, zodat hij er gemakkelijk bij zou kunnen.

Arnaut knikte en verzamelde drie veldflessen. Hij schudde ze een voor een heen en weer.

'Ze zijn lang niet vol,' merkte hij op. 'Bovendien kun je beter met vers water op weg gaan.' Ze wisten allebei dat het water in die dingen na een paar uur al een vies leersmaakje kreeg. Will glimlachte dankbaar. 'Als jij ze voor me wilt vullen, eet ik intussen wat. Ik kan beter met een gevulde maag vertrekken!'

Arnaut keek met een grimas naar de rugzak. Hij had gezien wat zijn vriend had ingepakt. 'Ja, daarmee zal je dat nooit lukken!' Daarna liep hij naar het ven om de waterzakken te vullen.

De avond daarvoor hadden ze twee eenden geroosterd boven het kampvuur, en een ervan was nog nauwelijks aangebroken. Will trok er een poot en een stuk borst af en begon snel te kluiven. Intussen ijsbeerde hij heen en weer. Hij nam ook nog wat brood. Brood en vlees leken in zijn keel te blijven hangen, dus keek hij om zich heen of er nog iets was waarmee hij het voedsel weg kon spoelen.

De koffiepot was nog bijna vol en bleef aan de rand van het kampvuur ook op temperatuur. Hij schonk een mok vol en dronk gulzig. Meteen voelde hij zich weer beter. Hij probeerde diep adem te halen en zijn hartslag wat tot rust te brengen. Er drukte een zware steen op zijn maag, en eigenlijk wilde hij het liefst meteen in het zadel springen en wegrijden. Zo snel als hij en Trek konden. Maar hij wist dat hij later op de dag blij zou zijn als hij nu wat extra energie verzamelde – en die paar minuten die dat nu kostte, zouden niet opwegen tegen de uren die hij daar later mee ging winnen. Dus probeerde hij het ongeduld te bedwingen dat hem van binnen verteerde en dwong zichzelf rustig te blijven en goed na te denken.

Had hij aan alles gedacht? Niets vergeten?

Hij liep in gedachten zijn lijstje af en knikte. Hij had alles wat hij nodig zou kunnen hebben. De paarden hadden hun buikjes vol en stonden klaar. Alle spullen die hij onderweg nodig had waren netjes ingepakt en hingen aan de zadels.

Daar kwam Arnaut al aan met de waterzakken. Elk paard kreeg er een aan zijn zadel gebonden, vastgezet met extra riemen zodat ze niet op en neer zouden slaan. Maar de derde klonk vreemd hol! Will keek verrast op.

Arnaut glimlachte en liep naar het kampvuur.

'Die is nog leeg, hè? De twee volle zijn voor de paarden. Dit is voor jou!' En hij pakte de koffiepot en schonk de dampende inhoud voorzichtig over in de smalle hals van de veldfles. 'Je kunt net zo goed koffie meenemen. Ik neem aan dat je niet van plan was onderweg vuur te maken?'

Will schudde zijn hoofd. 'Nee, als ik al stop, is het om even te slapen als ik echt niet meer kan. Maar dan rol ik me gewoon even in mijn mantel, verder niets.'

'Dat dacht ik al.' Arnaut had de veldfles gevuld en duwde de stop erop. 'Koffie voor mijnheer dus. Die blijft nog wel even warm ook – en zelfs koude koffie is beter dan water dat naar oude schoenen smaakt!'

'Goed idee, Arnaut! Dankjewel.'

Arnaut wou dat hij nog meer voor zijn vriend kon doen, maar dit kleine gebaar zei eigenlijk al genoeg. 'Bovendien geeft een slok je direct weer energie!'

Allebei keken ze ernstig terwijl ze nadachten over de tocht die Will te wachten stond. Het was een wilde en verlaten streek hier, en wie weet welke gevaren er onderweg op de loer zouden liggen? De weinige plaatselijke bewoners hadden het niet op vreemde pottenkijkers, en er was zeker ook een kans dat hij een bende rovers uit Picta zou tegenkomen, tussen hier en kasteel Macindaw. Will zou meer voor snelheid dan voor onopvallendheid gaan.

'Ik wou dat ik met je mee kon,' zei Arnaut. Het was overduidelijk dat hij zich zorgen maakte. Will gaf hem een vriendschappelijke klap op zijn schouder en grijnsde. 'Je zou me alleen maar afremmen!'

Tegelijk herinnerden ze zich dat Halt dat een paar dagen geleden ook al gezegd had. De grijns bestierf op hun lippen, terwijl ze tegelijk naar de stille gestalte keken, die daar vlakbij op de grond lag. Ze wisten even niets meer te zeggen.

'Nou, ik ben blij dat jij hier op hem blijft passen!' zei Will ten slotte. 'Dat maakt het weggaan voor mij minder moeilijk!'

Arnaut knikte een paar keer. Hij durfde niets hardop te zeggen. Will draaide zich met een ruk om en liep naar Halt. Hij knielde op één knie naast hem op de grond en greep de droge rechterhand van de bewustteloze man.

'Ik kom terug, Halt, dat beloof ik. Over drie dagen ben ik er weer. En jij, jij blijft hier braaf op me wachten, hoor je?'

Halt bewoog even en mompelde iets onverstaanbaars. Daarna bleef hij weer bewegingloos liggen. Heel misschien was de stem van Will wel door die dikke mist van gif heengedrongen, die Halt gevangen hield. Dat hoopte Will tenminste. Hij schudde verdrietig zijn hoofd. Het deed hem pijn zijn oude leermeester zo te moeten zien liggen en lijden. Hij was altijd zo sterk, zo onwrikbaar, zo'n rots om op te bouwen – en nu lag hij daar, als een schaduw van zijn oude zelf. In elk geval leek de koorts minder. Hij voelde nog wel warm aan, maar niet zo verhit als eerder. Will stond op en wierp nog een laatste blik op zijn leraar. Daarna draaide hij zich resoluut om en zei tegen Arnaut: 'Let een beetje op de koorts, ja? Als die weer opspeelt, leg dan wat koude kompressen op zijn voorhoofd. En maak elke paar uur de wond schoon. En elke tweede keer smeer je er wat zalf op!'

Eigenlijk dacht hij niet dat het verzorgen van de wond nog veel zou helpen. De kwaal zat nu dieper. Maar in elk geval zou het verzorgen Arnaut het gevoel geven dat hij iets zinvols deed. En Will wist hoe belangrijk dat was. Hij gaf Arnaut een ferme hand, en daarna vielen de twee elkaar in de armen.

'Ik zorg goed voor hem, Will. Je weet: ik zou mijn leven voor hem geven.'

Will knikte. Hij liet zijn grote vriend nog even niet los.

'Ik weet het. Let een beetje op in het donker. Je weet maar nooit, straks besluit onze vriend de Genovees weer op te duiken.'

Will deed een stap terug. Arnaut lachte naar hem, maar het was een vreugdeloze lach.

'Weet je, ik zou bijna hopen dat hij inderdaad zo stom was!' zei hij.

Samen liepen ze naar de wachtende paarden. Abelard stond nerveus te trappelen, met zijn ogen te rollen en diep in zijn borstkas te grommen. Will liep naar hem toe en nam zijn snuit voorzichtig tussen twee handen, zoals hij Halt wel had zien doen. Hij sprak zachtjes tegen het paard.

'Ik weet heus wel dat je je zorgen maakt,' zei hij. 'Maar je moet nu braaf met me mee komen, begrepen? Dan gaan we samen hulp halen om hem weer beter te maken!'

Het kleine paard schudde zijn manen en hinnikte, op de bekende manier van de Jagerspaarden. Arnaut stond er hoofdschuddend naar te kijken. 'Weet je, je zou zweren dat hij begreep wat je zonet zei!'

Will aaide Abelards zachte neus en lachte hem vriendelijk toe. 'Maar hij begrijpt me ook!'

Daarna sprong hij bij Trek in het zadel en nam van Arnaut

Schoppers teugels aan. Abelard zou natuurlijk gewoon volgen – die had geen leidsels nodig.

'Wees alsjeblieft voorzichtig, Will!'

'Over drie dagen kun je me weer verwachten,' antwoordde die. 'Hou je ogen en oren open zolang ik er niet ben!'

En hij gaf Trek de sporen. Het kleine paard ging meteen in draf, Schopper volgde zonder tegenstribbelen. Het leek erop, dat hij intussen zo lang met de twee Jagerspaarden was opgetrokken, dat hij er geen probleem mee had om achter hen aan te hobbelen. Abelard wierp nog een laatste blik achterom, hinnikte een afscheidsgroet en volgde de andere paarden.

Arnaut stond hen nog lang na te kijken. Van een draf gingen ze over op een regelmatige galop. Toen verdwenen ze over de kam van de eerste heuvel.

Natuurlijk was het verleidelijk om Trek de sporen te geven en hem zo hard mogelijk te laten rijden. Maar Will wist dat ze beter iets kalmer aan konden doen, omdat ze dat tempo dan langere tijd aan konden houden. Jagerspaarden konden hun eigen karakteristieke gang urenlang volhouden. Abelard hield Trek gemakkelijk bij, en Schopper had er met zijn veel langere benen en zonder bepakking voorlopig helemaal geen moeite mee. Het leek zelfs wel of het grote strijdros er plezier in begon te krijgen, zo lekker los te kunnen lopen.

Bij de rivier reed Will naar het oosten, uitkijkend naar een andere plek om over te steken. Op de kaart stond er een, maar die was te diep voor voetgangers. Daarom hadden Tennyson en zijn mannen die toen niet kunnen nemen. Bovendien was deze verder naar het oosten, voorbij dat akelige verdronken woud. Het laatste dat Will wilde was daar weer doorheen rijden.

Na drie uur flink doorrijden bereikte hij de voorde. Hij liet Trek voorgaan, Abelard kwam zonder morren mee. Schopper schrok eerst, toen hij het water langs Treks benen zag stijgen, helemaal tot midden op zijn schoft. Maar toen leek hij ineens te beseffen dat hijzelf veel groter was dan de twee andere dieren, en besloot zich met enkele wilde sprongen en veel gespetter naar de overkant te haasten. In het midden botste hij op een haar na tegen Trek, waardoor Will bijna in het water viel.

'Hé, Schopper, rustig aan ja!' schreeuwde Will. Hij kreeg weer de indruk dat Schopper zich eigenlijk kostelijk amuseerde, iets waar een strijdros niet vaak de kans toe kreeg. Gelukkig kalmeerde het grote beest enigszins, en konden de drie paarden rustig gezamenlijk de rest van de stroom doorwaden. Kletsnat klommen ze aan de overkant de oever op.

Daar bleef Will even staan. Hij liet de paarden wat drinken, maar niet zoveel dat ze straks met klotsende buiken verder zouden moeten rijden. Vanzelfsprekend hielden Abelard en Trek meteen op, toen Will hen zei dat het nu wel genoeg was. Maar Schopper, die met enorme teugen het koele water naar binnen stond te werken, moest met zachte dwang weggetrokken worden. Het beest schudde zijn lange manen en keek Will even verontwaardigd aan. Will keek strak terug.

'Schopper! Luister je nou eens?!'

Will klonk vastberaden. Hij schreeuwde nog net niet, maar de toon was niet mis te verstaan. Will was de baas, en niemand anders. Schopper keek nog even verlangend naar het water, maar liet zich toen gedwee wegvoeren. Will wreef hem over zijn zachte neus.

'Braaf!' zei hij. 'We maken nog wel een Jagerspaard van je!'

Een eindje verderop liet Trek een minachtend gehinnik horen.

Grappenmaker!

HOOFDSTUK 29

W ill had een paar uur achter elkaar flink doorgereden op de rug van Trek. Na de oversteek van de rivier leek het hem een goed moment om van paard te wisselen. Hij stelde Treks buiksingel wat losser, en het paardje keek hem lichtelijk verwijtend aan. Ik had nog best een tijd door gekund, hoor!

'Dat weet ik heus wel,' suste Will. 'Maar ik wil dat ik later nog wat aan je heb, als de rest allemaal doodmoe is, ikzelf incluis.'

Trek schudde zijn manen. Daar kon hij zich in vinden. Maar dat betekende nog niet dat hij het leuk vond. Want zelfs al was Abelard een vriend, hij droeg liever zelf Will op zijn rug. En al scheen Will het niet te willen geloven – hij zou dat dagenlang, uur na uur kunnen doen ook, zonder al te uitgeput te raken.

De singel van Abelards zadel werd wel strakgetrokken. Will wist dat hij niet bang hoefde zijn voor flauwe trucjes. Jagerpony's zouden nooit, zoals je van andere paarden wel hoorde, hun grote longen flink vol lucht zuigen, terwijl hun buiksingel vastgetrokken werd – om die lucht dan even later weer te laten ontsnappen, zodat het tuig weer losser kwam te zitten. Toch probeerde Will voor hij opsteeg of alles goed vastzat. Hij had zijn linkervoet al in de stijgbeugel toen hij zag dat Abelard zijn nek verdraaide om hem vol verwachting aan te kijken.

'Huh? O ja, natuurlijk,' zei Will zachtjes. 'Vergeef me mijn slechte manieren.' Hij keek het paardje recht in de ogen en sprak de woorden uit die Halt hem zo lang geleden had voorgezegd, achter het huisje in het bos van de oude Bob. 'Permettez-moi?'

Hij hoopte maar dat het accent ergens op leek. Zijn Gallisch was nou niet je dat. Gelukkig ging Abelards hoofd een paar keer bemoedigend op en neer, dus stak Will nog eens zijn voet in de stijgbeugel en zwaaide zich in het zadel. Even wachtte hij, bang dat hij het wachtwoord niet helemaal goed uitgesproken had, en dat Abelard alleen maar wachtte tot hij zich zou ontspannen, om hem daarna al steigerend in het gras te laten tuimelen. Het was eigenlijk best gek, dat hij in al die jaren dat hij met Halt de wijde wereld doorkruist had nog nooit eerder op Abelard gereden had. Eigenlijk verwachtte hij niet dat het paardje hem zou afwerpen – hij kende Will al jaren, en hij wist heel goed dat hij en Halt bevriend waren. Maar je wist maar nooit – training bleef training natuurlijk, en zeker voor een Jagerspaard.

Na een paar tellen wist hij zeker dat hij geen onverhoedse bewegingen van het beest onder zijn zadel hoefde te verwachten – Abelard bleef rustig staan wachten op een signaal dat hij kon gaan rijden. Will trok even aan Schoppers leidsels om hem bij de les te brengen, en gaf toen met zijn hielen een zacht schopje onder tegen Abelards tonronde buik. En daar gingen ze! Langzaam voerde Will het tempo op, tot ze de normale kruissnelheid bereikt hadden.

Al snel hadden ze de vruchtbare vlakte langs de rivier achter zich gelaten. Hier en daar stonden groepjes bomen en struiken tussen het lange gras. Het pad, of wat daar voor doorging, was nauwelijks te zien, maar de bodem herbergde weinig onaangename verrassingen en de drie paarden, zelfs Schopper, stonden allemaal stevig op hun benen. Dus maakten ze flink voort, terwijl de zon steeds verder naar de westelijke horizon zakte en de laaghangende wolken van onderen rood en oranje kleurde. Af en toe zag hij in de verte nog de grijze streep van het verdronken bos, als ze over een hogere heuvel reden. Maar naarmate ze verder naar het oosten kwamen, gebeurde dat minder vaak.

Toen het donker werd liet hij de paarden even rusten en drinken uit de opvouwbare leren emmer die hij aan zijn zadel had hangen. Zelf nam hij een flinke slok van de koffie, die nu nog maar een beetje lauw was. Maar de smaak en het zoet van de honing gaven hem echt een opkikker. Over een uur zou de maan opkomen, en hij besloot daarop te wachten. Per slot van rekening was hij hier op onbekend terrein, en al zouden de paarden niet in zeven sloten tegelijk lopen, hij liep liever zo weinig mogelijk risico op een gebroken of verzwikt been.

Hij ging ook weer op Trek rijden. Abelards beurt had lang genoeg geduurd; en hoewel hun gangen erg op elkaar leken, was die van Abelard toch iets minder vertrouwd dan die van Trek. Iets stugger en korter, vond Will. Daar zou hij na verloop van tijd ook wel aan wennen natuurlijk, maar zo 's nachts in het donker reed hij toch liever op zijn eigen Trek.

Will sloeg een arm om Abelards nek en voelde de zachte neus tegen zijn zij snuffelen.

'Dankjewel, Abelard!' zei hij zachtjes. En voegde daar in een impuls aan toe: 'Merci bien, mon ami. Je hebt goed gereden, hoor!'

Het paard bromde dat hij Wills woorden begreep en gaf hem een paar stootjes met zijn hoofd. Schopper stond vlakbij te grazen en keek op toen Will het touw oprolde waarmee hij aan een boom gebonden was. Daarna klom hij op Trek.

Weer in zijn eigen vertrouwde zadel – dat van Halt was toch ook net weer anders – keek hij naar de twee andere paarden die trouw stonden te wachten.

'Hup, jongens. Daar gaan we weer!'

Even later kwam de maan tevoorschijn boven de horizon en beklom gestaag de nachtelijke hemel. Eerst leek ze heel groot, stil en afwachtend, vlak boven de einder – daarna werd ze steeds kleiner en feller.

Hij was moe. Onbeschrijflijk moe. Meer spieren dan hij wist dat hij had deden op vreemde plekken pijn. Hij had nog een keer op Abelard gereden, daarna weer op Trek, en toen was zelfs zijn eigen zadel veranderd in een martelwerktuig. Het was nu ver na middernacht, dus had hij afgezien van een paar korte stops meer dan twaalf uur achter elkaar gereden. En al die tijd was hij supergeconcentreerd geweest ook, op de route, op de sterren die hem de weg wezen, op kuilen en stenen die hem en zijn paard zouden kunnen laten struikelen. Dat constante opletten was bijna net zo vermoeiend als het rijden zelf.

De maan was al weer onder, maar de sterren gaven ook licht. Er stonden steeds minder bomen, terwijl hij langzaam omhoog klom tot hij over een hoge vlakte reed, een vlakte met alleen wat bulten en glooiingen, begroeid met taai gras. Het werd tijd om weer even te pauzeren. Dat was het minste van twee kwaden. Als hij nog verder door zou rijden, kon hij zijn aandacht er vast niet meer bijhouden en dan kon hij van vermoeidheid een fatale vergissing maken. Hij zou de verkeerde kant op kunnen rijden, of bij een splitsing de moeilijkste weg kiezen. Ergens in zijn achterhoofd was hij bovendien bang dat een van de paarden zou struikelen en zich zou bezeren, en dat dit zijn schuld zou zijn – een fout die hij niet zou maken als hij fit en wakker genoeg bleef.

Een keer hadden ze een groot beest opgeschrikt, dat ineens voor hen was opgedoken en met grote sprongen door het lange gras was weggerend. Het had boos en geschrokken gegrauwd voor het uit het zicht verdween. Ook de paarden waren geschrokken. Schopper liet een luid gehinnik horen en trok hard aan zijn leidsels, zodat de uitgeputte Grijze Jager bijna uit het zadel gesleurd werd. Wat het geweest was? Hij had geen flauw idee. Een wolf misschien, of een grote katachtige. Hij had wel eens gehoord dat je in deze streken lynxen kon aantreffen die zo groot waren als een kleine beer.

Misschien was het wel een beer!

Hoe dan ook, als ze er weer een tegenkwamen moest hij niet zitten suffen. Hij schaamde zich toen hij besefte dat hij gewoon in het zadel had zitten dommelen. Trek en Abelard hadden vast al lang gewaarschuwd. Maar hij was zo moe geweest, dat het niet eens tot hem doorgedrongen was.

Hij hield in. Hoog tijd om te stoppen en uit te rusten. Om even de ogen te sluiten en een tukje te doen, al was het maar voor een half uur. Dan kon zijn lichaam weer op krachten komen. Minder dan een uur was genoeg. En terwijl hij zo tegen zichzelf praatte, groeide de onweerstaanbare behoefte om zich lekker in zijn warme mantel te wikkelen en even te gaan liggen. Eventjes maar...

Hij keek om zich heen. Ze stonden op een lange flauwe helling, de top van de kale heuvel was vlakbij. Een eind verderop zag hij wat vreemde bulten in het zwakke sterrenlicht, vormen die hij niet direct kon thuisbrengen. Ineens daagde het hem. Hij was al bij de grafheuvels, die heilige plaatsen uit voorbije tijden, waaronder lang geleden beroemde krijgers voor eeuwig ter ruste gelegd waren.

Hij moest weer denken aan zijn achteloze opmerking tegen Arnaut: 'Er zijn mensen die beweren dat het er spookt.' Toen, op klaarlichte dag, tientallen kilometers hier vandaan, had hij er bijna om gelachen. Maar nu, op deze kale berg, met alleen het licht van duizenden sterren, dacht hij minder licht over zijn eigen woorden... en zagen die grafheuvels er ineens minder ongevaarlijk uit.

'Leuke plek om te kamperen,' mopperde hij tegen zichzelf. Kreunend liet hij zich van Trek afglijden. Hij zakte bijna door zijn knieën en strompelde een paar stappen naar voren. Daarna bond hij zuchtend de leidsels van Schopper aan Treks zadel, maakte wat ruimte onder diens buik en keek of er ergens een stukje gras om te grazen was.

Geesten of geen geesten, hij moest echt even slapen.

De grond was hard en koud, zelfs dwars door drie lagen mantel heen. Maar toen hij eenmaal lekker lag, voelde het alsof hij op een donzen matras was gevallen. Hij sloot de ogen. Hij wist dat hij niet langer dan een half uur zou slapen. En ook dat Trek zou ingrijpen als hij zich zou verslapen. Maar niet eerder dan over een half uur. Eerst mocht hij even bijkomen.

Hij werd wakker. En hij wist instinctief dat hij nog geen half uur onder zeil was geweest, zoals hij zichzelf beloofd had. Iets had hem eerder wakker gemaakt. Iets vreemds. Iets wat hem niet goedgezind was.

Een geluid was het niet, besloot hij na enig nadenken. Nee, hij was niet gewekt door een vreemd geluid. Het was iets anders, eerder iets wat hij voelde, dan wat hij kon zien of horen. Een aanwezigheid. Iets of iemand was vlak bij hem.

Natuurlijk kon je aan Will niet zien dat hij wakker geworden was. Zijn ogen waren maar een halve millimeter geopend, zodat hij wel kon kijken, maar iedereen zou denken dat zijn ogen nog gesloten waren. En het ritme van zijn ademhaling bleef ook hetzelfde als toen hij nog heerlijk lag te slapen. Daar zorgde Will wel voor.

In gedachten ging hij na wat hij allemaal binnen handbereik had liggen. Het heft van zijn Saksische mes drukte geruststellend in zijn rechterzij; hij had voor het slapengaan de dubbele schede vlak naast zich op de grond gelegd. Met de vingers van zijn linker hand voelde hij het gladde hout van zijn boog; die had hij mee in zijn mantel gewikkeld, zodat de pees niet te veel dauwvocht zou opzuigen.

Als er inderdaad iemand vlakbij was, zou het grote mes de beste keus zijn, besloot hij. Als het moest, stond hij binnen twee seconden recht overeind, met het wapen klaar om zich te verdedigen. De boog was lastiger...

Hij probeerde met al zijn zintuigen na te gaan in welke richting die aanwezigheid zich ophield. Iets had hem uit zijn slaap gehaald, dat wist hij zeker. Maar nu moest hij ook vast zien te stellen wat het was en waar het zat. Hij vertrouwde voor honderd procent op zijn gevoel en instinct nu.

Waar zit het? Aan welke kant?

Hij maakte zijn geest helemaal leeg. Hij dacht aan niets meer, net zoals wanneer hij mikte met zijn pijlen en volledig op het gevoel de pees liet gaan. Zijn zintuigen wezen naar ergens links van hem. Zonder haast draaide hij zijn ogen die kant op, zonder zijn hoofd te bewegen. Het leek alsof hij gewoon doorsliep. Hij loerde, maar hij zag niets.

Dan maar drastischere maatregelen. Hij begon iets binnensmonds te mompelen en bewoog onrustig, alsof hij droomde. Daarbij draaide hij zijn hoofd eerst naar rechts, dan naar links. Daarna liet hij zijn ademhaling weer tot rust komen, zodat het leek alsof hij vast doorsliep.

Er was daar inderdaad iets. Hij kon het niet duidelijk onderscheiden, maar er was iets. Een groot, vaag silhouet. Misschien een man. Maar dan groter dan hij ooit eerder was tegengekomen. En hij dacht dat hij een harnas droeg of zo. Iets ouderwets, met hoge puntige schouderstukken, en een helm waar twee vleermuisvleugels uitstaken.

Ergens kwam het wezen hem zelfs bekend voor. Hij pijnigde zijn hersens, waar hij dat beeld eerder gezien kon hebben, maar zijn geheugen liet hem in de steek. Hij probeerde rustig te blijven ademen. De verleiding was groot om diep adem te halen, maar hij gaf niet toe.

Wat hij wel deed was zich schrap zetten. Hij pompte zuurstof in al zijn spieren en bereidde zich geestelijk voor op wat hij zo meteen zou gaan doen. In gedachten repeteerde hij elke beweging. Rechterhand, het Saksische mes. Dat zou hij uit de schede trekken terwijl hij overeind sprong. Met zijn linkerhand zou hij zich afzetten. Dan zouden zijn benen het overnemen. Meteen opzij springen, voor het geval de vijand een uitval naar hem zou proberen. Dan moest de ander even nadenken en zijn slag of stoot van richting veranderen, en dat gaf hem een kans om die eerste seconden te overleven.

Hij spande al zijn spieren. Zijn hand sloot zich om het heft. Hij kwam overeind.

In één soepele beweging, zonder waarschuwing vooraf of merkbare voorbereiding, stond hij op twee benen en danste hij naar rechts om een neersuizend zwaard of een bijl te ontwijken. Het Saksische dolkmes glansde dof in zijn rechterhand; het leek alsof het uit de schede omhoog gesprongen kwam. Will liet zich door de knieën zakken, het mes laag voor zich uit, de scherpe punt iets omhoog. Zijn beenspieren gespannen, zodat hij elke kant op zou kunnen springen; de rest ontspannen, maar klaar om aan te vallen of te verdedigen, al naargelang dat nodig mocht zijn.

Trek en Abelard briesten, geschrokken door die plotselinge bewegingen. Schopper reageerde iets trager, maar steigerde en trok hinnikend aan zijn touw.

En toen was er niets meer. Geen reusachtige strijder in ouderwets harnas. Geen vijand, klaar om aan te vallen. Alleen de sterrenhemel en een zachte bries, die fluisterde door het lange gras. Langzaam ontspande Will zich en ging rechtop staan. De arm met het Saksische mes hing werkeloos naast zijn lichaam.

Ineens herinnerde hij zich waar die vage gestalte hem aan had doen denken. Aan de Donkere Ridder, de angstaanjagende verschijning in het Grimsdalwoud, die had er net zo uitgezien. Will liet het zware dolkmes met de punt in de aarde vallen. Hij haalde diep adem.

Had hij liggen dromen soms? Was het zijn verbeelding, gekieteld door die oude grafheuvels daar vlakbij en de legenden over spoken? Of was het die verraderlijke toestand van halfslaap geweest, die je overvalt als je echt heel, heel moe bent?

Of was het allemaal alleen een oude herinnering aan vroeger, omdat hij weer naar Macindaw op weg was?

Will schudde zijn hoofd. Hij wist het echt niet. Hij wist niet eens op welk moment hij wakker was geworden. Hij besloot naar de paarden te lopen. Die leken ook onrustig, dat wel. Maar zo vreemd was dat niet, nadat hij ze de stuipen op het lijf had gejaagd door ineens op te springen en als een gestoorde gek met zijn grote mes te gaan zwaaien.

Daar waren Trek en Abelard. Ze stonden gespannen te kijken en te luisteren, de oren recht overeind. Trek verzette zijn gewicht van zijn ene been op het andere. Schopper leek weer zijn eigen kalme zelf – maar Schopper was er niet zo op getraind als de Jagerspaarden, om scherp op te letten.

Trek maakte het bekende grommende geluid in zijn borstkas. Vaak betekende het dat er iets niet in de haak was. Of dat hij niet wist wat hij ervan moest denken. Will streelde zijn zachte neus en zei zachtjes:

'Wat is er dan? Voel jij ook iets raars?'

Het was duidelijk dat het beest van streek was. Maar of dat kwam doordat er iets of iemand in de buurt was, of vanwege Wills rare capriolen van zonet, dat kon hij niet zeggen. Geleidelijk kwam het paard weer tot rust en schoten zijn ogen niet meer steeds nerveus van links naar rechts. Het kwam vast door hemzelf, besloot Will. Anders hadden de paarden hem trouwens wel gewaarschuwd, terwijl hij nog lag te slapen.

Langzaam begon Wills hart weer normaal te kloppen. Loos alarm, dat was het geweest. Een combinatie van vermoeidheid en een te sterk geprikkelde fantasie. Daarom had die spookgestalte natuurlijk ook zo op de Donkere Ridder geleken, die hij van vroeger kende. Het was duidelijk dat het beeld uit zijn eigen brein gekomen was en Will voelde zich een beetje belachelijk.

Hij raapte zijn mes op en stak het in de schede, die hij weer aan zijn riem haakte. Hij deed zijn mantel om, nadat hij er eerst de dauwdruppels van afgeslagen had, hing de pijlenkoker eroverheen en raapte ook zijn boog van de grond.

'Ingebeeld of niet,' zei hij zachtjes, 'hier blijven we niet langer.'

Hij trok Treks singel weer strak en klom in het zadel. Met de leidsels van Schopper onder zijn oksel reed hij snel weg van zijn tijdelijke rustplaats, Abelard draafde naast hem mee. Hij voelde de haren in zijn nek een beetje overeind komen, maar hij weigerde om te kijken.

In het duister op de helling achter hem gleed een oude, onzichtbare aanwezigheid weer terug naar zijn laatste rustplaats in de grafheuvel. Opnieuw een indringer die hij had weten te verjagen.

HOOFDSTUK 30

I n het basiskamp kropen intussen de uren voorbij. Meestal lag Halt rustig te slapen. Af en toe leek hij een beetje bij kennis te komen; dan begon hij te woelen en onverstaanbare woorden te mompelen.

Soms meende Arnaut Wills naam te verstaan, en één keer had hij het zelfs over hemzelf, dat wist hij zeker. Maar verder leek Halts geest heel ver weg, in een andere wereld, en misschien zelfs wel in een ver verleden. Hij had het tenminste geregeld over mensen en plaatsen waarvan Arnaut nooit eerder gehoord had.

Maar toch kwam hij steeds naast de Grijze Jager zitten, zodra de zieke begon aan een van die verwarde verhalen. Hij hield altijd vers koel water en een paar kompressen bij de hand, want hij had gemerkt dat Halts temperatuur steeds wanneer hij aan het vertellen sloeg omhoogging. Zijn voorhoofd was nu niet meer zo heet en droog als de eerste dag, maar het was duidelijk dat hij zich helemaal niet lekker voelde. Dus depte Arnaut trouw Halts gezicht en voorhoofd met een nat doekje. Hij begon er op een gegeven moment zelfs een soort slaapliedje bij te neuriën. Daar werd Halt snel kalmer door, en steeds viel hij dan na een paar minuten weer in een diepe, en zo te zien droomloze slaap.

Heel af en toe werd hij echt wakker en was hij helder. Meestal wist hij dan ook heel goed wie en waar hij was, en wat er aan de hand was. Van die gelegenheden maakte Arnaut gebruik om hem met zachte dwang iets te laten eten en drinken. Hij maakte nog wat meer bouillon van het gedroogde rundvlees dat ze bij zich hadden. De dunne soep smaakte best lekker, en Arnaut hoopte dat er ook nog wat voeding in zat. Halt moest toch ook wat eten! Hij zag er toch al elke keer zwakker uit, als hij weer eens bij kennis kwam. Zijn stem was nauwelijks meer dan een schor gefluister.

Een keer bleef hij wel meer dan een uur wakker, en Arnaut vatte weer moed. Hij maakte bovendien van de gelegenheid gebruik om Halt te vragen hoe hij dat platte brood moest maken. Zo moeilijk was dat trouwens niet: je nam meel, water en wat zout en kneedde daar een soepel deeg van. En dat liet je dan een uur of zo onder de hete as liggen. Helaas was Halt tegen de tijd dat het klaar was al weer buitenwesten. Dus zat Arnaut teleurgesteld in zijn eentje op het verse brood te kauwen. Eigenlijk vond hij het best lekker, al wist hij niet zeker of het wel helemaal gaar was.

Daarna besloot hij nog maar eens zijn harnas en wapentuig te poetsen en te slijpen. Niet dat zijn zwaarden bot waren, maar voor je het wist zat er een laagje roest op. Hij besloot ook weer eens zijn zwaardoefeningen te doen, en daarmee was hij een paar uur zoet, en helemaal nat van het zweet. Maar al die tijd hield hij wel zijn oren gespitst op het minste teken van leven van de oude Jager, een paar meter van hem vandaan.

Hij vroeg zich af waar Will nu was. Hoe ver had hij al gereden? Hij wist natuurlijk dat Jagerspaarden als het moest in één dag een ongelooflijke afstand konden afleggen. Maar Will moest zijn dieren wel sparen voor de terugweg. In elk geval zou hij af en toe rusten; hij mocht niet, zoals op een enkele reis, al zijn energie en die van zijn paarden verbruiken.

Arnaut staarde naar de kaart en probeerde daar in gedachten de route van Will op uit te zetten. Eigenlijk gekkenwerk, natuurlijk. Er waren zó veel onzekerheden! Oude paden konden overgroeid zijn, of versperd. Een oversteekplaats kon ineens te diep uitgesleten blijken, misschien had het stroomopwaarts wel zo hard geregend, dat het water te hoog stond. Er waren wel honderd dingen te verzinnen die de route, zoals ze die op de kaart hadden uitgezet, konden versperren.

Will zei dat hij in drie dagen terug wilde zijn. Dat betekende dus dat hij binnen nauwelijks meer dan een dag al in Macindaw en het Grimsdalwoud moest zijn, bij Malcolms huis. En de weg terug zou altijd langer duren. Je kon van Malcolm niet verwachten dat hij net als Will non-stop zou kunnen doorrijden. Dus moesten ze over de terugreis tenminste twee dagen en een nacht doen. Dan nog zou het zwaar zijn, voor de oudere heelmeester. Maar het was niet onmogelijk.

Arnaut zag dat hij ook door zijn brandhout heen begon te raken. Nou, dan had hij in elk geval iets te doen. Hij keek nog eens hoe het met Halt was – hij bleef een paar minuten naast hem staan en besloot dat hij wel even weg kon. Hij pakte een bijl en een juten houtdrager en liep naar een bosje, een honderd meter verderop. Daar lagen vast wel dode takken die droog genoeg waren.

Eerst raapte hij wat aanmaakhout bij elkaar, en daarna ging hij op zoek naar een wat dikkere tak of stam. Die hakte hij in flinke blokken. Steeds hield hij even op met zijn werk en keek naar het kleine kamp in de verte. Hij kon nog net zien dat er iemand naast het smeulende vuur lag. Waarschijnlijk zou hij het niet horen, als Halt nu iets zei, niet op deze afstand. Hij was al moeilijk te horen als hij aan de andere kant van het kampvuur stond.

Toen hij vond dat hij genoeg aanmaakhout en blokken bij elkaar had om de komende nacht door te komen, bond hij alles samen in de drager en sjokte terug naar het kamp.

Daar lag Halt nog steeds in diepe rust. Voor zover Arnaut kon zien had hij zich het afgelopen uur niet meer bewogen. Ergens had hij gehoopt dat hij Halt bij terugkomst klaarwakker zou aantreffen, en beter, of in elk geval iets beter, dan eerst. Hij staarde naar de onbeweeglijke oude Jager, en opnieuw overviel hem een gevoel van machteloosheid en teleurstelling.

Hij hurkte naast het kampvuur en kreeg het met een paar dennentakjes weer flink aan het branden. Hij wapperde met zijn handen, totdat de eerste gloed veranderde in kleine vlammetjes, die al snel de dikkere aanmaakhoutjes in lichterlaaie zetten. De koffiepot stond op zijn kop waar hij hem had achtergelaten, nadat hij het drab van de vorige keer had weggegooid. Hij deed hem vol water, zette hem aan de rand van de vlammen in het vuur en pakte de zak koffie uit de voorraadtas.

Hij woog in zijn hand wat er nog over was. De zak was half leeg, en hij zou zo gauw niet weten waar je hier in de wildernis nieuwe zou kunnen kopen.

'Laat ik maar een beetje zuinig zijn,' zei hij hardop tegen zichzelf. Daar was hij mee begonnen, kort nadat Will was weggereden. Er was toch niemand in de buurt. 'We kunnen het niet hebben dat Will straks terugkomt en dat er dan geen koffie meer is!'

Toen het water kookte mat hij een beetje minder koffie af dan gewoonlijk en liet dat in het water glijden. Daarna zette hij de pot terug, maar nu wat meer aan de rand, zodat het water niet opnieuw aan de kook raakte terwijl de koffie trok. En al snel rook hij het heerlijke aroma van verse koffie, al was die misschien wat slapper dan normaal.

Later vroeg hij zich af of dat het was, wat Halt uit zijn verdoving had gewekt. In elk geval leek het daarop, te horen aan wat Halt zei.

'Ik wil ook een kop als het klaar is!'

Arnaut draaide zich als door een wesp gestoken om, toen hij Halts stem hoorde, die ineens veel krachtiger en helderder klonk dan de afgelopen keren. Arnaut holde naar hem toe en greep zijn hand.

'Halt! Je bent weer wakker! Hoe voel je je?'

Halt gaf niet meteen antwoord. Hij keek met argwanende blik omhoog naar de grote gestalte die zich over hem heen boog. Hij probeerde zijn hoofd op te tillen, maar dat lukte hem niet, en hij liet het weer terugvallen op de opgerolde deken.

'Wie ben jij?' zei hij. 'Ik lijk alles niet zo scherp te zien vandaag. Ik heb zeker een flinke tik op mijn hoofd gehad van iets of iemand?'

'Ik ben het, Halt! En nee, je hebt geen...' Voor Arnaut verder kon spreken en uitleggen wat er aan de hand was, praatte Halt gewoon verder en de jonge krijger voelde zijn hart in zijn schoenen zinken. Hij wist dat, al klonk Halt nog zo helder, hij nog verder heen was dan eerst.

'Het was die Thorgan zeker, hè? Met die vervloekte knots van hem. Ik heb de klap helemaal niet aan zien komen.'

Nu schrok Arnaut pas goed. Thorgan? Die naam had hij wel eens eerder gehoord. Heel lang geleden, toen hij nog een weesjongen was in kasteel Redmont. De naam hoorde bij een oud en legendarisch verhaal over heldendaden, moed en trouw, dat in heel Araluen bekend was. En dat niet weinig had bijgedragen aan de naam en faam van het korps Grijze Jagers.

Thorgan de Pletter was een beruchte struikrover, die lang geleden het hele noordoosten van het rijk onveilig gemaakt had. Met zijn bende schurken beroofde en vermoordde hij de ene reiziger na de andere, en ook kleine dorpen waren niet veilig voor hem. Alles wat hem in de weg kwam terroriseerde hij of stak hij in brand.

Thorgan zelf zwaaide altijd met een reusachtige knots, en daar had hij zijn bijnaam aan te danken.

Halt en Crowley hadden net het oude roemruchte korps Grijze Jagers nieuw leven ingeblazen, en gezworen dat ze de bende misdadigers voor koning Duncans gerecht zouden slepen. Maar drie van de boeven hadden Crowley in een hinderlaag in het bos gelokt, en hij moest daar voor zijn leven vechten. Gelukkig kwam Halt net op tijd te hulp, schoot twee mannen neer en wist de derde met zijn Saksische mes onschadelijk te maken. Maar terwijl hij daar druk mee was, had hij niet gemerkt dat Thorgan als een echte aanvoerder in de bosjes op de loer had liggen wachten – tot het bijna te laat was. De grote schurk sprong ineens te voorschijn en zwaaide zijn knots in de richting van Halts hoofd. Halt kon hem niet ontwijken, al sprong hij net op het laatste moment nog als een kat opzij. Het wapen schampte langs Halts hoofd, en het lukte hem nog maar net zijn dolk diep in het lijf van de boef te steken, voor hij bewusteloos over zijn vriend Crowley heen viel. Zelfs in die toestand probeerde Halt zijn vriend dus nog te beschermen.

Een paar uur later werden de twee bewusteloos gevonden door een patrouille van Duncans cavalerie. Ze lagen nog steeds boven op elkaar, terwijl vlakbij het lijk van Thorgan tegen een boomstam geleund stond; een verbaasde uitdrukking op zijn gezicht, terwijl het heft van het grote mes uit zijn ribbenkast stak.

En aan die gebeurtenissen moest Halt nu dus denken? Wat hij daarna zei bevestigde Arnauts bange vermoedens.

'Alles goed met je, Crowley? Ik dacht al dat ik te laat kwam, beste kerel. Ik hoop maar dat je niet dacht dat ik je in de steek had gelaten...'

Crowley? Arnaut voelde de misselijkheid opkomen. Hij besefte dat Halt dacht dat hij Crowley was, de commandant van de Grijze Jagers. En het zag er niet naar uit dat het veel zin had Halt op zijn vergissing te wijzen. Hij zou zo meteen wel inzien dat hij het fout had. Of niet, natuurlijk. Arnaut besloot hem maar een geruststellende handdruk te geven.

'Natuurlijk niet, Halt, ik weet best dat jij mij nooit in de steek zou laten!'

Halt glimlachte tevreden en sloot even zijn ogen. Daarna opende hij ze weer, en er scheen nu een vreemde kalme gelatenheid uit.

'Ik vraag me wel af of ik het haal, dit keer, mijn vriend,' zei hij, alsof het de gewoonste zaak van de wereld was. Arnaut voelde zijn hart weer in elkaar krimpen – meer nog doordat Halt zijn einde leek te accepteren, dan om de precieze woorden.

'Onzin, Halt, natuurlijk red je het. We kunnen je nog niet missen. Ik kan je nog niet missen!'

Weer glimlachte Halt – een beetje droevige glimlach, die zei dat hij geen woord geloofde van wat zijn vriend hem zojuist gezegd had.

'We hebben veel meegemaakt, hè, jij en ik? Je bent altijd een beste vriend geweest.'

'Halt...' begon Arnaut, maar Halt stak zijn hand op.

'Nee, nee. Ik heb misschien wel niet zo lang meer, Crowley, en daarom moet ik je nog een paar dingen zeggen...' Hij wachtte even en haalde toen diep adem. Het was duidelijk dat hij zijn laatste krachten bij elkaar raapte. Even dacht Arnaut angstig dat hij weer weg zou zakken. Maar toen was Halt er weer.

'Die jongen, Crowley... Hou alsjeblieft een oogje in het zeil, ja?'

Instinctief wist Arnaut dat hij het over Will had. Halts besef van plaats en tijd was nu blijkbaar helemaal in de war. De oudere man keek onderzoekend naar Arnauts gezicht boven hem. Blijkbaar kon hij dat niet duidelijk zien, en wachtte hij op een antwoord van zijn vriend.

'Crowley? Ben je daar nog? Ik zie je niet!'

'Ik ben er nog, Halt,' antwoordde Arnaut. Hij moest een paar keer slikken voor de enorme brok in zijn keel verdwenen was. Hete tranen vochten om wie er als eerste uit zijn droge ogen over zijn wangen mocht stromen.

'Ik ben er nog, en ik zal voor de jongen zorgen, maak je maar geen zorgen.' Arnaut voelde zich nogal schuldig, dat hij de zieke zo voor de gek hield, maar het leek hem nu de beste oplossing. Halt werd onrustig zodra hij het idee kreeg dat zijn oude vriend zijn verzoek niet had gehoord. Pas toen Arnaut antwoordde, ontspande hij zich weer een beetje.

'Ik was al bang dat je weggelopen was,' zei Halt, en voegde er met een glimp van zijn gebruikelijke sarcasme aan toe: 'Of dat ik er zelf niet meer was.' Maar zijn grijns verdween terwijl hij zich herinnerde wat hij gevraagd had. 'Ik denk wel eens dat hij ons allemaal de baas zal worden, weet je dat?'

Arnaut liet zijn hoofd zakken, maar hij wist dat hij nu niet op kon houden. Hij moest blijven praten. Zolang hij met Halt praatte, was Halt nog in leven. Zoveel was zeker.

'Hij had ook een fantastische leraar, Halt!' zei hij, met trillende stem.

Halt wuifde die lof met een slap handgebaar weg. 'Die jongen hoefde je niets te leren. Hoogstens het goede voorbeeld geven en de weg wijzen.' Het bleef even stil, en toen zei hij: 'Arnaut trouwens ook. Dat is ook een kanjer. Die moet je ook in de gaten houden, wil je? Hij en Will samen – misschien hangt het lot van Araluen nog wel eens van dat duo af. Dat gevoel heb ik soms.'

Dit keer kon Arnaut niet meer antwoorden. Hij voelde alleen een verlammende droefenis, en tegelijk toch ook een enorme trots – trots, omdat Halt zo over hem gesproken had, in deze bijzondere omstandigheden.

Woordeloos kneep hij in de hand van de oude Grijze Jager. Halt probeerde weer zijn hoofd op te tillen, en dit keer kwam het een paar centimeter omhoog van het kussen.

'En dan nog wat... Zeg Pauline...' Hij aarzelde, en Arnaut wilde hem al aansporen toen hij verder sprak. 'Laat ook maar. Pauline weet dat zij voor mij altijd de enige is geweest.'

Die laatste inspanning leek te veel voor hem, en zijn ogen vielen langzaam dicht.

Arnaut wilde het uitschreeuwen van verdriet en pijn, maar zag ineens dat de borstkas van de oude Jager nog steeds op en neer bewoog. Niet snel, heel langzaam. Maar regelmatig. Hij ademde nog. Halt was nog niet dood.

Arnaut boog het hoofd en begon zachtjes te huilen. Misschien was het angst. Misschien verdriet en wanhoop. Misschien ook wel opluchting, dat zijn vriend en toeverlaat nog leefde.

Misschien was het wel van alles een beetje.

HOOFDSTUK 31

U itgeput hing Will voorover in het zadel. Hij gaf een rukje aan Abelards teugels om hem te laten stoppen. Hij kon echt niet meer.

Achteraf was het alsof die nachtelijke rit, na zijn vlucht vanaf de grafheuvels, een nachtmerrie was geweest. Steeds maar weer twee uren in galop, een kwartiertje stappen, dan op een ander paard weer twee uur in dat eentonige, verdovende ritme... Twee keer had hij zichzelf en de paarden een korte rustpauze gegund, maar van slapen was het niet meer gekomen. Die kleine pauzes hielpen hem dus ook nauwelijks weer fit te worden. Ze zorgden er eerder voor dat hij helemaal stijf werd en dat elke beweging hem nóg meer pijn deed, zodra hij weer verder reed – tot zijn zintuigen weer verdoofd raakten en zijn lichaam weer gewend was aan het ongemak.

Hij had nu het einddoel van zijn reis bijna bereikt. Of tenminste van het eerste deel daarvan. Links zag hij de massieve vormen van kasteel Macindaw. Rechts dreigde het donkere Grimsdalwoud.

Even overwoog hij nog eerst bij het kasteel langs te gaan. Hij wist dat hem daar een warm welkom zou wachten. Lekker eten, een heet bad, een zacht donzen bed. Hij keek naar Abelard, die even moe was als hijzelf en stond uit te puffen, het hoofd diep naar beneden gebogen. Trek, die hem de afgelopen twee uur niet had hoeven dragen, zag er florissanter uit, maar ook vermoeid. En zelfs Schopper, die helemaal niets had hoeven dragen, had intussen vast stijve benen. Als hij naar het kasteel ging, zouden ook de paarden verwend worden, met haver en water en een comfortabele stal.

Misschien kon een boodschapper net zo goed een bericht aan Malcolm overbrengen, terwijl hij een beetje bijkwam? Orman, de kasteelheer, zou toch wel geregeld contact hebben met de geneesheer? Een paar uur rust – wat kon dat nou voor kwaad?

De verleiding bracht hem aan het wankelen – letterlijk. Hij besefte ineens dat hij net bijna uit het zadel gevallen was, en dat hij zijn ogen nauwelijks kon openhouden. Dadelijk viel hij nog in het gras. Hij wist niet of hij dan nog de kracht zou kunnen opbrengen om op te staan. Lichamelijk niet, en geestelijk evenmin.

Hij rilde en schudde zijn hoofd eens flink heen en weer. Zijn ogen deed hij een paar keer achter elkaar snel open en dicht, in een poging de zwaarte en versuffing weg te toveren.

'Nee!' zei hij ineens hardop, en Abelards hoofd kwam geschrokken weer omhoog, de oren gespitst. Misschien was het paardje toch niet zo uitgeput als hij gedacht had, stond hij zich alleen te ontspannen en energie te sparen, die ongetwijfeld zo dadelijk weer van hem gevraagd kon worden.

Will wist heel goed dat hij, als hij naar Macindaw ging, minstens een paar uur kostbare tijd zou verliezen – waarschijnlijk nog wel meer. Hij zou alles twee keer moeten uitleggen, honderd vragen moeten beantwoorden die er nu even niet toe deden, en dan moest hij Orman nog zover krijgen dat hij een boodschapper het woud in stuurde.

En als die man dan al meteen Malcolms huis zou kunnen vinden – en zeker was dat niet, tenzij Will gelijk had en er intussen inderdaad geregeld verkeer heen en weer ging tussen kasteel en geneesheer – dan nog zou hij voor de schone taak staan Malcolm te overtuigen van de ernst en urgentie van de situatie. En dat zou des te moeilijker zijn als Will niet eens de moeite had genomen om zelf te komen. De ene vertraging zou de volgende verergeren, en voor je het wist was het weer donker en konden ze niet meer op weg gaan. Dat zou nog eens een paar uur extra kosten, en Will wist dat Halt geen uren meer had. Hij zou zomaar dood gaan, omdat zijn vroegere leerling een paar uur slaap in een warm bed belangrijker vond dan de overlevingskansen van zijn oudste vriend en toeverlaat.

Nee, het zou allemaal veel sneller gaan als Will direct zelf naar Malcolm reed, en hem zelf alles uitlegde. En mocht de heelmeester dan nog aarzelen om alles waar hij mee bezig was te laten vallen en twee dagen achter elkaar te paard te reizen, om iemand te helpen die hij eigenlijk nog nooit eerder ontmoet had – dan kon Will hem altijd nog gewoon in de kraag grijpen en dwingen met hem mee te gaan.

Zodra hij deze beslissing genomen had, ging hij weer wat meer rechtop in het zadel zitten en dreef hij Abelard in de richting van het Grimsdalwoud.

Het was al een hele tijd geleden dat hij hier dagelijks had rondgereden, maar de herinneringen kwamen snel terug terwijl hij bepaalde dingen en plekken weer herkende. Daar had hij afgesproken met Alyss, toen ze de eerste keer op zoek waren gegaan naar het huis van Malcolm – of de schuilplaats van de tovenaar Malkallam, zoals ze toen nog dachten. En daar, daar was die kleine open plek vlak bij de bosrand, van waaruit hij had geschoten op John Buttel en hem met een pijl in zijn been geraakt had. Pijnlijk, maar niet dodelijk. 'Ik had hoger moeten mikken toen!' mompelde hij in zichzelf.

Wat bedoel je?

Abelards oren gingen heen en weer. Blijkbaar had het paardje, bij afwezigheid van Halt zelf, besloten Wills gedachten te lezen. Of misschien was het Will zelf die het dier beter had leren kennen, en kon horen wat het paard dacht.

'O, niks,' antwoordde hij. 'Let maar niet op mij!'

Hij klom stijf uit het zadel, kreunend van de pijn. Daarna maakte hij de singel los en klopte Abelard op de hals. 'Braaf gedaan, jochie!' zei hij.

Er groeide gras genoeg op de open plek. Hij bond Schopper vast aan een boompje. De lange leidsels waaraan hij hem al die tijd had meegetrokken, waren lang genoeg om het beest rustig wat te laten grazen. Abelard hoefde natuurlijk niet vastgebonden te worden. Will stak gewoon zijn hand omhoog, handpalm naar het paard, en wees daarna naar de grond voor hem.

'Blijf,' zei hij alleen. Het paard knikte dat hij het begreep.

Will had besloten dat hij alleen verder zou rijden, op Trek, door die ondoordringbare jungle daar. Hij wist niet eens helemaal zeker of hij zelf het huis wel terug zou kunnen vinden.

Misschien waren de paden die hij toen gevolgd had intussen dichtgegroeid. Misschien hadden dieren wel heel nieuwe paden gebaand, dwars door de struiken. Hij dacht dat hij de weg nog wist, maar het kon geen kwaad als Trek hem een beetje zou helpen.

Even moest hij denken aan Schaduw, de hond die hij toen bij zich had gehad. Was die er nog maar. Die zou moeiteloos recht naar het huis van de heelmeester gelopen zijn, natuurlijk.

Hij trok Treks tuig strak en hees zich opnieuw luid kreunend in het zadel. Even aarzelde hij, verward door de woekerende massa bomen en planten voor hem. Maar toen meende hij het begin van het pad gevonden te hebben. Daar, tussen die twee bomen, precies daar waren Alyss en hij die eerste keer het bos in gereden.

'Kom, laten we maar gaan,' zei hij tegen Trek en zo reden zij het donkere woud in.

Het werd meteen weer duidelijk dat het pad, als het dat al was, vooral gebruikt werd door kleinere dieren dan Trek en zijn berijder. Vanaf een meter of anderhalf boven de grond werd de voortgang bemoeilijkt door laaghangende takken en kleverige klimplanten, die samenzwoeren om Will de weg te versperren en hem om de haverklap dwongen diep weg te duiken. Ook in dit bos hingen overal van die gemene uitlopers met weerhaken, net als in het verdronken bos. Die ging Will maar zorgvuldig uit de weg.

Het bladerdak boven hem werd al snel zo dik en dicht, dat er geen zonnestraaltje meer doorheen wist te breken. Will reed dus in het halfduister en al snel was hij alle gevoel van richting kwijt. Met spijt dacht hij eraan, hoe hij in het kamp zijn richtingzoeker had achtergelaten. Hij had zo'n haast gehad om weg te komen, om zijn leraar te redden van een wisse dood, dat hij helemaal vergeten was hoe verraderlijk dit woud kon zijn. Hij had gewoon aangenomen dat hij nog steeds blindelings de weg naar Malcolm zou vinden.

Hij merkte dat Trek net als hij de weg kwijt dreigde te raken – waarschijnlijk ook omdat hij de zon niet meer kon zien, en daardoor geen idee had welke kant ze opgingen. Het pad dat ze volgden maakte de ene kronkel na de andere, en na een paar minuten besloot hij er maar niet meer aan te denken. Ze moesten gewoon maar dit paadje blijven volgen. 'In elk geval worden we dit keer niet verrast door Malkallams boemannen en spookverschijningen!' zei Will hardop.

Toen hij de eerste keer deze tocht gewaagd had, waren er overal afschrikwekkende tekens aangebracht en klonken er akelige geluiden, en had hij ineens spookachtige gestalten of lichtflitsen zien verschijnen, die weer verdwenen zodra je ernaar tuurde. Daarvan was nu geen sprake. Ineens schoot door hem heen dat dit misschien wel betekende dat Malcolm verhuisd was – of in elk geval dat Malcolm het idee had dat hij niets te vrezen had. Misschien had hij dan ook wel geen wachtposten meer, die overal in het bos in de gaten hielden wie er aankwam. En dat was nu niet zo handig. Als de heelmeester hoorde dat de jonge Grijze Jager in aantocht was, dat Will weer terug was in Macindaw, dan stuurde hij vast en zeker wel iemand om hem te helpen de weg te vinden. Maar als er niemand op de uitkijk stond, kon hij gemakkelijk de hele dag hier rond blijven dwalen.

Toen het pad wat breder leek te worden hield hij Trek even in. Hij bleef stilstaan en probeerde zich te oriënteren. Na een paar tellen moest hij erkennen dat hij echt volledig de weg kwijt was. Hij had geen idee waar hij was.

'Enig idee welke kant we op moeten?' vroeg hij dus maar aan Trek. Het paard hinnikte en gooide zijn hoofd nerveus achterover. Blijkbaar was ook hij niet erg zeker van zijn zaak. Het kwam haast nooit voor, maar blijkbaar schoot nu zelfs Treks bijna bovennatuurlijke richtinggevoel tekort.

'Ver kan het niet meer zijn,' zei Will, meer uit hoop dan uit vertrouwen.

Natuurlijk was het best mogelijk dat ze het afgelopen uur precies de verkeerde kant op waren gereden. In elk geval had hij tot dusverre niets herkend. Hij keek naar de bomen, die overal om hen heen dicht op elkaar stonden. Hij deed zijn kap af en probeerde te luisteren. Misschien hoorde hij iets wat hem zou helpen zijn positie te bepalen.

En toen hoorde hij de kikkers.

Een hoop kikkers, die kwaakten.

'Hé, hoor je dat?' vroeg hij aan Trek, en hij wees in de richting vanwaar hij de diertjes tekeer hoorde gaan. Trek spitste de oren en keek dezelfde richting op.

'Als we daar nou eens heen reden,' zei Will.

Nu hij eenmaal een duidelijk doel had liep Trek zelfbewust op de bomenwand af. Hij drong dwars door een paar struiken, tot ze ineens op een ander pad stonden. Dat lag nauwelijks een meter of tien van het konijnenpad dat de twee kameraden tot nu toe gevolgd hadden, en leek in elk geval veel vaker gebruikt dan het eerste. Na een paar meter boog het af en liep het verder in de richting van het gekwaak.

Steeds zekerder van zijn zaak begon Trek te draven, en zonder waarschuwing vooraf stonden ze ineens aan de oevers van een flink, donker ven.

'Het Grimsdalven!' zei Will tevreden. Ze waren niet meer dan tien minuten rijden van Malcolms open plek in het bos. Alleen – tien minuten rijden, welke kant op?

Hij herkende het ven, maar niet de oever waar zij nu stonden. Zodra ze het water niet meer zagen, zouden ze zo weer in cirkels kunnen draaien en de weg kwijtraken.

Trek draaide zijn hoofd om naar Will en keek hem aan. Ik vond die kikkers – nu jij weer.

Will klopte hem dankbaar op zijn nek. 'Goed gedaan, hoor. Ik weet wel dat ik nu aan de bak moet.'

Ineens had hij een idee. Hij stak twee vingers in zijn mond en floot schel en hard. Trek schrok ervan.

'Sorry, hoor. Maar dat moet nog een keer.'

En weer liet hij een lang en schel gefluit horen. Het geluid leek moeiteloos door het enorme bos opgeslokt te worden, maar Will bleef wachten en telde tot er een minuut voorbijgegaan moest zijn. Daarna floot hij nog een keer.

Dat herhaalde hij uiteindelijk nog vier keer, steeds met een minuut tussenpauze. Na elke keer zocht hij de bosranden rond het ven af, in de hoop dat zijn idee gewerkt had.

Hij wilde net voor de zevende keer zijn vingers in zijn mond steken, toen hij het ergens onder de struiken hoorde ritselen. Trek begon waarschuwend te grommen, maar dat geluid veranderde ineens in een groet. En daar dook een lage, zwart-witte gestalte uit de groene muur voor hen op. Een grote dikke staart met een witte pluimpunt zwaaide in een welkomstgroet langzaam heen en weer.

Will klom met protesterende spieren uit het zadel en liep

naar de hond. Hij nam de zachte kop tussen zijn twee handen en kriebelde onder de kin, zoals honden zo lekker vinden.

Zij hief haar hoofd op en keek hem aan met een blauw en een bruin oog, die ze van blijdschap en genot langzaam samenkneep.

'Dag lieve Schaduw!' zei Will. 'Je hebt geen idee hoe blij ik ben je terug te zien!'

HOOFDSTUK 32

H oog op de heuvel stond Bacari de Genovees te kijken naar het kleine kamp ver beneden hem.

Waarom zou die jonge boogschutter ineens zo hard weggereden zijn, vroeg hij zich af? Zou hij de twee anderen in de steek gelaten hebben? Hij schudde zijn hoofd – nee, dat klopte niet met wat hij tot nu toe gezien had van de drie mannen die hem en die Buitenstaanders achtervolgden. Het lag meer voor de hand dat de man op zoek gegaan was naar iemand om de vergiftigde man te helpen, een wijze vrouw of een heelmeester.

Die met de baard, die zou het nu moeilijk hebben, dat wist hij. Bacari had hem in dat dode bos duidelijk horen schreeuwen en hij wist dat zijn boog kletterend op de grond gevallen was. Dat kon niets anders betekenen dan dat zijn pijl hem in elk geval geraakt moest hebben. En zelfs een vleeswond, hoe onschuldig op zich ook, zou op den duur dodelijk zijn, door het gif waarmee hij zijn pijlpunten had ingesmeerd.

Hij was verbaasd dat de man met de baard nog leefde, trouwens. Die oude kerel moest wel een heel goede conditie gehad hebben, om het zo lang vol te houden. Daarom had het ook geen zin dat de jongeman een heelmeester was gaan zoeken. Zo'n plattelandskwakzalver zou geen idee hebben wat hij tegen dit gif beginnen moest. Trouwens, de meeste geleerde dokters in de grote stad evenmin.

En zo liep het allemaal toch nog goed af, dacht hij tevreden. Het kampement, waar Tennyson zijn plaatselijke volgelingen besteld had, lag nauwelijks vier uur rijden verderop. Hadden hun achtervolgers nog even doorgezet, dan waren ze binnen een halve dag door hen ingehaald. En de kansen van de achtervolgers waren aanzienlijk verbeterd, toen ze in dat vreselijke dodebomenbos Marisi gedood hadden. Bacari zelf had helemaal geen zin om het nu nog tegen die twee jongelui op te nemen, zelfs al was de baardman uitgeschakeld.

Even overwoog hij of het wijsheid zou zijn om dichterbij te sluipen, tot binnen schootsafstand van zijn kruisboog, en te proberen de jonge krijger daar beneden ook te raken. Maar hij besloot dat het te gevaarlijk zou zijn. Hij moest dan een heel stuk open terrein oversteken, en dat betekende dat er een gerede kans was dat hij gezien werd. Als hij dan miste, zou die zwaardvechter hem vast en zeker achternakomen – en hij wist uit Hibernia nog goed, hoe dat zou aflopen. Bovendien wist hij niet wanneer de jonge boogschutter weer terug zou komen. Nee, besloot hij, laat die lui maar. Voorlopig betekenden ze nauwelijks een gevaar; en intussen lagen zijn eigen prioriteiten ook ergens anders.

Hij kon maar beter rapport uit gaan brengen aan Tennyson. Wat hem betreft had zijn dienstverband bij die zogenaamde profeet lang genoeg geduurd. Maar voor hij zijn ontslag nam, moest hij eerst nog even uitdokteren waar die man het goud en de edelstenen verstopt hield, die hij meegenomen had uit Hibernia. Tot dan toe kon hij maar beter de rol van trouwe lijfwacht blijven spelen.

Weer in het kamp aangekomen, zag hij dat er intussen heel wat nieuwe mensen gearriveerd waren. Minstens een stuk of vijftig, schatte hij. Hij reed voorzichtig tussen de tenten door naar het paviljoen van Tennyson. Hij moest lachen toen hij zag dat de man zijn eenvoudige reistent intussen had laten vervangen door een indrukwekkender bouwsel. De onderdelen daarvoor moesten die verse volgelingen ook hebben meegebracht.

Buiten de grote tent stond een van de witte jurken. Toen Bacari van zijn paard gestegen was en met stramme spieren naar de ingang liep, ging de man even in de houding staan en maakte aanstalten om hem tegen te houden. Bacari glimlachte hem vriendelijk toe, maar iets in die glimlach maakte de man in de witte jurk duidelijk dat hij hem maar beter kon laten passeren. Hij zette snel een pas naar achteren en gebaarde de buitenlander door te lopen.

Tennyson zat binnen aan een opklaptafeltje te schrijven op een groot stuk perkament. Hij keek geërgerd op toen Bacari zonder poespas zijn heiligdom binnenliep.

'Kloppen jullie dan nooit?' vroeg hij zuur.

De Genovees keek met enig gevoel voor theater om zich heen, of er misschien iets was waartegen hij alsnog zou kunnen kloppen. Met tegenzin gebaarde Tennyson naar een vouwstoel aan de andere kant van het tafeltje waaraan hij zat te werken.

'Zo, en wat hebben jullie te melden?' vroeg de profeet, terwijl hij zonder op te kijken de zin op het perkament voor hem afmaakte.

'Ze hebben het opgegeven,' meldde Bacari. Hij dacht dat die mededeling Tennyson wel zou doen opkijken. En inderdaad legde de grote man zijn pen neer. En keek hem aan.

'Opgegeven? Hoezo? Waar?'

'O, op een uur of vijf rijden hier vandaan. Die oude kerel is doodziek, die leeft niet lang meer.'

'Weet je dat zeker?'

'Ja. Hij moet gif binnengekregen hebben toen ik hem met mijn pijl raakte. Hij ligt al twee dagen voor dood in zijn dekens gewikkeld. Al die tijd heb ik hem niet zien bewegen. Hij kan dit niet overleven – dat is nog niemand voor hem gelukt.'

Tennyson knikte een paar keer bedachtzaam zijn hoofd op en neer. Een wrede grijns trok over zijn mond. 'Goed zo,' zei hij.

'En ik hoop dat hij veel pijn lijdt.'

'O, dat zal hij zeker!' beloofde de Genovees.

'En verder? Hoe is het met die twee anderen?'

Bacari fronste zijn wenkbrauwen terwijl hij antwoord gaf.

'De een is weggereden. De ander waakt bij grijsbaard.'

'Wat bedoel je, weggereden?'

'Weg betekent weg,' antwoordde Bacari brutaal. 'En gereden gereden. Hij is op zijn paard weggereden. De ander is achtergebleven. Het lijkt erop dat hij voor de oude man zorgt.'

Tennyson stond op en begon door de tent te ijsberen. Hij overdacht het nieuws dat de Genovees gebracht had. Vreemd. Hij wendde zich weer tot de sluipmoordenaar. 'En heeft hij iets meegenomen?'

Bacari maakte een gebaar alsof hij zich afvroeg wat dat er nu toe deed.

'Niets bijzonders, voor zover ik kon zien, vanaf de heuvel waar ik stond. Alleen de twee andere paarden.'

Hij merkte dat Tennysons gezicht vuurrood werd van woede toen hij dit detail hoorde.

'Hij heeft al hun paarden meegenomen?'

'Dat zei ik, ja.' Bacari haalde zijn schouders op.

'En is het dan misschien in die hersens van jou opgekomen,' zei Tennyson langzaam en met een stem vol sarcasme, 'dat dat zou kunnen betekenen, dat hij van plan is iemand mee te brengen als hij terugkomt? En dat hij daarom extra paarden meenam?'

'Ja, misschien wil hij een dokter zoeken. Daar heb ik heus wel aan gedacht. Maar wat zou dat? Dat helpt hem geen sikkepit. Die met die baard, die is kansloos. De dichtstbijzijnde grotere plaats in de buurt is Collingsdal, en dat is al meer dan een dag rijden. Dat betekent dus dat ze nog minstens drie dagen zullen moeten wachten, voor er vandaar een geneesheer kan komen – en dan moeten ze nog maar afwachten of die hun vriend kan genezen. Hetgeen ik betwijfel.'

Daar dacht Tennyson even over na. Langzaam ebde zijn woede weer weg. De man had gelijk – maar die arrogantie en dat brutale gezicht, daar liet hij hem niet zomaar mee wegkomen.

'Dus je weet zeker dat er geen tegengif voorhanden is, tegen dat spul dat jullie gebruiken?'

'Er is wel een tegengif – maar dat hebben ze hier niet en dat zullen ze niet vinden ook. Trouwens, hoe langer ze die baardman in leven laten, hoe beter dat voor ons zal zijn.'

'Hoezo?' De frons was weer terug op Tennysons voorhoofd.

'Zolang die oude daar ziek ligt te zijn, zullen zij niet verder trekken. Dus zelfs al vinden ze een heelmeester, en weet die de voortgang van de vergiftiging te stoppen, dan is dat voor ons alleen maar prettig. Voor hem niet natuurlijk,' voegde hij er met een wrede grijns aan toe. 'Zijn onherroepelijke dood uitstellen, daar heeft die baardman niet veel aan.'

Tennyson dacht na over wat de Genovees te berde had gebracht en nam toen een besluit. 'Ik denk dat je het bij het rechte eind hebt,' zei hij. 'Maar toch wil ik dat je teruggaat en een oogje in het zeil houdt.'

De moordenaar brieste van verontwaardiging. 'Wat heeft dat voor zin?' riep hij boos uit. 'Ik heb net vier uur achter elkaar gereden. Geloof me, die twee gaan nergens naar toe voorlopig. En ik ben niet van plan nog eens een nacht in het natte gras te liggen, alleen maar omdat jij bang bent voor spoken! Als jij hen zo nodig wilt bespioneren, dan doe je dat maar mooi zelf!'

Tennyson keek de man in de purperen mantel tegenover hem woedend aan. Hij had het altijd al geweten: vroeg of laat zou hij problemen krijgen met die kerels. Ze hadden een te grote mond. Ze hadden een veel te hoge pet op van zichzelf.

'Ik zou maar een beetje op mijn woorden letten, Signor Bacari, als je tegen mij spreekt!' waarschuwde hij.

De man uit Genova liet een kort en minachtend lachje horen. 'Ha! Wat wou je dan doen? Ik ben voor de donder niet bang van jou, dikzak. Laat staan van dat rapalje dat jij volgelingen noemt, of van die stomme god van je. De enige in dit kamp voor wie iemand bang hoeft te zijn dat ben ik zelf, begrepen?'

Tennyson deed zijn uiterste best om de woede die in hem opwelde in te tomen. Hij wist ook wel dat de Genovees gelijk had. Maar dat betekende nog niet dat hij hem niet zou laten vermoorden, zodra hij de kans kreeg. Daar kon die brutale snotaap op rekenen, intussen. Maar hij besloot dat het verstandiger was om voor het moment nog maar even toe te geven. Zogenaamd dan.

'Je hebt helemaal gelijk,' zei hij sussend. 'Je bent moe en je hebt het koud. Ga eerst maar wat eten en rusten.'

Bacari knikte tevreden. Blijkbaar had hij zijn punt kunnen maken. En dat betekende dat hij nu ook een beetje toe kon geven, voor de lieve vrede. Totdat hij uitvond waar die kerel zijn kostbaarheden verborgen hield.

'Rusten ga ik vanavond pas,' zei hij hooghartig. 'En dan rijd ik morgen heel vroeg wel weer terug om te kijken hoe het ermee staat.'

'Natuurlijk,' beaamde Tennyson met zijn gladste stem. Hij vroeg zich af of die Bacari wel doorhad hoezeer hij hem op dat moment haatte. Maar hij zorgde ervoor dat niets van zijn gevoelens naar buiten kwam. 'Dat is een buitengewoon redelijke oplossing voor ons geschilletje. Want zoals je al zei – ze gaan toch nergens heen, voorlopig.'

Bacari knikte tevreden. Maar hij kon het niet laten om nog een laatste opmerking te plaatsen.

'Precies,' zei hij. 'Zoals ik al zei.'

En daarmee draaide hij zich om en marcheerde met zijn breed uitwaaierende purperen mantel de tent uit. Tennyson bleef nog een paar minuten star kijken naar de plek waar de brutale kerel zo net gestaan had. Hij balde en ontspande woedend zijn vuisten, een paar keer achter elkaar.

'Vandaag of morgen, vrind,' fluisterde hij zachtjes voor zich uit, 'ben jij aan de beurt. En reken er maar op, dat ons afscheid lang en pijnlijk zal zijn. Dat zweer ik je.'

HOOFDSTUK 33

I emand keek naar hem.
   Arnaut wist niet hoe of waarom hij het in de gaten kreeg.
Hij voelde het gewoon. Een soort zesde zintuig, hetzelfde dat
hem in tientallen gevechten had bijgestaan, vertelde hem dat
er iemand naar hem en Halt stond te kijken. Hij had het eerder
ook al gevoeld, die dag dat Will was weggereden. Maar nu wist
hij het zeker.
   Hij bleef gewoon rond het kampvuur de dagelijkse dingen
doen die er te doen waren. Hij waste de ontbijtspullen af, en
de koekenpan die hij gebruikt had. Hij gebruikte wit zand als
schuurmiddel, en spoelde daarna alles af met fris water uit het
ven. Halt lag te slapen en leek verder nergens last van te hebben.
   Dat vond Arnaut wel zo prettig, als hij nog terugdacht aan
hoe Halt hem eerder had aangezien voor Crowley, en allerlei
verhalen had verteld over heel lang geleden en hoe hij toen had
gevochten tegen bandieten. Daar werd hij knap zenuwachtig
van, dat wilde hij best bekennen. Het dwong hem ook te erkennen dat Halt heel erg ziek was, doodziek zelfs.
   Het was veel prettiger om hem daar zo stil te zien liggen.
Je kon dan bijna denken – of hopen in elk geval – dat de Grijze
Jager aan de beterende hand was. Al wist hij dat het maar een
kwestie van tijd was, voordat Halt weer bij kennis zou komen
en dan weer warrige verhalen zou gaan vertellen over hoe mooi
het vroeger allemaal wel niet was geweest. Maar hoop doet

leven, en dus besloot hij zich daar maar aan vast te klampen. En bovendien was er natuurlijk nog het gegeven dat er iemand naar hem stond of lag of zat te kijken. Daar moest hij dringend iets aan doen; daar kon hij niet al te lang mee wachten. Arnaut overwoog de situatie. Het stomste dat hij kon doen was natuurlijk die toeschouwer laten merken dat hij hem of haar in de gaten had. Hij kon dus moeilijk hier midden op de open vlakte met zijn hand boven zijn ogen gaan staan rondkijken tot hij de spion had gevonden.

Waarschijnlijk stond hij ergens op die heuvelkam in het zuidoosten – in die richting liep het spoor van Tennyson en zijn volgelingen. En dat was dus ook de kant waar mogelijk gevaar dreigde. Het kon natuurlijk ook best iemand zijn die er helemaal niets mee te maken had – die gewoon per ongeluk hun pad gekruist had en nu nieuwsgierig stond te kijken wat zich daar beneden afspeelde. Of het was een bandiet, die zijn beurt afwachtte om hun kamp te overvallen. Die zat te bedenken of hij kans maakte, tegen één man en een zieke daar beneden.

Waarschijnlijker was trouwens dat ze door een van Tennysons mannen in de gaten gehouden werden. En als dat zo was, dan ging het waarschijnlijk om die ene Genovees die nog in leven was.

Even gingen de haren in zijn nek overeind staan, bij het idee dat ergens misschien een kruisboog op hem gericht werd. Maar daarna ontspande hij weer. Die heuvelrand, die was minstens een meter of driehonderd van hem vandaan, en volgens Will hadden ze geen kruisbogen voor de lange afstand bij zich. Dat zou betekenen dat ze binnen een afstand van honderdvijftig meter moesten komen, wilden ze een beetje kunnen mikken.

Maar dan nog, het idee dat er op hem gelet werd was heel vervelend. Net alsof er ergens iets jeukte, waar je net niet bij kon. Zo nonchalant mogelijk keek hij om zich heen. De dichtstbijzijnde plek die enige dekking bood, zodat hij ongestoord kon terugkijken, was bij het ven, vijftig meter verderop. Het was daar lager, al het water werd er opgevangen en er stonden ook wat bomen en struiken. Van daaruit zou hij rustig kunnen gluren naar de plek waar de ander hem stond te observeren. Het enige probleem was dat hij net nog vers water had gehaald. Dat was het eerste wat hij die ochtend gedaan had, nog voor hij voelde dat er iemand stond te kijken. Misschien was zijn bewaker er toen nog niet – maar zo ja, dan zou hij het gek vinden als Arnaut nu al weer water ging halen. En als hij iets geks dacht te zien, zou hij zelf natuurlijk ook beter gaan opletten. Dan ging hij ergens anders zitten, of hij zou gewoon aanvallen. Geen van beide opties stond Arnaut bijzonder aan. Hij wilde weten wie of wat daar bezig was. En waarom.

Hè, was Will maar weer terug. Maar dat zou op zijn vroegst morgen gebeuren – en alleen als hij even snel terug zou kunnen rijden als hij heen gedaan had.

Ineens kreeg Arnaut een idee. Hij liep naar het kampvuur en pakte een paar flinke takken van de stapel brandhout. Die legde hij op het vuur, draaide zich om en schopte daarbij per ongeluk tegen de emmer met water. Die viel bijna om en snel boog Arnaut zich voorover, als om hem tegen te houden. Maar in werkelijkheid gaf hij hem alleen nog een extra duwtje, zodat al het water eruit liep.

Voor een deel kwam het terecht in de vlammen, waardoor er een hele stoomwolk ontstond die een toeschouwer nauwelijks kon zijn ontgaan. Om zeker te zijn dat de man begreep wat er aan de hand was, gaf hij de arme emmer nog een extra geërgerde schop, zodat deze een heel eind door de lucht vloog. En hardop riep hij: 'Stomme rotemmer!'

Hij was nogal trots op dat stukje toneel. Hij moest denken aan een gesprek dat hij eens had gevoerd met een lid van een reizend toneelgezelschap, een paar maanden daarvoor, in kasteel Araluen. De acteur had Arnaut aangeraden niet helemaal vooraan te gaan zitten bij de voorstelling, maar juist ergens in het midden van de zaal.

'Wij richten ons met ons spel op de mensen helemaal achter in de zaal,' had de man uitgelegd. 'En dat betekent natuurlijk dat we in alles wat we doen een beetje moeten overdrijven. Als je helemaal vooraan zit, dan lijk het net alsof we ons een beetje aanstellen!'

Toentertijd had Arnaut gedacht dat de man alleen maar smoesjes verzon voor zijn overdreven acteren. Maar nu begreep hij precies wat de man bedoeld had.

Daarnet was ik dus ook voor het schellinkje bezig, dacht hij tevreden.

Halt was begonnen te draaien en te mompelen, toen Arnaut had gevloekt en tegen de emmer aan schopte. Arnaut keek snel of alles verder goed met hem was en merkte toen dat hij zijn grote teen bezeerd had zo-even. Maar ach, dacht hij, een toneelspeler moet wat overhebben voor zijn Kunst.

Daarna raapte hij de emmer op en pakte ook nog snel zijn zwaard, dat hij strak tegen zijn zijde hield, zodat je het van een afstand niet zou zien. Met een beetje geluk gold dat ook voor die verre toeschouwer.

Zo nonchalant mogelijk kijkend liep hij vervolgens met de emmer weer naar het water. Bij de diepe kuil verdween hij uit het zicht. Zodra hij de heuvelkam niet meer kon zien, en de toeschouwer hem dus ook uit het oog verloren moest hebben, hurkte hij neer en zette de emmer op de grond. Daarna kroop hij snel tussen de bomen en struiken en liet zich op zijn buik glijden.

Op ellebogen en knieën kroop hij vervolgens omhoog naar de rand van de kuil, tot hij in de verte de bergkam weer duidelijk kon zien.

Hij begon de helling zorgvuldig af te zoeken, waarbij hij de hele horizon in stukken verdeelde en die systematisch afwerkte. Hij zorgde ervoor dat zijn ogen nooit op één vaste plek bleven hangen.

Het duurde even, maar toen zag hij ineens uit een ooghoek een snelle beweging. Meteen keek hij naar de plek waar het geweest moest zijn. De toeschouwer was iets dichterbij gekomen, blijkbaar. Misschien had hij gedacht, toen hij Arnaut ineens niet meer kon zien, dat hij een betere uitkijkplek moest opzoeken. Arnaut kon nu zijn hoofd en schouders duidelijk zien, tegen de hemel afgetekend. Als de man zich niet bewogen had, was het hem waarschijnlijk niet snel opgevallen. Maar nu was er geen vergissing mogelijk. Hij dacht zelfs dat hij iets purperkleurigs zag daar.

'Aha, dus je bent toch maar teruggekomen!' Arnaut keek om zich heen of er ergens een plek was, een route waarlangs hij zelf de toeschouwer zou kunnen besluipen, zonder dat die hem in de gaten kreeg.

'Eigenlijk zou er een geul of een greppel moeten zijn,' zei hij tegen zichzelf. Maar greppels waren er niet in de helling die tussen hem en de Genovees lag. Was ik maar een Grijze Jager, dacht hij beteuterd – dan kostte het me geen enkele moeite om als een geest omhoog te flitsen en ineens vlak naast de vijand op te duiken. Maar zelfs al had hij van Halt een camouflagemantel gekregen, dat zou hém nooit van zijn leven lukken. Zeker niet als het ging om een onbegroeide helling, waarboven een man met een kruisboog wachtte.

Het zou trouwens sowieso te lang duren. Die man daarboven verwachtte hem binnen een paar minuten terug met zijn emmer water. Als hij te lang wegbleef werd hij maar achterdochtig, en wie weet wat hij dan zou doen. Nee, besloot Arnaut, als hij dan al niet in de buurt van die kerel kon komen, dan was het maar het beste om net te doen alsof hij hem niet in de gaten had. Maar van slapen zou vannacht niet veel komen.

Hij pakte de emmer en vergat nog net niet om hem ook weer te vullen. Hij dacht alleen maar aan die man daarboven. Als hij met een lege emmer terugkwam en dan nóg eens naar het ven moest, dan zou dat natuurlijk helemaal opvallen.

Toen hij bij het kampvuur teruggekeerd was, zag hij tot zijn grote vreugde dat Halt wakker en helder was. De spion boven hem werd even vergeten.

Het was duidelijk dat Halt dit keer ook wist wie en waar hij was, en wat er gebeurd was. Hij dacht niet dat Arnaut Crowley of iemand anders uit een ver verleden was.

Hij had dorst, dus schonk Arnaut hem een mok koffie in. Hij zag dat Halts wangen weer wat kleur kregen terwijl hij voorzichtig wat slokjes nam. Toen zijn ergste dorst gelest was keek Halt om zich heen.

'En waar is Will? Is die Tennyson achternagegaan?'

Arnaut schudde zijn hoofd. 'Nee, die is Malcolm gaan halen. Die heelmeester uit het Grimsdalwoud, weet je nog?' voegde hij eraan toe, omdat Halt even niet leek te begrijpen wie hij bedoelde.

Halt leek dat geen goed idee te vinden. Hij schudde tenminste fronsend zijn hoofd.

'Dat had hij niet moeten doen. Hij had mij rustig hier moeten laten en de Buitenstaanders moeten volgen. Die zijn nu natuurlijk gevlogen! Hoe lang zei je dat ik buiten westen ben geweest?'

'Twee, bijna drie hele dagen,' antwoordde Arnaut. De zorgrimpels in Halts voorhoofd werden dieper.

'Ja, dan hebben ze nu veel te veel voorsprong. Misschien halen jullie hen nu nooit meer in. Hij had geen tijd moeten verdoen aan het halen van een dokter, zelfs niet voor mij.'

Het viel Arnaut op dat hij het over 'jullie' had. Blijkbaar geloofde hij er zelf niet meer in, dat hij nog actief mee zou doen aan de jacht. Hij vroeg zich af of hij hem moest vertellen dat de

Genovees hen bespioneerde. Als de man dat in opdracht van Tennyson deed, en dus af en toe moest rapporteren, dan kon de sekteleider niet zo ver weg zijn. Hij besloot Halt maar niet lastig te vallen met deze extra complicatie. In plaats daarvan zei hij: 'Maar wat had jij dan gedaan, in zijn plaats, Halt? Had jij hem hier voor dood laten liggen?'

'Natuurlijk had ik dat gedaan!' antwoordde Halt beslist. Maar het klonk op de een of andere manier niet helemaal overtuigend. Arnaut keek hem eens goed aan. Hij trok zelfs één wenkbrauw op, zoals hij Halt zo vaak had zien doen als die iets niet geloofde. Hè, dat had hij altijd al eens willen doen!

Na een paar minuten gaf de oude Grijze Jager toe.

'Goed dan. Misschien had ik hem niet achtergelaten.' Hij keek Arnaut boos aan. 'En trek die stomme wenkbrauw van je naar beneden. Dat staat je niet, en je kunt het ook niet. De andere gaat gewoon mee omhoog!'

'Ja, Halt. Goed, Halt,' zei Arnaut zogenaamd gedwee. Hij was alleen maar opgelucht, enorm opgelucht, nu het erop leek dat Halt weer bijna de oude was. Misschien hadden ze de diensten van Malcolm niet eens nodig.

Hij maakte voor de oudere man een lichte maaltijd klaar van bouillon met brood. Eerst probeerde hij de zieke te voeren. Toen Halt verontwaardigd de lepel wegduwde voelde hij zich nog optimistischer worden.

'Stel je niet aan! Ik ben geen invalide! Geef mij die stomme lepel!'

Arnaut wendde zijn hoofd af om zijn brede grijns te verbergen. Kijk, dacht hij, daar heb je bijna de oude opgewekte Halt weer!

Later die middag lag Halt weer rustig te slapen, en op een gegeven moment kreeg Arnaut een vreemd gevoel. Of liever, het was vreemd dat er een gevoel verdwenen was. De hele dag had hij geweten dat die Genovees naar hen zat te kijken. Maar nu voelde hij hem niet meer.

Zo onopvallend mogelijk probeerde hij de horizon af te zoeken. Hij wist nog precies waar de man gezeten had. Hij hield die plek steeds vanuit een ooghoek in de gaten, en meer dan eens had hij iets zien bewegen, als de man van houding veranderde of even achter de heuvel wegkroop.

'Nou, dat is dus ook geen Grijze-Jagermateriaal!' had hij zachtjes tegen zichzelf gezegd. Hoe vaak had hij zich niet verwonderd over hoe de Jagers ergens uren achter elkaar bewegingloos konden blijven zitten? 'Maar ja, dat ben ik zelf ook niet!' voegde hij er dus aan toe. Hij wist maar al te goed dat hij niet het geduld of de zelfbeheersing zou kunnen opbrengen die daarvoor nodig waren.

Toen de schaduwen langer werden en de zon vervaarlijk dicht bij de horizon begon te komen nam hij een besluit. Het was alleen maar logisch, als hij in zijn positie tegen de avond een inspectierondje zou maken. Als de Genovees er nog was, zou die dat niet vreemd vinden.

Dus trok Arnaut zijn maliënkolder aan en zette zijn helm op. Daarna hing hij zijn zwaard aan zijn riem, nam zijn schild en ging het kamp uit. Hij begon te lopen in de richting van een punt zo'n tweehonderd meter links van de plek waar de Genovees gezeten had. Hij was van plan om, eenmaal bovenop de heuvel aangekomen, de kam ervan in een grote boog te volgen, en steeds naar het zuiden en oosten het terrein te inspecteren.

Met zijn schild aan zijn arm en zijn maliënkolder aan voelde hij zich wat minder kwetsbaar. Een pijl uit een kruisboog zou hem nu niet snel verwonden, en hij had ook alle vertrouwen in zijn reactievermogen. Als de Genovees er nog was, en omhoog zou komen om te schieten, dan had Arnaut tijd genoeg om zijn schild in stelling te brengen. En zat de man dan even zonder pijl op zijn boog, dan kon hij misschien wel, als hij hard genoeg rende, zo dicht bij hem komen dat hij geen tweede schot meer kon wagen. Dan zou de moordenaar binnen bereik van zijn zwaardpunt komen – en dat leek hem een heerlijk gevoel.

Arnaut klauterde omhoog langs de helling, terwijl hij opzichtig alle kanten op bleef kijken. Boven aangekomen volgde hij de bovenkant van de heuvelrug, tot hij bij de plek kwam waar hij steeds beweging had gezien. Aan het platgedrukte gras was duidelijk te zien dat iets of iemand hier langere tijd gelegen had. De man had een prima uitzichtpunt gekozen. De heuvel was hier op zijn hoogst, en je kon vrijelijk alle kanten op kijken. Hij keek naar beneden, naar zijn kampvuur. Hij zag wat rook omhoog krinkelen, en ernaast lag een stille donkere gestalte, languit op de grond.

Ineens had hij de ingeving om aan de andere kant van de heuvelkam naar beneden te lopen, op zoek naar sporen. Na een paar minuten vond hij al wat hij gezocht had. Er lag een hoop verse paardenmest in het gras, en je kon ook zien waar iemand een paaltje in de grond had geslagen om het beest aan vast te binden. Dat paaltje had de Genovees netjes weer meegenomen, maar het gat zat er nog. Hij had zijn paard uit het zicht willen houden, maar wel in de buurt, voor het geval zich een noodsituatie aandiende.

'Nou weten we in elk geval zeker dat er iemand was,' zei Arnaut in zichzelf. 'Maar hij is weer weg. De vraag is: komt hij ook weer terug? En zo ja, wanneer?' Hij slenterde terug naar zijn eigen kamp terwijl hij de verschillende mogelijkheden overwoog.

Toen de avond viel maakte hij wat te eten klaar. Hij schudde voorzichtig aan Halts schouder, en tot zijn verbazing en niet geringe opluchting werd de oude Jager bijna meteen wakker.

'Het eten is klaar!' deelde hij hem mee.

Halt snoof luidruchtig. 'Nou, dat werd tijd ook! De bediening is hier maar zo-zo.'

Maar hij nam met graagte een bord vol eten aan en at dat

met smaak op. Nadat hij de ergste honger verdreven had stak hij een stuk van het platte brood omhoog dat Arnaut gebakken had in de rand van het kampvuur.

'Heb jij dit gefabriceerd?' vroeg hij.

Arnaut beaamde niet zonder enige trots dat het brood inderdaad zijn werk was. Maar Halt liet de gelegenheid niet voorbijgaan om door die trots heen te prikken: 'En wat mag het eigenlijk voorstellen?' vroeg hij met uitgestreken gezicht.

Arnaut keek hem langdurig strak aan. 'Ik geloof toch echt dat ik het prettiger vond toen jij nog doodziek was.'

Later lag Halt weer te slapen en Arnaut maakte het vuur klaar voor de nacht. Daarna liep hij naar een boom die een meter of vijftien verderop omgevallen was en ging daar tegenaan zitten. Hij sloeg zich een deken om de schouders en legde zijn zwaard klaar op zijn schoot. En daarna begon een lange, slapeloze nacht, waarin Arnaut op de uitkijk bleef zitten wachten – op een vijand die maar niet kwam opdagen.

Tot de zon het duister verving door een grauw ochtendgloren.

Hoofdstuk 34

An de noordelijke horizon doken twee ruiters op, die een derde paard, iets groter dan de andere, meevoerden. Arnaut stond gespannen te wachten tot ze dichterbij waren gekomen en hij hen beter kon zien. Niet dat de kans groot was, natuurlijk, dat er uit die richting andere reizigers met een derde paard zouden opduiken, andere dan de twee die hij verwachtte. Maar al die tijd alleen met Halt was hij bang geweest dat Will wel bij de heelmeester was aangekomen, maar daar zou ontdekken dat Malcolm weggeroepen was naar een andere, verre streek in het noordelijke leen. Of dat hij zelf ziek was. Of, erger nog, dat hij gewoon weigerde met Will mee te komen.

'Wat ben ik toch ook een optimist,' zei hij tegen zichzelf, terwijl hij de mannen tegemoet liep. Zij zagen hem al aankomen en verhoogden de snelheid van hun reisdieren. De paarden zagen er net als hun berijders bezweet, verstoft en moe uit. Toch had Trek nog de energie om Arnaut met een flinke hinnik te begroeten. Eigenlijk net alsof hij Schopper een hint gaf hoe het grote strijdros zich had te gedragen. En inderdaad tilde het beest zijn hoofd op, zag zijn baas en gunde hem ter begroeting ook een kort gehinnik.

Toen ze bij hem waren hielden ze allemaal stil. Arnaut nam de kleine magere hand van de heelmeester in zijn grote warme kolenschoppen en pompte diens arm heftig heen en weer.

'Blij je te zien!' zei hij. 'Dankjewel dat je meegekomen bent, Malcolm!'

Malcolm trok met een pijnlijke grimas zijn hand los uit de bankschroef van Arnauts knuisten. 'Hoe had ik nee kunnen zeggen? En zeg eens, knijp jij altijd de handen van je vrienden fijn?'

'Het spijt me – ik was zo blij jullie te zien, je hebt geen idee,' grijnsde Arnaut breed.

'En hoe is het met de patiënt?' vroeg Will gespannen. Die vraag had hem al de dagen dat hij weg was achtervolgd. Hij voelde zich enigszins gerustgesteld doordat Arnaut in elk geval opgewekt leek. Will wist zeker dat hij zo niet gedaan en gekeken zou hebben, als de toestand van Halt intussen verslechterd was. Maar hij wilde het hem wel horen zeggen ook.

'Nou, ik geloof zowaar dat het wat beter met hem gaat,' antwoordde de jonge ridder. Hij zag dat Will zich opgelucht ontspande. Maar de heelmeester keek bezorgd.

'Beter? Hoe bedoel je?' vroeg hij geïnteresseerd.

'Nou, eergisteren lag hij nog te raaskallen. Hij had geen idee waar hij was, en ook niet in welk jaar we leven. Hij dacht dat hij twintig jaar in de tijd was teruggereisd. En hij dacht ook nog dat ik iemand anders was.'

Malcolm knikte. 'Zozo. En waarom denk je dat hij nu beter is?'

Arnaut wapperde onzeker wat met zijn handen. 'Nou, gisteren kwam hij bij uit zijn slaap, of bewusteloosheid, wat het ook is. En toen was hij heel helder ineens, hij wist precies wat er gebeurd was en wie ik was.' Hij grijnsde naar Will. 'Hij begon zelfs al weer te mopperen, hij vond het maar niks dat jij de dokter was gaan halen. Hij zei dat je beter achter Tennyson aan had kunnen gaan, en dat je hem maar rustig had moeten laten liggen hier.'

Will snoof verontwaardigd. 'Ja, alsof hij dat zou doen, als ik door een giftige pijl geraakt was.'

Arnaut bleef grijnzen. 'Dat zei ik ook tegen hem. Hij deed er even over, maar gaf toen wel toe dat hij dan misschien hetzelfde had gedaan. Om daarna te gaan klagen over mijn kookkunst.'

'Ja, dan zou je inderdaad denken dat hij aan de beterende hand was,' gaf Will toe. Ze waren intussen bij het kampvuur aangeland, en Malcolm steeg af van Abelard. Hij was niet gewend om op een paard te reizen, en liet zich dus aan de verkeerde kant van het zadel glijden. Arnaut kon hem nog net opvangen toen hij struikelde over zijn eigen stijve onderdanen.

'Dank,' zei de geneesheer. 'Ik zal hem maar beter meteen onderzoeken. Heeft hij lang geslapen?'

Arnaut dacht even na. 'Een paar uur. Hij is vanochtend vroeg wakker geweest. Daarna is hij weer weggezakt. Rond de middag werd hij weer even wakker. Het valt me op dat hij ook veel rustiger slaapt nu,' voegde hij eraan toe. En vroeg zich af waarom die mededeling Malcolm blijkbaar zorgen baarde. Misschien was de goede man een beetje boos, dat hij van zover gekomen was om bij aankomst te ontdekken dat zijn diensten niet meer nodig waren? Maar dat kon Arnaut zich niet voorstellen, en hij wendde zich tot zijn vriend.

'Will, ga jij maar lekker even rusten,' zei hij. 'Ik zorg wel voor de paarden.'

Maar Will was op een strenge leerschool geweest. Hij voelde zich altijd schuldig, als hij iemand anders voor zijn rijdier liet zorgen.

'Ik doe Trek wel,' zei hij. 'Doe jij de andere twee maar.'

Ze liepen met de paarden een eind weg van het kampvuur en lieten hen drinken uit de emmer, die Arnaut nog maar kort daarvoor opnieuw gevuld had. Daarna zadelden ze de paarden af en wreven hen droog. Schopper leek nu wel heel blij te zijn dat hij zijn baas terugzag. Natuurlijk had hij zich nauwelijks hoeven inspannen tijdens de trip – Malcolm had namelijk met grote schrikogen naar hem staan kijken, voor ze de terugweg aanvaardden.

'Daar ga ik niet op zitten, hoor!' had hij gezegd. 'Ik heb hoogtevrees!'

En dus had hij het grootste deel van de reis op de rug van Abelard doorgebracht. Hij was zo mager, dat het paard het nauwelijks voelde, toen hij in het zadel geklommen was.

'En, is er verder nog wat gebeurd terwijl ik weg was?' vroeg Will. 'Behalve dat het beter gaat met Halt?'

'Nou, ja, nu je het vraagt...' Arnaut keek snel omhoog naar de westelijke horizon, en naar waar Malcolm naast Halt geknield zat. Hij besloot dat die twee hem niet konden horen, al wist hij niet zeker of dat ertoe deed. Zacht sprekend vertelde hij Will alles over de man die daarginds alles in de gaten leek te houden.

Will, die meer ervaring had in dat soort dingen, maakte niet de vergissing van Arnaut door meteen ook die kant op te kijken. Hij bleef gewoon doen waar hij mee bezig was.

'En je weet zeker dat het de Genovees is?'

Arnaut aarzelde. 'Niet honderd procent zeker, nee. Maar ik denk het wel. In ieder geval zit iemand ons te begluren. Ik ben gisteren gaan kijken en vond de plek waar hij gelegen heeft.'

'En je zegt dat hij tegen de avond wegging?' ging Will verder. Hij begreep er niet veel van.

'Ja, en vanochtend is hij weer teruggekomen!'

Will bleef Treks vacht wrijven en klopte hem afwezig een paar keer op zijn achterwerk.

'Wijs me eens waar dan,' zei hij.

Nu was Arnaut natuurlijk geen echte beginneling, dus deed hij net of hij een droge doek moest oppakken en ging toen zo staan dat hij Will aankeek, en met zijn rug naar de observatieplek stond.

'Als je nu over mijn rechterschouder kijkt, dan zou je hem moeten kunnen zien,' zei hij. Will kon nu net doen alsof hij Arnaut aankeek, maar speurde tegelijk de bergkam af. Arnaut keek intussen naar zijn gezicht en zag de ogen een paar keer snel heen en weer gaan. Daarna bleven ze ineens op een vast punt gericht, het leek of de huid eromheen ineens strakker stond.

'Ik zie hem,' zei Will. 'Tenminste zijn hoofd en zijn schouders. Hij dook ineens naar beneden. Als hij dat niet gedaan had, had ik hem nooit gevonden.'

'Hij wordt brutaal,' meende Arnaut. 'Hij probeert zich niet eens meer te verstoppen. Hij gaat ook steeds ergens anders staan of liggen.'

'Hmm... Ik vraag me af wat hij van plan is? Waarom rijdt hij niet gewoon weer terug?'

'Daar heb ik ook over zitten denken,' antwoordde Arnaut. 'Misschien kan Tennyson niet verder, en moet onze vriend daarboven ervoor zorgen dat wij hem niet te snel achternagaan.'

'Waarom zou hij niet verder kunnen?' vroeg Will.

Arnaut haalde zijn schouders op. 'Misschien is hij ziek? Of van zijn paard gevallen? Of hij is op iemand aan het wachten. Ik heb geen idee. Maar in elk geval betekent dit dat hij ergens niet ver hier vandaan zijn kamp heeft opgeslagen, want anders kon onze vriend daar moeilijk 's avonds heen gaan en dan 's morgens weer hier opduiken, toch?'

'Hij wacht natuurlijk gewoon af wat we gaan doen. Hij weet dat Halt vergiftigd is.'

Ineens was het allemaal duidelijk voor Will. 'Hij heeft hem natuurlijk van pijn horen schreeuwen, toen die pijl hem raakte. Dus gaat hij er ook vanuit dat Halt vandaag of morgen doodgaat. Hij weet natuurlijk niet wie Malcolm is, laat staan wat die man allemaal weet en kan.'

En ineens verbaasde hij zichzelf over de zekerheid waarmee hij er maar van uitging dat Malcolm inderdaad Halt zou kunnen genezen.

Arnaut stond intussen te knikken. 'Dat zou best eens zo

kunnen zijn. Als ze ergens stilgehouden hebben, dan is het logisch dat ze ons in de gaten houden. En hij gaat er waarschijnlijk van uit dat wij, zodra Halt gestorven is, de achtervolging op zullen geven. Hij kan natuurlijk niet weten dat Halt aan de beterende hand is.'

'Daar zou ik maar niet al te vast op rekenen,' zei Malcolm achter hem. Ze draaiden zich om en keken hem vragend aan. Zijn gezicht stond ernstig.

'Maar dat moet!' protesteerde Arnaut. 'Ik zag het met mijn eigen ogen, daar hoef je toch geen dokter voor te zijn! Hij was vanochtend en gisterenmiddag veel beter. In elk geval helder en bij zinnen.'

Maar Malcolm bleef maar met zijn hoofd schudden, en Arnaut zweeg beteuterd.

'Ik ben er nog niet honderd procent zeker van dat ik het juiste gif heb gevonden – maar als ik gelijk heb, zijn dat alleen de normale symptomen.'

'Hoe bedoel je?' vroeg Will, zijn lippen strak samengeknepen.

Malcolm keek hem aan met een verontschuldigende blik in de ogen. Hij kon er ook niets aan doen, en hij vond het verschrikkelijk dat hij als geneesheer alleen maar slecht nieuws kon brengen.

'Dat gif, dat begint altijd met delirium en hoge koorts. En dan is hij het ene moment nog hier, maar het volgende denkt hij dat hij weer jong is. En hij begint te hallucineren. Dat is het tweede stadium. Dat klopt dus met toen hij dacht dat jij iemand anders was. En dan komt het laatste stadium – dat je weer bijkomt, en volkomen bij je verstand, en dat het lijkt alsof je beter aan het worden bent.'

'Lijkt!!??' herhaalde Will, bijna in paniek nu.

Malcolm haalde zijn schouders op. 'Ik ben bang van wel, ja. Het gaat helemaal niet goed met hem, hoe helder hij ook is. Ik weet werkelijk niet hoe lang hij nog te leven heeft.'

'Maar... is er dan niets wat jij kunt doen?' vroeg Arnaut. 'Er bestaat toch wel een tegengif, of niet soms? Ik dacht dat je zei dat je het gif herkende?'

'Ik denk dat ik weet wat het is,' verbeterde Malcolm hem. 'En er bestaat inderdaad een tegengif.'

'Dan zie ik niet wat het probleem kan zijn,' ging Arnaut verder.

Malcolm haalde diep adem. 'Het gif dat Halt binnengekregen heeft lijkt er een te zijn van een soort waarvan er twee typen bestaan – allebei gebaseerd op arcoina,' zei hij. 'Het ene maken ze van de arcoinaplant die blauwe bloemen draagt, het andere van de variant die wit bloeit. Beide veroorzaken ze dezelfde symptomen – die ik net opgesomd heb.'

'Maar dan...' begon Will, maar Malcolm legde hem het zwijgen op.

'Er zijn dus ook twee soorten tegengif. En die zijn helemaal niet zo zeldzaam of zo, en ze werken bijna meteen. Ik heb de spullen bij me om ze te maken. Maar er is een probleem. Als ik hem behandel met tegengif voor blauwe arcoina, en hij is besmet met gif van de witte, dan gaat hij daar waarschijnlijk alsnog aan dood. En andersom net zo.'

Arnaut en Will waren met stomheid geslagen. Maar Malcolm ging nog verder.

'Dat is precies de reden waarom vuile moordenaars als de Genovezen zo van arcoina houden. Zelfs al is er een dokter in de zaal, die het tegengif kan maken en toedienen, dan nog is er een kans van vijftig procent dat hun slachtoffer sterft.'

'Dus als we niet weten welk gif ze gebruikt hebben...' begon Will. Malcolm had voorzien dat de jonge Jager dit dilemma zou verwoorden. Hij moest de jongens duidelijk maken dat zij een verschrikkelijke keus zouden moeten maken.

'Als we niets doen, gaat hij zeker dood. Als puntje bij paaltje komt, zal ik dus twee tegengiffen moeten maken, en dan moeten we maar met kop of munt bepalen welke we hem geven.'

Will rechtte zijn rug en keek de heelmeester strak aan.

'Nee,' zei hij. 'Geen sprake van. Als er een beslissing genomen moet worden, dan zal ik dat doen. We gaan niet dobbelen over Halts leven. Dat zou ik nooit kunnen verantwoorden tegenover vrouwe Pauline, zeg, dat we een muntje hebben opgegooid. Die beslissing moet genomen worden door iemand die uit liefde en achting voor Halt het best mogelijke besluit neemt. En dat zal ik dan doen ook.'

Malcolm knikte.

'Ik wou... Ik hoop dat ik in zo'n soort situatie jouw moed en vastberadenheid heb,' zei hij. Eens te meer keek hij naar de jongeman tegenover hem, en bedacht, net als een jaar of wat daarvoor, wat een flinke en dappere jongeman daar stond. Zijn vriend Arnaut kwam nu naast hem staan en legde zijn grote hand op zijn schouder. Malcolm zag hoe de knokkels wit wegtrokken van de kracht waarmee hij kneep. Dat was zijn manier om te laten zien dat Will er niet alleen voor stond, hoe dan ook.

Met een verdrietige glimlach stak Will zijn eigen hand omhoog en klopte op die van zijn vriend. De twee jongens hadden op dat moment geen woorden nodig, om elkaar te vertellen wat ze voelden.

En diezelfde avond nog, nadat hij uren zwijgend naar het kampvuur had zitten staren, nam Will een besluit.

Hoofdstuk 35

De zon was een uur geleden opgekomen. Het beloofde een fraaie dag te worden, maar het groepje mensen stond met gebogen hoofden vol verdriet naar het zojuist gedolven graf te staren. Zij hadden geen oog voor de strakblauwe hemel boven hen. Voor hen zou het geen mooie dag worden, dat was duidelijk.

Will sloeg een paaltje in de verse aarde aan het hoofdeinde van het graf, terwijl Arnaut de laatste kluiten erop schepte en met de achterkant van zijn schop platdrukte en aanklopte. Daarna deden ze allebei een stapje terug. Arnaut leunde op zijn schop.

'Moet er nu niet iemand een paar woorden spreken?' vroeg hij aarzelend. Malcolm keek naar Will, maar de jonge Grijze Jager schudde zijn hoofd.

'Nee, daar ben ik nog niet aan toe, zeg!'

'Misschien moeten we dan maar een paar minuten zo plechtig blijven staan?' stelde Malcolm voor. De twee anderen keken elkaar aan en knikten. Dat wel.

Arnaut liet zijn schop vallen en ging met gebogen hoofd naast de anderen staan, naast het graf. Na een tijdje was het Will die de stilte doorbrak.

'Nou is het wel goed geweest. Laten we gaan.'

Ze pakten de laatste spullen in en bonden die vast aan hun zadels. Arnaut schopte zand over de resten van het kampvuur, en daarna stegen zij op hun rijdieren. Will wierp een laatste, lange en trieste blik op de bult vers omgewoelde aarde. Daarna knikte hij even, trok Treks teugels naar links en reed zonder omkijken weg. De anderen volgden hem op een afstandje.

Ze reden langzaam naar het noorden, weg van het spoor dat ze al die dagen gevolgd hadden. Het graf en Tennyson en zijn Buitenstaanders lieten ze achter zich. Niemand zei iets, terwijl ze de eerste heuvel overreden. Maar zodra ze zeker wisten dat ze uit het zicht verdwenen waren, gaf Will met zijn rechterhand een teken.

'Laten we nu maar vaart maken,' zei hij en ze gaven alle drie hun paarden de sporen. Een paar honderd meter verder, waar het terrein weer wat vlakker werd en net voordat er een nieuwe helling begon, stond een groepje bomen. Daar reden ze naar toe, met een flauwe bocht naar links. Bij de bomen aangekomen keek Will achterom, of ze al gevolgd werden. Maar de horizon was leeg.

'Vlug nu!' spoorde hij aan. Ze moesten onzichtbaar zijn als de Genovees over die heuvel achter hen kwam gereden.

Will liet Trek halt houden tussen de eerste bomen en gebaarde de anderen dat ze door moesten rijden. Een paar meter verderop stonden ze stil en stegen af. Will keek nog eens of er al een teken van hun achtervolger was, en volgde hen daarna in de schaduwen. Ook hij liet zich uit het zadel glijden.

'Breng de paarden nog maar wat verder naar achteren,' zei hij.

Arnaut trok Schopper mee, verder tussen de bomen. Op een teken van Will volgden Abelard en Trek.

'Ik ga even kijken hoe het met Halt gaat,' zei Malcolm.

De oude Grijze Jager lag rustig te slapen in zijn slaapzak. Will en Arnaut hadden hem de avond daarvoor al hierheen gedragen, toen het goed donker was. Malcolm was meegegaan en bij de zieke gebleven, maar al voor zonsopgang was hij teruggeslopen naar het kamp, om mee te kunnen doen aan de zogenaamde begrafenis. Hij had met diep gebogen hoofd staan toe-kijken, hoe Arnaut en Will een diepe kuil groeven en daarna een boomstammetje, gewikkeld in een deken, voorzichtig naar beneden lieten zakken.

'Zijn toestand is hetzelfde,' meldde Malcolm zachtjes nadat hij Halts pols gevoeld had en zijn ooglid omhoog had getrokken.

Will knikte tevreden. Hij had het maar niets gevonden dat ze Halt een paar uur alleen hadden moeten laten terwijl zij het graf groeven en de begrafenis speelden, met alle rituelen die daarbij hoorden. Maar Malcolm moest natuurlijk weer in het kamp zijn voordat hun bewaker 's ochtends vroeg zou terugke-ren – het was een beredeneerd risico om de zieke Jager alleen te laten in dit bosje.

Dus nu stond Will aan de rand, maar ver genoeg in de scha-duwen om uit de verte onzichtbaar te zijn, en wachtte. Hij keek gespannen naar het zuiden.

'En?' vroeg Arnaut. Malcolm en hij waren in de buurt van Will komen zitten, verscholen achter een dikke stam. Arnaut had bovendien de Jagersmantel om die hij van Halt gekregen had, en Malcolm droeg die van Halt. Als extra voorzorgsmaat-regel had Will hen de kap ver over hun hoofd laten trekken.

'Nee! En wees eens een beetje minder luidruchtig, ja?'

Arnaut kon het niet helpen, maar hij moest eigenlijk wel la-chen om Wills ergernis. Hij wist dat hij, zeker voor zijn doen, helemaal geen lawaai gemaakt had. Maar je kon het zijn vriend niet kwalijk nemen – hij was tot het uiterste gespannen. Het plan dat hij met hen had besproken mocht niet mislukken. Al-leen zo konden ze Halt een kleine kans bieden om te overle-ven.

'Vertel nog eens precies wat je van plan bent?' vroeg Mal-colm, zo zacht mogelijk om Will niet boos te maken. Hij was er niet bij geweest, toen Will en Arnaut de avond daarvoor bij het kampvuur het plan tot in detail hadden zitten uitwerken. Toen zorgde hij immers hier in dit bosje voor Halt.

'Nou, ik hoop ten eerste dat hij komt kijken of we echt wel weg zijn,' antwoordde Will.

'En dan ga je hem gevangennemen?' Het klonk alsof Malcolm daar zo zijn twijfels over had. Wills heftige reactie stelde hem in het gelijk.

'Nee zeg! Ik heb geen zin om ook vermoord te worden. Die Genovezen zijn hoe dan ook scherpschutters. Als ik over de open vlakte daar op hem af kom rijden, heeft hij alle tijd om aan te leggen en een van zijn giftige pijlen dwars door mijn lijf te schieten.'

'Ik dacht anders dat jij beter kon schieten dan hij,' zei Malcolm. Maar daarbij vergat hij een belangrijk detail.

'Misschien, maar hij wil mij dood hebben. Terwijl ik hem juist levend in handen wil krijgen.'

'Kun je hem dan niet alleen verwonden?'

Will schudde meteen van nee, al voordat Malcolm zijn zin had afgemaakt. 'Nee, dat is me een te groot risico. Als ik zo hard als ik kan op Trek kom aangegaloppeerd, dan hoeft er maar één hobbeltje te zijn, één misstap van Trek en ik mis hem. En mis ik iets te erg, dan kan ik hem ook nog doodschieten. Bovendien, stel, ik raak hem in zijn arm, dan kan hij mij nog altijd raken en doden.'

'Maar wat ben je dan precies van plan?'

'Ik moet rustig wachten tot hij echt denkt dat er niets meer aan de hand is. Als hij zo dadelijk komt kijken, let hij natuurlijk nog heel goed op,' legde Will geduldig uit. 'Want hij wil er zeker van zijn dat we echt vertrokken zijn. Ik denk dat hij over één heuvelrand achter ons aan zal rijden, langer niet, en als hij ons dan niet meer ziet, dan rijdt hij terug naar Tennyson om hem te vertellen dat al zijn zorgen voorbij zijn.'

'Ja, dat klinkt logisch,' antwoordde Malcolm. Maar Will

merkte dat de heelmeester nog niet goed begreep wat hij dan verder van plan was, en dus ging hij door.

'Als hij dan op weg is naar zijn thuisbasis, dan zal hij waarschijnlijk het eerste uur nog steeds af en toe eens over zijn schouders kijken, als hij slim is. Ziet hij dan nog steeds niets, dan pas gaat hij geloven dat het gevaar echt voorbij is. En hoe verder hij komt, hoe meer hij zal relaxen. Dat betekent dat ik dan veel meer kans heb om hem compleet te verrassen.

Ik geef hem dus eerst een flinke voorsprong, dan ga ik hem achterna, op een route die parallel loopt aan de zijne. Tot ik hem weer ingehaald heb dus. En dan probeer ik zo dicht mogelijk bij hem te komen, zonder dat hij me in de gaten krijgt.'

'Maar dan moet je hem nog steeds levend te pakken zien te krijgen.'

Will knikte. 'Ja. Maar tegen die tijd is hij moe, en verwacht hij me niet meer. Dan heb ik meer kans dat het me lukt, als ik een paar uurtjes wacht.'

Malcolm knikte, maar keek nog steeds bezorgd.

'Misschien redt Halt het niet nog een paar uurtjes, Will!'

De jonge Jager slaakte een diepe zucht.

'Dat weet ik heus wel, Malcolm. Maar hij heeft er ook niets aan als ik zo stom ben mezelf daarginds te laten vermoorden, wel?'

Ineens stak hij zijn hand op, zodat Malcolm niets meer kon antwoorden. Trek had ergens diep in zijn borstkas gebromd. Het was nauwelijks hoorbaar, maar Will wist dat het beest iets opgemerkt had en hem wilde waarschuwen.

'Braaf beestje. Ik hoor het nu ook.'

Wat hij hoorde was het geluid van paardenhoeven, die over een zachte bodem roffelden. Het geluid werd allengs sterker en Will liet zich op één knie zakken. Hij gebaarde de anderen weg te duiken achter hun boom.

'Denk eraan,' zei hij, 'zodra die kerel onze kant opkijkt, verroer je geen vin meer!'

Een paar tellen veranderde er niets. Toen klonken de hoeven langzamer, en Will zag eerst voorzichtig een hoofd boven de horizon verschijnen, gevolgd door het bovenlijf van een man en daarna een paard.

Will trok zijn neus op voor het vakmanschap van de Genovees. Misschien was hij een geduchte tegenstander zolang je in de straten en stegen van de grote stad bleef. Maar hier, in het open veld, voelde de man zich duidelijk niet thuis. Als je al van plan was open en bloot op een heuvelrand te gaan staan, had het toch weinig zin om dat langzaam te doen?

Het was inderdaad de Genovees. Hij herkende hem meteen aan de dofpurperen mantel en de kruisboog, die geladen en gespannen op het zadel lag. De man ging nu in zijn stijgbeugels rechtop staan en zocht met een hand boven zijn ogen het terrein onder hem af, of hij ergens een teken van de drie ruiters zag.

Hij kon zo een heel eind kijken, een paar kilometer wel, over een grote, licht golvende vlakte. En voor zover de Genovees kon zien, waren Arnaut, Will en de onbekende derde man die vlakte al overgestoken en achter de horizon verdwenen. Hij had immers eerst nog even gewacht ook, voor hij van zijn oorspronkelijke observatiepost naar beneden gereden was.

De Genovees gaf zijn paard de sporen en reed langs de helling naar beneden. Je kon zien dat hij ook geen ervaring had met spoorzoeken, dacht Will. Dat was eigenlijk al duidelijk te zien aan al die sporen, die ze zelf zo slordig hadden achtergelaten in het verdronken bos.

Hij zag hoe de man nu op een meter of tweehonderd langs hun bosje kwam gereden, op weg naar het volgende uitkijkpunt. Weer reed hij eerst langzaam het heuveltje op, tot hij de top van de bult bereikt had. Om vervolgens daarboven pontificaal, voor iedereen zichtbaar, stil te blijven staan.

Nog steeds geen spoor van de drie ruiters, dat was duidelijk. Even bleef hij staan, daarna liet hij zijn paard rechtsomkeert maken en sjokte terug naar waar hij vandaan gekomen was. Weer passeerde hij het bosje van onze vrienden zonder het een blik waardig te keuren.

Hij reed de heuvel op en stopte boven niet eens meer. Ze hoorden het geluid van hoeven langzaam wegsterven. Will wachtte een paar minuten en keek toen naar Trek achter hem, tussen de bomen.

'Hoor jij nog iets bijzonders?' vroeg hij.

Het beest liet een zacht gehinnik horen en schudde zijn manen. Zijn oren spitsten zich en gingen daarna weer plat. Niets meer dat het melden waard was. Voor het eerst in misschien wel dertig minuten durfde Will zich te ontspannen. Hij voelde het in zijn stijve schouders.

'Denk je dat hij erin getrapt is?' vroeg Arnaut.

Na een korte aarzeling knikte Will. 'Ik denk het wel. Tenzij hij ons op zijn beurt weer te slim af is. Maar dat geloof ik niet. Hij is duidelijk niet gewend om hier buiten op het platteland te opereren. Waarschijnlijk zou zelfs jij hem hier nog voor de gek kunnen houden, Arnaut!'

'Dank je voor het compliment,' antwoordde de jonge ridder, met opgetrokken wenkbrauw. Hij begon te begrijpen waarom Halt dat zo graag deed.

'Het is wel de bedoeling, dat je die andere wenkbrauw niet mee omhoog beweegt,' merkte Will op. 'Anders kijk je alleen maar dom en verbaasd.'

Arnaut snoof verontwaardigd. Dat was een leugen. Hij wist zeker dat hij maar één wenkbrauw optrok; dat jagertje was gewoon jaloers, dat hij zichzelf een van hun trucjes had geleerd.

'En nu?' vroeg Malcolm. Hij kende deze twee heren inmiddels en hij wist dat dit wederzijds getreiter een hele tijd door kon gaan, als hij niet ingreep. Will draaide zich naar hem toe, weer een en al aandacht voor belangrijke zaken.

'Ik wacht dus nog een tijdje,' zei hij, 'en dan rij ik hem achterna. Ik wil echt dat hij er zeker van is dat hij niet gevolgd wordt. Dan begin ik aan een grote bocht om hem heen, en ik onderschep hem weer voordat hij bij Tennysons kamp komt, waar dat ook zijn moge.'

'En dan neem je hem gevangen,' zei Arnaut.

Will knikte. 'Met een beetje geluk wel, ja.'

Hoofdschuddend liet Malcolm merken dat hij het maar overmoedig vond, wat de jonge Grijze Jager van plan was.

'Wel ja, dan neem je hem gewoon gevangen.' Het klonk allemaal zo simpel.

Will keek hem ernstig aan. 'Dat is de bedoeling, ja.'

Hij besefte dat hij wel erg zelfverzekerd klonk en legde daarom uit: 'Ik heb ook geen andere keus, Malcolm, of wel? Jij moet te weten zien te komen wat voor vergif die moordenaar op zijn pijlen heeft gesmeerd. En hij is de enige man ter wereld die ons dat kan vertellen.'

'Dus nu wachten we?' zei Arnaut. Will knikte.

'Nu wachten we.'

HOOFDSTUK 36

Ondanks de enorme afstanden die ze de laatste dagen hadden afgelegd, was Trek opmerkelijk fris en uitgerust. Will reed hem op een drafje naar de plek vanwaar de Genovees hun kamp had liggen bespioneren. Daar in de buurt aangekomen, steeg hij af en tijgerde hij verder naar de uitkijkplaats die de man had uitgekozen. Voorzichtig kroop hij naar het hoogste punt en loerde over de rand. Hij zorgde ervoor dat er hoogstens een paar centimeter van zijn hoofd bovenuit zou steken.

De man was verdwenen, al was de plek waar hij had gezeten en gelegen duidelijk te zien. In een grote cirkel was al het gras platgedrukt, alsof een groot beest er een nest had willen bouwen. Will zag ook duidelijk de sporen die de man had achtergelaten als hij 's avonds naar zijn paard liep. Hij had zijn knol elke dag op dezelfde plek laten grazen. En vandaar reed hij steeds in zuidoostelijke richting weg – dezelfde kant op als eerder de Buitenstaanders. Er was dus geen enkele reden om nog te veronderstellen dat zij misschien een andere richting waren ingeslagen.

Will dacht even na. Blijkbaar was de Genovees ervan overtuigd dat zij er na het begraven van hun vriend Halt de brui aan gegeven hadden. Dus had hij geen enkele reden meer om een vals spoor uit te zetten – voor zover hij wist werd hij immers niet langer achtervolgd. Maar al was hij geen Grijze Jager of ervaren spoorzoeker, de man was geen dwaas. Hij zou waarschijnlijk wel steeds achterom blijven kijken, zeker de eerste uren. Als

Will hem levend te pakken wilde krijgen, dan moest hij wachten tot de man echt geen onheil meer verwachtte.

Dus besloot Will eerst twee kilometer naar het oosten te rijden.

Daar maakte hij een bocht naar het zuidoosten, en volgde een koers die parallel liep aan die de Genovees naar alle waarschijnlijkheid genomen had. Hij liet Trek iets harder draven – een snelle maar kalme gang, die het paard uren kon volhouden. Zijn hoeven maakten zo ook nauwelijks geluid, in elk geval veel minder dan wanneer ze in volle galop gereden zouden hebben.

Zo trokken ze verder naar het zuidoosten. Bij elke heuveltop bleef Will voorzichtig en zorgde hij ervoor dat hijzelf niet opviel. Geen enkele keer zag hij ook maar het kleinste signaal dat hij dicht bij de Genovees was.

Na een uur of anderhalf veranderde hij weer van richting, zodat zijn pad op een gegeven moment dat van de man uit Genova zou moeten kruisen. Al na een paar minuten was het zover. Will zag tevreden dat de kruisboogschutter nog steeds dezelfde richting aanhield. Hij reed een kilometer naar het westen, om daarna weer parallel aan de moordenaar te rijden.

Het was al laat in de middag, toen hij de Genovees voor de eerste keer in het vizier kreeg. Zijn paard reed inmiddels stapvoets, het hoofd vermoeid naar beneden. Will grijnsde. Dat had je, als je rijdieren stal van de eerste de beste boerderij die je tegenkwam. Dit beest had blijkbaar geen enkele conditie. Tegen Trek zou het niets in te brengen hebben. En de laatste kilometer zou waarschijnlijk precies daarop uitdraaien – op een race tussen de twee paarden.

Will stuurde Trek in de richting van de ruiter en zijn sjokkende knol. De man zat zelf ook niet erg fris in het zadel. Zo te zien was hij net zo moe als zijn paard. Op achtervolgers rekende hij niet meer.

Dichterbij gekomen zag Will dat hij zijn kruisboog intussen

ook maar over zijn schouder gehangen had. Het enige waar de man nog aan dacht was het kamp, ergens verderop. Het kamp waar hij te eten en te drinken zou krijgen, en na een lange dag rustig naar bed zou kunnen gaan.

'Zacht en snel nou, Trek,' maande Will zijn rijdier, terwijl hij het de sporen gaf en zich diep over de nek en manen boog. Het paard reageerde onmiddellijk. Zijn hoeven sloegen een dof ritme op de vochtige bodem, gedempt door het lange gras dat overal groeide. Will hoopte maar dat ze dicht bij hem konden komen, voordat de man merkte dat er gevaar dreigde. Het was wikken en wegen. Als ze nog sneller zouden rijden, haalden ze hem eerder in. Maar ze zouden ook veel meer lawaai maken, en de kans op ontdekking steeg evenredig. Daarom hield Will Trek nog steeds een beetje in. Straks mocht hij zo hard als hij kon.

Hij hing de lange boog weer op zijn rug en liet de teugels samengeknoopt voor zijn zadel hangen. In zijn binnenzakken tastte hij naar de twee bronzen delen van zijn zwaargewicht. Doordat Trek in snelle draf liep viel het niet mee de twee delen aan elkaar vast te maken. Steeds als hij het ene deel in het schroefgat van het andere had gestoken, zorgde een onverhoedse beweging ervoor dat hij de kans niet kreeg de twee stukken in elkaar te draaien. Will haalde een paar keer diep adem en trachtte soepel mee te bewegen met Trek onder hem. Zo ontspannen mogelijk probeerde hij het nog eens, en nu pakte de schroefdraad wel. Na een paar keer draaien zaten de twee delen goed vast. Hij balanceerde het zware wapen in zijn hand en knikte tevreden. Hij kon dit ding net zo goed gooien als zijn Saksische werpdolk – maar dan moest hij eerst wel dichterbij zien te komen, tot hoogstens een meter of twintig. En dat zou nog niet meevallen.

Hij zag in de verte dat de Genovees weer bijna boven op een heuvel was aangekomen. Een soort zesde zintuig waarschuwde hem dat de man nu best weer eens kon blijven stilstaan om achterom te kijken. Slippend bracht hij Trek tot stilstand, sprong uit het zadel en trok het paardje met de teugels op zijn zij. Getraind als Trek was, gehoorzaamde hij onmiddellijk. Hij zakte door zijn knieën en rolde opzij, waarna hij bewegingloos bleef liggen. Will sloeg zijn arm over de nek van het dier. Met zijn tweetjes lagen ze ademloos te kijken naar de ruiter voor hen. Onzichtbaar in het lange gras, doordat ze absoluut stil bleven liggen.

Van een afstand zag je paard en ruiter hoogstens als een donker rotsblok, zoals er daar wel meer lagen. Van onder de kap van zijn mantel zag Will hoe de Genovees, boven aangekomen, inderdaad inhield. Hij slaakte een diepe zucht van opluchting, dat hij dit had zien aankomen.

De ruiter kwam stijf een beetje omhoog in het zadel, trok zijn schouders naar achteren en draaide zich toen half om. Snel inspecteerde hij het landschap dat achter hem lag. Maar hij deed het oppervlakkig, zoals hij de afgelopen uren vaker gedaan had. Hij had die eerdere keren niets ongewoons gezien, en verwachtte dat dus nu ook niet.

Langzaam gleden zijn ogen over het terrein. Dat achteromkijken was ook wel lekker voor zijn stijve spieren eigenlijk, dus hij nam zijn tijd.

Het was zoals Halt Will tijdens zijn training zo vaak op het hart gedrukt had: negentig procent van de tijd zien mensen alleen wat ze verwachten te zien. De Genovees verwachtte een uitgestrekt en leeg veld te zien, en dat zag hij dus ook. Dat grijze vlekje, daar ergens in het westen, viel niet uit de toon, en dus ook niet op.

Na een minuut of wat draaide hij zich weer om en verdween met zijn ros achter de heuvel. Will wachtte nog even. Het was de oudste truc van de wereld – net doen of je wegreed en dan ineens nog een keer omkijken. Maar de Genovees leek zeker van zijn zaak en kwam niet terug de heuvel op.

Will gaf Trek een klopje op zijn schouder. Het paard rolde op zijn buik, Will sloeg zijn been over het zadel en het paard stond op. Omdat er nu een heuvel tussen hem en de Genovees lag durfde Will Trek de sporen te geven. Ze galoppeerden de helling op. Boven aangekomen zou hij de Genovees een paar honderd meter voor hem uit moeten zien rijden.

Dit keer wachtte hij niet op de top. Nu was het menens. Ze hadden bijna vier uur aan een stuk gereden, en volgens Wills berekening moesten ze intussen ook in de buurt van het einddoel, het kamp van Tennyson, gekomen zijn. Hij reed dus in volle galop over de heuvel heen en slaakte verrast een kreetje. Treks oren schoten omhoog, maar Will stelde hem meteen gerust.

'Doorrijden!' zei hij. De oren van het kleine paard gingen weer omlaag en hij galoppeerde verder zonder een hoefslag te missen.

Ineens was het landschap voor hen namelijk veranderd. In plaats van een hoogvlakte met lichte golvingen, strekte zich nu een lange helling naar beneden voor hem uit, uitlopend in een brede en lange vallei. Je kon het kamp van de Buitenstaanders duidelijk zien liggen, een kilometer of drie verderop. Blijkbaar hadden zich intussen meer volgelingen aangesloten dan de tien, vijftien waarmee de profeet op het strand geland was: Will schatte dat er minstens een man of honderd rondliep, daar in de verte.

Maar de Genovees vormde voorlopig een groter probleem, zo'n tweehonderd meter voor hem uit. Will kon zijn geluk niet op – de man had nog steeds Treks hoefslag niet op het gras horen roffelen. Hij bleef gewoon kalm voortsjokken op zijn uitgeputte rijdier.

Ineens zag Will de man toch overeind schrikken. Nu moest hij hen wel opmerken. Will was zo dichtbij dat hij hem verrast hoorde schreeuwen, en hij zag hoe de man zijn paard de sporen gaf. Maar meer dan een vermoeide en trage galop kreeg hij er niet meer uit.

Tactisch niet zo slim, dacht Will. Geschokt door zijn plotselinge verschijning maakte de man een kostbare fout. Hij had beter kunnen stoppen om zijn kruisboog te grijpen en te spannen. Hij wist natuurlijk niet dat Will hem per se levend te pakken wilde krijgen. Misschien had de man helemaal geen zin om opnieuw geconfronteerd te worden met de manier waarop Will met zijn wapens omging. Hij wist natuurlijk dat hij er de vorige keer puur door geluk levend en ongedeerd vanaf was gekomen.

Will zag het bleke ovaal van het gezicht van de moordenaar, toen deze weer een snelle blik over zijn schouder wierp. Trek kwam dichter en dichterbij, de man schopte uit alle macht met zijn gespoorde hielen in de buik van het arme boerenpaard. Maar dat had geen enkele kans tegen het snelle Jagerspaard. Met elke stap verkleinde Trek de afstand tussen de twee ruiters.

De Genovees hanneste nu wat met zijn kruisboog. Toen hij zag wat de man van plan was, duwde Will zijn zwaargewicht tussen zijn riem en pakte zijn eigen boog. De hand van de Genovees ging naar zijn koker en trok er een korte, dikke pijl uit, die hij op de boog legde. Wil voelde zijn mond verdrogen van spanning, terwijl hij besefte dat de man nu een van zijn vergiftigde pijlen op hem ging afschieten. In een gewoon gevecht had hij zelf nu al lang geschoten, hij was immers enorm in het voordeel. De andere man moest zich moeizaam omdraaien in zijn zadel om te mikken, Will hoefde alleen maar rechtuit te schieten, tussen Treks oren door. Op deze afstand kon hij de man haast niet missen.

Maar hij moest en zou de man levend in handen krijgen.

De Genovees was er eindelijk in geslaagd zijn boog te spannen. Al hotsend en botsend in het zadel probeerde hij zich weer om te draaien en aan te leggen. Hij draaide zich naar rechts, dus liet Will Trek naar links afbuigen en dwong zo de man nog verder zijn rug te verdraaien. De Genovees had het snel door en draaide zich ineens helemaal naar links om te schieten. Maar meteen zigzagde Will weer naar rechts, en dat werkte. De man zag dat zijn doelwit weer uit het zicht verdween, en Trek had de afstand tussen hem en zijn collega weer met twintig meter verkleind.

De Genovees draaide weer naar rechts. Dit keer bleef Will gewoon rechtdoor rijden. Maar hij had nu wel een pijl op zijn boog en reed zonder teugels, die los langs Treks nek bungelden. Hij stuurde het paardje met zijn knieën. Hij kon niet het risico lopen dat hij de Genovees met zijn schot zou doden, maar dat wist zijn prooi daar in de verte niet. De moordenaar zou de kans moeten krijgen om één schot te lossen, het was niet anders. Daarna zou hij de boog, zittend in het zadel, niet opnieuw kunnen spannen.

Will hoopte dat hij kon zorgen dat de man miste als hij besloot te schieten. Hij vertrouwde erop dat hij zelf de man snel een paar pijlen langs het hoofd zou kunnen schieten, zo vlak bij dat hij wel moest terugdeinzen. Hij herinnerde zich weer hoe dat met de collega van de man voor hem gegaan was. Het waren sluipmoordenaars van huis uit, die Genovezen; ze waren eraan gewend rustig vanuit een schuilplaats op hun hulpeloze prooi te mikken, zonder dat die het zelf in de gaten had. Aan een eerlijk gevecht van man tot man, tegen iemand die iets terugdeed – en die bovendien akelig goed kon mikken – daaraan waren ze niet gewend.

Hij kwam nu dichtbij. Trek galoppeerde rustig door, in tegenstelling tot de boerenknol voor hem, die moe was, en onhandig, en die bovendien bij elke stap de Genovees op zijn rug voelde bonken.

Daar kwam de pijl! De kruisboog werd op hem gericht, en hij zag hoe de vinger van de man zich om de trekker vouwde. Wills eigen handen bewogen zo snel, dat ze onzichtbaar werden, hij spande de boog, liet een pijl gaan en greep meteen naar de volgende, zo snel achter elkaar dat er drie van zijn pijlen onderweg waren voordat de Genovees de zijne had kunnen afschieten.

Nog terwijl hij de trekker wilde overhalen zag de man welk gevaar hem tegemoetkwam. Daar floot er al een akelig dicht langs zijn linkeroor en nek. En hij zag nog twee pijlen op zich af komen, met maar een paar centimeter ertussen.

Een schutter zou heel wat steviger zenuwen moeten hebben dan hij, om in dergelijke omstandigheden nog nauwkeurig te mikken – of hij nou op een hobbelpaard zat of niet. De Genovees dook dus weg, onder het schreeuwen van een krachtterm. Zijn kruisboog schoot daarbij ongevaarlijk omhoog, en ook de pijl vloog in een grote boog de lucht in, om even later zonder schade aan te richten in het gras neer te komen.

Hij had het gevaarlijkste moment doorstaan. Will gooide zijn boog terzijde, hij had toch geen tijd meer om die te spannen. Die raapte hij straks wel weer op. Hij trok het zwaargewicht uit zijn riem en zette Trek tot een laatste krachtsinspanning aan. De moordenaar zag hem op zich af komen stormen en schopte in paniek de buik van zijn rijdier beurs. Het paard was weer langzamer gaan lopen terwijl zijn berijder druk bezig was met andere dingen. Maar nu moest hij weer harder. Het beest deed zijn best, maar het was te laat.

De sluipmoordenaar reikte naar een van de vele dolkmessen die hij op zijn lijf verborgen hield. Maar daar kwam Wills rechterarm omhoog in een geoefende worp. Het brons glom zacht in de avondzon, terwijl het wapen door de lucht wentelde. Even kon de moordenaar niet zien wat het was, dat daar recht op hem af kwam. Het leek niet eens gevaarlijk. Maar toen zag hij het zware metaal door de lucht draaien en hij dook weg achter de nek van zijn rijdier.

Die man had de reflexen van een kat, dacht Will. Het projectiel vloog zonder schade aan te richten over zijn hoofd en verdween in het lange gras. Nu was het Will, die een krachtterm niet wist in te houden. Dat ding vond hij straks vast niet meer terug. Hij trok zijn Saksische mes uit de schede.

'Pak hem, Trek,' zei hij en hij voelde hoe het paard onder zijn zadel alle spieren spande en nog sneller op de tegenstander afdenderde.

Hij zag iets langs glinsteren in de hand van de Genovees, en herkende het als een van die lange dolkmessen die de mannen droegen. Hij hield zijn eigen mes paraat. De Genovees wilde zijn paard om laten draaien, om hem tegen te houden, maar hij was te laat. Hij deed nog een laatste wanhopige uitval, maar Will boog zich voorover en wist het dunne lemmet met zijn eigen grote mes te pareren.

En toen knalde Treks schoft met een enorme knal tegen de arme wankele boerenknol, die meteen omviel en met een zware klap tegen de grond sloeg, waarover hij nog een meter of wat weggleed. Door die onverwachte actie lag de Genovees met zijn been onder zijn eigen paard geklemd – een paard dat nog wat machteloze trapbewegingen maakte met zijn onderbenen, maar niet eens probeerde om op te staan. Het was afgelopen.

Meteen was Will uit het zadel. Hij liep op de beklemde moordenaar af, die tijdens zijn val zijn dolkmes had laten vallen en nu wanhopig om zoek was naar iets anders om zich mee te verdedigen. Zonder een seconde te aarzelen liep Will naar de man en sloeg hem hard op de zijkant van zijn hoofd met het zware bronzen heft van zijn mes. En zonder zelfs maar te controleren of die eerste klap gewerkt had, liet hij een tweede, zo mogelijk nog hardere volgen.

De ogen van de man rolden onder zijn oogleden weg. Hij kreunde zacht en zakte in elkaar, zijn rechterbeen nog steeds beklemd onder de buik van zijn paard. Will deed een stap naar achteren en haalde diep adem. Die tweede klap was onnodig geweest, besefte hij. Maar dat betekende niet dat hij er geen plezier aan beleefde.

'Zo, dat had je verdiend,' zei hij tegen de stille gestalte aan zijn voeten. 'Dat arme paard!'

HOOFDSTUK 37

Malcolm maakte zich grote zorgen. Het gif had zich al een paar dagen in Halts lijf kunnen nestelen, en op elk moment kon nu de laatste fase van zijn doodsstrijd ingaan. Hij lag er vredig bij en had ook geen koorts meer. Maar als hij zich weer zou gaan opwinden, als zijn temperatuur zou stijgen of als hij ging woelen en kreunen en schreeuwen, dan zou dat onherroepelijk betekenen dat hij nog maar een paar uur te leven had. Het was een strijd tegen de klok – Will moest en zou de Genovees of zijn bekentenis op tijd terugbrengen.

Maar voor zover zij wisten, was het kamp van de Buitenstaanders minstens vier uur rijden.

Vier uur heen, en vier uur terug.

Hij keek naar de grote jonge ridder, die op zijn hurken voor zich uit zat te staren. Hij wilde dat hij iets kon doen voor Arnaut, dat hij hem een hart onder de riem kon steken. Maar Arnaut wist net zo goed als hij hoe de zaken ervoor stonden. En Malcolm was er niet de man naar om in dit soort situaties valse hoop te geven en loze geruststellingen rond te strooien. Valse hoop, dat was altijd erger dan vasthouden aan een laatste sprankje hoop dat nog restte.

Halt kreunde en draaide zich op zijn zij. Meteen stond Malcolm naast hem. Had hij alleen wat gedroomd? Of was dit het begin van het einde? Een paar tellen bleef Halt rustig liggen, en Malcolm ontspande. Maar daarna begon Halt weer te mompelen en te draaien, hij probeerde de dekens van zich af te duwen.

Malcolm knielde naast hem neer en voelde aan het voorhoofd van zijn patiënt. Het voelde heet aan – te heet. Halts ogen waren dichtgeknepen, maar hij keek alsof iets hem dwarszat en hij bleef steunen en kreunen. Eerst waren het alleen geluiden – toen blafte hij ineens een waarschuwing.

'Will! Wat zei ik nou? Rustig! Nooit overhaast schieten!'

Malcolm hoorde achter zich Arnaut aan komen hollen.

'Gaat het goed?' vroeg hij. Een belachelijke vraag, gezien de omstandigheden. Het ging Halt slecht, en Malcolm opende zijn mond om een onaardig antwoord te geven. Maar hij bedacht zich. Wat had de jongen anders moeten vragen?

'Nee,' zei hij dus maar, 'het gaat niet goed. Geef me mijn medicijntas eens aan alsjeblieft.'

Daar kon hij zelf ook wel bij, maar het was beter de jongen iets te doen te geven, dan voelde hij zich niet zo machteloos.

Arnaut gaf de leren tas aan de geneesheer, die er met zekere hand snel een buisje medicijnen uit te voorschijn toverde. Er zat een bruine vloeistof in, en Malcolm trok met zijn tanden de kurk eraf.

'Hou zijn mond eens open,' zei hij.

Arnaut knielde tegenover hem en dwong met zachte hand Halts kaken van elkaar. Dat vond de oude Jager een slecht idee; hij verzette zich heftig en schudde zijn hoofd heen en weer in een vergeefse poging om de sterke handen van Arnaut te ontwijken. Maar de dagenlange strijd had hem verzwakt en Arnaut was veel te sterk voor hem. Malcolm boog zich over de oudere man en liet een paar druppels van het bruine goedje op zijn tong vallen. De reactie van de Grijze Jager was heftig – hij kromde zijn rug en probeerde uit de greep van Arnaut te ontsnappen.

'Hou nou zijn mond goed dicht, tot hij het doorgeslikt heeft,' zei Malcolm kortaf. Arnaut sloeg zijn grote hand over Halts mond en duwde zijn kaken op elkaar. Halt kreunde en kronkelde, maar toen zagen zij zijn adamsappel omhoog en omlaag gaan en Malcolm wist dat hij het doorgeslikt had.

'Goed, laat hem nu maar los.'

Arnaut liet de kaken uit zijn ijzeren greep los. De oude Jager hoestte, stak zijn tong kokhalzend naar buiten en probeerde overeind te komen. Maar Arnaut legde zijn handen op zijn schouders en hield hem zo plat op de grond. Na een minuut of wat gaf het zieke lijf de ongelijke strijd op. Halt mompelde nog wat en zakte toen weg in een onrustige slaap.

Malcolm gebaarde Arnaut los te laten. Er parelden zweetdruppels op het voorhoofd van de jongeman, en de geneesheer wist dat dit niet alleen van de inspanning kwam. Het waren ook de zenuwen van de jongen, de spanning als gevolg van zijn angst dat Halt dood zou gaan.

'Wat gebeurt er nu, Malcolm?'

Arnaut begreep dat er een nieuwe fase in het ziekteverloop was ingetreden. De heelmeester had hem eerder al uitgelegd hoe het proces in theorie zou verlopen, maar hij had geen details gegeven over de laatste doodsstrijd. Arnaut begreep wel, dat elke verandering in de toestand van zijn oude mentor slecht nieuws was. Halt ging zienderogen achteruit, en Arnaut wilde graag weten hoe het verder zou gaan.

Malcolm keek op, recht in de bezorgde ogen van de jongeman.

'Ik ga je niet zitten voorliegen, Arnaut. Hij is nu wat gekalmeerd doordat ik hem een middeltje heb gegeven. Maar over een uur of zo is dat uitgewerkt, en dan gaat hij weer woelen en draaien. En elke keer gaat het weer slechter met hem. Hij dwingt het gif steeds verder zijn lijf in zo, tot in alle uiteinden. En op een gegeven moment is het dan afgelopen.'

'Hoe lang kun je hem in slaap houden dan?' vroeg de jonge ridder. 'Will kan elk moment terugkomen.'

Malcolm haalde zijn schouders op. 'Misschien kan ik dit nog twee keer herhalen. Misschien zelfs drie keer. Maar Halt heeft niet veel weerstand meer, Arnaut, en het is een erg zwaar middel. Als hij het te vaak toegediend krijgt is het net zo slecht als het gif zelf.'

'Maar kun je dan niet iets anders proberen?' smeekte Arnaut, de ogen vol tranen.

Hij voelde zich zo vreselijk machteloos, zo nutteloos... Hij moest daar maar staan toekijken en werkeloos toezien hoe Halt steeds verder achteruitging. Als het nou nog een veldslag was, als Halt daar stond, midden tussen zwaarbewapende vijanden, dan kon Arnaut tenminste iets doen. Hij zou zijn leven geven voor de oude Jager. Dat was iets wat hij begreep, dat kon hij aan. Maar dit! Dit verschrikkelijke afwachten, dat je daar maar moest staan, dat je moest toekijken hoe hij achteruitging, handenwringend en machteloos. Dit was zwaarder dan het zwaarste gevecht.

Malcolm zweeg. Er viel niets te zeggen. Hij zag de woede en verontwaardiging in Arnauts ogen, hij zag zijn wangen rood kleuren.

'Wat heb je nou eigenlijk uiteindelijk aan jullie, aan heelmeesters? Met al jullie drankjes en receptjes en mooie praatjes – uiteindelijk staan jullie altijd weer machteloos. En dan zeggen jullie dat we maar moeten afwachten!'

Dat was niet eerlijk. En zeker niet voor Malcolm, die heel anders was dan de gemiddelde geneesheer, of dan die kwakzalvers en charlatans en oplichters. Malcolm wist echt alles van kruiden en geneesmiddelen, en hij wist ook als geen ander hoe het menselijk lichaam in elkaar stak en werkte. Zonder enige twijfel was hij de meest geleerde dokter in het rijk. Maar soms waren al die vaardigheden en al die kennis gewoonweg niet genoeg. Immers, waren heelmeesters onfeilbaar, dan zou er nooit meer iemand sterven.

Natuurlijk wist Arnaut dat, en Malcolm wist dat hij het wist en was dus niet beledigd. Hij begreep dat de woede van de jonge ridder eerder gericht was op de situatie, op zijn complete machteloosheid, dan op Malcolm zelf.

'Het spijt mij ook, Arnaut,' zei hij alleen maar. Arnaut was al uitgeraasd en liet met afhangende schouders een diepe zucht horen. Hij wist dat hij stom geweest was. Hij wist ook dat Malcolm zich misschien nog wel machtelozer voelde dan hij. Want Malcolm, die had er voor geleerd, en zelfs hij kon nu niets doen.

Arnaut maakte een verontschuldigend gebaar en zei: 'Nee, nee, jij hoeft je natuurlijk nergens voor te verontschuldigen. Ik weet heus wel dat je je uiterste best hebt gedaan. Niemand had het beter gekund ook. Het is alleen...'

Hij kon zijn zin niet afmaken. Hij wist eigenlijk niet eens wat hij had willen zeggen. Maar ineens besefte hij ook dat hij met die woorden aangaf dat hij geaccepteerd had nu, dat Halt zou sterven. Ze konden niets meer voor hem doen. Als Malcolm hem nu niet meer kon helpen, kon niemand dat.

Hij draaide zich om en sloeg terwijl hij wegliep zijn handen voor zijn ogen. Malcolm keek hem na en besloot dat het beter was als hij hem maar even liet betijen. Hij knielde weer neer bij Halt. Hij keek fronsend naar zijn patiënt. Over een half uurtje zou het kalmerende middel uitgewerkt raken, en dan zouden de stuiptrekkingen weer beginnen. Daar kon hij wel iets tegen geven, maar dat zou maar een tijdelijke verlichting brengen. Die aanvallen zouden erger en erger worden. Er was duidelijk sprake van een neerwaartse spiraal.

Tenzij...

Er begon zich een idee te vormen in zijn hoofd. Het was een wanhopig idee, maar het ging om een wanhopige situatie.

Hij haalde een paar maal diep adem, terwijl hij zich probeerde te concentreren. Hij dwong zijn geest zich alleen op het hoofdprobleem te richten en alle andere dingen te vergeten. Hij bekeek alle kanten van de oplossing die opdoemde, alle voors en tegens, alle kansen en gevaren. En die waren er allemaal, in groten getale. Daarna overdacht hij het alternatief. Hij kon Halt nog een tijdje rustig laten slapen. Misschien twee of drie uur. Meer niet. In de tussentijd kon Will natuurlijk terugkomen met het verlossende woord. Maar hij wist dat de kans daarop eigenlijk maar klein was. Zelfs al kreeg Will de Genovees op tijd te pakken, dan nog zou de terugkeer met een gevangene op sleeptouw langzamer gaan. En over vier uur was het voor Halt waarschijnlijk te laat.

Niet waarschijnlijk, verbeterde hij zichzelf. Zeker te laat.

Hij nam een besluit, stond op en liep naar de jonge krijger, die een paar meter verderop tegen een boom geleund stond, een toonbeeld van verdriet. Hij zag de hangende schouders, het gebogen hoofd; het hele lichaam van de jongen schreeuwde het uit. Arnaut had de moed opgegeven.

Ineens twijfelde Malcolm – mocht hij die jongen wel nieuwe hoop geven? Hoop die alsnog ijdel zou kunnen blijken? Als hij Arnaut een uitweg voorhield, en Halt zou toch sterven, hoe kon hij dat zichzelf dan ooit vergeven? Was het niet beter om gewoon de feiten te accepteren zoals ze lagen? Dat hij zijn best deed om Halt zo goed mogelijk te verzorgen, en dan de natuur haar gang laten gaan?

Hij schudde zijn hoofd. Een nieuwe vastberadenheid kwam over hem. Zo was hij zelf ook niet. Nu niet en nooit niet. Als er ook maar een kansje was op genezing, hoe klein ook, dan zou hij dat aangrijpen. Hij zou het gevecht nooit opgeven.

'Arnaut?' vroeg hij half fluisterend. De jongeman keerde zich om en Malcolm zag sporen van tranen op zijn wangen.

'Er is misschien een mogelijkheid...' begon hij. Hij zag de hoop in Arnauts ogen opflikkeren, en besloot meteen een hand op te steken om hem voor te zijn. 'Luister, het is maar een minieme mogelijkheid, een uiterst kleine kans, misschien werkt het helemaal niet. Misschien gaat hij er zelfs aan dood,' stamelde hij. Hij zag hoe de laatste mogelijkheid Arnaut deed schrikken, maar hij vermande zich meteen weer.

'Wat bedoel je?'

'Het is iets wat ik nog nooit eerder geprobeerd heb. Maar het zou kunnen werken. Dat middel dat ik hem net gegeven heb, dat is heel sterk en gevaarlijk. Zoals ik al zei, als hij te veel binnenkrijgt kan hij daar ook dood aan gaan. Zelfs zonder al dat gif in zijn lijf. Maar als ik hem nou precies zoveel geef, dat hij bijna doodgaat – dan zou dat misschien zijn redding kunnen zijn.'

Arnaut keek hem aan. Hij begreep er niets van. 'Hoe kun je hem nou redden als je hem bijna doodmaakt?' En Malcolm moest toegeven dat het een idioot plan leek, als je het zo formuleerde. Maar hij gaf niet zo snel op.

'Nee, ik bedoel, als ik hem nou helemaal verdoof, met dit spul, dan houden al zijn lichaamsfuncties vrijwel op, alles gaat veel langzamer. Zijn pols, zijn ademhaling, zijn hele systeem. Maar dus ook de verdere verspreiding en de uitwerking van het gif! Op die manier zouden we tijd voor hem kunnen kopen, extra tijd. Misschien wel acht uur. Misschien nog wel langer.'

Hij zag welk effect die woorden op de jonge ridder hadden. Over acht uur, dan was Will vast en zeker al lang terug – als hij tenminste de Genovees te pakken had gekregen. Ineens voelde Arnaut een kille steen in zijn maag zakken. Maar wat als de sluipmoordenaar Will gedood had?

Nee, aan die mogelijkheid wilde hij niet eens denken. Hij moest vandaag toch ergens in blijven geloven. Will kwam terug. En als Halt dan nog leefde, dan zou Malcolm hem kunnen genezen. Er was ineens weer hoop, waar eerst alleen een diepzwarte wanhoop was geweest.

'Hoe... denk je dat te doen?' vroeg hij langzaam. Malcolm beet op zijn onderlip terwijl hij nadacht. Hoe kon hij dat het beste formuleren?

'Ik geef hem een overdosis van dat verdovende middel. Maar net niet genoeg om hem te laten sterven.'

'En hoeveel is dat dan? Hoe weet je dat? Heb je dat ooit eerder geprobeerd?'

Weer aarzelde Malcolm voordat hij antwoord gaf.

'Nee,' bekende hij ten slotte. 'Ik heb het niet eerder bij iemand geprobeerd. En ik ken ook niemand die het wel gedaan heeft. En hoeveel ik hem dan moet geven... Om eerlijk te zijn is dat ook maar een gok. Hij is al zo verzwakt. Ik denk dat ik het wel weet, maar zeker weten doe ik het niet.'

Het bleef lange tijd stil in het bosje. Toen ging Malcolm verder: 'Luister, Arnaut, dit is geen beslissing die ik alleen wil nemen. Ik vind dat een vriend dat moet doen, een echte vriend.'

Arnaut keek hem recht in zijn ogen en knikte langzaam. Hij begreep wat Malcolm bedoelde. Will moest ja of nee zeggen.

Malcolm gebaarde dat hij op zijn beurt begreep wat Arnaut bedoelde. 'Ja, maar die is er niet. En jij bent net zo goed een vriend van Halt. Misschien niet zo dik als Will, maar jij houdt toch ook van die man? Ik vraag je me te helpen bij deze beslissing. Ik kan dat niet voor jou doen.'

Arnaut zuchtte diep en draaide zich om. Hij keek tussen de bomen door naar de lege horizon, alsof Will daar ineens zou opduiken, zodat hij deze moeilijke beslissing niet op zich zou hoeven te nemen.

Hij bleef de andere kant op kijken en zei toen: 'Geef me eerst eens antwoord op deze vraag: Als het om jouw beste vriend ging, wat zou je dan doen?'

Nu was het de beurt van Malcolm om te aarzelen en diep na te denken.

'Ik denk dat ik het zou aandurven,' zei hij na een tijdje. 'Ik hoop dat ik de moed zou hebben om die beslissing te nemen. Ik ben er niet honderd procent zeker van, maar ik denk van wel. Ik hoop het tenminste.'

Arnaut draaide zich om en keek hem met een verdrietige glimlach aan.

'Dank je voor je eerlijkheid. Vergeef me mijn uitbarsting van daarnet. Die had je niet verdiend.'

Malcolm wuifde die verontschuldiging weg. 'Dat was ik al weer vergeten,' antwoordde hij. 'Maar wat wil je dat ik doe?'

Hij wees naar Halt, en op dat moment begon Halt weer te woelen in zijn slaapzak en mompelde een paar onverstaanbare woorden. Malcolm besefte dat dit een belangrijk moment was. Het was nu of nooit.

'Het middel begint uitgewerkt te raken,' merkte hij op. 'Hij heeft het verwerkt. Dan is het nu gemakkelijker om de juiste dosering te berekenen. Dan hoef ik geen rekening te houden met wat ik hem al gegeven heb.'

Arnaut keek van Halt naar Malcolm en weer terug, en nam een besluit.

'Doe het maar,' zei hij.

HOOFDSTUK 38

D e schemering viel al, toen ineens het hoofd van Abelard
omhoogkwam en hij langdurig hinnikte.

Arnaut en Malcolm keken verbaasd naar de pony. Jagerspaarden maakten nooit zomaar geluid, daarvoor waren ze veel
te goed getraind. Ook Schopper keek nieuwsgierig op, maar
wijdde zich daarna snel weer aan het grazen.

'Wat is er met Abelard aan de hand?' vroeg Malcolm.

Arnaut haalde zijn schouders op. 'Hij zal iets gehoord of gezien hebben.' Hij had lusteloos in het vuur zitten staren, terwijl de houtskool dan weer opgloeide, dan weer doofde, met de
onregelmatige bries die over de vlakte het bosje in waaide. Hij
stond op, pakte zijn zwaard en liep het veld op.

Hij hoorde van heel ver weg een antwoord hinniken. Daarna
groeide aan de zuidelijke horizon een vage vlek.

'Het is Will,' riep hij achterom, 'met een gevangene!'

Het silhouet dat aan de einder zichtbaar werd, van paard en
ruiter, zag er vreemd uit, omdat Will kwam aangereden met de
Genovees voor zich op het zadel. Hij lag aan handen en voeten
gebonden dwars over de rug van Trek.

Die kwam opgewekt de helling naar het bosje afgedraafd en
Will stak zijn hand op, zodra hij Arnaut van tussen de bomen
tevoorschijn zag komen. Bij elke beweging van het paard klonk
uit de Genovees een meelijwekkend gekreun.

Ook Malcolm liet het kampvuur voor wat het was en voegde
zich handenwrijvend bij Arnaut, aan de rand van het bos. De

jonge ridder met zijn scherpe ogen had gelijk: het was inderdaad Will, met een gevangene, en de purperen mantel vertelde hun wie ze daar zagen liggen.

Will hield Trek vlak voor zijn vrienden in.

Hij zag er uitgeput uit, dacht Arnaut, en dat was gezien wat hij de afgelopen dagen had meegemaakt niet zo verwonderlijk.

'Hoe is het met Halt?' waren Wills eerste woorden.

Arnaut maakte een geruststellend gebaar. 'Redelijk. Het was een tijdje erop of eronder. Maar Malcolm heeft hem nu in een diepe slaap gebracht, om de verdere verspreiding van het gif te vertragen.' Hij dacht dat hij het maar beter zó kon brengen, liever dan te zeggen: Malcolm heeft hem op het randje van de dood gebracht om hem te redden. 'En nu jij terug bent zal hij het zeker redden.'

Will keek vermoeid uit zijn rode ogen. Maar nu de belangrijkste vraag die hij had gehad, positief beantwoord was, leek hij wat op te knappen.

'Ja, het is me gelukt,' zei hij. 'En kijk eens wie ik tegen het lijf liep!'

Arnaut grijnsde breed. 'Ik hoop flink hard?!'

'Zo hard als ik kon, wees maar niet bang!'

Arnaut wilde de Genovees van Treks rug aftillen, maar Will weerhield hem.

'Pas op,' zei hij. Hij pakte de man bij zijn kraag en trok hem wat omhoog, terwijl hij Trek een duwtje de andere richting uit gaf. Het paard deed een stap opzij en de sluipmoordenaar gleed als een zak aardappelen van het paard. Hij probeerde nog overeind te blijven, maar dat mislukte jammerlijk en hij zakte op de grond in elkaar.

'Voorzichtig!' riep Malcolm uit. 'We hebben hem nog nodig, vergeet dat niet!'

Will liet een minachtend gesnuif horen terwijl hij toekeek hoe de Genovees vergeefs probeerde overeind te komen. 'Hem mankeert nauwelijks iets,' zei hij. 'Die krijg je zo gauw niet dood. Bovendien hoeft hij alleen te praten, niet te staan, wat mij betreft.'

Maar Malcolm gebaarde naar Arnaut, die de man overeind trok. De Genovees beet hem iets toe in zijn eigen taal, en Arnaut keek hem even in de ogen terwijl hij zijn gezicht vlak bij het zijne hield. Het leek erop dat iets in de ogen van de jonge krijger De Genovees kalmeerde, want hij hield op met zijn tirade.

'Hoe heet je?' vroeg Malcolm. De gevangene keek naar de kleine geneesheer en haalde minachtend zijn schouders op. Hij weigerde te antwoorden. Dat was een belediging, en dus ook een vergissing. Arnaut sloeg hem met de vlakke hand tegen zijn hoofd. Het moest de man flink duizelen.

'Vergis je niet, rat,' beet Arnaut hem toe. 'Wij vinden jou niet aardig. Of jij je lekker voelt interesseert ons niet. Eigenlijk is het andersom: hoe minder lekker jij in je vel zit, hoe liever het mij is.'

'Je naam is?' herhaalde Malcolm.

Arnaut had hem nog steeds bij de kraag en hij voelde dat de man zijn rug ging rechten om weer brutaal niet te antwoorden. Zijn rechterhand kwam omhoog, dit keer gebald.

'Arnaut!' waarschuwde Malcolm. De man moest wel bij bewustzijn blijven. Arnaut hield zijn grote vuist een paar decimeter voor het gezicht van de man, die er gespannen naar keek. Hij had net met die klap al ervaren hoe sterk die grote jongeman was. Een vuistslag zou nog minder aangenaam aankomen, wist hij.

'Met een gebroken neus kan hij ook nog wel praten,' merkte de jonge ridder op. Maar de Genovees leek een besluit genomen te hebben – het had weinig zin om zich halfdood te laten slaan alleen maar omdat hij zijn naam niet wilde noemen.

'Sono Bacari,' en weer haalde hij zijn schouders op. In termen van gebarentaal leek dat zijn favoriete uitdrukking. Het viel Arnaut op wat een enorme minachting hij erin door kon laten klinken, als hij dat wilde. Het klonk alsof hij zei: Nou. Ik heet Bacari, en wat dan nog? Denk maar niet dat ik dat zeg omdat ik bang voor jullie ben!

Die arrogante houding ergerde Arnaut haast nog meer dan zijn zwijgen. Hij liet zijn vuist zakken, en toen hij zag dat Bacari moest grijnzen, schopte hij hem ineens de benen onder het lijf vandaan, zodat de man weer met een zware klap op de grond neerviel, waar hij naar adem happend geschrokken bleef liggen. Nu plaatste Arnaut zijn laars op zijn borstkas en duwde die naar beneden.

'En nu praat je mijn moerstaal,' zei hij streng.

Arnaut keek Will aan, die intussen was afgestegen en uitgeput tegen Trek aan geleund stond toe te kijken, met een zweem van een glimlach om de lippen. Net als Arnaut voelde hij geen enkel medelijden met de sluipmoordenaar. En hij wist dat de man wel doordrongen moest worden van het feit dat ze niets zouden nalaten om de informatie die zij zochten uit hem te krijgen.

'Als hij zich niet gedraagt, geef je hem wat mij betreft maar een por,' merkte Will op.

Arnaut knikte. 'Graag.' Hij boog zich weer over de man die net op adem gekomen leek. 'We proberen het nog een keer. In gewone taal. Hoe was je naam?'

Even bleef het stil terwijl de man in de onverzettelijke ogen van Arnaut keek. 'Ik heet Bacari,' mompelde hij toen.

Arnaut ging rechtop staan en keek naar Malcolm. 'Zo, nu jij.'

De geneesheer knikte een paar maal en wees naar het kampvuur met de stille gestalte van Halt ernaast.

'Breng hem eerst daar maar heen, Arnaut,' zei hij. Hij liep zelf naar het vuur en ging er met gekruiste benen naast zitten. Arnaut pakte de man weer bij de kraag en sleepte hem naar een plek tegenover de geneesheer. Daar trok hij hem tamelijk ruw overeind tot in zittende positie en bleef met de armen over elkaar vlak achter hem staan. Bacari kon zijn hete adem in zijn nek voelen, zogezegd. Hij kromp enigszins in elkaar.

'Mogen we een beetje ruimte alsjeblieft?' vroeg Malcolm kalm. Arnaut liep een paar passen weg, maar bleef de procedure met argusogen volgen.

'Nu, beste Bacari,' begon Malcolm kalm, alsof ze gewoon een gesprek begonnen. 'Je hebt onze vriend daar met een van je pijlen geraakt.' Hij wees naar Halt, die een paar meter daarvandaan lag te slapen, zijn borstkas ging maar heel lichtjes op en neer. Bacari leek nu pas te zien dat Halt er ook nog was en keek geschrokken op. Hij had toch gezien hoe ze hun kameraad begraven hadden? Dat dacht hij tenminste.

'Leeft die nog?' vroeg hij verbaasd. 'Hij had twee dagen geleden al dood moeten zijn!'

'Het spijt me dat we je moeten teleurstellen,' zei Arnaut van een afstandje sarcastisch.

Malcolm keek hem waarschuwend aan en ging door: 'Je hebt op de punt van die pijl een bepaald gif gesmeerd.'

Weer trok Bacari zijn schouders quasi-nonchalant omhoog. 'Misschien,' zei hij. 'En wat dan nog?'

Malcolm schudde verdrietig zijn hoofd. 'We weten het zeker. Je hebt arcoina op je pijlen gesmeerd.'

Deze eenvoudige mededeling verraste de Genovees, dat was duidelijk. Hij zette grote ogen op en voor hij het wist had hij al geantwoord: 'Hoe weet jij dat?'

Malcolm glimlachte. Maar niet met zijn ogen.

'Ik weet heel veel.'

Bacari herstelde zich van de schok en stak brutaal zijn onderlip naar voren. 'Pff! Maar dan ken je ook het tegengif – waarom heb je hem dat nog niet gegeven?'

Malcolm boog zich naar de man toe en keek hem recht in de ogen.

'Omdat ik ook weet dat er twee soorten tegengif zijn.' Weer keek Bacari verrast op. Dat was een nog grotere schok haast. Hij probeerde dat te verbergen, maar Malcolm was het niet ontgaan. 'En ik weet ook dat het verkeerde hem alsnog fataal zal worden.'

'Che sarà, sarà,' antwoordde Bacari fatalistisch.

'Wat zei hij?' vroeg Arnaut meteen en kwam naar voren gelopen. Maar Malcolm gebaarde hem afstand te houden.

'Hij zei: "Wat zal zijn, zal zijn." Hij is duidelijk filosofisch aangelegd.'

Daarna keek hij de man uit Genova weer aan. 'Spreek alsjeblieft onze taal. En dat is een laatste waarschuwing – anders vraag ik mijn grote vriend hier een stukje van je oor af te snijden.'

Het was vooral de milde toon waarop deze gruwelijke bedreiging uitgesproken werd, die haar angstaanjagend maakte. Die toon, en de vriendelijke blik waarmee Malcolm de gevangene strak aan bleef kijken. Hij zag dat de boodschap overgekomen was. Bacari sloeg als eerste zijn brutale ogen neer.

'Goed, ik zal spreken,' zei hij zacht.

Malcolm knikte. 'Als we elkaar maar begrijpen.'

Hij zag dat de pijlenkoker van de man nog steeds aan zijn riem hing. Will had Bacari's handen achter zijn rug vastgebonden met duimboeien, dus hij kon er gelukkig niet bij. Daarom had hij het niet nodig gevonden de man verder te ontwapenen.

Malcolm boog zich voorover naar Bacari en tastte naar de pijlen. De gevangene probeerde zittend achteruit te schuiven, hij dacht misschien dat hij weer een draai om de oren zou krijgen. Maar hij was gerustgesteld toen Malcolm alleen voorzichtig een van de pijlen uit de koker trok en de scherpe punt bestudeerde.

Malcolm zag met gefronste wenkbrauwen hoe het metaal bedekt was met een kleurloze substantie; het zag eruit als lijm.

'Ja,' fluisterde de heelmeester haast. Het was duidelijk dat hij een heilig ontzag voor, en afkeer van het spul had. 'Dat is arcoina. Nu hoeven we alleen nog uit te vinden welke variëteit je gebruikt hebt: de witte of de blauwe bloem?'

Bacari wendde de ogen af. Hij keek naar de stille gestalte een paar meter van hem vandaan. Hij zag Arnaut onheilspellend naar hem staren. Hij zag de uitgeputte jonge Grijze Jager een eindje verderop toe staan kijken zonder een woord te zeggen. Hij voelde de spanning in de twee jongere mannen, die afwachtten wat hij zou gaan zeggen. Ondanks al hun dreigementen wist hij, dat deze drie mannen hem niet in koelen bloede zouden vermoorden. Misschien zouden ze hem een paar klappen verkopen. Daar kon hij wel tegen. Hij wist ook dat, mocht het tot een gevecht komen, hij van beide jongemannen zou verliezen, en dat ze dan geen aarzeling zouden kennen.

Maar zo, zoals hij daar nu zat, met zijn handen achter zijn rug gebonden? Nooit ofte nimmer.

Hij lachte in zichzelf. Hij had hun ogen gezien, en hij prees zichzelf vanwege zijn mensenkennis. Was de situatie omgekeerd, dan zou hij persoonlijk geen seconde aarzelen om hen te vermoorden. Hij was koelbloedig en wreed genoeg. En omdat hij zelf zo was, wist hij meteen van anderen of ze net als hij waren.

Vol nieuw zelfvertrouwen keek hij weer naar Malcolm. Nu lachte hij breeduit.

'Laat ik dat nou toch glad vergeten zijn!' antwoordde hij.

HOOFDSTUK 39

Plotseling hoorde Bacari iemand op zich af komen rennen. Hij draaide zijn hoofd om te kijken, maar hij was al te laat: de jonge Jager greep hem bij zijn bovenkleren en trok hem overeind. Een gezicht, grauw van vermoeidheid, met roodomrande ogen, keek hem van een paar centimeter afstand indringend aan. Een snel opkomende, intense haat tegen deze brutale moordenaar gaf Will plotseling weer nieuwe energie.

Malcolm krabbelde ook overeind om hem tegen te houden, maar hij was al te laat.

'Glad vergeten?! Je bent het vergeten?' schreeuwde een woedende Will en hij schudde de Genovees als een rat heen en weer.

Toen duwde hij hem walgend en hard van zich af. Omdat zijn handen en voeten nog steeds geboeid waren, wankelde de man en viel met een kreun van pijn hard op zijn zij. Maar meteen voelde hij zich weer overeind getrokken worden.

'Dan zou ik nog maar eens goed nadenken!' blafte Will en gooide hem opnieuw ruw tegen de grond. Dit keer viel de Genovees vlak bij het kampvuur, zijn linkerkant lag bijna in de vlammen. Hij schreeuwde het uit van pijn, toen hij zich dwars door zijn mouw aan de gloeiende as begon te verbranden.

'Will!' Malcolm probeerde hem tegen te houden, maar Will schudde hem van zich af. Hij greep Bacari bij zijn enkels en trok hem weg van het vuur. De Genovees probeerde hem eerst nog te schoppen, naar Will dook eenvoudig weg. Daarna gaf hij de moordenaar een harde schop tegen zijn dijbeen, zodat de man opnieuw van de pijn moest kreunen.

'Hou daarmee op, Will!' riep Malcolm nu. Hij zag dat de situatie uit de hand dreigde te lopen. Will was zo moe, geestelijk en lichamelijk, dat hij niet meer helder kon denken. Hij stond op het punt een verschrikkelijke vergissing te begaan.

En terwijl die gedachte door de geneesheer heen flitste, zag hij Will naar zijn dolkmes grijpen. Met zijn linkerhand trok hij de tegenstribbelende sluipmoordenaar weer overeind, en hij hield hem zo dat hun gezichten weer maar een paar centimeter van elkaar verwijderd waren. Bacari zag nu ook de blinde woede in dat gezicht en besefte dat hij te ver gegaan was. Die man met die groengrauwe mantel om zou hem zomaar vermoorden. Hij had zich zonet lelijk misrekend blijkbaar. En hij had hem zelf met zijn getreiter in deze staat gebracht. Toch wist hij dat zijn enige hoop om dit te overleven was om hen voorlopig niet te vertellen wat ze van hem wilden horen. Ze konden hem niet doodmaken, zolang hij het lot van hun vriend in zijn handen had.

Hij voelde de punt van dat grote mes in zijn keel steken. Het gezicht vlak bij het zijne was vertrokken van verdriet en boosheid.

'Denk goed na nu! Wit of blauw? Kom op, voor de draad ermee. ZEG OP!'

En toen zag Bacari een grote hand op de schouder van de jonge Jager neerkomen. Arnaut trok Will zacht maar onweerstaanbaar weg van de gevaarlijke rand, waar hij bijna overheen gestapt was.

'Will! Kalm aan een beetje! Ik weet een betere manier!'

Will draaide zich om naar zijn vriend. Hij huilde tranen met tuiten nu, van frustratie en boosheid en angst om zijn oude leraar. Halt, die daar zo stil lag dood te gaan terwijl dit... monster het geheim kende dat hem kon redden.

'Arnaut?' smeekte hij met overslaande stem, zijn vriend om hulp smekend. Will had gedaan wat hij kon, en het had niets uitgehaald. Hij was doodop, volledig uitgeput, hij had deze enge kerel uren achtervolgd. Hij had met hem gevochten, hij had gewonnen, hij had hem gevangengenomen en meegesleurd. En nu zou die Bacari ermee wegkomen ook nog, door zijn brutaliteit, en niet vertellen welk soort gif hij gebruikt had? Het werd hem te veel. Hij wist niet meer wat te doen, behalve het ergste.

Maar Arnaut wist wel een uitweg. Hij keek zijn vriend geruststellend aan. En daarna maakte hij voorzichtig een voor een Wills vingers los van de voorkant van Bacari's jekker. Will gaf woordeloos toe en deed een stap achteruit.

Arnaut glimlachte vriendelijk naar Bacari. Hij draaide hem honderdtachtig graden om en greep met beide handen de mouw van zijn rechterarm vast. Met een ruk scheurde hij er een stuk van twintig centimeter af. Daarmee ontblootte hij de onderarm van de Genovees. Je zag de witte binnenkant met de blauwe aders.

Bacari's armen waren nog steeds op zijn rug samengebonden en hij wrong zich in allerlei bochten om te zien wat Arnaut wilde gaan doen. Je zag dat hij er geheel niet gerust op was. Die Arnaut, die was niet witheet van woede. Die schreeuwde niet. Die bleef juist heel kalm en vastberaden. En daar maakte de Genovees zich meer zorgen over dan over Wills razen en tieren.

Arnaut greep de pijlenkoker vast die nog steeds aan Bacari's riem bungelde. Er zaten nog vier of vijf pijlen in. Hij pakte er één en bestudeerde de punt. Je kon duidelijk het lijmachtige spul zien dat Malcolm eerder had aangewezen. Arnaut hield de punt vlak voor Bacari's ogen. Het gif kon de man niet ontgaan.

En toen besefte de man ineens wat die Arnaut van plan was. Uit alle macht rukte en trok hij aan zijn boeien. Maar de duimboeien waren strak en sterk, en bovendien hield Arnaut zijn rechterarm als in een bankschroef vastgeklemd.

De jonge krijger stak de vlijmscherpe punt van de pijl in het weke deel van Bacari's arm en drukte meedogenloos door. De pijl gleed gemakkelijk de spier in en het bloed stroomde langs zijn arm. Bacari schreeuwde het uit van pijn, terwijl Arnaut de pijl als mes gebruikte en een diepe snee in de onderarm maakte. Bacari voelde zijn hart kloppen in de wonde. Hij wist dat Arnaut een ader gevonden had, die het bloed snel door zijn lijf zou verspreiden – veel sneller nog dan bij de oppervlakkige kras in de arm van Halt.

'Nee! Nee, dat niet!' krijste de sluipmoordenaar en probeerde zich los te rukken. Maar het was al te laat. Het gif was zijn weg naar binnen begonnen, en hij wist wat hem te wachten stond. Hij had maar al te vaak staan kijken naar de doodsstrijd van eerdere slachtoffers. Hij stopte met tegenstribbelen en zakte bijna door de knieën, maar Arnaut hield hem overeind.

De jonge krijger gooide de pijl een eind weg en keek naar zijn twee vrienden. Hij zag de schok waarmee ze beseften wat hij zonet gedaan had. Maar toen zag hij de uitdrukking op Wills gezicht veranderen in een van tevreden goedkeuring.

Dat gold niet voor Malcolm. Malcolm was niet voor niets een geneesheer, die zijn leven had gewijd aan het redden van levens. Wat Arnaut net gedaan had, ging in tegen alles waar hij voor stond. Hij zou nooit willens en wetens een leven in gevaar kunnen brengen, op de wijze die Arnaut zojuist gedemonstreerd had.

'Malcolm,' zei Arnaut nu, 'het is toch zo dat hoe meer het slachtoffer zich beweegt, hoe sneller het gif zich door zijn lijf zal verspreiden?'

Malcolm kon niets uitbrengen, maar knikte.

'Goed,' zei Arnaut. Hij liet Bacari's arm los en trok de rest van de mouw los. Daarna bond hij de stof snel om de wond in de arm van de Genovees.

'Je mag natuurlijk niet doodbloeden voordat het gif zijn kans krijgt,' zei hij. Toen het verband klaar was, liet hij zijn slachtoffer los.

Bacari was geschokt en zakte langzaam op zijn knieën, het hoofd diep gebogen. Hij keek naar Malcolm, de enige die hem nog kon redden, en smeekte hem: 'Alsjeblieft! Ik smeek je! Laat hem mij dit niet aandoen!'

Maar dat was voor Malcolm een brug te ver. Ongelukkig kijkend haalde de man zijn schouders op. Hij kon er nu ook niets meer aan veranderen. Arnaut boog zich ineens voorover en sneed de enkelboeien van de man los. En daar voelde de moordenaar die sterke hand weer onder zijn oksel. Hij werd als een veertje overeind getrokken.

'Kom jij maar eens omhoog, vriend. Je denkt toch niet dat je hier de hele dag kan zitten lanterfanten? We gaan een wandelingetje maken, jij en ik. We gaan snelwandelen. We gaan eens lekker zorgen dat dat gif snel al je uiteinden bereikt!'

En met die woorden duwde hij de arme Genovees voor zich uit, tot deze op een moeizaam holletje voor hem uit wankelde. Ze liepen het bosje uit, en Arnaut wees naar de zuidelijke horizon.

'Zullen we daar eens van het uitzicht gaan genieten? Vind je dat een goed idee? Huppekee!'

Arnaut hield zijn gevangene stevig vast aan diens elleboog, en daar holden ze samen de helling op. Harder en harder dwong hij hem, tot ze echt renden. Bacari struikelde om de haverklap, maar Arnaut trok hem steeds weer overeind en dwong hem verder te lopen. Will en Malcolm konden beneden zijn sarcastische aanmoedigingen volgen terwijl hij de Genovees op bleef jagen.

'Kom op, ouwe hardloper! Maak eens wat vaart!'

'Niet vallen, gifmenger!'

'Hup! Hup! Hup! We hebben niet de hele dag!'

'Laat dat gif maar binnenstromen!'

Langzaam stierf het geluid weg, naarmate de twee renners

hoger de heuvel op kwamen. De een trok en duwde de ander almaar voort. Malcolm keek Will aan, en de jonge Jager zag dat hij het niet eens kon zijn met deze gang van zaken.

'Kun jij hem niet laten ophouden daarmee?' vroeg de genees-heer.

Will keek hem kil aan. 'Misschien wel – maar waarom zou ik?'

Malcolm keek hoofdschuddend de andere kant op. Will ging naast hem staan en legde zijn hand op zijn arm. Hij draaide de man om zodat hij hem weer aankeek.

'Malcolm, ik begrijp wel wat je bedoelt, denk ik. Ik weet dat jij dit niet kunt goedkeuren. Maar het is de enige manier.'

De kleine man schudde vertwijfeld het hoofd. 'Ik... Dit gaat tegen alles in wat ik ben en voel, Will. Het idee dat je expres ie-mand vergiftigt – dat kan ik niet accepteren!'

'Misschien is het ook onvergeeflijk, in normale omstandig-heden,' zei Will. 'Maar dat monster doet zelf niet anders. En het is de enige manier om de man te dwingen ons te vertellen wat voor gif hij gebruikt. Het is Halts enige kans. Hij dacht dat we hem niets zouden aandoen, hoe we ook dreigden. En waar-schijnlijk had hij nog gelijk ook. Ik had nooit echt een mes in zijn keel kunnen steken, zelfs al bleef hij weigeren te praten.'

'En dit is wat anders dan?' vroeg Malcolm.

Will knikte. 'Natuurlijk is het wat anders. Nu is de keus aan hem. Als hij ons vertelt wat voor gif het is, kun jij hem behande-len en redden. Je hebt zelf gezegd dat het tegengif bijna meteen helpt. Dus wij zijn het niet die hem doodmaken. Wij kunnen hem redden. Als hij doodgaat is dat zijn eigen keus.'

Malcolm sloeg zijn ogen neer. Het bleef lang stil.

'Je hebt ook wel gelijk,' zei hij ten slotte. 'Ik vind het maar niks, maar ik zie wel dat het anders ligt dan anders. En dat het moet.'

Ze hoorden voetstappen dichterbij komen, de heuvel af, en

daar kwam Arnaut met een lijkbleke Bacari op sleeptouw het bos in gelopen. Arnaut keek duidelijk tevreden.

'Wat denken jullie?' zei hij. 'Onze vriend hier heeft zijn geheugen weer terug!'

Het gif dat de Genovezen gebruikten was dus gemaakt van de witte arcoina-variant. Met grote ogen van angst vertelde Bacari alle details aan Malcolm. Die knikte en pakte zijn medicijnkistje. Hij zocht een stuk of tien flesjes en zakjes poeder bij elkaar en begon snel hoeveelheden af te wegen, te meten en bij elkaar te gooien. Nog geen vijf minuten later had hij een dunne, gelige vloeistof gemaakt, waarmee hij naar Halt liep.

'Nee nee,' zei Will, 'nog niet aan Halt geven – eerst aan Bacari zelf!'

Even was Malcolm verrast door die bezorgdheid – maar toen begreep hij het. Er was altijd nog een kleine kans dat de Genovees hen voor de gek had willen houden. Als hij merkte dat hij zelf als eerste het verkeerde antigif kreeg toegediend, zou hij dat wel moeten bekennen. Maar de sluipmoordenaar hoorde wat Will zei, kwam meteen naar voren en stak hem met enige moeite zijn nog steeds op de rug geboeide rechterarm toe.

'Ja! Geef het mij maar eerst!'

Arnaut had gelijk gehad. Doordat hij het gif rechtstreeks in de ader had geduwd werkte het veel sneller dan bij Halt. Bacari voelde zijn arm al warm worden, en de pijn kroop omhoog naar zijn schouder. Zijn pols was ook al sneller, een andere bijwerking van het gif. Hij wist dat het gif zich daardoor nog sneller zou verspreiden.

Malcolm keek naar hem, dan naar Will, en knikte één keer. Halt kon nog wel even wachten, en het zou maar een minuut of wat kosten om Bacari het tegengif toe te dienen. Hij wees naar de man zijn arm.

'Maak die boeien eens los, Will – ik kan zo niet bij zijn arm!'

Will maakte de duimboeien los. Zijn rechterhand gleed waarschuwend naar het gevest van zijn Saksische mes.

'Denk er wel aan dat we je nu niet langer levend nodig hebben. Eén verkeerde beweging en je bent er geweest!'

Bacari knikte heftig met zijn hoofd en liet zich naast Malcolm op zijn knieën zakken. Daarna stak hij zijn arm naar de geneesheer uit en hapte naar adem, toen deze in een keer het verband verwijderde en hij het gezwollen en verkleurde vel zag. Door het drukverband was hem dat eerst nog niet zo opgevallen.

Malcolm pakte de gewonde arm beet en draaide de zieke kant naar boven. In zijn hand een klein maar zo te zien vlijmscherp mesje.

'Ik moet nu in je arm snijden, begrijp je dat?' vroeg hij.

'Ja, ja. Doe maar!' antwoordde de Genovees, bijna over die woorden struikelend. 'Snij maar! Ik weet hoe het werkt!'

Malcolm keek hem even aan en concentreerde zich toen op de arm voor hem. Hij vond een geschikte ader en sneed er met het mesje in. Meteen liep het bloed eruit en hij wees Will op een stukje schoon linnen dat hij had klaargelegd. 'Veeg dat bloed eens weg, Will,' zei hij.

Will deed zoals hem gevraagd was, en in de paar tellen die het duurde voordat het weer flink zou gaan stromen duwde Malcolm een dun glazen buisje in het gaatje. Aan het eind zat een bolvormige verdikking, en daar goot hij een beetje van de gele vloeistof in. Hij tikte tegen het buisje, zodat alle lucht eruit verdween.

Daarna hield hij het recht overeind, tot alle vloeistof naar beneden gezakt was. Toen zette hij zijn lippen om het bovenste uiteinde en begon zachtjes te blazen, totdat alle tegengif in de man zijn ader verdwenen was. En vervolgens legde hij snel een nieuw schoon verband op de wond en bond dat stevig vast.

Opgelucht ontspande Bacari zich en keek de heelmeester dankbaar aan.

'Dankjewel,' herhaalde hij een paar keer.

Maar Malcolm keek hoofdschuddend terug. 'Denk maar niet dat ik dit voor jou doe, vriend. Ik doe het alleen maar omdat ik er niet tegen kan om een andere mens te zien lijden en sterven.' Hij keek Will aan. 'Wat mij betreft bind je die duimen weer aan elkaar vast.'

'Laat dat maar aan mij over,' zei Arnaut. Hij liep op hen af en raapte onderweg de duimboeien op. 'Ga jij Malcolm maar helpen met Halt.'

Malcolm wilde al protesteren dat hij het verder wel alleen afkon, maar hij zag hoe Will keek en besloot dat het beter was als Will het idee had dat hij op de een of andere manier had meegeholpen aan Halts genezing. Dus knikte hij kort.

'Goed idee. Breng me mijn spullen maar!'

Naast Halt neergeknield maakte hij eerst het glazen buisje goed schoon met het een of andere kleurloze vocht uit een ander flesje. Daarna trok hij voorzichtig Halts arm van onder de deken naar buiten en verwijderde het verband. De ondiepe snee zag er nog steeds verschrikkelijk uit. Daarna maakte hij ook zijn kleine mesje goed schoon met het spul uit het flesje, en gaf Halt het tegengif, op dezelfde manier als eerst. Al die tijd gaf Halt geen kik, hij merkte er niets van. Zelfs niet toen Malcolm voorzichtig een ader opende. Will zag wel dat hij heel wat meer van het tegengif gebruikte dan hij bij Bacari gedaan had.

'Dat gif zit er bij hem al veel langer in,' legde hij uit, toen hij zag dat Will het opgemerkt had. 'Daarom heeft hij ook meer tegengif nodig!'

Toen hij klaar was legde hij ook bij Halt een nieuw verband aan. Hij keek Will aan, zag dat de jongen nog steeds bezorgd was en probeerde hem wat gerust te stellen.

'Over een paar uur is het over,' beloofde hij. 'Ik hoef hem nu alleen nog maar iets te geven om hem uit die diepe slaap te halen. Nu is het juist weer goed als zijn lijf weer sneller werkt!

Des te sneller komt het tegengif tot in alle hoekjes en gaatjes.'

En hij maakte een ander medicijn en goot daar voorzichtig wat van in Halts mond. Toen de vloeistof Halts keel bereikte begon die vanzelf te slikken. Malcolm knikte tevreden. Daarna maakte hij al zijn instrumenten weer goed schoon, borg ze op en stond kreunend op.

'Ik word echt te oud voor al dit kampeergedoe!' zei hij. 'Volgende keer moeten jullie een paar gemakkelijke stoelen meenemen.'

Will had geen vin verroerd, intussen. Hij zat nog steeds naast Halt geknield, iets voorover, strak naar Halts gezicht kijkend of hij ergens een teken zag dat de Jager beter werd.

Malcolm raakte zachtjes zijn schouder aan.

'Kom nou maar, Will,' zei hij. 'Het duurt nog wel een uurtje of wat voor we verandering zien. Voorlopig moet jij jezelf maar eens wat te eten gunnen, en wat slaap en zo. Het heeft weinig zin als Halt straks bijkomt, alleen om te ontdekken dat jij totaal ingestort bent.'

Met tegenzin stond Will op en liep achter Malcolm aan naar het kampvuur. Nou de geneesheer het zei... hij had inderdaad een verschrikkelijke honger en dorst. En tijdens zijn training had hij geleerd dat het altijd verstandig was om even te rusten zodra de kans daartoe zich voordeed. Maar eerst moest hij nog iets doen, wist hij.

'Malcolm,' riep hij, en de kleine geneesheer draaide zich om, zijn wenkbrauwen vragend omhoog. Maar voor hij een vraag kon stellen, zei Will: 'Dankjewel. Ik ben je heel, heel dankbaar, dat weet je, hè?'

Malcolm grijnsde verlegen en maakte een afwijzend gebaar.

'Ach, dit is mijn vak toch?' zei hij.

Hoofdstuk 40

Bacari sloeg vlak voor zonsopgang zijn slag.

Hij wist dat mensen dan het minst op hun hoede waren. Iemand die de halve nacht op wacht gestaan had, was slaperig en lette niet goed meer op. Zodra het eerste grauw zich aandient aan de oostelijke hemel, bij het eerste teken dat de nieuwe dag de duisternis spoedig zal verdrijven, dan ontspannen de mensen zich, en denken ze ten onrechte dat hun niets meer kan overkomen.

Zodra het licht wordt, zijn de onveilige uren voorbij. Zo werkt het menselijk brein – zelfs dat van een getrainde krijger, zoals die reus van een kerel die nu de wacht hield.

De sluipmoordenaar had goed geluisterd, toen Malcolm en Arnaut afspraken maakten voor de komende nacht. 'We houden om de beurt de wacht,' had Arnaut gezegd. 'Will is uitgeput, die moet een hele nacht door kunnen slapen om weer bij te komen.'

De geneesheer was het daar zonder morren mee eens geweest. Will had onder enorme druk gestaan – zowel geestelijk als lichamelijk. Hij had dus wel wat rust verdiend. Natuurlijk wilde hij pas gaan slapen, toen bij Halt de eerste tekenen van herstel te zien waren. Zijn ademhaling werd regelmatig en er kroop weer wat kleur in zijn wangen, die de afgelopen dagen zo grijs geweest waren. En toen Malcolm naar zijn arm keek was die bijna weer normaal. Niet meer zo gezwollen, en er was ook niets meer te zien van de akelige verkleuring rondom de wond.

Bacari deed net of hij sliep, maar hield intussen de hele nacht alles scherp in de gaten. Naarmate het tegengif zijn heilzame werk deed, voelde ook hij zijn krachten terugkeren.

In de kleine uurtjes maakte Malcolm Arnaut wakker, zodat hij de wacht kon overnemen. Bacari wachtte daarna nog een uur. Al die tijd zat de jonge krijger in elkaar gedoken bij het flakkerende kampvuur. Af en toe hoorde hij hem gapen. Arnaut was ook moe. De afgelopen dagen waren voor hem evenmin een rustige vakantie geweest. Ook hij had te weinig kunnen slapen, en in de tweede helft van zijn wacht begon hem dat op te breken. Hij ging verzitten en gaapte. Daarna knipperde hij een paar keer met zijn ogen, en deed ze wagenwijd open om de slaap te verdrijven. Maar hoe hij ook zijn best deed, na een tijdje begon hij te knikkebollen. Hij sliep niet echt, en elk onverwacht geluid zou hem meteen wakker geschud hebben. Maar Bacari maakte natuurlijk helemaal geen geluid.

Will had, nadat Malcolm de Genovees het tegengif had toegediend, de duim- en enkelboeien weer vastgemaakt. Heel voorzichtig stak Bacari nu achter zijn rug zijn geboeide polsen naar beneden, tot vlak bij de hakken van zijn laars. Er klonk een zachte klik, en daar schoot een klein dun mesje te voorschijn. Het lemmet was maar kort en het viel dan ook niet mee de leren boeien eronder te krijgen. Voorzichtig begon hij te zagen. Een keer moest hij zich verbijten om het niet uit te schreeuwen, toen hij zich in zijn pols sneed. Maar na een minuutje de tanden op elkaar gehouden te hebben, schoten de boeien los en waren zijn handen weer vrij.

Hij wachtte een paar minuten voor hij aan de volgende stap begon. Hij wilde zeker weten dat hij geen enkel geluid had gemaakt, en dat Arnaut dus niets in de gaten had. De jonge krijger bleef met gebogen hoofd in de vlammen staren. Je zag hoe hij regelmatig ademhaalde. Hij was bijna in dromenland.

Bacari haalde zijn handen naar voren en trok zijn knieën op, zodat hij bij zijn enkelboeien kon. Hij tastte in het donker, tot hij de knoop gevonden had en die los kon maken.

Wat een opluchting! Hij was weer vrij!

Geduldig wachtte hij tot de bloedsomloop in zijn handen en voeten weer helemaal normaal was. In gedachten repeteerde hij steeds maar weer wat de volgende stap was.

Eerst zou hij die Arnaut vermoorden. Daar had hij nog wel een verborgen wapen voor. Dan zou hij de dolk van de grote krijger pakken – aan zo'n groot zwaard had hij niets – en eerst de pezen van de twee kleinere paarden doorsnijden. En dan zou hij op het grote paard maken dat hij wegkwam.

Hij zou later wel terugkomen om die twee anderen onschadelijk te maken. Of misschien ook wel niet. Bacari was een praktisch man. Hij zou zich best graag willen wreken op Will en Malcolm, daar niet van – maar als hij daardoor zichzelf in gevaar bracht, of als het hem te veel moeite zou kosten, dan hoefde dat van hem niet eens. Hij was een beroeps, en met moorden uit wraak verdiende je meestal geen cent. Als die Tennyson er nou nog een extra beloning voor over zou hebben...

Terwijl hij zo zat te denken, bereidde hij zich intussen voor op de aanval op Arnaut. Zijn purperen mantel zat onder zijn kin dichtgebonden met een koordje. Voorzichtig maakte hij de knoop aan één kant los en trok het dunne gladde koord helemaal uit de zoom. Nu was het een snoer van meer dan een halve meter lang. Hij sloeg het een paar keer om elke hand, zodat een ruime lus overbleef. Daarna spande hij als een kat al zijn spieren en maakte zich klaar om boven op de dommelende krijger te springen.

Arnaut schrok wakker, toen hij iets over zijn hoofd voelde glijden, dat meteen strak om zijn keel getrokken werd. Iemand trok hem achterover, weg van het vuur. Hij kon bijna niet meer ademhalen en geluid maken lukte al helemaal niet. Hij voelde een knie in de holte van zijn rug gedrukt worden. Zo kon Bacari zich nog beter afzetten en de strop om zijn nek nog strakker trekken. Arnaut verloor bovendien zijn evenwicht, met zijn hoofd zo ver achterover. Hij was machteloos tegenover de slinkse aanval. Te laat besefte hij wat er gebeurde. Vergeefs probeerde hij nog een vinger achter het snoer te krijgen. Maar het zat al te strak. Hij kon niets meer doen dan wanhopig naar adem snakken.

In paniek keek hij naar de drie slapende figuren aan de andere kant van het vuur. Will sliep vast. Er was weinig kans dat hij iets zou horen. Malcolm, tja, Malcolm was niet gewend aan dit leven onder de blote hemel. Daar hoefde hij helemaal geen hulp van te verwachten. En Halt, die sliep natuurlijk nog steeds, onder invloed van het gif en het tegengif.

Zelfs de paarden waren te ver weg om iets te merken. Ze waren, op zoek naar mals gras, verder het bosje in gelopen. Bovendien – Jagerspaarden waren getraind om op gevaar van buiten te letten, niet van binnen!

Arnaut probeerde te roepen, maar er kwam alleen een moeizaam gereutel uit zijn keel. Meteen werd het snoer om zijn nek nog strakker aangetrokken. Hij dreigde door een ernstig zuurstoftekort het bewustzijn te verliezen. Hij spartelde steeds minder tegen, en toen Bacari dat merkte draaide hij de strop nog wat strakker.

Arnaut dacht dat hij aan het begin van een lange donkere tunnel stond. Hij zag hun kamp in een klein cirkeltje in de verte, de rest daaromheen was pikzwart. En die cirkel werd kleiner en kleiner. Vergeefs plukten zijn vingers aan het koord om zijn nek. Te laat bedacht hij, dat hij ook nog een stel benen had. Waarmee hij iets zou kunnen doen, al was het maar lawaai schoppen. Maar hij was intussen te zwak voor meer dan wat slappe stuiptrekkingen.

Verbijsterd besefte hij dat hij op de rand van de dood was

aangekomen. Paniek mengde zich met woede en ergernis, dat het juist Bacari moest zijn die een eind aan zijn jonge leven zou maken. Dat nu juist die sluipmoordenaar uiteindelijk de overwinnaar zou blijken!

'Will!'

Een luide schreeuw klonk door het bos. Even was Bacari verrast, en de druk op Arnauts strottenhoofd werd iets minder. Hij kon één keer sidderend naar adem happen, voor de strop weer aangetrokken werd. Wie riep daar? Wel een bekende stem... Hij probeerde het zich te herinneren, maar verloor het bewustzijn, terwijl hij het ineens wist.

Het was Halt. De stem van Halt.

Jaren van trainen en oefenen wierpen weer hun vruchten af. Iets had Halt gealarmeerd. Misschien een raar geluid. Het zachte gerochel van Arnaut. Of misschien was het iets ondefinieerbaars, een signaal van een zesde zintuig dat hij door de jaren heen ontwikkeld had, om voor dreigend gevaar te waarschuwen. In ieder geval wist Halts brein ineens, dat er iets loos was.

Hij kwam op één elleboog omhoog, en zag net buiten de lichtkring van het kampvuur twee gestalten worstelen. Hij probeerde overeind te komen, besefte dat hij nog te zwak was en besloot zijn laatste krachten samen te ballen in één noodkreet naar zijn leerling – waarna hij uitgeput op zijn rug viel.

Hoe doodop Will ook was, ook bij hem nam de training het over. Die noodkreet wist dwars door de deken van zijn diepe slaap heen te dringen, en voor hij het goed en wel zelf wist, was hij al uit zijn dekens gerold en opgesprongen, het Saksische mes in zijn handen.

Meteen zag hij de twee worstelende gestalten en holde eropaf. Bacari liet de grote krijger los en duwde hem van zich af, tegelijk het grote mes grijpend dat Arnaut aan zijn riem had hangen. Met dat dolkmes dreigend in de aanslag kwam hij op Will af. De Genovees woog snel zijn kansen. Malcolm kon hem niets doen. De heelmeester was niet eens wakker geworden. Die Arnaut was dood, of in elk geval bewusteloos. Hij zou hoe dan ook aan dit gevecht niet mee kunnen doen.

Alleen die kleine Will stond daar tegenover hem. Met dat rare grote mes van hem. En Bacari had zelf dat grote mes met breed lemmet van de ridder. De Genovees grijnsde. Hij kon met zo'n mes overweg als geen ander. Dat van zijn tegenstander was misschien ietsje langer, maar hij zag meteen dat Will geen echte messentrekker was, zoals hij. Hij kon niet bliksemsnel toesteken en uithalen, zoals Bacari al bijna zijn hele leven lang had moeten oefenen, in de nauwe donkere straatjes en steegjes van Genova.

Terwijl hij Will strak in de ogen bleef kijken, kwam hij naar voren. Hij zag iets van onzekerheid in Wills blik. Eigenlijk was Will niet helemaal wakker, en in elk geval niet voorbereid op zo'n gevecht op leven en dood. Zijn lijf moest wel vol adrenaline stromen, zijn hart klopte waarschijnlijk in zijn keel.

Dat was een van de redenen waarom Bacari zelf eerst een paar keer diep adem had gehaald, voor hij Arnaut aanviel. Hij wilde zeker zijn, dat hij er helemaal klaar voor was. Dat hij geen last zou hebben van zenuwen, dat zijn reactievermogen optimaal was.

Will deinsde nu zelfs achteruit. Hij was geschrokken van het zelfvertrouwen dat hij in Bacari's ogen las, hij wist dat hij tegenover een expert stond. Die gemene moordenaar had jaren en jaren geoefend met messen, net als Will met zijn pijl en boog. En Will kende ook zijn eigen beperkingen.

Hij had dit nog maar nauwelijks aan zichzelf toegegeven, toen Bacari ineens als de bliksem zo snel op hem afgesprongen kwam. Hij deed daarbij net of hij van boven naar beneden zou gaan steken, en toen Will dacht hem hoog te pareren, liet hij het mes gewoon in zijn andere hand vallen en stak onderhands toe. Hij sneed een gat in Wils jekker en wist hem nog net in de borst te raken, terwijl Will geschrokken achteruit sprong.

Will voelde een straaltje warm bloed over zijn ribbenkast stromen. Hij wist dat alleen zijn reactievermogen hem dit keer gered had. Op het nippertje.

Die truc met dat vallende mes had hem bijna het leven gekost. Wat was die Bacari snel, zeg! Het was net alsof hij met zijn Saksische mes een venijnige slang moest afweren – een slang die elk moment uit een andere hoek kon aanvallen. Misschien kon hij wel proberen het te gooien? Die man was zo snel, waarschijnlijk zou hij dan net op tijd wegduiken.

Daar kwam Bacari weer op hem af. Dit keer haalde hij uit met het mes in zijn linkerhand. Weer moest Will achteruit springen. Dat gaf Bacari de gelegenheid om het mes weer in zijn andere hand te gooien en meteen een nieuwe aanval uit te proberen, eerst stekend, onmiddellijk gevolgd door een oogverblindende reeks hoge en lage uithalen. De Genovees wist precies wat hij deed; hij liet geen moment zijn dekking vallen, zodat Will de kans niet kreeg een tegenaanval te proberen.

Will herinnerde zich de vorige keer dat hij tegen deze man had moeten vechten, toen hij hem op de vlakte gevangen had genomen en wist dat hij hem niet mocht doden. Terwijl hij daaraan dacht, voelde hij ineens een vreemd soort vastberadenheid over zich komen. Bacari stond recht voor hem, klaar om toe te steken. Weer liet hij een verwarrende opeenvolging van armbewegingen zien, links, rechts, hoog, laag, het mes van de ene naar de andere hand toverend als was hij ermee aan het jongleren. Hij dwong Will om al die bewegingen met zijn ogen te volgen, en hoefde zo alleen maar te wachten op een moment van onachtzaamheid aan de andere kant, waarin hij dan zou toesteken.

Maar nu verplaatste Will het Saksische mes naar zijn linkerhand. Meteen gooide Bacari zijn mes in zijn rechter, en begon hem uit te lachen.

'Erg goed ben je daar niet in, signore,' zei hij.

'Ik heb altijd goed gekeken naar een man die...' begon Will en gooide tegelijk zonder waarschuwing vooraf het zware mes onderhands naar zijn tegenstander. Dat was een oude truc die Halt hem eens geleerd had, jaren geleden al weer. Als je het niet gewoon kunt winnen, dan moet je je tegenstander afleiden en voor de gek houden. Begin te praten. Zeg maar iets, wat je ook voor de mond komt. Je tegenstander verwacht dat je de zin die je begint ook af zult maken – maar jij valt aan voor het zover is. Met een beetje geluk heb je hem dan.

Maar Bacari kende dat trucje ook, zo bleek, Hij had het zelf vaak genoeg toegepast. Hij deed gewoon een stap opzij en het mes vloog langs hem heen. Hij lachte weer hard.

En hij lachte nog steeds, toen Wills werpmes zich diep in zijn hart boorde, het mes dat Will met rechts getrokken en gegooid had, zodra zijn Saksische mes zijn hand had verlaten.

Verbaasd keek de man naar beneden, en zag het heft uit zijn borstkas steken, net voordat alles voor zijn ogen zwart werd en hij door de knieën zakte.

'Dit keer hoefde ik je niet te laten leven,' zei Will onaangedaan.

HOOFDSTUK 41

H et hert boog zich net gulzig naar een bijzonder aantrekkelijke graspol, toen instinct zijn kop weer omhoog deed
veren. Met trillende oren en glanzende ogen probeerde het een
ongewoon geluid thuis te brengen, de neusgaten gingen open
en dicht, speurend naar een geur die zou bevestigen of er al dan
niet gevaar dreigde. Ergens links was het, de kant waar de wind
naartoe blies.

De pijl kwam uit het niets en doorboorde met de vlijmscherpe punt zijn hart. Met een laatste kreun probeerde het dier nog
weg te springen, maar alle kracht leek uit de poten verdwenen.
Het hert zakte ter plekke door de knieën in het malse gras.

Will stond op naast de struik waarachter hij zich verdekt
had opgesteld en duwde de kap van zijn mantel naar achteren.
Ze waren al zo lang onderweg, dat het eten begon op te raken.
Dankzij het hert zouden ze weer vers voedsel hebben; wat er
overbleef konden ze in dunne strips boven het vuur drogen en
roken. Het deed hem wel pijn om zo'n mooi beest neer te schieten, maar het kon nu niet anders.

Snel verwijderde hij de ingewanden. Daarna floot hij schel
om Trek te waarschuwen. Die had een honderd meter verderop
geduldig tussen een paar bomen staan wachten. Trek kwam en
bekeek wat er over was van het hert waar ze al twee uur achteraan gejaagd hadden.

Dat is maar een klein beestje. Kon je geen grotere vinden?

'Het heeft weinig zin om meer vlees te doden dan we kunnen gebruiken nu,' zei Will hardop. Maar hij zag dat zijn paardje niet overtuigd was. Hij bond het karkas vast achter het zadel en steeg op om terug te rijden naar het kamp.

Twee dagen waren voorbijgegaan sinds de laatste confrontatie met Bacari. Het had hem verbaasd hoe snel Halt weer opkrabbelde. Natuurlijk was de oude Grijze Jager nog zwakjes; geen wonder, dat waren de nawerkingen van al die middelen die zijn lijf te verduren had gekregen, vanaf de eerste vergiftiging in het dodebomenbos. En al die tijd had hij ook nauwelijks gegeten, hoogstens wat bouillon. In elk geval was de koorts verdwenen, net als de verkleuring en de zwelling rond de wond. En de verwardheid. Hij was bijna weer de oude Halt, en kon dan ook haast niet wachten om weer op pad te gaan.

Maar dat had Malcolm ten strengste verboden.

'Eerst moet je rusten. Echt rusten, en minstens vier dagen. Anders stort je zo weer in,' zei hij ernstig, en op een toon die geen tegenspraak duldde.

Natuurlijk zou Halt altijd tegensputteren, dacht Will, of Malcolm nu streng gesproken had of niet. Maar toch leek het te helpen. Halt leek zich tenminste neer te leggen bij het bevel van de geneesheer, voorlopig althans.

En dan was er nog een ander probleem dat Will dwarszat. Hij vond eigenlijk dat hij het aan zijn eer verplicht was om Malcolm terug te brengen naar het Grimsdalwoud. Het werk van de geneesheer was volbracht en Will wist maar al te goed dat hem thuis in het donkere woud andere belangrijke zaken en taken wachtten. De terugtocht naar Macindaw zou niet zonder gevaren zijn. Het bleef natuurlijk een woeste en vijandige streek, en Will zag het dan ook als zijn plicht om Malcolm weer veilig thuis te brengen. De kleine heelmeester droeg niet eens een wapen – hij zou er trouwens toch niet mee overweg kunnen. Jagerstalenten had hij helemaal niet. Maar als Will nu weer met hem meeging, leverde dat nog meer vertraging op voor hun achtervolging van Tennyson en zijn bende.

Malcolm zelf zorgde voor de oplossing, toen Will zijn dilemma voorzichtig ter sprake bracht.

'Ik ga helemaal niet naar huis – ik ga met jullie mee!' zei hij zonder aarzelen.

Aan die mogelijkheid had Will niet eens gedacht. Verrast keek hij op, maar hij zag meteen allerlei obstakels en problemen.

'Maar Malcolm, het is gevaarlijk...'

De heelmeester antwoordde snerend, met een aanstellerig hoge stem: 'O jeetje... gevaarlijk... wat akelig! Ik word al helemaal bang en benauwd. Weet je wat, ik voel de traantjes al komen!'

Will probeerde hem te sussen, toen hij begreep dat zijn opmerking als een belediging kon zijn opgevat. Bij nader inzien was dat misschien wel logisch. 'Maar zo bedoelde ik dat niet,' begon hij.

Malcolm liet hem niet eens uitspreken. 'O? Je bedoelt bij nader inzien dat het helemaal niet gevaarlijk is? Maar dan is het ook geen probleem als ik meega, of wel soms?'

'Nee, nee, dat bedoel ik niet... Ik bedoel... Ik twijfel geen seconde aan je dapperheid en moed...'

'Gelukkig!' zei Malcolm op kille toon. 'Waaraan dan wel, als ik vragen mag?'

'Ja, kijk, het is natuurlijk...' Will zweeg. Hij besefte dat hij nu met zorg zijn woorden zou moeten kiezen. Dit was een nieuwe, scherpe kant aan Malcolm, een kant die hij nog niet eerder meegemaakt had. Het laatste wat hij wilde was hem nog bozer maken.

Malcolm gebaarde dat hij nu de zin die hij begonnen was maar eens af moest maken.

'Ik bedoel, het zit er dik in dat we in gevecht raken, en jij bent nou niet...'

Malcolm keek hem dreigend aan. Will had de man stiekem

altijd vergeleken met een vogeltje. Maar nu zag hij er – met die boze blik en samengetrokken wenkbrauwen, dat kale hoofd en die kromme neus van hem – eerder uit als een gier.

'Wat ben ik niet?' kraste Malcolm.

Will verwenste zichzelf dat hij dit onderwerp ter tafel gebracht had. Maar nu was het te laat. 'Ik bedoel... je bent geen krijger, of wel soms?' Dat was geen sterke, dat wist hij, maar Malcolm kon het moeilijk ontkennen.

'Daarmee wou je zeggen dat je bang bent dat ik jullie tot last zal zijn? Dat als het op vechten aankomt jullie mij moeten beschermen, in plaats van dat ik help?'

'Nee!' zei Will. Maar hij zei het iets te snel. Want eigenlijk was dat het inderdaad.

Malcolm deed er enkele ogenblikken het zwijgen toe. Hij trok één wenkbrauw op, en Will dacht: Ik wou dat iedereen eens ophield met die rare wenkbrauwtrekkerij. Het leek wel een besmettelijke ziekte.

'Mag ik je er misschien aan herinneren,' zei Malcolm na enige tijd, 'dat het toch als algemeen bekend verondersteld mag worden, dat door mijn toedoen een bepaalde dappere Grijze Jager het ooit in zijn broek deed van angst?'

'Ik deed het helemaal niet in mijn broek!' protesteerde Will.

'Nou, dan scheelde het toch niet veel!'

Wills gedachten gingen onwillekeurig terug naar die akelige nacht in het Grimsdalwoud, toen holle stemmen hem uit het duister dreigend toe galmden. En toen er ineens een reusachtig spook boven de mist uit kwam torenen. Hij moest toegeven dat Malcolm een punt had: het had inderdaad niet veel gescheeld!

'Luister, Will,' zei Malcolm op sussende toon, 'ik ben inderdaad geen krijger. Maar je moet toch toegeven dat ik bewezen heb dat ik in een niet direct vriendelijke omgeving mijn mannetje stond. En dat jaren achtereen. Ik heb zo mijn eigen methoden. En dan is er nog iets anders. Jullie zitten met Halt.'

Hij zag dat Will voor dat argument gevoelig was. De jonge Jager keek verrast op. Meteen veranderde die verrastheid in bezorgdheid, alsof hij ineens bang werd dat Malcolm iets vreselijks geheim gehouden had over Halts conditie.

'Halt? Wat is er met Halt? Die is toch beter, of niet?'

Malcolm stak zijn hand op om hem gerust te stellen. 'Met Halt gaat het prima. Maar hij is nog wel zwak. En voor zover ik hem ken, wil hij zo gauw mogelijk achter die Tennyson aangaan, veel te vroeg als je het mij vraagt. Heb ik gelijk of niet?'

Will aarzelde. Hij wilde loyaal blijven aan zijn oude meester, maar hij wist dat de geneesheer gelijk had.

'Ja, waarschijnlijk wel,' gaf hij toe.

Malcolm knikte een paar keer zijn wijze gierenhoofd. 'Kijk aan, en Halt is mijn patiënt. En dus voel ik me verantwoordelijk. Ik ben niet van plan vrolijk terug naar huis te rijden, terwijl hij al mijn goede werk in één klap tenietdoet. Ik wil een oogje op hem kunnen houden, voorlopig.'

Will dacht hier even over na. En hoe langer hij nadacht, hoe verstandiger het klonk. Ten slotte gaf hij lachend toe.

'Goed dan. Ga maar met ons mee. Welkom in de groep!'

Malcolm glimlachte vriendelijk terug. 'Ik beloof je, Will, ik zal en kan heus voor mezelf zorgen. En wie weet? Misschien dat ik je nog verras en een nuttige aanwinst blijk te zijn!'

De laatste dagen had Malcolm zich, als hij niet druk was met Halt, steeds teruggetrokken op een eigen plekje in het bos. Hij had daar een kampvuurtje gebouwd en zat er aan een stuk door nieuwe middeltjes te mengen en te koken. Die liet hij vervolgens weer drogen in de zon op hete stenen, totdat er niet meer overgebleven was dan een bruin poeder. Will had een paar keer gevraagd wat hij toch aan het maken was, maar de geneesheer had alleen geheimzinnig gelachen.

'Ik maak mezelf nuttig, meer niet!' was alles wat hij kwijt wilde.

Af en toe schrokken de anderen op, als ze ineens het geluid van een ontploffing uit het bos hoorden komen. De eerste keer waren ze meteen bezorgd naar hem toe gerend, om te kijken of hij ongedeerd was. Hij wuifde hen opgewekt weer weg en zei dat er niets aan de hand was. 'Ik ben alleen iets nieuws aan het maken, daar gebruik ik jodium voor. Dat spul brandt nogal heftig, en ik moet zorgen dat het precies wordt zoals ik het wil.'

Na een tijdje raakten ze eraan gewend, en bovendien klonken er naarmate Malcolm zijn recept verfijnde steeds minder knallen.

Op de terugweg naar het kamp hoorde Will nu andere, meer vertrouwde geluiden. Hij keek bezorgd, want hij herkende het zware geluid van een grote boog die afgeschoten werd. En niet zomaar een boog. Hij kon het geluid volgen, een beetje naast het pad dat naar hun kamp leidde. Weer hoorde hij hoe de pees werd losgelaten, even later gevolgd door de doffe klap van de inslag van een pijl.

Een eindje verderop was een soort kom in het bos, vol elzenbomen, en daar leek het geluid vandaan te komen.

Toen hij aan de rand van de kuil stond zag hij Halt. Die hield in zijn ene hand zijn enorme boog, en Will zag hoe hij met de ander een pijl pakte, die op de pees legde, en hoe hij vervolgens in één vloeiende beweging de boog optilde, mikte en de pijl liet gaan. Will volgde het projectiel door de lucht en zag hoe het insloeg, in een stuk boomstam dat een eind verder, een meter of tachtig van Halt vandaan, rechtop gezet was. Er staken al drie pijlen in het zachte hout. Zo dicht bij elkaar, dat je ze er in één keer met één hand uit had kunnen trekken.

'Je moet je boog niet laten zakken na het schieten!' riep hij, al wist hij dat Halt wel de laatste was om die fout te maken.

Zijn mentor keek op, zag hem staan en antwoordde zuur: 'En ik heb altijd gezegd dat jouw oma eieren moet leren blazen!'

Daarna concentreerde hij zich weer op zijn training en schoot opnieuw vlak na elkaar drie pijlen af. Alle drie kwamen ze vlak bij elkaar trillend tot rust in de stam.

'Niet slecht!' moest Will wel toegeven.

Halt trok zijn eeuwige wenkbrauw op. 'Niet slecht? Alsof jij me dat nadoet!' Hij gebaarde naar het hert dat achter Will over Treks rug lag. 'Was je gaan jagen?'

Will knikte. 'We hadden helemaal geen vlees meer.'

Halt snoof minachtend. 'Nou, van dat beestje zullen we niet vet worden. Had je niks groters kunnen uitzoeken? Dat daar lijkt wel een eekhoorn!'

Will keek geërgerd achterom naar het karkas.

'Groot genoeg! Waarom zou ik een groter beest schieten?'

Daar dacht Halt even over na. Hij leunde op zijn boog en knikte een paar keer. Daarna vroeg hij: 'Heb je dan wel iets groters gezien?'

'Nee. Dat heb ik niet,' antwoordde Will blozend. 'Maar dit is toch vlees genoeg, voor ons vieren?'

Halt grijnsde. 'Je bedoelt ons drieën en Arnaut?'

Op die manier had Will het nog niet bekeken, en natuurlijk vond Trek het nodig om zich in het gesprek te mengen en luid te hinniken. Wat zei ik?

Nu iedereen samenspande om hem belachelijk te maken besloot Will dat het hoog tijd werd om een ander gespreksonderwerp aan te snijden. 'Ben je om een bepaalde reden weer begonnen te trainen?' vroeg hij.

Halt haalde zijn schouders op. 'Ik wilde weten of ik weer sterk genoeg was om mijn boog te spannen,' zei hij. 'En blijkbaar ben ik dat.'

De boog van Halt was een van de grootste en zwaarste die Will ooit tegengekomen was. Door jarenlange training waren de arm- en rugspieren van de oude Grijze Jager zó sterk geworden, dat schieten met die boog hem geen enkele moeite leek te kosten. Toch had Will gezien hoe sterkere mannen dan Halt nauwelijks in staat waren om de pees ook maar halverwege naar zich toe te trekken. En als je dan zag hoe snel en precies Halt zojuist weer geschoten had – het was duidelijk dat Halt gelijk had. Zijn oude kracht was teruggekeerd.

'Gaan we verder?' vroeg hij alleen maar.

Halt knikte. 'Morgenvroeg. Het wordt hoog tijd dat we zien wat Tennyson uitspookt.'

'Malcolm vindt wel dat je eigenlijk nog twee dagen zou moeten rusten!'

Halt keek verontwaardigd van onder zijn borstelige wenkbrauwen. Daar hadden ze juist al de nodige woorden om gehad. En daarom ook was Halt het bos in gelopen om te kijken hoe het ervoor stond. Hij was eigenlijk best een beetje benauwd dat Malcolm misschien wel gelijk had.

'Malcolm is niet onfeilbaar,' zei hij alleen maar.

Will kon het niet helpen, maar hij begon te grijnzen. 'En jij wel?!'

'Natuurlijk ik wel,' antwoordde Halt kortaf. 'Dat weet toch iedereen!'

HOOFDSTUK 42

Tennyson keek rond in zijn kamp en knikte tevreden. Al een paar dagen lang hadden zich steeds weer nieuwe bekeerlingen gemeld. Hij wist dat hij hen, als hij hen maar in een groep bij elkaar had, zo zou kunnen bespelen, dat ze enthousiast ook hun laatste restjes geld, goud en juwelen bij elkaar zouden rapen, om die hem en Alquezel aan te reiken – net als in Hibernia gebeurd was. Dit was iets waar hij écht goed in was!

Natuurlijk waren hier minder mensen. Maar hij wist zeker dat ze genoeg hadden om hem een aardig startkapitaal te geven, waarmee hij dan elders weer een nieuw begin zou kunnen maken. De grond in Hibernia en Araluen werd hem de laatste tijd te heet onder de voeten, vond hij – en hij had besloten dan maar te emigreren.

Dat had hij zijn trouwe volgelingen natuurlijk niet verteld, dat hij van plan was er met hun waardevolle giften vandoor te gaan. Zij dachten nog steeds dat hij alles voor het goede doel zou gebruiken, namelijk het opbouwen van de Buitenstaandercultus, hier in het noorden van Araluen. En dat wilde hij ook liever zo houden. Hij gaf helemaal niets om die mensen.

Terwijl hij dat dacht kwam ineens het beeld van Bacari, die overgebleven Genovees, in hem op. Wat zou er toch gebeurd zijn? Zijn laatste rapport was al weer dagen geleden ingeleverd. Hij wist dat de leider van zijn achtervolgers een fatale wond moest hebben opgelopen, tijdens de confrontatie in het verdronken woud. Bacari had met eigen ogen gezien dat de man door een vergiftigde pijl geraakt was, en hij was er zeker van dat de Grijze Jager met zijn aanstellerige camouflagemantel dat niet kon overleven. En dat was prettig te horen. Die twee anderen, dat waren niet veel meer dan jochies, en Tennyson wist zeker dat zij zonder hun steun en toeverlaat de achtervolging snel zouden opgeven. Ze zouden de moed verliezen en terugkruipen naar hun hol, waar zich dat ook bevond. Het feit dat ze de afgelopen dagen niets van de heren gehoord of gezien hadden, sterkte hem in dat idee. Weken hadden ze hem op de hielen gezeten – nu waren ze ineens verdwenen.

Misschien had die Bacari ze wel vermoord. Misschien was hij zelf daarbij ook gesneuveld. Maar het lag meer voor de hand, dacht Tennyson, dat die stiekemerd er gewoon vandoor was gegaan, het land uit. Twee van zijn landgenoten had hij met eigen ogen zien sneuvelen in de strijd, en huurlingen als hij vonden maar één ding echt belangrijk: soldij. Het was hoogst onwaarschijnlijk dat hij zich zou blijven inzetten voor zijn opdrachtgever, Tennyson in dit geval, als hij wist dat de tegenpartij te sterk voor hem was geworden.

Maar toch... Hij had de klus geklaard waarvoor hij ingehuurd was. Hij had de leider van zijn achtervolgers onschadelijk gemaakt, op de een of andere manier, en dat had ervoor gezorgd dat die twee anderen hem niet langer op de hielen zaten. En als hij zijn gemene gezicht hier niet meer liet zien, hoefde Tennyson hem ook het laatste deel van zijn geld niet te geven!

Dus, alles overziend was het toch nog goed afgelopen, dacht hij. Eind goed al goed. Die ochtend waren de laatste volgelingen in het kamp aangekomen. Morgen zouden ze alles inpakken en verder trekken naar de grotten, die voor deze gelegenheid waren uitgekozen.

En dan zou hij het volk weer eens ouderwets lekker gaan opruien, zoals hij zo vaak had gedaan met dit soort eenvoudige provincialen. Hij zou hen overtuigen, dat ze niets heiligers konden doen dan al hun geld en goud en juwelen aan hem geven, zodat hij een nieuw altaar voor Alquezel zou kunnen bouwen. En dan zou hij bij de eerste de beste gelegenheid ertussenuit knijpen, natuurlijk.

Nu de laatste Genovees het loodje gelegd had, dacht Halt, zou Tennyson waarschijnlijk niemand anders meer erop uitsturen om hen te bespioneren. Eigenlijk hoopte hij dat de profeet maar aan zou nemen dat zij hun achtervolging opgegeven hadden.

'Immers, Bacari heeft hem vast en zeker verteld dat hij me geraakt heeft met zijn giftige pijlen. En aangezien Tennyson geen idee heeft dat Malcolm bestaat, laat staan dat hij bij ons is, moet hij wel denken dat ik dood en begraven ben.'

'Maar dan zou het toch nog zo kunnen zijn dat Arnaut en ik hem nog altijd achternazitten?' merkte Will op.

Halt keek alsof hij dat onwaarschijnlijk vond. 'Ik denk het niet. Hij weet dat jullie allebei nog broekjes zijn. Hij kent jullie niet zo goed als ik! Dus de kans is groot dat hij alleen van mij bang was.'

'Ik weet niet of ik me nu beledigd moet voelen of niet,' zei Arnaut klaaglijk.

Halt grijnsde hem toe.

'Zoals ik al zei, hij kent jullie minder goed dan ik. Hij is arrogant, en dat maakt het alleen maar waarschijnlijker dat hij denkt dat jullie te jong zijn om voor hem een bedreiging te vormen. Maar voor het geval dat hij wel iemand op ons af heeft gestuurd,' zei hij en keek Will aan, 'lijkt het me het beste als jij een eind voor ons uit rijdt.'

Will knikte. Het was altijd verstandig om niet te veel zomaar voor waar aan te nemen. Hij gaf Trek de sporen en galoppeerde weg. Pas toen hij vierhonderd meter voor de anderen uit reed hield hij Trek in.

Malcolm reed achterop bij Arnaut. Hij zat te kijken hoe die

kleine gestalte in de verte het terrein verkende, dan weer naar links, dan weer naar rechts dravend om de grootst mogelijke kans te hebben iemand die in een hinderlaag lag te betrappen. De geneesheer moest denken aan een jachthond, die al snuffelend zoekt naar een spoor van de vos.

'Een bijzondere jongen heb je daar,' zei hij tegen Halt.

Hij moest de trots in de ogen van de oude Jager wel zien, toen deze zich in het zadel omdraaide om hem te antwoorden. 'Ja, hij is de beste!' zei Halt alleen maar.

'Hoe lang kennen jullie elkaar nu al?' vroeg Malcolm.

'O, al sinds hij een klein jochie was. De eerste keer dat hij mij opviel was toen hij stiekem de keuken van Meester Buick insloop om een paar pasteitjes te stelen.'

'Meester Buick?' herhaalde Malcolm.

Halt moest weer grinniken toen hij eraan dacht. 'Dat is de chefkok op kasteel Redmont. Een indrukwekkende man, nietwaar, Arnaut?'

Arnaut lachte een brede grijns. 'Levensgevaarlijk met zijn pollepel,' antwoordde hij. 'Snel als een slang, trefzeker als een valk. Ik heb wel eens voorgesteld dat ze hem pollepellessen moesten laten geven op de Krijgsschool!'

'Een grapje, neem ik aan?' vroeg Malcolm.

Arnaut dacht even na. 'Nou, niet helemaal!'

'Zo,' zei Malcolm, 'en wat zei je tegen hem, toen je hem betrapte op het stelen van pasteitjes – wat blijkbaar niet zonder risico was?'

'Ach, ik heb hem toen niet eens laten merken dat ik het gezien had. Wij Grijze Jagers, wij kunnen ons heel onopvallend ergens ophouden, als we willen,' voegde hij eraan toe, niet zonder valse bescheidenheid. 'Ik zorgde gewoon dat niemand me zag en stond belangstellend te kijken hoe hij te werk ging. Ik merkte toen al dat hij het in zich had om een Grijze Jager te worden.'

Malcolm knikte. Maar Arnaut begreep iets niet in de volgorde van het verhaal.

'Waaraan dan?' zei hij.

Halt keek snel opzij. Iets in Arnauts stem liet een alarmbelletje rinkelen. Die jongen begint de laatste tijd lastige vragen te stellen, dacht hij. Dus hij koos zorgvuldig zijn woorden.

'Waaraan? Aan dat hij heel goed was in ongezien over de binnenhof sluipen. Hij dook toen al van schaduwplekje naar schaduwplekje. Buick kwam drie keer de keuken binnen terwijl hij daar bezig was, en zag hem geen enkele keer. Dus toen dacht ik, als hij dat nu al kan, zonder enige training of opleiding, dan zou dat best eens een geschikte Jager kunnen zijn.'

'Maar dat bedoelde ik niet,' zei Arnaut beslist. 'Nee. Ik bedoel, waarom zorgde jij dat niemand je zag? Waarom was jij zelf blijkbaar stiekem de keuken in gegaan?'

'Dat zei ik toch,' antwoordde Halt enigszins gepikeerd. 'Ik keek of Will misschien geschikt Jagersmateriaal was. En dus wilde ik niet dat hij zag dat ik hem bespioneerde.'

'Dat zei je net niet, of je zei het anders,' merkte Arnaut op. Er verscheen een korte diepe rimpel op zijn voorhoofd.

'Jawel hoor!' Halts antwoorden werden korter en korter. Malcolm draaide zich een beetje om, zodat Halt niet kon zien dat hij zat te lachen. Het was duidelijk dat die er niet verder op in wilde gaan. Maar Arnaut gaf niet zo snel op.

'Nee hoor. Je zei, toen Malcolm daarnaar vroeg, dat dat toen de eerste keer was dat je Will gezien had. Dus dat betekent dat jij nooit expres naar de keuken gegaan kunt zijn om hem te bestuderen. Hij was je voor die bewuste dag nooit zo opgevallen. Dat zei je zelf!'

'Ja, daar heeft Arnaut gelijk in. Dat zei je inderdaad zo,' schoot Malcolm hem te hulp. Als dank kreeg hij een boze blik van Halt.

'Wat doet dat ertoe?' zei Halt.

Arnaut haalde zijn schouders op. 'Misschien niets. Ik vroeg me alleen af wat jij in die keuken te zoeken had op dat tijdstip, en waarom niemand je mocht zien. Probeerde jij je misschien zelf voor Meester Buick te verstoppen? Was het puur toeval dat die kleine Will daar ineens opdook?'

'Waarom zou ik me in 's hemelsnaam verstoppen in Meester Buicks keuken?' vroeg Halt ijzig.

Weer haalde Arnaut in alle onschuld zijn schouders op. 'Weet ik veel. Misschien omdat je zelf net een hele serie warme, verse pasteitjes in de vensterbank had zien staan? En misschien omdat een zekere oudere Grijze Jager erg dol is op de verse pasteitjes van Meester Buick?'

Halt rechtte in het zadel verontwaardigd zijn schouders. 'Beschuldig jij mij ergens van, Arnaut? Is dat het? Zeg jij dat ik stiekem die keuken was binnengeslopen om taartjes te stelen? Kom nou!'

Zijn stem en lichaamstaal dropen van de gekwetste onschuld.

'Nee, Halt, natuurlijk niet. Hoe kom je erbij?' haastte Arnaut zich te zeggen, en Halts schouders ontspanden enigszins. 'Ik dacht alleen: ik zal hem de kans geven om zelf zijn zonden te bekennen!' voegde de jonge ridder eraan toe. En nu kon Malcolm het niet helpen, hij schoot echt in de lach. Halt keek zijn twee metgezellen met een vernietigende blik aan.

'Weet je, Arnaut,' zei hij na enige tijd, 'vroeger was je zo'n onschuldige, vriendelijke knaap. Je deed geen vlieg kwaad. Wat is er de laatste tijd toch met je aan de hand?'

Arnaut grijnsde breed. 'Wie met pek omgaat wordt zwart!' riep hij.

En dat kon Halt niet ontkennen.

Later die dag bereikten zij de plek waar Will Bacari gevangen had genomen. Hij gaf een teken dat ze de laatste heuvelkam niet over mochten rijden, en Halt en hij tijgerden voorzichtig omhoog om over de rand te gluren.

Het grote kamp dat hij de vorige keer gezien had, was er niet meer.

'Ze zijn verder getrokken!' zei Will verrast.

Halt bleef een tijdje liggen nadenken, kin op zijn hand en kauwend op een lange graspriet.

'Geen idee waarheen... Met zijn hoevelen waren ze, dacht je?

Will dacht even na. 'Het was best een flink kamp,' zei hij. 'Ik denk wel honderd man.'

Ze stonden op en liepen terug naar waar Arnaut en Malcolm een eenvoudige maaltijd aan het klaarmaken waren: brood, koude vleeswaren, een stukje gedroogd fruit.

'Hebben we tijd voor een kopje koffie?' vroeg Arnaut.

Halt knikte. 'Voor koffie maken we tijd!' Hij ging naast het kampvuur zitten en keek de geneesheer aan. Hij mocht de man intussen graag en hij wist dat hij slim en verstandig was.

'Tennysons groepje heeft zich aangesloten bij een grotere groep. Wat zegt dat, denk je, Malcolm?'

Malcolm dacht even na. 'Uit wat ik tot dusverre van jullie gehoord heb, maak ik op dat het waarschijnlijk een groep van zijn bekeerlingen of gelovigen zal zijn. Gelovigen die hier in de buurt wonen.'

'Dat dacht ik ook. Meestal heeft hij een groep naaste vertrouwelingen, een man of twintig. Die weten dat die hele religie van hem niets voorstelt, dat het allemaal oplichterij is. Dat zijn ook de mensen die het vuile werk voor hem doen. Zij halen het geld op. De meeste van zijn gewone volgelingen zijn eenvoudige boeren en buitenlui, die echt geloven in die onzin.'

'Maar waar komen die dan ineens vandaan, Halt?' vroeg Arnaut zich hardop af. 'Ik dacht dat jij en Crowley de vorige keer die hele Buitenstaandersbende opgeruimd hadden?'

Maar Halt schudde van nee. 'We hebben het wel geprobeerd.

De opperbazen hebben we weggejaagd of gevangengezet. Maar je krijgt zo'n godsdienst zelf niet zo gemakkelijk uitgeroeid. De bekeerlingen trekken naar verre streken en beginnen zelf te bekeren. En waarschijnlijk had Tennyson hier eerder al mensen heen gestuurd – net als in Selsey.'

'En zo moeilijk kan het niet geweest zijn, een boodschapper vooruitsturen om ergens op een bepaalde plek een afspraak te maken,' vulde Will aan.

'Precies. En nu heeft hij zijn kudde bij elkaar gebracht voor de volgende stap. Ze gaan rondtrekken en bekeren, en als er genoeg zijn dan trekken ze naar de volgende streek – net als in Hibernia.' Halt schudde geërgerd zijn hoofd. 'Het is net onkruid! Heb je het hier gewied, komt het daar weer op!'

Malcolm knikte. 'Interessant is dat toch, hoe de mensen steeds maar weer geloven wat zo'n charlatan hun vertelt. Je beseft zeker wel dat je er niet klaar mee bent, als je deze groep weer uit elkaar jaagt, hè Halt?'

De Grijze Jager keek hem aan. Hij begreep wel waar de kalende geneesheer heen wilde.

'Hoe bedoel je?'

Malcolm tuitte zijn lippen en boog zich naar voren terwijl hij met een stok het vuur opporde.

'Als de mensen echt in hem geloven, als ze die onzin die hij verkondigt voor waar aannemen, dan ben je er niet als je hem gevangengenomen hebt en voor de rechter brengt. Of hem doodt, als je dat al van plan was.'

Halt knikte vermoeid. 'Ja, ik weet het,' antwoordde hij. 'Als we hem voor het gerecht slepen dan gaat hij daar preken. En dood wordt de man een martelaar. In beide gevallen staat er wel een volgende boef op, om zijn plaats in te nemen en misbruik te maken van de twijfels, angst en onzekerheid die hij eerst zelf heeft gezaaid. Het gaat maar door op die manier.'

'Precies,' beaamde Malcolm. 'En daarom kun je eigenlijk

maar één ding doen. Je moet zorgen dat ze hem niet meer geloven. Je moet hem belachelijk maken. Je moet bewijzen dat hij een oplichter en een leugenachtige dief is.'

'In Clonmel is ons dat gelukt!' zei Arnaut.

'Ja, maar toen konden we hem verrassen, en we hadden de legende van de Ridder van de Dageraad. We kregen hem ook nog zo ver, dat hij alles af liet hangen van een tweekamp. Daar trapt hij niet nog een keer in. Dit keer moeten we iets nieuws verzinnen. Iets onverwachts.'

'Zoals?' vroeg Will.

Halt glimlachte weer met vermoeide ogen. 'Zodra ik dat weet, ben jij de eerste die het hoort!'

HOOFDSTUK 43

Het verlaten kamp kon hun weinig vertellen dat zij nog niet wisten. Ze liepen langs platgedrukt gras waar tenten hadden gestaan, langs geblakerde cirkels van vroegere kampvuren, en een heel assortiment dingen die weggegooid of vergeten waren – een schoen met een groot gat in de zool, een doorgeroeste kookpan, een mes waarvan het lemmet was afgebroken. En natuurlijk een hoop vuilnis en etensresten, die in een ondiep gat begraven waren maar meteen na het vertrek van de mensen door vossen en andere aaseters weer waren opgegraven.

De grond was zacht en vochtig, en overal waren voetafdrukken te zien. Daaruit konden ze opmaken dat er dit keer heel wat vrouwen onder de Buitenstaanders waren.

'Ik had gelijk – vooral nieuwe bekeerlingen!' zei Halt.

Malcolm knikte. Maar hij had wel een opmerking. 'Vrouwen of niet, honderd man, dat is nogal veel voor ons vieren. Heb je al een idee hoe je dit aan wilt pakken?'

'Nou, heel gewoon,' antwoordde Halt opgewekt. 'We omsingelen ze!' En dat zei hij zo serieus, dat Malcolm even dacht dat hij het nog meende ook.

Ze vonden eigenlijk maar één interessante aanwijzing: namelijk de richting die Tennyson en zijn verse groep volgelingen gekozen hadden, nadat ze hun tenten hadden afgebroken en weer op weg waren gegaan. Hadden ze tot dan toe steeds naar het zuidoosten gereden, nu maakten de Buitenstaanders een bocht naar links, recht naar het oosten.

Ze stonden allemaal om Halt heen terwijl hij de kaart van het gebied uitvouwde. Hij wees op de kaart naar een heuvelrug, ongeveer een dag rijden van waar ze stonden.

'Alles wijst erop dat ze daar naar toe gaan, zoals we al eerder vermoedden.'

Arnaut deed zijn best om over Halts schouder te lezen wat er op de kaart geschreven stond. 'Grotten!' las hij hardop.

Halt keek op en knikte. 'Het zijn oude zandsteenkliffen, die zitten er vol mee, volgens de man die deze kaart gemaakt heeft.'

Malcolm vroeg of hij de kaart ook even mocht vasthouden. Hij bestudeerde hem een paar minuten en volgde met zijn wijsvinger een bepaalde route. Hij prevelde wat er langs geschreven stond.

Hij keek Halt aan en zei: 'Wat een gedetailleerde kaart heb je daar! Hoe kom je daaraan?'

Halt grijnsde, nam de kaart terug en vouwde deze zorgvuldig weer op. 'Dat is nou een van de taken van ons korps Grijze Jagers,' legde hij uit. 'De afgelopen vijfentwintig jaar hebben we het hele Rijk opnieuw en beter in kaart gebracht. Elke Jager heeft zijn eigen territorium, en elk jaar sturen we eventuele veranderingen of nieuwe ontdekkingen door naar Crowley in Araluen. En hij zorgt dat er kopieën komen en dat die aan iedereen gestuurd worden die ze nodig kan hebben.'

Malcolm knikte. 'Ah, die Crowley, die ken ik. Kort nadat Will een tijdje bij ons was, nam hij contact met ons op. Hij vroeg me de oren van mijn hoofd over hoe wij zieken behandelen.'

'Ja, dat had hij aangekondigd,' meldde Will. Hij herinnerde zich nog goed hoe hij vol lof gesproken had over de kwaliteiten van de heelmeester, toen hij rapport uitbracht aan Halt en Crowley. Natuurlijk waren ze geïnteresseerd in de geneeskunst van Malcolm – maar vooral ook in de trucs en illusies die hij blijkbaar ook zo effectief kon inzetten tegen zijn vijanden. Malcolm kennend, dacht Will, had hij honderduit gepraat over hoe je allerlei ziektes behandelde, maar had hij weinig losgelaten over zijn andere vaardigheden.

'Hoe dan ook,' zei Halt zakelijk, 'ik wed dat Tennyson naar die grotten onderweg is.'

'Ik ook,' zei Malcolm. 'Als hij ergens een hoofdkwartier wil vestigen en zijn kerk uit wil breiden, is een stel warme en droge grotten precies wat hij kan gebruiken.'

'En als wij hier blijven niksnutten komen we geen stap dichterbij,' besloot Halt. 'Hij heeft al te veel voorsprong gekregen.'

Hij liep naar de plek waar Abelard al klaarstond en klom met iets van zijn oude bravoure in het zadel. Ongeduldig wachtte hij tot de anderen zijn voorbeeld gevolgd hadden. Will zag dat hij geërgerd met zijn teugels op zijn zadel sloeg, terwijl Malcolm voor de tweede keer een poging deed om achter Arnaut op het grote paard te klimmen.

'Verdorie, Arnaut,' riep hij ten slotte achterom, 'kun je die man niet gewoon achter je hijsen?'

'Nou nou, Halt, kalm aan een beetje!' zei Will zachtjes.

Halt keek hem snel even aan en begon toen beschaamd wat te lachen. 'Het spijt me,' zei hij. 'We hebben al zoveel vertraging opgelopen. Ik wil onze hogepriester nu eindelijk wel eens inhalen.'

Maar het waren juist die haast en ongeduld die hem uiteindelijk opbraken. Halt eiste te veel van zijn arme lijf. Onder normale omstandigheden zou hij niet de minste moeite gehad hebben met het moordende tempo waartoe hij zichzelf en zijn vrienden dwong. Maar nu was hij nog nauwelijks hersteld van de vergiftiging, en van de lange dagen dat hij op het randje van de dood in coma voor zijn leven gevochten had.

Dat had veel van zijn reserves geëist, en die paar dagen rust die hij zich gegund had, waren niet genoeg om hem weer op zijn oude niveau te brengen.

Toen ze die avond afstegen om te overnachten, bleef hij een tijdlang met gebogen hoofd doodmoe naast Abelard staan. En toen Will aanbood om Abelard af te zadelen en droog te wrijven, kwam er alleen voor de vorm wat tegenstand.

Will en Arnaut namen ook alle huishoudelijke taken op zich. Ze sprokkelden hout voor het vuur, en maakten het avondeten klaar. Arnaut rolde zelfs Halts slaapzak uit, op een ondermatrasje van buigzame takken die hij hier en daar van struiken sneed. Halt was verrast toen hij zijn prinselijk bed zag klaarliggen.

'Dankjewel, Arnaut!' zei hij. Hij was toch wel geroerd door al die bezorgdheid.

'Graag gedaan, Halt!'

Ze merkten ook dat Halt niet bleef zitten kletsen bij het kampvuur, nadat ze hun dagelijkse kop koffie genoten hadden. Iets wat hij anders altijd deed. In plaats daarvan liep hij meteen naar zijn slaapzak, rolde zich in de dekens en viel direct in diepe slaap.

'Als een uitgeputte os,' zei Malcolm droogjes.

'Is hij wel helemaal in orde, denk je?' vroeg Will bezorgd.

'O ja, hoor, tenminste wat dat gif betreft. Maar hij eist te veel van zichzelf. Dit tempo houdt hij nooit lang vol. Will, je moet morgen proberen hem wat kalmer aan te laten doen.' Hij wist dat Halt afremmen meer kans van slagen had als de vermaningen van Will kwamen. Maar Will was daar niet zo zeker van.

'Ik kan het proberen, in ieder geval,' zei hij alleen maar.

Natuurlijk voelde Halt zich de volgende ochtend weer prima, nadat hij een hele nacht had doorgeslapen. En natuurlijk was hij helemaal niet van plan om het die dag rustig aan te doen. Hij was al ongedurig tijdens het ontbijt, en terwijl de anderen de spullen inpakten zadelde hij Abelard al op. Zo gauw iedereen klaar was, reed hij zo hard hij kon weg, de anderen met opgetrokken wenkbrauwen achter zich latend.

Tegen elven viel hij bijna uit het zadel. Zijn wangen waren inge-vallen en asgrauw, en hij liet zijn schouders treurig hangen. Will reed naar hem toe en greep de teugels van Abelard. Hij liet de paarden stilstaan. Halt schudde de vermoeidheid uit zijn hoofd en keek verbaasd om zich heen.

'Wat doe je nou?' vroeg hij. 'Blijf van mijn teugels af, zeg!'

Hij probeerde de leidsels terug te pakken, maar Will hield ze stevig vast. Abelard begon geschrokken te hinniken in de con-sternatie – hij voelde ook wel dat er iets niet klopte.

'Halt, nou moet je eens goed naar me luisteren,' zei Will ern-stig. 'Je moet het echt wat kalmer aan doen.'

'Kalm aan? Wat een onzin! Ik voel me prima. Geef me die teugels terug.'

Weer probeerde Halt ze uit Wills hand te rukken, maar hij merkte tot zijn schrik dat hij de kracht niet had. Weer hinnikte Abelard nerveus. Hij voelde de spanning. Daarna schudde hij zijn lange manen, en draaide zijn hoofd naar achteren om Halt ernstig aan te kijken. En dat verraste Halt eigenlijk nog meer. Normaal, als iemand het lef gehad had om zijn teugels af te pakken, zou Abelard dat niet ongestraft laten gebeuren. Maar nu leek hij op Wills hand te zijn.

En dat, meer dan wat dan ook, overtuigde Halt dat Will het wellicht toch wel bij het rechte eind had. Vroeger, toen hij jong was, had hij misschien de effecten van dat gif in een paar uur van zich af kunnen schudden. Voor de eerste keer van zijn leven zag Halt zich geconfronteerd met de beperkingen van zijn leeftijd.

Malcolm gaf Arnaut een por en gebaarde hem om naar Halt te rijden. Ze gingen aan de andere kant van Abelard staan.

'Will heeft gelijk,' zei Arnaut. 'Je gaat veel te hard. Als je zo doorgaat word je weer ziek!'

'En dan verliezen we meer tijd dan jij nu wint, door als een gek achter die Tennyson aan te jakkeren!' voegde Malcolm daar-aan toe.

Halt keek hen een voor een opstandig en boos in de ogen.

'Wat nu?' zei hij verongelijkt. 'Allemaal tegen een, en zelfs mijn eigen paard doet mee?'

Het waren die laatste woorden die Will in lachen deden uitbarsten. 'Ja, we dachten: die man luistert niet naar zijn dokter, niet naar een collega, niet naar een ridder van het Rijk! Maar zijn paard, daar luistert hij misschien wel naar!'

Halt kon het niet helpen, maar ook bij hem verscheen een flauwe glimlach. Hij probeerde het te verbergen, maar zijn mondhoeken wilden niet naar beneden blijven wijzen. Hij besefte heel goed dat zijn vrienden hem niet probeerden te jennen. Ze waren echt bezorgd, en hij had voldoende respect voor hun oordeel om toe te geven dat, heel misschien, zij dit keer wel eens gelijk konden hebben. En dat hij het dus mis had.

Dat gebeurde maar hoogst, hoogstzelden, dat Halt zoiets toe wilde geven.

'Halt, echt, je moet nu rusten. Als je eens even je stijfkoppigheid vergeet en dat toegeeft, dan komen we straks heus eerder op onze plaats van bestemming, geef dat maar gewoon toe. Je hebt voor vandaag genoeg gereden. We zetten hier ons kamp op en jij gaat nu meteen een slaapje doen. Arnaut en ik rijden wel vooruit, verkennen hoe de zaak ervoor staat daarginds. Als jij het bij het rechte eind hebt, vinden we Tennyson straks bij die grotten daar. En is er dus ook geen enkele reden meer om te haasten.'

Will probeerde zo redelijk mogelijk te praten, zonder de indruk te wekken dat hij Halt koste wat kost wilde overtuigen van zijn gelijk. Hij zag aan Halts lichaamstaal dat de oude Jager op een haar na overtuigd was. Hij had nog maar een klein laatste duwtje nodig. En dat duwtje zou hij nu namens het hoogste gezag dat Halt erkende geven ook.

'En je weet best, dat vrouwe Pauline het helemaal met ons eens zou zijn!' waarschuwde hij.

Halts hoofd schoot omhoog toen hij die naam hoorde. 'Pauline? Wat heeft die hiermee te maken?'

Will keek hem recht in de ogen. 'Als je zo doorgaat, Halt, dat weet je best, dan moet ik straks als we weer thuiskomen tegen haar zeggen dat ik er helaas niet in geslaagd ben haar speciale opdracht succesvol uit te voeren.'

Halts mond ging open om een antwoord te geven, maar er kwam geen geluid uit. Zijn kaken kwamen met een klap op elkaar, toen hij besefte wat een dom gezicht dat moest zijn. Will nam de gelegenheid te baat om door te drukken. 'En als jij nog langer zo door blijft gaan en straks instort, dan durf ik haar zeker niet onder ogen te komen.'

Daar kon Halt inkomen. Hij knikte. Hij begreep de angst van Will volledig.

'Nee,' zei hij zacht, 'ik ook niet.' En tot ieders verrassing steeg hij af.

'Goed dan,' zei hij kalm. 'Misschien moet ik inderdaad maar even rust nemen. We moeten het ook niet overdrijven.'

Hij keek om zich heen en zag een eindje verder een groepje bomen en struiken staan. Hij wees die kant op en zei: 'Ik denk dat we daar dan wel onze tenten kunnen opzetten.'

Will en Arnaut keken elkaar opgelucht aan. En voor Halt weer van gedachten zou veranderen, reden ze erheen, stegen af en begonnen af te laden.

Halt besloot, nu hij toch eenmaal had toegegeven, er ook maar van te genieten. Hij liep naar een omgevallen boom en ging er met een luide zucht tegenaan zitten.

'Ik begin dan maar meteen, met dat weer op krachten komen!' spotte hij.

Arnaut begon hoofdschuddend samen met Will hout te sprokkelen.

'Zelfs als hij eens toegeeft, moet hij nog het laatste woord hebben,' zuchtte hij. Will moest lachen. 'Altijd en eeuwig.' Maar hij was intussen maar wat blij, dat Halt besloten had het wat kalmer aan te doen.

Malcolm daarentegen was nieuwsgierig wie of wat die bijzondere persoon toch wel mocht zijn, die alleen al met haar naam in staat was Halt zo mak als een lam te maken. Hij kwam bij Will staan, terwijl die zijn zadeltassen op Treks rug losmaakte.

'Die vrouwe Pauline,' begon hij, 'dat moet een indrukwekkend iemand zijn. Misschien wel een toverheks!' Zijn gezicht stond ernstig, maar Will voelde dat hij eigenlijk op het punt stond om in lachen uit te barsten. Dus antwoordde hij even serieus.

'Nou, een heks... Ze is lang en slank en heel mooi. Maar inderdaad ook een bijzonder sterke persoonlijkheid, ja. Een tijd geleden wist ze Halt zelfs zover te krijgen dat hij een keer naar de kapper ging. Voor hun trouwen.'

Malcolm, die zich al menigmaal verwonderd had over Halts haardos, boog het hoofd.

'Dus inderdaad – een toverheks!'

Hoofdstuk 44

Gehaast aten ze wat. Daarna zou het nog maar een paar uur licht blijven, dus besloten Will en Arnaut om snel weer op te stijgen en de Buitenstaanders op te zoeken.

Arnaut voelde op zijn klompen aan, dat hij zich de komende dagen nogal eens aan spiedende ogen zou moeten onttrekken, dus was hij blij dat hij nu eindelijk echt de Jagersmantel kon uitproberen, die Halt hem gegeven had. Tot ergernis van Will, dat wel.

Terwijl ze door de brede vallei reden, kwamen ze steeds langs groepjes bomen en struiken. Arnaut hield dan steevast Schopper in, wachtte tot Will een eind van hem vandaan was, trok dan zijn kap naar voren en zijn mantel dicht en probeerde doodstil in het zadel te blijven zitten.

'Kun je me nog zien?' herhaalde hij dan steeds maar weer.

En zuchtend en steunend deed Will eerst net alsof hij inderdaad even moest zoeken. Hij vond dat zijn vriend, een van de dapperste ridders van het koninkrijk Araluen, wel erg leek op een kleuter die zijn nieuwe speeltje wilde uitproberen. Met knarsende tanden riep hij dan na even rondkijken: 'Nou, met heel veel moeite, hoor!'

Waarna Arnaut een paar meter verder reed, en de hele scène zich weer van voren af aan herhaalde. 'En nu dan?' riep hij verwachtingsvol.

Will wist dat als hij weigerde het antwoord te geven dat Arnaut hoopte te horen, zijn vriend het nog minstens tien keer opnieuw zou proberen. Dus begon hij maar in ogenschijnlijke verbazing met zijn hoofd te schudden. 'Het is werkelijk onvoorstelbaar,' zei hij, 'als ik niet wist dat je daar stond...' Hij wachtte even, hij wist niet zo snel hoe de zin af te maken. Uiteindelijk kwam hij niet verder dan een flauw '... dan wist ik niet dat je er stond.'

Op zich sprak hij daarmee geen onwaarheid. Hoewel, had Arnaut de moeite genomen om de precieze betekenis van die woorden te doorgronden, dan had hij moeten concluderen dat Will eigenlijk niets gezegd had. Maar voorlopig leek hij er tevreden mee.

Kort voordat de avond viel zat Will geconcentreerd de sporen van de Buitenstaanders te bestuderen. Hoewel hij niet dacht dat ze veel gevaar liepen op die plek, kon het nooit kwaad voorzichtig te zijn. Misschien hadden de Buitenstaanders wel een hinderlaag gepland! En zo in het halfduister moesten ze extra goed opletten.

Hij was dus afgestegen, en verdiepte zich in een paar opvallende sporen, toen Arnaut hem weer uit zijn concentratie haalde.

'Will?'

Zonder zich om te draaien antwoordde Will lichtelijk geërgerd: 'Ja, Arnaut, wat is er nu weer?'

'Kun je me zo zien?'

'Nee, zo kan ik je natuurlijk niet zien, Arnaut,' antwoordde Will onmiddellijk, zonder zijn ogen af te wenden van een reeks voetafdrukken die daar van het pad afliep, om een eindje verder achter een bosje te eindigen. Na enig onderzoek concludeerde Will dat het hier om een sanitaire stop gegaan moest zijn. Geen hinderlaag in elk geval.

'Je kijkt niet eens.'

Dat klonk nogal dwingend. Het jaar daarvoor, toen op Zeeklif het jaarlijkse oogstfeest gevierd werd, had Will staan kijken naar een kind dat wild aan het schommelen was, in de speeltuin die ze voor die gelegenheid gebouwd hadden. Het kind riep aan één stuk door naar zijn vader: 'Papa! Kijk eens! Papa! Kijk dan! Kijk dan! Kijk dan, pappa!'

Daar moest hij aan denken toen hij zich omdraaide en Arnaut op Schopper doodstil voor een grote struik zag staan. 'Arnaut,' zuchtte hij, 'denk eens na... je zit daar op een heel groot donker strijdros. Ongeveer twee meter hoog en drie meter lang – en het weegt bijna een ton. Natuurlijk kan ik je zien.'

Die eerlijkheid had Arnaut niet verwacht. Hij keek beteuterd naar het grote paard onder zijn zadel. Het beest bewoog niet. Maar hoe stil het ook stond, het was natuurlijk moeilijk om als strijdros ergens onopvallend te staan. Dat begreep hij bij nader inzien ook wel.

'O,' zei hij, teleurgesteld, 'maar als je Schopper dan even wegdenkt? Zie je me dan nog?'

'Dat is geen simpele opgave, Arnaut. Schopper is er, en die kun je moeilijk missen. Hij trekt zogezegd alle blikken naar zich toe. En daarmee vertegenwoordigt hij precies het tegenovergestelde van wat de bedoeling van camouflage en niet opvallen is, begrijp je dat?'

Arnaut dacht na en beet op zijn onderlip. Will kon de verleiding niet weerstaan.

'Ik zag nu zelfs hoe je op je lip bijt.'

Arnaut maakte een ongeduldig gebaar. Wat hem betreft was er even een time-out in zijn spel.

'En dat zag ik ook weer, wat je daar deed.'

Will was meedogenloos nu. 'Als je wilt dat mensen je niet zien, dan moet je zeker niet op je onderlip gaan staan sabbelen, laat staan met je armen wapperen. En het is ook beter om niet parmantig bovenop een reuzenpaard te gaan zitten.'

'Ja ja, je zult wel gelijk hebben,' zei Arnaut. Er klonk een lichte ergernis door in zijn stem. 'Maar als je nou een beetje je fantasie gebruikt...'

'Je bedoelt, ik moet fantaseren dat Schopper er niet is?'

'Ja, precies,' antwoordde Arnaut opgelucht. Hij was vastbesloten zich niet door Wills sarcasme uit het veld te laten slaan. 'Als hij er niet was, zou je me dan nog steeds duidelijk kunnen zien?'

Will had er ineens genoeg van. Zo konden ze nog wel uren doorgaan. Hij zuchtte diep. 'Ja hoor, als ik nu Schopper wegdenk, dan zou je moeilijk te zien zijn tegen de achtergrond van dat bosje waar je nu boven uitsteekt.'

'Aha, dat dacht ik al,' zei Arnaut met een tevreden glimlach om de lippen.

'Vooral, omdat je dan twee meter hoog in de lucht zou lijken te zweven. En dat verwacht natuurlijk niemand, een zwevende ridder – dus dat zien ze ook niet!' mompelde Will voor zich uit.

'Wat zei je?' vroeg Arnaut achterdochtig.

'Ik zei dat het erop zou lijken of je in de lucht opgelost was,' zei Will snel. Arnaut knikte gerustgesteld. Will vond het hoog tijd voor een ander onderwerp.

'Ik stel voor dat we nog een paar uur doorgaan, voor we gaan slapen. Wat vind je?'

Arnaut haalde zijn schouders op. 'Mij best.' En hij voegde eraan toe: 'Maar ben je niet bang dat we elkaar dan kwijtraken, zo meteen? Als het donker wordt zie je me natuurlijk helemaal niet meer...'

'Ik doe mijn uiterste best, dat beloof ik.'

Even wilde Will dat hij Arnaut inderdaad ergens onderweg kwijtgeraakt was.

Ze kampeerden die nacht zonder vuur te maken en stonden bij zonsopgang klaar om verder te rijden. Ze waren dicht bij hun doel nu – aangenomen dat Tennyson inderdaad naar die grotten was gegaan. Arnaut had zijn pogingen om onzichtbaar te worden opgegeven en stelde zich niet meer zo aan.

Net als Halt de laatste tijd een paar keer had gehad, begon Will te vermoeden dat zijn vriend hem gisteren misschien wel een beetje voor de gek had zitten houden, met die kun-je-me-nog-zien-flauwekul. Zij hadden Arnaut per slot van rekening ook jarenlang gesard en voor de gek gehouden. Ineens kreeg hij het gevoel dat de grote ridder hem gisteren de hele tijd had zitten uitlachen, terwijl hij zijn best deed het spelletje mee te spelen.

Ze reden allengs hoger en hoger en de rij heuvels in de verte kwam naderbij. Er stonden ook minder bomen en struiken hier, en dus waren ze bij het passeren van elke heuvelkruin extra voorzichtig. Je wist maar nooit waar de eerste wachtposten waren uitgezet. Maar het leek erop dat die er helemaal niet waren.

Ze kwamen uiteindelijk op een soort hoogvlakte, van waaruit in de verte de heuvels oprezen. Hier groeiden wel weer veel bomen en struiken. Onze vrienden hielden in aan de rand van een bosje en staarden over het grasland dat zich een paar honderd meter voor hen uitstrekte, tot aan de steile heuvels die daar als een onoverkomelijke verdedigingsmuur oprezen. Geen spoor van Tennyson en zijn volgelingen.

'Ze zijn er niet,' mompelde Arnaut.

'Tenminste, voor zover wij kunnen zien,' verbeterde Will hem. Zorgvuldig inspecteerde hij de voet van de kliffen voor hen. Hoewel de zon al in het westen daalde en dus recht op de heuvels scheen, was de rotsige helling zo vol golven en spleten en lichtere of donkerder plekken, dat er best grotten konden zijn, die zij niet meteen als zodanig herkenden.

Ineens was Will bang dat deze rotswand helemaal niet Tennysons einddoel geweest was. Dat hij gewoon nog verder was getrokken. Misschien was er ergens een pas, die hij was overgestoken. Of een kloof. En reed hij nu gewoon aan de andere kant van die kliffen verder, met onbekende bestemming.

Maar logischerwijs had hij dan niet recht op deze bergwand af hoeven te reizen. Dan had hij ook eerder al een andere, gemakkelijker route kunnen kiezen. Hij was hoe dan ook wel degelijk juist hier naar toe gereden, waar volgens de kaart allerlei grotten te vinden waren. Als Tennyson ergens in het oosten van Araluen had willen verdwijnen, dan had hij vast en zeker niet deze moeilijke route gekozen. Pas nu hij de kliffen in levenden lijve voor zich zag liggen, besefte hij hoe zwaar het zou zijn om juist hier een begaanbare doorgang te vinden.

Arnaut stootte hem aan. 'Hé... ruik jij dat ook?'

Will stak zijn neus in de lucht en snoof. En ja, ook hij rook de geur van brandend hout. Ergens ver weg, maar het was duidelijk een brandlucht.

'Ze zijn er wel... daar ergens. En ze gaan zo het avondeten koken!' zei Arnaut verlekkerd.

'Maar waar dan?' Will tuurde weer naar de steile bergwand voor hem. Arnaut raakte zijn arm aan en wees.

'Kijk,' zei hij. 'Zie je die boom die een meter of tien boven de grond schuin uit de rotswand groeit?' Hij wachtte totdat Will aangaf dat hij de boom gevonden had. Toen stak hij zijn arm uit en keek met één oog naar zijn hand. Eerst stak hij één, toen twee vingers op.

De tweede liet hij weer zakken. 'Links van die boom, ongeveer anderhalve vinger er vandaan, daar is een spleet in de rots.'

Will deed hem na met zijn arm en vingers. En meteen herkende ook hij de spleet die Arnaut was opgevallen. Er kringelde namelijk een beetje rook uit omhoog. Het waaide daarboven, dus blies de wind de rookpluim meteen weg. Maar als je goed keek, was er inderdaad een rookpluim, dat kon niet missen. En dus was Tennyson daar ook.

'Ze zitten binnen!' zei hij en Arnaut knikte.

'We moesten dat maar eens van dichterbij gaan bekijken.' Will speurde het open terrein dat voor hen lag af. Er waren wel struiken, maar Schopper en Trek zouden meteen opvallen. 'We moeten de paarden hier maar achterlaten.'

'Gaan we ook naar binnen?' vroeg Arnaut afgemeten. Will keek hem snel even aan. Van jongs af aan, wist hij, had Arnaut een hekel gehad aan het gevoel ergens opgesloten te zitten. Dat was ook de reden waarom hij nooit een dichte helm droeg. Toen ze jong waren had Will vaak van die eigenaardigheid gebruik-gemaakt om aan de pesterijen van de grotere jongen te kunnen ontsnappen.

'Een van ons moet buiten blijven en op de uitkijk staan!'

Je zag dat Arnaut zich meteen ontspande. 'Weet je het zeker? Ik wil best meegaan, hoor! Als je me nodig denkt te heb-ben daar!'

Will sloeg hem vriendschappelijk op de schouder. 'Dank voor het aanbod,' zei hij. 'Maar ik denk dat ik alleen minder opval, daarbinnen.'

'Gelukkig. Ik kan niet zeggen dat me dat spijt.'

'En bovendien,' kon Will niet nalaten te zeggen, 'nu jij zo goed geworden bent in camouflage... Ik zou je binnen de kort-ste keren kwijtraken, in die donkere spelonken!'

HOOFDSTUK 45

Z e wachtten tot laat in de middag, het moment van de dag waarop de schemer valt en je alles niet meer zo helder ziet. Trek en Schopper lieten ze achter in het bosje, en ze gingen op weg naar de kliffen. Arnaut had zijn Jagersmantel weer aangetrokken, maar daar werden nu geen grapjes meer over gemaakt. Hij lette extra goed op, terwijl Will hem de laatste aanwijzingen gaf.

'Hou die kap goed naar voren, zodat je bleke gezicht goed in de schaduw blijft. En als we ergens stoppen, blijf dan doodstil liggen en hou die mantel goed om je heen getrokken. Halt zei altijd: Vertrouw op je Jagersmantel – die beschermt je tegen al te nieuwsgierige blikken!'

'En mijn benen en voeten dan?' vroeg Arnaut bezorgd. Hij was natuurlijk veel groter dan Will, dus zou er ook meer van hem onder de mantel uitsteken. Will schudde zijn hoofd – Arnaut hoefde zich geen zorgen te maken.

'Maak je daar nou maar niet druk om. De mantel bedekt in elk geval je bovenlijf, en niemand verwacht een paar losse benen te zien liggen. Dus die vallen niet op. Mensen zien alleen wat ze verwachten te zien.'

'Is dat ook een van Halts wijsheden?' vroeg Arnaut grijnzend.

Will knikte. 'En dan nog wat.' Hij had het de grote krijger al vaker gezegd, maar het kon geen kwaad het steeds weer te herhalen.

'Als we bij de rotsen zijn en er komt iemand naar buiten of zo, blijf dan meteen doodstil liggen. Beweeg niet meer. Juist die beweging...'

'... trekt de aandacht en zorgt dat ze je zien, ja, dat weet ik intussen ook wel.'

'Als je het maar onthoudt. Iedereen probeert dan instinctief weg te duiken, maar dat moet je dus juist niet doen!'

En daar gingen ze, Will eerst. Hij gleed onopvallend en geluidloos van schaduw naar schaduw door de schemering. Dertig meter van de bosrand liet hij zich achter een paar rotsblokken zakken en gebaarde Arnaut dat hij kon volgen. De eerste paar meter bleef hij naar Arnaut kijken, daarna richtte hij al zijn aandacht op de steile rotsen in de verte. Het zag ernaar uit dat Tennyson niet de moeite genomen had wachtposten uit te zetten. Maar dat betekende natuurlijk niet dat ze niet ergens stiekem toch stonden.

Trouwens, hij was best onder de indruk van hoe snel en stil Arnaut zich bewoog. Natuurlijk was hij niet helemaal geluidloos, het duurde jaren voor je even goed getraind was als een Grijze Jager. Maar al met al was hij verbazingwekkend stil. Will dacht niet dat een nietsvermoedend iemand hem gehoord zou hebben.

Arnaut liet zich voorzichtig naast Will zakken. Will probeerde onder de rand van de kap zijn gezicht te lezen. Hij voelde gewoon dat de jongeman nerveus en gespannen was. Hij deed zo zijn best om zo weinig mogelijk geluid te maken en zo min mogelijk op te vallen – misschien wel een beetje té.

'Doe maar kalm aan. Als je zo gespannen blijft maak je straks per ongeluk juist meer lawaai!' fluisterde Will. 'Maar het gaat prima tot dusverre. Je begint het echt in de vingers te krijgen!'

Hij zag even Arnauts gebit in een grijns wit opflikkeren.

'Wat denk je – word ik ooit nog eens een echte Jager?' vroeg hij.

Will snoof minachtend. 'Nou moet je niet overdrijven, zeg!'

Hij wees naar de steile rotsen verderop. 'Kom, daar moeten we heen.'

Voorzichtig liepen ze in korte etappes verder, ze hadden bijna een half uur nodig om aan de voet van de klif aan te komen. Daar lagen hoge bergen stenen en rotsblokken, die in de loop der tijden naar beneden gekomen waren. Ze konden zich gemakkelijk verschuilen, en kozen een smal plekje tussen twee enorme rotsen. Ze keken om de hoek om te zien of ze de opening van de grot al konden zien.

'Zie jij een opening?' vroeg Will.

Arnaut schudde van nee. 'Maar ik ruik dat vuur wel sterker nu!'

Ze keken naar de plek waar ze eerder rook omhoog hadden zien kringelen. Van waar zij zaten konden ze niets zien. Maar Arnaut had wel gelijk: je rook duidelijk de geur van brandend hout.

Will inspecteerde de omgeving. Nergens een spoor van menselijke activiteit.

'Jij blijft hier,' siste Will tegen zijn vriend. 'En let goed op! Ik ga proberen of ik ergens de ingang kan vinden.'

Arnaut knikte. Hij zocht een plekje op, tussen twee andere rotsblokken, vanwaar hij een goed uitzicht had maar zelf in de schaduwen verborgen kon blijven. Zijn rechterhand voelde naar het zwaard in zijn schede, maar liet het wel zitten. Als hij het wapen nodig had kon hij het in een fractie van een seconde te voorschijn toveren. Als hij het nu al ontblootte zou de glanzende kling hem kunnen verraden.

Will sloop naar de rotswand, die hier bijna verticaal was. Hij ging met zijn rug tegen de steen staan en schoof daarna zijwaarts verder tot hij bij een verdikking kwam, die als een soort steunpilaar omhoog rees. Daar gleed hij omheen, waardoor Arnaut hem een paar tellen niet meer kon zien. Toen hij erachter vandaan kwam zwaaide hij even, en wees terug in de hoek waar hij vandaan gekomen was. Blijkbaar was daar een opening. Hij gebaarde dat hij naar binnen ging. Arnaut wuifde terug dat hij het begrepen had en daar verdween Will weer.

Geluidloos liep de Grijze Jager terug naar de opening. Het was maar een smalle spleet, nauwelijks te zien voor iemand die er nietsvermoedend voorbijliep. Niet meer dan één man breed, een echte rotsspleet – maar bij nadere inspectie liep deze wel diep de berg in.

Will draaide zich op zijn zij en gleed naar binnen. Even bleef zijn pijlenkoker aan de rotswand haken, en moest hij die snel losrukken. Daarna kon hij verdergaan.

Echt iets voor Arnaut hier, dacht Will. Het was aardedonker en de smalle gang kronkelde alle kanten op, de muren leken steeds dichterbij te komen. Even voelde hij paniek opkomen en begreep hij maar al te goed wat Arnaut voelde, in zo'n omgeving. Voorzichtig liep hij verder, voetje voor voetje. Hij was al bang dat dit de verkeerde grot was en dat de gang steeds smaller zou worden, zonder hem ergens heen te brengen. Maar na een laatste scherpe bocht stond hij ineens in een ruimte, ongeveer zo groot als een kamer in een huis. Het plafond was ver boven hem, en daar zaten ook een paar spleten in de rots waar een vaag daglicht doorheen scheen. Buiten viel natuurlijk de avond al en daardoor hielp het niet veel, maar het was een welkome verandering na het pikdonker van de gang van zonet.

Even aarzelde hij, voordat hij de bescherming van de smalle spleet achter zich durfde laten. Hij keek eerst nog eens goed in de rondte. Er was geen levende ziel te bekennen, het was al te donker om de zanderige vloer na te speuren op voetafdrukken. Even dacht hij erover om een fakkel aan te steken, maar besloot dat toch maar niet te wagen. Voorlopig bood het duister ook bescherming, was het juist zijn vriend en schild. Wie weet hoe ver je een vonk zou zien, die hier van een vuursteen afgeslagen werd.

Hij liep de ruimte in. Aan zijn ogen had hij niet veel meer, dus keek hij met al zijn andere zintuigen om zich heen: zijn gehoor, zijn neus en zijn zesde zintuig, dat hij al jaren had getraind en dat hem al zo vaak gered had uit netelige omstandigheden – een totaal instinctieve gewaarwording van zijn omgeving,

De lucht in de grot was verbazingwekkend fris, helemaal niet muf of zo. Hij had iets heel anders verwacht, zo diep in de aarde. Die spleten daarboven, waar het laatste licht van de dag door naar binnenkroop, zorgden natuurlijk ook voor verse lucht. Hij draaide langzaam een keer helemaal rond. Hij hield zijn ogen gesloten en concentreerde zich op zijn andere zintuigen.

En toen hoorde hij de stemmen. Heel veel stemmen, die in koor omhoog en omlaag gingen en harder en zachter klonken. Dat kon maar één ding betekenen: de Buitenstaanders waren een van hun psalmen aan het zingen.

Het geluid kwam van ergens aan de overkant, en daar aangekomen voelde hij met zijn vingers langs de rotswand tot hij een tweede spleet gevonden had. Deze was nauwelijks anderhalve meter hoog. Will boog zich diep voorover en kroop naar binnen.

Weer was het aardedonker nu, en half lopend, half kruipend drong hij verder de berg in. Geleidelijk werd het plafond boven zijn hoofd hoger, tot hij weer rechtop kon lopen en zijn uitgestrekte arm boven hem niets anders meer voelde dan lucht.

Deze gang of tunnel liep tamelijk recht, zonder de kronkels van de eerste. Na de eerste paar meter werd hij ook snel breder.

Tenminste, dat veronderstelde hij. Hij bleef in het donker aan één kant lopen, de ene hand aan de rotswand, zijn uitgestrekte andere arm raakte in elk geval niets meer.

Het gedempte gezang klonk luider en luider, tot het plotseling ophield. Instinctief bleef Will staan. Had hij een geluid gemaakt? Had hij de zangers gealarmeerd? Wisten ze dat hij daar was?

Maar toen begon één enkele stem te spreken. Will verstond de woorden niet, de rotsen dempten en vervormden het geluid. Maar de stem klonk als muziek. Het ritme, het sterker worden en afzwakken, de hoge en lage tonen. Daar was duidelijk een geoefend spreker aan zijn preek begonnen. En Will had die stem eerder gehoord. Het was de stem van een man die zijn toehoorders in extase kon brengen, gerust kon stellen en kon opzwepen, al naar gelang het hem beliefde. Het was de stem van Tennyson.

Will slaakte een zucht van opluchting.

'Dus je bent hier echt!' fluisterde hij tegen de duisternis om hem heen.

Hij liep verder, en de stem klonk steeds duidelijker. Hij kon de afzonderlijke woorden onderscheiden nu. Een woord werd steeds maar herhaald. Alquezel.

Alquezel, de afgod, de gouden god van de Buitenstaanders.

Tennyson leek de menigte vragen te stellen. Zijn stem ging de hoogte in, dan was er een korte pauze, en dan klonk als uit duizend kelen het antwoord. De vragen die Tennyson stelde kon hij nog niet verstaan, maar de antwoorden des te beter.

'Alquezel!' schreeuwden ze, in antwoord op elke vraag die hun gesteld werd.

De gang waar Will doorheen sloop boog nu naar rechts en toen hij de bocht om was, zag hij in de verte licht. Hij durfde wat sneller te lopen, zijn zachte laarzen maakten geen enkel geluid op de zanderige bodem. Nog tien meter, nog negen... Met elke stap werd het licht sterker.

En toen was hij bij de uitgang. Voor hem, uitgelicht door wel vijftig toortsen, zag hij de man die zij al meer dan een maand achtervolgden. Een witte toga, een forse gestalte en lang grijzend haar. Tennyson stond op een door de natuur gevormde preekstoel in de reusachtige grot, waar de gang van Will op uitliep. Dicht om hem heen een twintigtal getrouwen, eveneens in witte gewaden. En daarvoor, van Will uit gezien, wel honderd gelovigen – mannen, vrouwen en kinderen, over het algemeen eenvoudig gekleed in zelfgemaakte simpele broeken, tunieken en jurken. En allen luisterden ze ademloos naar de woorden die uit de mond van de profeet schalden.

Ineens verstond Will ook de vragen die de valse profeet steeds weer voorlegde aan zijn volk.

'Wie zal ons uit de duisternis leiden? Wie brengt ons een nieuw tijdperk van liefde en welvaart? Vertel me, hoe heet hij?'

En uit meer dan honderd kelen, jong en oud, klonk het antwoord: 'ALQUEZEL!'

Will schudde bedroefd het hoofd. Ook hier weer het oude liedje dus. Dezelfde holle frasen. De arme mensen hier wilden het net zo graag geloven als die in Hibernia. Eenvoudige mensen kon je alles wijsmaken, besloot Will, vooral als je ze beloofde dat ze het ooit beter zouden krijgen dan nu.

'Jullie weten, vrienden, hoe ellendig jullie leven was voor Alquezel naar jullie afdaalde!'

Er klonk een instemmend geroezemoes.

'Jullie vee stierf, of verdween spoorloos. Jullie boerderijen werden in brand gestoken. Is dat waar of is dat niet waar?'

De menigte riep dat het maar al te waar was, helaas. Aha, dacht Will, de Buitenstaanders hebben hier ook hun bandietenbendes laten huishouden. Natuurlijk vóórdat Tennyson als redder en heiland op het toneel verscheen.

'Maar nadat jullie Alquezel aanvaard hadden – Alquezel, jullie enige en ware god – hielden de rampen toen op?'

'JA!' schreeuwde de menigte dankbaar. Sommigen verfraaiden hun 'JA' met kreten als 'Heil Alquezel!' of 'Geloofd zij de Gouden God!'

'En wordt het daarom niet hoog tijd om Alquezel dank te brengen? Is het niet hoog tijd dat we een nieuw altaar voor hem bouwen, van goud en juwelen schitterend – een altaar waaraan jullie en je kinderen en kindskinderen tot in lengte van dagen zullen kunnen bidden?'

'JA!' schreeuwde het volk weer. Iets minder enthousiast misschien, in het vooruitzicht dat zij hun goud en juwelen zouden moeten afstaan. Maar dit keer schreeuwden de witte jurken om de profeet uit volle borst mee.

Jammer, dacht Will, dat hun altaar straks alleen maar een dun laagje klatergoud zal blijken te hebben, als jij weer verder bent getrokken en al hun schatten met je mee hebt genomen.

Maar Tennysons parochianen leek dat feit niet te deren. Ze wisten nog van niets. Aangespoord door de witte jurken en Tennyson zelf, bleven ze maar roepen en schreeuwen en juichen, totdat de enorme grot weergalmde van hun lof voor Alquezel, en voor Tennyson, zijn profeet.

Tijd om te maken dat hij wegkwam, dacht Will. Dit had hij al eerder meegemaakt.

HOOFDSTUK 46

'De ingang van de grot is niet gemakkelijk te vinden,' rapporteerde Will. 'Daarom vinden ze het denk ik niet nodig wachtposten uit te zetten.'

Hij tekende met een stok in het zand naast het kampvuur. Halt, Arnaut en Malcolm zaten om hem heen, terwijl hij uitlegde hoe Tennysons nieuwe hoofdkwartier in elkaar stak.

'Die eerste gang die leidt dus naar dit – een ruimte zo groot als een flinke kamer. Hoge zoldering, met licht en goede luchtversing. Verder is er niets.'

'Dus stel dat iemand die gang in loopt, dan kan die in deze ruimte komen en nog steeds niet doorhebben dat er meer is?' merkte Malcolm op.

Will knikte. 'Nog een reden om geen wachtposten nodig te hebben. Je moet het weten! De ingang van de tweede tunnelgang, die vind je ook niet zomaar. Hij is nauwelijks hoger dan mijn middel.'

'Leuk voor mij,' zuchtte Arnaut.

Will glimlachte naar hem. 'Zo erg is het ook niet, hoor. Hij blijft maar een paar meter zo laag, en dan wordt hij breder en hoger. Zo gauw je voorbij dat eerste stuk bent, is er niets aan de hand.'

'Ja, maar die eerste paar meter, die zijn juist het probleem.' Arnaut keek hoopvol naar Malcolm. 'Heb je niet een drankje waardoor ik mijn angst voor kleine ruimten kwijtraak?'

Malcolm schudde zijn hoofd. 'Helaas niet. Maar het is een

heel begrijpelijke aandoening, hoor. Ik denk dat het een goede remedie is om je angst gewoon te erkennen en je eroverheen te zetten.'

Arnaut knikte met een lang gezicht. 'Ja, dat had ik kunnen verwachten, dat jij zo iets zou gaan zeggen. Wat heb je nou aan een dokter die geen middeltjes heeft voor echt ernstige kwalen?'

Halt wees naar de ruwe kaart die Will in het zand getekend had. Hij wilde dat Will verder zou vertellen.

Will knikte en ging door met zijn verhaal. 'Die tweede tunnel, die maakt dan een bocht naar rechts – daar zag ik het licht – en dan kom je in de grote tempelzaal.'

'Grote tempelzaal?' herhaalde Halt sarcastisch. 'Ben je ook al aangestoken door die preken van Tennyson?'

Will lachte wat. 'Ik vind het een passende naam. Die grot die is zó groot... Ik kan het ook gewoon de grote zaal noemen als je dat liever hebt.'

Halt reageerde niet, maar dat had Will ook niet verwacht.

'Hoeveel mensen zijn er, dacht je?' vroeg hij wel.

'Afgezien van een stuk of twintig van die witte jurken...'

'Witte jurken?' onderbrak Malcolm hem. 'Wat zijn dat?'

'Zijn zware jongens en collectanten,' legde Will uit. 'Zijn beulsknechten, als je wilt. De ingewijden in het geheim van de Buitenstaanders.' Malcolm gebaarde dat hij het begreep en dat hij verder kon gaan. 'Met hen meegerekend dus wel een honderdtwintig man, denk ik. En dan is er ergens buiten dus ook nog een groep bandieten die de streek hier onveilig maakt, als ik het goed begrijp.'

Halt kauwde een paar minuten zwijgend op zijn grassprietje. 'Die buitenboeven kunnen wel even wachten,' zei hij toen. 'Onze prioriteit is nu dat we Tennyson in de ogen van zijn volgelingen belachelijk moeten zien te maken. Daarna rekenen we eerst met hem af, en dan met zijn knechten.'

'En hoe ben je van plan dat aan te gaan pakken?' vroeg Malcolm. Hij keek de drie vastberaden gezichten voor hem een voor een aan. Ze waren maar met zijn drieën. Will zei dat er minstens twintig beulsknechten om Tennyson heen stonden.

'Dat lukt waarschijnlijk niet zonder een beetje geweld, helaas!' merkte Halt op. Hij klonk gevaarlijk opgewekt en vriendelijk.

'Met drie man, tegen twintig beulsknechten?' vroeg Malcolm zich hardop af.

Halt haalde zijn schouders op. 'Ach, ik denk niet dat er veel echt goed getrainde krijgers bij zijn. Het is voornamelijk boeventuig, gewend om hun slachtoffers van achteren aan te vallen, of om weerloze boerderijen in de fik te steken. Ik sta er elke keer weer versteld van, hoe snel dat soort rapalje zich uit de voeten maakt, als ze tegenover een beroeps komen te staan.'

Malcolm was niet helemaal overtuigd. Maar ja, dacht hij, hij had anderzijds met eigen ogen gezien hoe Will en Arnaut met zijn tweeën kasteel Macindaw bestormd hadden. Samen waren ze op de muur geklommen en hadden het hele garnizoen beziggehouden, tot hun Skandische vrienden met ladders tegen de muur op konden klimmen om hen te helpen. Misschien zouden ze inderdaad wel twintig lompe boeven aankunnen.

Arnaut zat naar hem te kijken en zag zijn twijfels. 'Ach, Malcolm,' zei hij. 'We hebben niet voor niets een oud gezegde, dat luidt: Een rel, een Jager. Als je begrijpt wat ik bedoel.'

'Ik neem aan, dat je bedoelt dat als er ergens een rel is, één Grijze Jager genoeg moet zijn om de rust te herstellen?'

'Precies. En als ik zo om me heen kijk, moet ik dus concluderen dat we genoeg Jagers ter beschikking hebben hier om twee rellen de baas te kunnen. Ik denk dat wij net zo goed even op vakantie kunnen gaan, terwijl zij de klus klaren.'

Halt en Will maakten allebei een onfatsoenlijk geluid en hij zond hun een stralende grijns. 'Ik vind het zo'n heerlijk tijdverdrijf, toe te kijken terwijl jullie tekeergaan!' zei hij nog.

'Met andere woorden, op jou hoeven we zoals gewoonlijk niet te rekenen?' sneerde Will.

Arnaut keek gekwetst. Maar hij besefte ook wel dat hij die opmerking over zichzelf had afgeroepen. Hij werd weer serieus.

'Halt, ik zat te denken...'

Hij wachtte even, en keek de twee Grijze Jagers verwachtingsvol aan. 'Gaan jullie niet zeggen dat blijft natuurlijk altijd gevaarlijk of zoiets?'

Halt en Will wisselden veelbetekenende blikken uit, maar schudden daarna hun hoofd. 'Niet als jij het verwacht, nee. Dan is er geen lol meer aan.'

Arnaut haalde teleurgesteld zijn schouders op. Nou had hij net zo'n mooi weerwoord verzonnen. Dat moest hij dan maar voor een volgende keer bewaren.

'Nou ja, hoe dan ook, je zegt dus dat je Tennyson belachelijk wilt maken... Dus niet gewoon gevangennemen en meenemen naar het kasteel van Araluen?'

Halt knikte. 'Nee, het is belangrijk dat we zijn sprookjes echt onderuithalen, dat zijn volgelingen hem in de steek laten. Hoezo?'

'Ik dacht, misschien helpt het als hij ineens het spook van koning Ferris tegenover zich ziet?'

Daar moest Halt even over nadenken. Tennyson wist natuurlijk niet dat de eerste keer, toen hij bij Ferris was binnen komen lopen om hem een ultimatum te stellen, dat het toen zijn broer Halt was geweest die hij gesproken had, verkleed als Ferris. En verder had hij de oude Grijze Jager nooit anders gezien dan met de kap van zijn mantel zo ver mogelijk over zijn hoofd getrokken.

'Weet je, dat is helemaal niet zo'n gek idee, Arnaut!' zei hij. 'Tennyson is zelf ook niet vies van wat hocus pocus en trucjes. Als wij hem met zijn eigen wapens bestrijden, raakt hij mis-

schien wel in de war. En laat hij zich misschien ook wel verleiden tot een bekentenis, die zijn volgelingen hem niet in dank
zullen afnemen!'

Hij voelde aan zijn baard, die in de afgelopen weken weer
flink aangegroeid was, nadat Arnaut hem afgeschoren had om
hem op zijn tweelingbroer te laten lijken.

'Jammer – ik begon net weer aan mijn oude vertrouwde
baard te wennen.'

'Die heerlijke wildernis,' flapte Will eruit.

Halt keek hem met een vernietigende blik aan. 'Ik zou liever
het woord weelderig gebruiken!' zei hij nuffig.

Will haastte zich om hem gelijk te geven. 'Natuurlijk, Halt.
Dat was precies het woord waar ik naar zocht. Een weelderige
baard – ik begrijp niet waar ik dat woord wildernis vandaan
haalde.'

En hij zei dat met zo'n uitgestreken gezicht, dat Halt wist dat
hij opnieuw voor de gek gehouden werd.

HOOFDSTUK 47

D e volgende ochtend stond Malcolm erop Halt uitgebreid te onderzoeken, voordat ze hun kamp opbraken en op weg gingen.

'Ik wil zeker weten dat je er klaar voor bent, voordat je weer allerlei halsbrekende toeren gaat uithalen,' zei hij. 'Dus trek je hemd maar uit en ga daar zitten.' Hij wees naar een omgevallen boom vlak bij het kampvuur.

'Waarom zou ik er niet klaar voor zijn?' mopperde Halt. Maar in Malcolm had hij een even grote stijfkop gevonden als hijzelf. De geneesheer deed een stap naar achteren, trok zijn schouders ferm recht en stak zijn borst vooruit. Aangezien hij nog korter was dan Halt, ook al niet de grootste, was hij daarmee nog geen bijzonder indrukwekkend figuur geworden; maar het gezag dat hij nu uitstraalde leek hem toch veel groter te maken dan hij in werkelijkheid was.

'Luister eens hier,' zei hij streng. 'Die ex-leerling van jou, die heeft mij talloze kilometers door de wildernis hierheen gesleept, op een volstrekt gestoord hobbelpaard, in het holst van de nacht, om jouw ondankbare miezerige leventje te redden. En dat heb ik gedaan, zonder tegensputteren. Denk dus maar niet dat ik me nu laat weerhouden mijn werk af te maken, dank je zeer! Laat staan dat ik zal toestaan dat jijzelf afmaakt wat de Genovees zo raak begonnen was. Dus of je het leuk vindt of niet, ik ga je nu grondig onderzoeken, om eerst vast te stellen of je weer helemaal de oude bent. Met andere woorden, of je wel in staat bent, om aan zoiets onnozels te beginnen als het verslaan van een stuk of honderd vijanden met niet meer dan twee andere idioten om je te helpen. Heb je dat begrepen? Heb je bezwaar?'

Als hij het per se zo wilde zien, moest zelfs Halt toegeven, had hij een punt. Hij wist heus wel dat hij het aan dit fiere mannetje te danken had dat hij nog steeds in leven was. Maar Halt vond het nu eenmaal moeilijk andermans bevelen blindelings op te volgen – zoals koning Duncan meer dan eens had moeten ervaren. Hij sputterde nog één laatste keer tegen.

'En wat dan, als ik bezwaar maak?' zei hij krijgslustig.

Maar Malcolm was niet onder de indruk. Hij liep naar voren tot zijn gezicht nog maar een centimeter van dat van de oude Grijze Jager verwijderd was. 'Dan zal ik Will vriendelijk doch dringend verzoeken om jouw koppigheid te rapporteren aan die vrouwe Pauline, over wie ik zoveel goeds gehoord heb!'

Het was duidelijk dat Halt hierdoor aan het twijfelen werd gebracht.

'En reken maar dat ik hem zal steunen!' riep Will van de andere kant van het kampvuur, waar hij al een paar minuten had zitten genieten van deze titanenstrijd.

'Nou ja, als je er dan op staat...' zei Halt. Hij trok zijn hemd over zijn hoofd uit en ging braaf zitten. Malcolm inspecteerde zijn keel, oren, ogen, beklopte hem her en der met een houten hamertje, hield een soort toeter tegen de rug en borstkas van de oude Jager en luisterde ingespannen aan het mondstuk.

'Waar dient dat voor?' vroeg Arnaut, die ondanks Halts duidelijk groeiende ergernis nieuwsgierig dichterbij was gekomen.

'Dat gaat je niets aan!' gromde de oude Jager.

Maar zo gemakkelijk liet Arnaut zich niet afschepen. 'Waar luister je naar?'

De geneesheer moest lachen. 'Hart en longen!' zei hij.

Dat vond Arnaut wel interessant. 'Echt waar? Hoe klinkt dat?'

'Dat gaat je geen donder aan, hoe mijn hart en longen klinken!'

Maar Malcolm wenkte de jonge ridder al dichterbij. 'Luister zelf maar!'

Het viel Halt niet mee om een beetje waardigheid te behouden, terwijl andere mensen aan zijn ontblote bovenlijf stonden te voelen, kloppen en luisteren. Hij keek Arnaut vuil aan, maar die liet zich niet afschrikken. Hij nam de toeter aan, zette het smalle deel aan zijn oor en boog zich voorover om het brede uiteinde tegen Halts rug te drukken. Zijn ogen werden groter en groter terwijl hij luisterde naar wat zich daar afspeelde.

'Hé, wat gek!' zei hij. 'Dat pabam, pabam, pabam, is dat zijn hart?'

'Inderdaad!' antwoordde Malcolm met een verlegen lachje. Net als de meeste mensen vond hij het best leuk om over zijn vak te vertellen. 'En ik moet zeggen, zijn hartslag is sterk en regelmatig!'

'Dat kun je wel zeggen,' beaamde Arnaut. Hij was onder de indruk van Malcolms kennis, maar nog meer van het geluid, dat door de toeter flink versterkt werd. 'Tjee, Halt, het lijkt wel of daarbinnen iemand op een grote trommel staat te bonken!'

'Pas maar op dat ik dadelijk niet op een andere holle trommel bonk!' zei Halt zuur. Maar Arnaut had nog meer vragen voor de heelmeester.

'En dat heftige woesj-woesj-woesj, zo'n beetje als de branding van de zee?'

'Dat zijn zijn longen. Althans zo klinkt zijn ademhaling,' antwoordde Malcolm. 'En ook dat klinkt netjes moet ik zeggen. Trouwens een aardige vergelijking – die heb ik nog niet eerder gehoord.'

'Laat me nog eens!' vroeg Arnaut en boog zich weer naar Halts rug.

Maar de verontwaardigde Jager had er nu genoeg van. Hij

draaide zich om en zei: 'Blijf van me af! Ga maar naar je eigen hart en longen luisteren, als je zo nodig moet!'

Arnaut liet hem de rechte toeter zien. 'Dat wordt een beetje moeilijk, Halt. Dan zou ik me wel in heel vreemde bochten moeten wringen!'

Halt antwoordde met een gemene grijns: 'Daar zou ik anders maar wat graag bij helpen!'

Arnaut keek hem even aan. Meende hij dat? Hij besloot dat je niet zeker kon weten dat het maar een grapje was van de oude baas, dus deed hij een stap naar achteren en gaf snel de toeter aan de heelmeester. 'Dan laat ik het verder maar aan jou over!' zei hij.

Malcolm greep de toeter en ging verder met zijn onderzoek. Na een minuut of tien verklaarde hij dat hij gerustgesteld was.

'Je bent weer zo sterk als een paard, als je het mij vraagt!'

De oude Jager keek hem boos aan. 'En jij nog steeds zo eigenzinnig als een ezel!' Schouderophalend antwoordde Malcolm: 'Dat heb ik vaker gehoord!' Hij ruimde zijn spullen op.

Arnaut, die van een afstandje was blijven toekijken, kwam terug terwijl Halt zijn hemd weer aantrok. Hij kreeg een nog steeds onvriendelijke blik toegeworpen.

'Wat moet je nu weer?' vroeg de oude Jager geërgerd. 'Mijn hart en longen zijn de rest van de dag niet te spreken, zelfs niet te horen.' Maar Arnaut wees naar Halts gezicht.

'Je baard!' zei hij. 'Als je inderdaad wilt doen of je Ferris bent, moeten we je scheren.'

'Dat kan ik heus zelf wel,' reageerde Halt bits. 'Als je iets nuttigs wilt doen voor me, zoek dan een paar stroken leer en vlecht daar zo'n haarband van als Ferris toen op zijn kop had.'

Arnaut knikte en terwijl Halt heet water pakte en zijn baard millimeterde, vond Arnaut een paar reserveriempjes in zijn spullen en vlocht daar een redelijk lijkende kopie van de eenvoudige kroon van Clonmel mee.

Halt waste net het scheerschuim van zijn wangen, toen hij zag dat Malcolm voorzichtig een kistje vulde met een stuk of tien balletjes van wat eruitzag als droge bruine modder.

'Zijn dat van die klappers, waarmee je aan het experimenteren was?'

De heelmeester knikte bevestigend. Hij keek niet op en toen Halt dichterbij kwam zag hij dat hij het kistje gevuld had met gras, wat ervoor zorgde dat de ballen elkaar niet raakten. Malcolm besteedde blijkbaar uiterste zorg aan het inpakken.

'Wat doen die dingen precies?' vroeg Halt.

Pas toen hij de laatste bal stevig in het gras had ingebed, keek Malcolm op van zijn werk. 'Als ik zo'n bal tegen de grond gooi, dan klinkt er een luide knal en er ontstaat een wolk van dikke gele rook. Maar ze ontploffen nogal snel, daarom pak ik ze zo zorgvuldig mogelijk in.'

'En wat ga je ermee doen?'

'Ik denk dat ik ze goed kan gebruiken als afleidingsmanoeuvre, als dat nodig mocht blijken. Ik denk niet dat ze iemand zwaar zullen verwonden...' Hij aarzelde even en verbeterde zich: '.. behalve dan dat ze een tijdje doof zullen zijn. Verder is het alleen maar lawaai en rook.'

Halt bromde wat, maar zei niets. Hij had ineens een idee, hoe ze die dingen zouden kunnen gebruiken.

Toen ze alles klaar hadden, braken ze het kamp op en gingen ze weer op weg, naar de kliffen waar Tennyson zich – bijna letterlijk – ingegraven had. De paarden lieten ze achter tussen de bomen van het bosje dat Will en Arnaut de vorige dag al voor dat doel hadden gebruikt. Daarna liepen ze voorzichtig verder en keken naar de steile rotswand.

'Wat nu?' vroeg Malcolm.

'We blijven een tijdje wachten en kijken,' zei Halt.

Malcolm begreep de hint en zocht voor zichzelf een prettig plekje, vanwaar hij op zijn gemak alles wat daarginds bewoog kon observeren.

Niet dat er veel te zien was. Laat in de ochtend kwamen vier mannen naar buiten, om een paar uur later terug te komen met het karkas van een hert tussen zich in.

'De jacht zit erop,' merkte Arnaut op.

Will en Halt keken hem tegelijk aan. Het was duidelijk dat ze weer een pesterijtje verzonnen.

'Denk je?' zei Will. 'Misschien hebben ze het dier ziek gevonden en willen ze het genezen?'

'Ik zei alleen maar...' begon Arnaut. Maar Halt brak hem ruw af. 'Hou dan je mond!'

Arnaut zat een beetje in zichzelf te mopperen. Dit was een van die vervelende dingen van optrekken met Grijze Jagers. Halt en Will leken zich nooit te vervelen. Ze konden uren stil blijven zitten, zonder een woord te wisselen. Arnaut zag niet in, wat er verkeerd of gevaarlijk kon zijn aan een babbeltje af en toe.

'En hou ook op met dat gemopper, ja?' zei Halt. Met een verongelijkt gezicht ging Arnaut in het gras liggen.

In de namiddag kwamen er zes mensen, twee vrouwen en vier mannen naar buiten. Ze moesten even knipperen blijkbaar en hielden hun hand boven hun ogen. Wat ze daar deden was niet geheel duidelijk.

'Wat zijn die van plan?' vroeg Will zacht. Arnaut wilde al zeggen dat ze waarschijnlijk gewoon een luchtje schepten toen hij zich Halts boze opmerkingen herinnerde. Dus hield hij zijn kaken op elkaar.

'Waarschijnlijk gewoon een luchtje scheppen,' zei Halt.

Arnaut zond hem een vernietigende blik toe. Niet eerlijk, dacht hij.

Het groepje bleef een half uurtje voor de grot in de zon staan en liep toen weer naar binnen. Arnaut had de bovenrand van de klif in de gaten gehouden en zag weer rook opstijgen. Hij meldde dat toch maar aan Halt.

'Aha... goed dat je dat opgemerkt hebt, ik had het niet gezien met mijn oude ogen. Waarschijnlijk beginnen ze daar binnen aan het avondeten.' Hij wendde zich tot Will. 'Weet jij nog hoe laat Tennyson altijd begon te preken, in zijn kamp in Clonmel?'

'Een keer 's morgens, en een keer in de namiddag,' antwoordde Will. 'Na de tweede preek gaan ze eten.'

'Dus als ze hier hetzelfde programma aanhouden, kunnen ze nu elk moment beginnen met zingen en een collecte houden.'

Will knikte. 'Waarschijnlijk wel.'

Halt keek zijn drie metgezellen aan.

'Laten we ons dan maar bij hen aansluiten, goed? Ik wil de preek niet missen!'

Hoofdstuk 48

Will ging weer als eerste de smalle gang naar de grot in, terwijl de anderen buiten bleven wachten tot hij het sein veilig zou geven.

Na een paar minuten kwam hij terug. 'De eerste kamer is helemaal leeg,' rapporteerde hij. 'En in de binnenste grot hoor ik ze al zingen.'

Halt gebaarde: 'Ga jij maar voor dan!'

Will verdween weer in de smalle spleet in de rotswand. Na een paar tellen volgde Halt, daarna kwam Arnaut. Voor hij naar binnen ging hield Malcolm hem even tegen, met zijn hand op zijn arm.

'Arnaut,' zei hij, 'als je je niet lekker voelt, helpt dit misschien!'

En hij gaf de jonge ridder een klein juten zakje. Arnaut trok het open en keek erin. Hij begreep er niets van. De inhoud leek nog het meest op een stukje vermolmde boombast, overdekt met groene schimmels. Hij rook er voorzichtig aan. Het rook naar rottende bladeren.

'Het is mos, waar een bepaald soort zwam in groeit,' legde Malcolm uit. 'Je vind het hier overal op de bomen. En in het donker geeft het licht! Dus als je in het pikkedonker wilt zien welke kant je op gaat, dan doe je het zakje maar even open. Niemand zal het verder opvallen, het is maar heel zacht licht.'

'Fijn, Malcolm!' zei Arnaut dankbaar. Hij wurmde zich zijdelings de gang in. Hij was natuurlijk veel groter dan Will en de twee anderen, en het kostte hem dus enige moeite om naar binnen te komen. Hij moest eerst uitademen en even de adem inhouden, maar toen lukte het.

De eerste paar meter kwam er nog licht genoeg van buiten. Maar na de eerste bocht werd het steeds donkerder, en hij voelde de oude paniek oprijzen, terwijl hij de duisternis als het ware steeds dichterbij voelde komen. Hij dacht haast dat het donker iets tastbaars was, als de rots zelf. Hij kreeg het gevoel dat hij in elkaar geperst werd, alsof hij in een reusachtige bankschroef zat en geen adem meer kon halen. Zijn hart ging als een gek tekeer, terwijl hij stekeblind om zich heen probeerde te kijken. Hij kreeg het benauwd op zijn borst en besefte ineens dat hij van de zenuwen ook vergeten was adem te halen. Snakkend naar lucht probeerde hij dat te herstellen.

Een paar meter achter zich hoorde hij Malcolm fluisteren: 'Doe het zakje maar open!'

Raar, dacht Arnaut, hij was zo in paniek geraakt dat hij het zakje van Malcolm helemaal vergeten had. Hij haalde het uit zijn zak en trok het open.

En inderdaad scheen er een zacht, groenig licht uit. Het was bijna niets, maar na het aardedonker van zonet was het genoeg om hem te laten zien dat hij met zijn gezicht vlak voor de rotswand stond. Een paar centimeter maar. Meteen werd zijn ademhaling minder moeizaam, en zijn hart klopte ook minder snel. Hij vond het idee dat hij in een enge donkere gang stond nog steeds niet prettig, maar alles was beter dan de pikzwarte kerker van zonet.

'Wat heb je daar?' klonk Halts stem uit het duister voor hem. Een tel later zag Arnaut het vage gezicht van de Grijze Jager groen oplichten. Hij stond een meter van hem vandaan.

'Dit heeft Malcolm me gegeven,' zei hij. Hij hoorde hoe de heelmeester achter hem kwam staan.

'Voorbij de volgende bocht zie je het heus niet,' zei Malcolm.

'Waarschijnlijk niet,' beaamde Halt. 'Jij hebt altijd een paar troeven in je mouw, niet?' Hij kende Arnauts angst voor het donker en kleine ruimten en besefte dat dit minieme groene lichtje geen enkel gevaar opleverde. 'Goed, Arnaut. Ik loop voor je, en als je me met mijn vingers hoort knippen dan betekent dat, dat ik je aan zie komen. Dan moet je dat zakje meteen wat meer dicht doen, begrepen?'

En daarna verdween hij weer in de duisternis. Arnaut wachtte een paar tellen en volgde hem toen. Ondanks al zijn inspanningen klosten zijn laarzen luid en duidelijk over het zand. Bovendien raakte de schede van zijn zwaard af en toe de zijwanden van de tunnel. Als hij in het voorvertrek was aangekomen, besloot hij, zou hij dat ding losmaken en verder gewoon in zijn hand houden. Dan bleef hij tenminste niet achter elke bobbel in de muur haken.

Na de volgende kronkel zag hij voor zich uit grijs licht. Hij trok het zakje dicht en stopte het weg in zijn binnenzak. Het licht werd sterker en sterker, tot hij ineens in het eerste vertrek met de luchtspleten stond.

De avondzon stuurde door de hoge gaten in de wanden warme stralen naar binnen. Arnaut haalde diep adem. Ook deze kleine grot was geen plek waarin hij zich prettig kon voelen. Maar oneindig veel aangenamer dan die enge smalle gang, waardoor hij zojuist hier naar toe was gekropen.

Will en Halt zaten gehurkt bij de tegenoverliggende muur te luisteren. Achter hem kwam Malcolm tevoorschijn. Samen liepen ze naar hun vrienden. Arnaut zag nu ook de lage en haast nog engere ingang van de volgende tunnel. Hij beet zijn kaken op elkaar. Dat ging hij héél vervelend vinden, dat wist hij nu al, lichtzakje of geen lichtzakje. Will keek op, zag zijn bleke wangen en grijnsde hem bemoedigend toe.

'Gaat het tot hiertoe een beetje?' vroeg hij.

Arnaut probeerde terug te glimlachen, maar hij wist dat hij

er niet veel van maakte. 'Heerlijk! Ik amuseer me kostelijk!' zei hij knarsetandend.

Halt gebaarde hen beiden stil te zijn en boog zich voorover naar de tweede tunnel.

'Luister dan!' zei hij. Ze kwamen allemaal bij hem staan. Ze hoorden heel ver weg iets wat een stem zou kunnen zijn. Het was te zacht om afzonderlijke woorden te horen, maar de melodie van de zinnen was onmiskenbaar. De stem zweeg, even was het stil, en dan klonk er een sterker geluid. Dat konden ze wel duidelijk horen. Het was een grote groep mensen die antwoord gaf op die eerste eenzame stem. Wat er gezegd werd verstonden ze niet – het geluid kwam door de kronkelende gang geëchood en werd door de ruwe rotswanden ook nog eens gedempt. Maar het enthousiasme in het antwoord van de groep was onmiskenbaar.

'Wat een fanatiekelingen!' merkte Halt op. Hij keek Will aan en knikte naar de tunnel. 'Ga eens kijken wat ze uitvoeren!' Will knikte, zakte door zijn knieën en verdween in de donkere tunnel.

Arnaut tastte in zijn binnenzak naar het zakje met lichtgevende zwammen. En terugdenkend aan zijn eigen kruip-door-sluip-door van daarnet greep hij zijn zwaard en maakte zijn riem los. Halt keek op, zag wat hij deed en knikte goedkeurend. 'Dat is slim!' zei hij en trok zelf zijn pijlenkoker van zijn schouder. Even overwoog hij ook de pees van zijn boog los te haken. Ongespannen zou die gemakkelijker mee te nemen zijn door die nauwe passage. Maar het vooruitzicht om dan ongewapend aan de andere kant tevoorschijn te komen stond hem ook niet aan.

Het duurde tien minuten voor Wills hoofd ineens weer uit het gat opdook. Hij zat daar naar hen te grijnzen als een tevreden kater.

'Jullie kunnen komen!' zei hij. Hij kroop de tunnel uit en stond op. 'Er staat aan de andere kant ook geen enkele wacht of zo. Tennyson heeft een altaar opgericht, aan de overkant van de grot, en iedereen staat in een halve cirkel om hem heen naar hem te luisteren.'

'En niemand kijkt naar de ingang?' vroeg Halt, zo te horen niet ontevreden.

Will knikte. 'Als we stil zijn kunnen we gewoon ongemerkt die grot binnenkomen, schuin achter de Buitenstaanders. Niemand kijkt onze kant op. Zelfs Tennyson zal ons niet snel opmerken: aan zijn kant van de grot hangen en staan allemaal fakkels en toortsen. Er brandt bovendien een flink vuur. Wij staan dus min of meer in het donker. En er liggen en staan genoeg rotsblokken om ons achter te verbergen.'

Ze konden de stemmen weer horen toen Tennyson een nieuwe serie vragen op zijn publiek afvuurde. Arnaut, Halt en Will herkenden de preek van vroeger. Ze hadden die al een paar keer mogen aanhoren. En ook Malcolm, die ze hadden uitgelegd hoe Tennyson te werk ging, had een redelijk idee van wat zich daarbinnen afspeelde. Zoals Halt al zei, het was gewoon weer een nieuwe versie van zijn Heil Alquezel en Kom op met je centen – misschien ietsje subtieler gebracht, maar daar kwam het wel op neer.

'Goed,' zei Halt, 'laten we dan maar naar binnen gaan. Ga jij weer voor, Will. En Arnaut, zodra je voor je licht ziet, dicht met dat zakje van je, hoor je?'

Arnaut knikte. Halt boog zich diep voorover en verdween achter Will aan in het donkere gat. De grote krijger haalde een paar keer diep adem en bereidde zich voor op wat komen moest. Hij voelde een hand op zijn arm.

'Ik ben vlak achter je, vergeet dat niet!' zei Malcolm. 'Als er iets is, dan laat je het me maar weten!'

De geneesheer had meermalen zelf kunnen zien hoe dapper Arnaut was. Hij wist ook dat die angst voor kleine donkere ruimtes van hem niets te maken had met lafheid of dapperheid.

Het was iets diep in Arnauts binnenste – misschien wel veroorzaakt door iets van vroeger, toen Arnaut klein was, en dat hijzelf al lang weer vergeten was. Hij wist dus ook, dat Arnaut juist bewees dat hij dapper was, doordat hij het tegen zijn eigen angsten durfde opnemen.

'Het gaat wel,' zei de jonge ridder met toonloze stem. Daarna ontspande hij zich even en begon te lachen. 'Misschien gaat het ook wel niet,' gaf hij toe, 'maar ik moet wel.'

Met zijn zwaard stevig in zijn linkerhand greep hij met de andere naar het lichtzakje. Daarna haalde hij diep adem, ging op zijn knieën liggen en schuifelde het zwarte gat in.

Na het relatieve licht van de eerste kamer was de duisternis in de tunnel overdonderend. Arnaut stak zijn zwaard omhoog en liet het langs het plafond boven zich schrapen. Toen hij niets meer boven zich voelde ging hij voorzichtig rechtop staan. Weer werd hij overvallen door het angstaanjagende visioen dat hij blind was geworden, dat de wereld in elkaar gekrompen was tot niets meer of minder dan zijn eigen lijf. Hij was bang dat hij nooit meer zou kunnen zien. Zijn hart begon in zijn keel te bonken en haastig trok hij het zakje open. Daar was die heerlijke groene glans gelukkig weer, in de palm van zijn rechterhand. Achter zich hoorde hij Malcolm schuifelen.

Gekalmeerd door zijn lampje liep Arnaut verder de gang door. Nu de duisternis niet meer zo totaal was, viel het eigenlijk wel mee. Hij keek een paar keer omhoog, maar het vage schijnsel van de zwammen was bij lange na niet sterk genoeg om het plafond ver boven hem te verlichten. Daarboven was alleen maar zwart. Maar na een nieuwe flauwe bocht in de tunnel gloorde in de verte een geel licht. Meteen deed hij het zakje dicht en holde hij naar de uitgang. Er scheen flink wat licht uit de grot de gang in, en hij zag aan het eind Halt en Will gehurkt de zaal in kijken.

Zoals Will al had aangekondigd was deze grot enorm, met

een dak zo hoog, dat je het niet eens kon zien. Aan de overkant was het een zee van licht, er stonden overal toortsen en branddende kaarsen. In het midden brandde een groot vuur, en de vlammen wierpen enorme dansende schaduwen op de zijwanden.

Achter het vuur stond het altaar, omringd door kaarsen en toortsen. Het zag eruit als alle Buitenstaandersaltaren, van goud en zilver en bezet met juwelen. Waarschijnlijk waren het goud en het zilver niet veel meer dan een dun laagje verf, en de edelstenen van glas. De echte kostbaarheden zaten natuurlijk veilig opgeborgen in Tennysons bagage.

Midden in de cirkel van licht stond de hogepriester zelf, zijn armen hoog geheven, terwijl hij een emotioneel beroep deed op zijn kudde.

'Alquezel houdt van jullie!' riep hij luid. 'Alquezel wil niets liever dan licht en blijdschap en geluk in jullie leven brengen!'

'Heil Alquezel!' gilde de menigte uitzinnig.

'Dat zeggen jullie nu wel,' ging Tennyson verder, 'maar doen jullie dat met een rein hart? Want Alquezel verhoort alleen de gebeden van hen die echt geloven in zijn goedheid. Geloven jullie?'

'Ja, wij geloven!' antwoordde de menigte luidkeels.

Malcolm fluisterde in Arnauts oor: 'Trappen die mensen nou echt in die onzin?'

Arnaut knikte. 'Ik sta er elke keer weer versteld van. Wat die lui zich niet op de mouw laten spelden!'

'Maar er dreigt een groot gevaar in dit land!' donderde Tennyson nu. 'Verderf, verdriet, vergankelijkheid! En wie is de enige die jullie kan redden?'

'Alquezel!' brulden de mensen.

Tennyson stak zijn kin in de lucht en keek over zijn volgelingen omhoog, naar het onzichtbare plafond van de grot.

'Geef ons dan een teken, Alquezel! O God van het Licht,

laat zien dat je de smeekbeden van deze mensen hier hebt gehoord!'

Malcolm schoof een eindje naar voren om alles beter te kunnen zien. Jarenlang had hij zelf allerlei spookverschijningen en vreemde lichten en geluiden verzonnen om de mensen uit het Grimsdalwoud weg te houden – allemaal tekenen van boven, zoals Tennyson nu vroeg van zijn niet-bestaande god.

'Dit wordt nog leuk,' zei hij tegen niemand in het bijzonder.

HOOFDSTUK 49

Terwijl hij naar de prekende profeet zat te kijken, merkte Will op dat steeds als hij die afgod aanriep om een teken te geven aan de gelovigen, hij omhoogkeek, naar een stapel rotsblokken, een meter of twintig van de ingang van de tunnel waar onze vrienden in de schaduwen hurkten.

Toen hij de blik van de valse profeet volgde zag Will daar iets bewegen. Iets weerkaatste er het licht. Will zag dat zich daarboven nog iemand verscholen hield voor de gelovigen.

Hij stootte Halt aan en wees. En juist toen de Grijze Jager die kant op keek, leek er plotseling een bol van licht van links naar rechts over de rotswand achter de prediker en zijn altaar te vliegen. Er klonken verraste geluiden van hen die het verschijnsel opmerkten, gevolgd door een geroezemoes van opgewonden stemmen.

Daar schoot het licht opnieuw door de grot, dit keer in tegengestelde richting. Toen het de wand achter Tennyson bereikte, beschreef het daar drie volmaakte cirkels, waarna het links van hem weer in de schaduwen verdween.

Dit keer werd het schijnsel door meer mensen gezien, en de reactie was luidruchtiger. Tennyson liet het even betijen, maar toen klonk zijn stem luid en duidelijk boven het opgewonden gepraat uit.

'Alquezel – de God van Licht en Verlichting!' riep hij plechtig. 'Zelfs op de donkerste plaatsen diep onder de aarde straalt de glans van zijn genade! Hebben jullie zijn Licht ontwaard?'

En aangemoedigd en voorgegaan door de witte jurken begon de menigte weer te roepen: 'Heil Alquezel! Geloofd zij de Heer van het Licht!'

Halt trok Will naar zich toe en fluisterde in zijn oor: 'Hij heeft daar een assistent zitten met een lantaarn en een spiegeltje! Daarmee schijnt hij dat licht op de rotsen!'

Will antwoordde hoofdschuddend: 'Wat een flauwe truc!' Maar Halt was het daar niet mee eens. 'Het werkt, dat is het belangrijkste. Iedereen ziet het licht, op die manier.' Hij gebaarde naar de stapel rotsblokken. 'Klim daar naar boven en schakel die man uit. Zonder lawaai.'

Will draaide zich al om maar aarzelde even. 'Wil je dat ik hem bewusteloos sla?'

Halt antwoordde kortaf: 'Nee, natuurlijk niet. Ik wil dat je hem te eten geeft, nou goed? Natuurlijk wil ik dat je hem buitenwesten slaat. Gebruik je zwaargewicht maar.'

Will zei teleurgesteld: 'Die heb ik niet bij me. Kan ik die van jou lenen?'

Halt geloofde zijn eigen oren niet. Hij siste boos naar Will, en dat alarmeerde Arnaut en Malcolm – ze wisten zeker dat de mensen in de grot hem ook hadden kunnen horen.

'Wat bedoel je, die heb ik niet bij me? Die horen toch bij je uitrusting? Kom nou!' Hij kon zich niet voorstellen dat Will, een volledig gediplomeerd Grijze Jager, zo slordig zou zijn om zijn zwaargewichten te vergeten. Hoofdschuddend dacht hij: Die jongelui van tegenwoordig – wat moet er van de wereld worden als dat zo verdergaat?

'Nee, die ben ik onderweg kwijtgeraakt,' zei Will. Hij zei er niet bij dat dit gebeurd was toen hij probeerde Bacari levend en wel gevangen te nemen, zodat hij Halts leven kon redden. Hij vond wel dat de oude Jager zich nogal druk maakte om niets. 'Je bent ze kwijtgeraakt? Wat vertel je me nou?' Halt was nu echt boos. 'Je dacht toch niet dat wij je die dure spullen meegeven zodat jij ze ergens kunt laten slingeren? Of wel soms?'

Will schudde van nee. 'Maar ik...'

Verder kwam hij niet. Arnaut onderbrak de oplaaiende discussie terwijl hij hen ongelovig aankeek.

'Houden jullie nu meteen op daarmee! Zijn jullie gek geworden? Dadelijk horen ze jullie en dan zijn de rapen echt gaar!'

Halt keek hem aan en besefte dat de jonge ridder gelijk had. Hij stak zijn hand in een binnenzak en haalde een van zijn eigen zwaargewichten tevoorschijn. Hij duwde die zowat in Wills handen.

'Daar. Neem deze dan maar. Maar verlies hem niet!'

Voor het altaar was Tennyson weer druk in de weer de mensen zover te krijgen dat ze Alquezel zouden aanroepen om een nieuw teken te geven. Weer flitste er licht door de grot, gevolgd door kreten van verwondering en verrassing. Halt zag hoe Wills donkere gestalte over de rotsblokken naar boven klom, hij leek wel een grote spin. Bijna was hij al bij de man die Tennyson met lamp en spiegel assisteerde. Een meter achter hem bleef hij wachten.

'Verlicht ons wederom, o Alquezel!' galmde Tennyson. 'Laat deze brave mensen hier zien dat u hun uw liefde waardig acht!'

Halt zag dat zijn assistent zich klaarmaakte om een nieuw wonder in de grot te laten schijnen. Maar Will koos juist dat moment om toe te slaan.

De arm van de jonge Jager kwam omhoog en omlaag. Hij raakte de kerel achter het oor met Halts bronzen gewicht. De man zakte geluidloos in elkaar. Will keek naar Halt en stak zijn duim omhoog. Halt gebaarde dat hij het gezien had en dat Will moest blijven waar hij was. Het was een ideale positie, hij kon de hele grot bestrijken zonder dat de gelovigen hem konden zien.

'Alquezel!' riep Tennyson weer, nu met iets meer nadruk dan gewoonlijk. 'Alquezel! Laat uw licht op ons schijnen!'

Will pakte de spiegel die de man had gebruikt, wees ernaar

en keek Halt vragend aan. Wilde hij dat Will de taken van de man overnam? Maar Halt schudde van nee. Hij was iets anders van plan, en dit leek een ideaal moment om dat ten uitvoer te brengen.

'Alquezel! Wij kijken smachtend uit naar uw licht!' riep Tennyson. Het klonk meer als een bevel dan als een smeekbede. De gelovigen begonnen onrustig te worden.

Halt boog zich naar Malcolm en wees op een groot rotsblok links van hen.

'Ik ga daar naar toe,' zei hij. 'Als ik naar Tennyson begin te roepen, gooi dan een van die ballen van je ergens vlak voor me.' Malcolm knikte dat hij het begrepen had. Hij trok het kistje naar zich toe en maakte voorzichtig het deksel open. Halt gleed door de schaduwen naar het rotsblok; Malcolm pakte een van de bruine modderballen uit het doosje en deed het deksel weer dicht. Daarna stond hij op, ervoor zorgend uit het licht te blijven dat de gang in scheen. Hij keek naar Halt en de Jager knikte. Malcolm zag hoe Halt zijn mantel uitdeed en de gevlochten leren kroon opzette die Arnaut gemaakt had als replica van de eenvoudige koningskroon van Clonmel. Hij gebruikte eerst zijn handen als kam om een soort van scheiding in zijn wilde haar te maken, dat hij daarna met de kroon tot op zekere hoogte in bedwang hield.

Malcolm maakte zich klaar om de bal te gooien. En juist op dat moment besloot Tennyson een laatste poging te wagen bij zijn afgod.

'Alquezel! Geef ons alstublieft een teken van uw macht en aanwezigheid!'

Halt haalde diep adem. Daarna galmde hij door de enorme grot, die zijn stemgeluid versterkte en heen en weer kaatste:

'TENNYSON! TENNYSON! JIJ ZONDIGE LEUGENAAR EN BEDRIEGER!'

Hoofden werden omgedraaid, op zoek naar de bron van die

machtige stem. Malcolm gooide tegelijk zijn bruine bal hoog de lucht in, zodat deze vlak voor Halts schuilplaats neer zou komen. De bodem van de grot was tamelijk zacht daar, maar Malcolm had de bal daarom een flink eind omhoog gegooid. Er klonk een enorme knal, gevolgd door een grote wolk van geelbruine rook. Hoe hoog het dak van de grot ook was, er viel toch wat gruis en zand naar beneden.

En daar kwam Halt naar voren, dwars door de wolk heen. Mensen snakten naar adem toen hij ineens uit het niets leek te verschijnen.

'Tennyson! Jouw god Alquezel is een verzinsel! En jij – jij bent zelf niets meer of minder dan een bedrieger en een leugenaar!'

Tennyson leek door deze onverwachte wending geheel verbijsterd. Onzeker staarde hij door de flarden rook naar de kleine gestalte bij de ingang van de grot. Hij zag het haar, met de scheiding in het midden, hij zag de leren kroon, het nette sikje. Paniek overviel hem toen hij besefte wie daar voor hem stond.

'Jij!' riep hij, voor hij het goed en wel wist. 'Maar jij was dood! Ik...' Daar hield hij op, maar het was al te laat.

'... heb je zelf laten vermoorden?' vulde de onverwachte verschijning aan. 'Inderdaad. Maar nu ben ik weergekeerd op aarde! Ik ben opgestaan uit de dood! En mijn wraak zal zoet zijn.'

'Nééé!' krijste Tennyson. Hij stak een arm uit, alsof hij de geestverschijning tegen wilde houden. Hij was zo verrast dat hij als verlamd daar stond. Hij wist zeker dat die man dood moest zijn. En toch stond hij daar.

'Ja, spreek gerust mijn naam uit, Tennyson! Schaam je niet! Misschien dat ik je dan in leven laat!'

'Jij... dat kun jij helemaal niet zijn!' schreeuwde de profeet wanhopig. Maar er klonk twijfel in zijn stem. Afgezien van een enkele korte ontmoeting had hij Halt nooit van dichtbij meegemaakt, en toen waren zijn haren wild en ongekamd, net als zijn 'weelderige' baard. Maar Ferris, die kende en herkende hij wel. En die stem, met dat onmiskenbare accent uit Hibernia, die herkende hij ook meteen. Maar hij wist toch zeker dat Ferris gestorven was. Dat had die sluipmoordenaar hem verzekerd. Hij had Ferris een vergiftigde pijl in zijn rug geschoten. Dat had de koning nooit overleefd. En toch stond hij daar, roepend dat hij zich kwam wreken. Dat kon maar één ding betekenen: dat hij uit het graf was opgestaan, en op aarde was teruggekeerd.

Halt liep verder de grot in. Hij baande zich een weg door de kring van volgelingen. Ze deinsden achteruit, alsof ook zij besmet waren door Tennysons angsten.

'Noem me dan bij mijn naam!' donderde Halt weer. Terwijl hij dichterbij kwam, struikelde Tennyson naar achteren. Wanhopig klampte hij een van zijn witgejurkte lijfwachten aan. Het was een zwaargebouwde man, gewapend met een goedendag vol scherpe punten.

'Hou hem tegen!' piepte hij angstig.

Zijn beulsknecht deed een stap naar voren, de knots dreigend omhoog. Maar zijn botte gezicht leek ineens in elkaar te krimpen terwijl hij door zijn rechterbeen zakte. Hij liet het wapen vallen en zakte op de grond in elkaar. Hij greep huilend naar de veren van een pijl, die plotseling uit zijn bovenbeen was komen groeien.

'Goed zo, Will!' mompelde Halt in zichzelf.

De mensen om hem heen fluisterden angstig onder elkaar en trokken zich steeds verder terug. In het halfduister hadden de meesten de pijl helemaal niet gezien. En maar een paar zagen nu pas wat er echt gebeurd was. De rest kreeg alleen mee dat de grote lijfwacht ineens als door de bliksem getroffen in elkaar was gezakt.

Maar Tennyson zag de pijl wel, en ineens werd hij door een nieuwe angst bevangen. Hij wist heel goed dat de volgende pijl op hem gericht kon zijn. En hij wist ook dat die vervelende boogschutters in hun verdwijnmantels, die hem al vanaf Dun Kilty dwars door Picta achternazaten, zelden hun doel misten.

'Ferris?' bracht hij bevend uit. 'Alsjeblieft... Ik wilde helemaal niet...'

Wat hij ook van plan was te gaan zeggen, hij kreeg de kans niet eens. Halt bleef staan en spreidde zijn armen wijd uit.

'Wou je Ferris tegenhouden, Tennyson? Vraag Alquezel maar om hulp dan! Want ik ben een geest. Hij is een god. Dat betekent dat hij sterker en machtiger zou moeten zijn dan ik!'

Zijn stem droop van sarcasme. 'Nou, toe dan! Vraag Alquezel me tegen te houden! Vraag hem of hij mij met zijn bliksem vernietigt! Toe dan!'

Dat kon Tennyson natuurlijk niet. Hij aarzelde en keek naar zijn witte jurken. Maar die waren voorlopig niet van plan lijf en leden in de waagschaal te stellen, nu ze gezien hadden hoe een pijl uit het zwarte niets hun kameraad geveld had. Bovendien waren er onder Tennysons naaste vertrouwelingen nogal wat die Ferris gezien hadden, destijds in Hibernia, en zij konden ook niet anders concluderen dan dat de koning opgestaan was uit de dood, en nu hun aanvoerder stond uit te dagen.

'Durf je het hem niet te vragen?' riep Halt met luide stem. 'Nou, dan doe ik dat toch zelf! Kom, Alquezel! Verzinsel van die oplichter hier! Je bestaat niet eens! Bewijs maar eens dat ik ongelijk heb! Doe me iets aan, hier en nu!'

Er ging een rilling van angst door de verzamelde volgelingen van de almachtige Gouden God, en de mensen die het dichtst bij Halt stonden draaiden zich om en holden weg. Ze waren misschien bang dat de bliksem van Alquezel ook hen zou treffen. Maar toen er niets gebeurde, keken ze wantrouwig om in de richting van hun profeet en voorganger. Hij had toch altijd beweerd dat hij de enige echte profeet van de Gouden God van Liefde was? En ze begonnen onder elkaar te mompelen en mopperen.

In één klap veranderde de sfeer in de grot, van blinde aanbidding in achterdocht en wantrouwen. Halt voelde dat dit het moment was en begon hen rechtstreeks aan te spreken. Hij keerde de grote man bij het altaar de rug toe.

'Als die Alquezel echt bestaat, laat hem mij dan nu neerslaan! Laat hem maar eens bewijzen dat hij iets voorstelt! Tennyson heeft jullie steeds wijsgemaakt dat het Alquezel was, die jullie verloste van die overvallers en moordenaars, die jullie aanvielen en je huis en haard in vlammen staken! Hoe zou die god dat gekund hebben, als hij niet eens een klein mannetje als mij kan weerstaan?'

Hij wendde zijn blik omhoog, naar het verre dak van de grot. 'Kom op dan, Alquezel! Laat je eens zien of horen! Laat je licht nog eens schijnen! Doe iets!'

Vol verwachting bleven de mensen staan luisteren en kijken. Ze wachtten vergeefs. Er gebeurde helemaal niets. Tenslotte schudde Halt bedroefd zijn hoofd en keek de mensen om hem heen meewarig aan. En hij sprak niet langer met het Hiberniaanse accent, maar met zijn normale stemgeluid.

'Burgers en buitenlui van dit land Araluen, jullie zien met eigen ogen dat die zogenaamde Gouden God niets voorstelt en niets kan. Dat komt omdat hij geen echte god is. Hij is een verzinsel. En die man,' zei hij en hij wees beschuldigend naar Tennyson, 'die man is een oplichter en een leugenaar en een moordenaar. Hij heeft de koning van Clonmel laten vermoorden, koning Ferris, die toevallig als twee druppels water op mij lijkt. Je hoorde hoe de man mijn naam noemde. Ferris. Je zag hoe hij het in zijn broek deed, toen hij dacht dat ik Ferris was, opgestaan uit het graf en teruggekomen uit het dodenrijk. En waarom denken jullie dat hij zo bang werd? Zou hij zo bang zijn geworden, als hij niets te maken had met de dood van Ferris?'

Tennyson, die inderdaad als de dood was geweest voor wat hij beschouwde als een spook of geestverschijning, kwam langzaam weer bij zinnen. Hij boog zich voorover om beter te kunnen kijken en besefte dat hij erin geluisd was. En hij zag ook dat zijn mensen nu luisterden naar wat Halt zei, en dat de stemming zich langzaam maar zeker tegen hem begon te keren.

'En die man daar, die heeft jullie wijs proberen te maken dat hij gekomen is om jullie te verlossen van de bandieten die jullie streken onveilig maken. Wat hij jullie vergat te vertellen, is dat hij eerst zelf die schurken en rovers en moordenaars op jullie af heeft gestuurd, dat hij nauw met hen samenwerkt. En hij vroeg jullie in ruil voor bescherming om geld en goud en juwelen, waar of niet? Zogenaamd om zijn altaar te kunnen bouwen, als dank voor jullie redding en verlossing van het kwade?'

Hij keek naar de gezichten van de mensen om hem heen. Hier en daar knikten mensen van ja. De verwarring op hun gezichten maakte langzaam maar zeker plaats voor boosheid en achterdocht.

'Kijk maar eens goed naar dat zogenaamde altaar. Je zult zien dat het gemaakt is van waaibomenhout, met een dun laagje goudverf. En die zogenaamde edelstenen zijn van glas. Jullie echte goud en juwelen, die zitten verstopt in Tennysons zadeltassen. Die liggen klaar voor als hij denkt dat het moment gekomen is om jullie vaarwel te zeggen.'

'Hij liegt!' klonk het schril uit Tennysons mond. Die vreemde man had zojuist bekend dat hij helemaal Ferris niet was. Het was dus ook geen geest. Tennysons zelfvertrouwen begon weer terug te komen. Hij was toch diegene die in staat was een menigte te bespelen? Dat soort wedstrijden won hij, en won hij altijd. Wie was dat nou helemaal, zijn tegenstander hier? Een klein mannetje. Dat niets voorstelde.

'Hij liegt! Het was wel degelijk Alquezel die jullie beschermde! Als je even nadenkt weten jullie dat heel goed. En dan komt daar opeens zo'n mannetje, dat godslasterlijke taal uitslaat en mij van van alles beschuldigt! Jullie kennen mij toch? Jullie weten wie en wat Alquezel is. En wat is dat daar? Een dwerg. Een vagebond! Een vreemdeling. Een nietsnut.'

'Een Grijze Jager, in dienst van de koning van dit rijk,' onderbrak Halt hem. En weer klonk er overal geroezemoes.

Hij greep in de hals van zijn hemd en trok het zilveren eikenblad te voorschijn aan zijn ketting, om het aan de omstanders te laten zien. Zij bogen zich nieuwsgierig voorover, en beaamden tegen hun achterburen wat ze met eigen ogen zagen.

Tennyson stond beteuterd naar die reacties te kijken. Hij was vergeten dat hij niet langer in Hibernia was, waar bijna niemand ooit van de Grijze Jagers gehoord had. Dit hier was Araluen, waar elk kind alles wist van het korps Grijze Jagers. Dit was Araluen, waar heel wat mensen een beetje bang waren van Grijze Jagers. Maar waar ook iedereen een gezond respect voor het korps had, en wist dat zij de belangrijkste wetsdienaren en ordebewakers van de koning waren. Naast nog een hoop andere geheimzinniger rollen die ze vervulden.

'En mijn naam is Halt,' ging Halt intussen onverstoorbaar verder. Als het nieuws dat ze met een Grijze Jager te maken hadden al enig opzien baarde, het noemen van de naam Halt had nog veel meer effect. Halt was in heel het rijk bekend en beroemd. Hij was een wandelende legende. De mensen die eerst achteruit gedeinsd waren, toen hij Alquezel uit durfde te dagen, kwamen nu nieuwsgierig weer naar voren om het wonder beter te kunnen zien.

Halt besloot dat het geen kwaad kon de zaak nog wat verder op te jutten. Hij wees naar de hoge stapel rotsblokken waar Will nog steeds verstopt zat.

'En daarboven is een andere Jager, van wie jullie misschien gehoord hebben! Niemand minder dan Will Verdrag!'

Hoofden werden snel omgekeerd, en langzaam kwam Will overeind van achter zijn rotsblok.

Iedereen zag nu de bekende mantel met zijn enorme kap,

en de nog grotere houten boog, het favoriete wapentuig van de Grijze Jagers. Will duwde de kap van zijn mantel naar achteren, zodat de mensen zijn frisse gezicht in het schemerlicht beter zouden kunnen zien.

Waren de mensen al onder de indruk van Halt, de naam van Will wekte haast nog meer interesse. Deze streek lag per slot vlak bij Macindaw, waar Will eigenhandig een invasie van Scoti had tegengehouden. Halt was een nationale legende, maar Will – Will was een plaatselijke held.

'Wij hebben deze man al maanden gevolgd,' ging Halt verder en hij wees naar Tennyson. 'Hij heeft koning Ferris van Clonmel vermoord. Hij heeft de mensen van Hibernia bestolen, voor hij bij jullie kwam, en vluchtte eerst naar Picta. En nu rooft hij jullie goud en juwelen, met zijn fraaie praatjes en kunstjes – hij en zijn boevenbende, die al eerder hier aan land kwam. Zij waren het vast ook, die jullie buren en vrienden hebben lastiggevallen en vermoord.'

Weer klonken er vijandige geluiden uit de menigte. Er waren inderdaad slachtoffers gevallen door rondtrekkende benden, die naar nu bleek met Tennyson en zijn Buitenstaanders samenwerkten. Nu pas drong het bij sommige aanwezigen door dat zij oog in oog stonden met de verantwoordelijken.

'Ze hebben jullie voor de gek weten te houden,' zei Halt toen het boze gemompel weggestorven was. 'Wij zijn gekomen om Tennyson en zijn mannen gevangen te nemen en voor het gerecht te brengen. Maar eerst wilde ik jullie laten zien wat een oplichter die man daar is. En dat die Alquezel, die god die jullie zogenaamd zou beschermen, helemaal niet bestaat.

Als jullie nog steeds in hem willen geloven, dan is dat jullie zaak. Zo nee, dan heb je nu de kans om afscheid van hem te nemen. Jullie kunnen gewoon weglopen.'

HOOFDSTUK 50

E ven bleef het stil in de reusachtige grot.
      Maar toen klonk er één stem uit de menigte:
'En ons goud dan?'

Een heel koor sloot zich met instemmende kreten bij deze spreker aan. Misschien kostte het de mensen weinig moeite om hun nog maar zo kort geleden omarmde godsdienst vaarwel te zeggen – maar dat gold niet voor hun dierbare goud en juwelen. Halt stak zijn armen omhoog en maande de kudde tot kalmte.

'Jullie krijgen heus de kans om je spullen terug te halen,' zei hij. 'Maar eerst moeten jullie een andere keuze maken.

Jullie zijn door deze man voorgelogen en misleid. Nu is domheid nog nooit bij wet verboden geweest. Maar lidmaatschap van een misdadige organisatie is dat wel. Dus ik waarschuw jullie: als jullie dat rare bijgeloof nu afzweren en verklaren dat je geen lid meer wilt zijn van de Buitenstaanders, dan zullen we het jullie niet lastig maken als je nu wegloopt. Maar diegenen die hier blijven, die beschouwen we als deelnemer van een criminele organisatie.'

Hij wees naar de ingang van de tunnel die naar buiten leidde. Even bleven de mensen besluiteloos staan dralen. Toen namen twee mannen het voortouw en liepen naar de tunnel. Drie anderen volgden hen. Daarna nog iemand. En binnen de kortste keren stond er een lange rij mensen voor de uitgang te dringen.

Tennyson stond het allemaal aan te zien en prees zich gelukkig. Die rare kleine kerel liet zijn mensen zomaar weggaan. En daarmee gaf hij Tennyson en zijn mannen een troef in handen. Tegen honderd boze mensen hadden hij en zijn kornuiten weinig uit kunnen richten. Maar straks bleef hij met twintig trouwe trawanten over, tegen drie tegenstanders – of vier als je dat magere mannetje meetelde dat hem nu pas opviel. Hij gebaarde zijn mannen dus om rustig af te wachten. Hij liep een paar passen achteruit tot hij de rotswand achter zich voelde. Daarboven in de rots had hij een tweede uitgang uit het grottencomplex gevonden. Maar dat wist bijna niemand, behalve hij en een paar van zijn allertrouwste volgelingen. De ingang ervan was ergens boven hem, je kwam er via een richel die schuin langs de wand omhoog liep.

Zodra al die ondankbare boeren verdwenen waren, zou hij zijn mannen het bevel geven om aan te vallen. En in de daaropvolgende chaos zou hij zelf snel naar boven klauteren, de andere gang induiken en boven op de hoge kliffen als vrij man weer naar buiten komen. Niemand hield hem daar nog tegen, hij kon rustig weggaan en ergens anders gewoon opnieuw beginnen. De meeste buit die ze hadden weten te verzamelen van die boertjes hier zou hij helaas moeten achterlaten. Maar hij dacht altijd vooruit – hij had al lang een flinke zak met goud en de mooiste juwelen in de gang klaarliggen, voor het geval dat. En zelfs de inhoud van die zak was ruim voldoende om ergens anders een nieuwe start te maken. Ergens ver weg van hier. Misschien maar eens in Gallica. In dat land bestond immers geen sterk gezag, het was er maar een rommeltje. Daar kon een man als hij nog best goede zaken doen.

De laatste voormalige bekeerlingen drongen zich door de uitgang. Halt stond toe te kijken. Zijn eerste zorg was geweest om hen de grot uit te krijgen. Hij wist dat Tennyson zich niet zomaar zou overgeven, en met een grot vol mensen zouden er onschuldige slachtoffers kunnen vallen. Die arme onnozelaars waren geen misdadigers – hoogstens een beetje dom. Hij zou het vreselijk vinden als ze gewond of zelfs gedood werden.

Misschien was het moment gekomen, dacht hij, om de machtsverhoudingen nog verder gelijk te trekken. Hij keek eens naar de groep witte gewaden tegenover hem. Ze droegen allemaal een wapen, zag hij. Sommigen hadden zwaarden of een goedendag. De meesten in elk geval een knuppel en een mes. Misschien waren er een paar getrainde strijders onder hen, maar de meesten waren gewoon tuig van de straat. En hij twijfelde er geen seconde aan dat Will, Arnaut en hij hen aan zouden kunnen.

'Luister, mannen,' zei hij. 'De enige die ik hoe dan ook wil arresteren is Tennyson. Mochten er onder jullie nog lieden zijn die eigenlijk ook wel weg willen, dan is nu jullie laatste kans.'

Hij zag hoe enkele van de mannen onzekere blikken uitwisselden. Die kwamen vast uit Araluen, concludeerde Halt. Zij wisten dat het geen goed idee was om ruzie te zoeken met Grijze Jagers, zelfs al waren ze maar met zijn tweeën. Maar de mannen die Tennyson uit Hibernia had meegenomen leken vastbesloten.

Voor nog meer volgelingen hem in de steek zouden laten, begon Tennyson boos te krijsen.

'Je denkt toch niet echt dat hij jullie zomaar zal laten gaan?' riep hij. 'Ook daarbuiten zal hij niet rusten voor hij jullie te pakken heeft genomen. Er is maar één uitweg. Wij zijn met veel meer dan zij! Jullie laten je toch niet door een oude kerel en twee jochies koeioneren? Sla ze dood! Sla ze dood!'

Zijn stem klonk steeds hysterischer, en ineens leek de nerveuze patstelling doorbroken. De witte gewaden kwamen als één man met hun wapens in de aanslag op Halt afgestormd.

Snel holde Halt terug naar zijn vrienden, terwijl hij met zijn Saksische mes een dolkstoot afweerde en zijn aanvaller een jaap over zijn onderarm toebracht. De man schreeuwde het uit en droop bloedend af, zijn ene gewonde arm met de andere ondersteunend. Maar na hem kwamen anderen, en Halt werd gedwongen zich achteruitlopend te verdedigen. Inmiddels had hij ook zijn tweede, kleinere dolkmes getrokken. Met zijn grote mes wist hij een zwaard te pareren, meteen deed hij een stap naar voren en stak met zijn andere toe. De man zakte dodelijk gewond door zijn knieën. Maar daar diende de volgende aanvaller zich al weer aan, rechts van hem verdrongen zich twee anderen.

Maar Halt was er klaar voor.

Ineens werd hij bovendien ontzet door Arnaut, die zich ermee ging bemoeien. Zijn grote zwaard flikkerde in een dodelijke cirkel boven zijn hoofd. In het halve licht van de flakkerende toortsen had hij in twee tellen drie aanvallers neer gemaaid. Een vierde strompelde weg, een pijl in zijn borstkas. Ook Will had zich in de strijd gemengd.

De witte gewaden trokken zich geschrokken terug. Binnen enkele minuten hadden zij ruim een kwart van hun groep zien sneuvelen. Het was duidelijk dat zij met knuppels en dolkmessen weinig konden beginnen tegen het grote zwaard van Arnaut, dat hij als een sabel liet dansen. Zelfs collega's met een heus zwaard durfden zijn schermkunsten niet aan. En die oude Jager was met zijn twee messen al even snel en gevaarlijk als een gemene slang.

Een van de boeven, dapperder of bozer dan de anderen, doorbrak de onofficiële wapenstilstand. Hij probeerde zijn makkers opnieuw aan te voeren in de strijd. 'Kom op, mannen! Ze zijn maar...'

Een reusachtige knal overstemde zijn woorden, en voor zich zag de man alleen nog maar een snel uitdijende wolk vieze gele rook. In paniek struikelde hij achteruit. Een nieuwe harde knal en een tweede wolk gele rook volgde, toen Malcolm nog een bal naar het groepje gooide. Bang geworden trokken de mannen zich jammerend terug.

Maar die eerste man bleef ook als eerste weer staan. Hij schudde eens flink met zijn hoofd. De bruine bal was vlak voor hem ontploft, op nauwelijks een meter afstand. Toch had hij er, afgezien van tuitende oren en een paar teugen vieze lucht, niets aan overgehouden. Dus die dingen, die knallen, wat ze ook veroorzaakt hadden, waren niet gevaarlijk.

Hij riep tegen zijn vrienden: 'Stel je niet aan! Meer dan lawaai en wat stinkende rook is het niet! Kom op, val aan!'

En weer ging hij zijn kameraden voor in de strijd. Maar dit keer gingen nog maar een paar boeven achter hem aan. De rest bleef zenuwachtig staan, gedesoriënteerd door de ontploffingen en de rookwolken.

Boven op zijn stapel rotsblokken stond Will klaar om het eerste witte gewaad dat Halt of Arnaut ernstig zou bedreigen onschadelijk te maken. Eigenlijk wilde hij niets liever dan naar beneden klauteren en meedoen, maar zijn verstand zei hem dat hij daarboven meer kon betekenen. Hij zag ook dat de meeste witte gewaden eigenlijk geen zin meer hadden in vechten. Ze bleven bangelijk dicht bij elkaar staan, schouders hoog opge trokken, en probeerden zo ver mogelijk weg te blijven van Arnaut en Halt.

Toen viel er iets op de rots naast hem. Een steen. Daarna kwam een watervalletje van zand uit de duistere hoogte ver boven hem gestroomd. Will had al eerder gemerkt dat dit na elke ontploffing gebeurde. Die bruine ballen konden als zodanig weinig kwaad, maar de knallen veroorzaakten wel degelijk een forse drukgolf, die losse stenen en gruis van de wanden trilde.

Ergens klonk het geluid van een kleine lawine. In het midden van de grot, vlak bij het groepje bange mannen, kwam een forse hoeveelheid zand en stenen naar beneden. Will hoopte maar dat Malcolm een beetje zuinig was met zijn knalballen. Het dak van de grot leek niet erg stabiel. Straks stortte de hele boel nog in, en dan...

Maar waar was Tennyson eigenlijk?

Ineens besefte Will dat hij de grote dikke man al een tijdje niet gezien had. Panisch keek hij om zich heen. De priester stond niet bij het groepje witte jurken. Net stond hij nog bij het altaar te roepen dat ze moesten aanvallen. Maar nu...

Daar! Er klauterde een man in een lang gewaad tegen de achterwand van de grot omhoog, achter het altaar. Hij was al een meter of zes hoog. En vlak boven hem zag Will een duidelijke richel in de rotswand. En een donker gat. De klimmer was er nog maar een paar meter van verwijderd.

Will wist ineens dat er daar een tweede uitgang moest zijn. En dat Tennyson binnen een paar minuten opnieuw zou zijn ontsnapt.

Hij greep een pijl en schoot. Maar het flakkerende schijnsel van vuur en toortsen en de gele wolken die nog steeds door de ruimte zweefden maakten het moeilijk. De pijl sloeg vonken uit de rots, een meter boven het hoofd van Tennyson. En kletterde daarna werkeloos naar beneden.

Geschrokken dook de hogepriester weg achter een uitstekende rots. Will zag af en toe nog een glimp van hem, terwijl hij verder omhoog klauterde. Hij zou hem nooit kunnen raken van waar hij stond. Alleen als de man boven op die richel stond, zou hij een paar seconden hebben om te schieten. Maar er was geen enkele garantie dat hij hem dan ook zou raken. Als hij miste, was Tennyson ontsnapt.

Will aarzelde. Maar heel kort – daarna sprong hij naar beneden en rende door de grot naar het rotsblok, waarachter Malcolm al weer klaarstond om de volgende bruine bal te gooien. Will zag nog net hoe de laatste drie tegenstanders van Halt en Arnaut hun wapens neerlegden en zich overgaven.

Maar aan de overkant dreigde Tennyson te ontsnappen.

Will pakte snel het kistje met knalballen en telde hoeveel er nog waren. Malcolm was met twaalf ballen begonnen, en hij had er drie gegooid. Toen kreeg hij ook in de gaten wat de gevolgen van de ontploffingen waren. Dus had hij besloten dat het te gevaarlijk was om ermee door te gaan. Bovendien leek het alsof Arnaut en Halt het ook zonder zijn assistentie wel aan konden. Hij schrok zich dus een hoedje, toen hij Will het hele kistje met negen knalballen zag pakken.

'Niet doen, Will!' riep hij. 'Straks komt het dak naar...'

Maar verder kwam hij niet. Hij zag tot zijn verbijstering dat Will de ballen met kistje en al omhoog gooide. Instinctief dook Malcolm in elkaar en sloeg zijn armen beschermend over zijn hoofd. Alleen al dat gooien met dat kistje zou de boel kunnen laten ontploffen.

Maar dat gebeurde niet. Langzaam om zijn as draaiend zeilde het kistje door de lucht en bereikte bijna het altaar, voor het op de grond viel. Daar kaatste het één keer omhoog, maakte een halve salto en viel vervolgens met de punt weer op de stenen vloer.

Net op dat moment zag Will hoe Tennyson op de richel klom die naar de tweede uitgang leidde. Minachtend keek de profeet naar het gewoel onder hem. En toen vulde de grot zich met het enorme lawaai en de rook van een ontzagwekkende explosie.

De grond onder hun voeten sidderde, en donder echode door de grot. Steeds meer brokken steen en stromen zand vielen naar beneden. Aan de zijkanten vormden zich kleine en grotere lawines. In het midden rees een paddenstoel van gele rook op. Net voordat deze het zicht op de overkant wegnam zag Will hoe een groot rotsblok zich losmaakte van de wand boven Tennyson. Instinctief deed de priester een stap naar achteren, in het niets van de afgrond. En daar viel hij traag achterover naar beneden. Zijn lichaam brak tegen de stapels rotsblokken onderaan de grotwand. En dat was het laatste wat Will door de rook nog zag.

Er vielen steeds meer stenen uit het plafond, en op wel tien plaatsen stortte zich een waterval van zand en grind en gruis naar beneden. Het was duidelijk dat de grot op instorten stond. Will greep Malcolm bij de schouder en trok hem mee.

'Kom op! We moeten maken dat we wegkomen hier!'

Maar Malcolm stond als aan de grond genageld. Hij staarde naar de om hem heen vallende rotsen en zandstromen. 'Ben je helemaal gek geworden?' bracht hij nog uit. Maar Will trok hem ruw mee naar de ingang van de tunnel.

'Ja, volslagen krankzinnig! Maak dat je wegkomt nu!' schreeuwde Will. Eindelijk drong tot de heelmeester door dat er nog maar één uitweg was en hij begon te hollen. Will rende zo hard hij kon naar Halt en Arnaut die nog steeds tegenover de verslagen witte jurken stonden, en hen de weg naar de uitgang versperden.

'Kom mee nu!' schreeuwde Will en greep Arnaut bij de arm. 'Halt! We moeten weg nu!'

Arnaut ging mee maar Halt aarzelde. 'En Tennyson dan?'

'Tennyson is er geweest! Ik heb hem zien vallen. Kom nou, Halt!'

Maar Halt bleef treuzelen. Tot een heel stuk dak het begaf en met donderend geraas naar beneden kwam, in een wolk van zand en grind en stof. Hij koos eieren voor zijn geld en rende naar de tunnel.

De witte gewaden maakten een noodlottige vergissing. Als één man renden ze de andere kant op en verdwenen in de rook en stofwolken.

Will kwam met Arnaut op sleeptouw aan bij de ingang van de tunnel. Weer aarzelde de jonge krijger om het donkere gat in te lopen, maar Will trok hem mee. 'Ik blijf vlak bij je!' probeerde hij het geraas te overstemmen en hij voelde hoe Arnaut zijn verzet opgaf en zich mee liet sleuren, de inktzwarte duisternis in. Achter hen werd de ingang verduisterd toen Halt naar binnen rende.

Deze tunnelervaring was voor Arnaut nog akeliger dan de eerste keer. Om hem heen weergalmden de echo's van neerstortende rotsen en onverbiddelijke lawines. Hij voelde de grond onder zijn voeten trillen. Als hij een zijwand aanraakte leek die te wankelen. Bovendien golfden nu wolken stof de gang in. Omdat het donker was zag je die niet, maar ademhalen ging ineens veel moeizamer. Stof en zand vulden zijn mond en neus en ogen en hij moest vreselijk hoesten. Het lawaai, de algehele blindheid, het verstikkende stof – hij voelde zich als in zijn ergste nachtmerrie en hij dreigde volledig in paniek te raken.

Maar steeds was daar Wills stevige greep op zijn arm, en dat hielp hem de wanhoop te weerstaan en door te rennen.

Toen voelde hij hoe de hand van zijn vriend hem naar beneden trok. Hij wist dat hij moest bukken, ze kwamen bij de uitgang naar de eerste kamer. Hij liet zich op zijn knieën vallen en kroop achter Will aan. Toen voelde hij achter zich iets tegen hem aan botsen. Hij bestierf het bijna van schrik, maar besefte toen dat het Halt moest zijn.

Hoestend en proestend en hun ogen wrijvend kwamen de vrienden uit de tunnel de kleinere grot binnenrollen. Arnaut zag opgelucht het grauwe licht dat door de spleten in de rotswand naar binnen kwam. Maar uit het lage gat van de tweede tunnel spoten nu wolken stof naar buiten en ook hier dreigden ze te stikken. Malcolm stond al bij de ingang van de tunnel naar buiten en wenkte hen koortsachtig.

'Kom nou! Straks stort hier ook de hele boel in!'

En alsof hij het aangevoeld had kwam een heel stuk van de binnenste wand in honderden stukken naar beneden gegleden. De lucht vulde zich met nog meer stof en gruis.

Ze doken achter elkaar weer het duister in en haastten zich door de kronkelende gang naar buiten. Achter zich hoorden zij met veel geraas en knallen de halve berg instorten. Will bleef Arnaut vasthouden om hem te leiden. Even was Arnaut bang dat ook hun tunnel zou instorten terwijl zij er nog middenin zaten, en dat hij levend begraven zou worden. Maar hij dwong die gedachte uit zijn geest, hij wist dat hij als hij aan de paniek toegaf verlamd van schrik zou achterblijven, en dan inderdaad nooit meer de frisse buitenlucht zou kunnen inademen.

En toen was het zwart voor zijn ogen iets minder zwart. Hij zag voor zich het silhouet van zijn vriend Will. Will, die hem meetrok naar het grijsgrauwe licht aan het eind van de tunnel.

Steunend en kreunend en hoestend en proestend perste Arnaut zich door de smalle opening. Malcolm stond al buiten en pakte hem bij zijn arm om hem weg te trekken. Will bleef staan wachten, tot ook Halt ongedeerd uit de berg te voorschijn was gekomen. En daarna holden de twee Grijze Jagers weg van de bergwand achter hen, allebei met tranende ogen, het stof uit hun kelen hoestend en spugend.

Uitgeput draaiden ze zich om en keken naar de nauwe spleet in de rotswand. Ook hier stroomden nu stofwolken naar buiten. Toen klonk er een diep onderaards gerommel en gedonder, en spoot er ineens een haast massieve straal stof en gruis naar buiten. Het was alsof de aarde zelf moest overgeven, terwijl diep in de berg de grotten een voor een instortten.

Halt wreef over zijn besmeurde gezicht.

'Zo,' zei hij droogjes, 'blijkbaar zijn de Buitenstaanders nu definitief ondergronds gegaan.'

Daarna liet hij zich op de grond zakken. Een voor een kwamen de anderen naast hem zitten en ze bleven toekijken, terwijl de opening in de rotsen steeds meer stofwolken uitbraakte.

Halt wreef over zijn knie, die hij bezeerd had toen hij zich blindelings een weg naar buiten had gebaand.

'Ik word echt te oud voor dit soort avonturen.'

HOOFDSTUK 51

Z e reden weer naar het noorden, terug naar het Grimsdal-woud.

Het was wel zo eerlijk, vond Will, dat ze eerst samen Malcolm naar huis gingen brengen. Hij had het ook best in zijn eentje willen doen, maar Halt had besloten dat ze allemaal mee zouden gaan.

'Jij kan dan Malcolm terugbrengen naar zijn huis in het bos, en wij, Arnaut en ik, hebben nog wat dingen te regelen op Macindaw.'

Will keek hem nieuwsgierig aan. Wat dan? Halt begon het uit te leggen.

'Die boevenbende van Tennyson, die struint hier nog steeds rond,' zei hij. 'Die moeten we ook gevangennemen. We zullen op Macindaw vragen om een peloton soldaten om dat te regelen. Harrison kan ze aansturen – die wil intussen vast en zeker maar wat graag actie zien.'

Harrison was de jonge Grijze Jager die net aangesteld was in het leen Noordam, wist Will nog van de grote Bijeenkomst. Hoofdschuddend bedacht hij hoe lang geleden dat nu leek. Er was in de tussentijd alweer zoveel gebeurd...

Ze vonden de paarden van Tennyson en zijn volgelingen vlak bij de ingestorte grotten, rustig grazend in een wei. Malcolm kreeg het rustigste dier toebedeeld. Zoals vaak was het minst ongedurige paard ook het grootste; de kleine geneesheer bleef maar met moeite overeind op de brede rug van het dier. Zijn benen staken ver naar opzij, en zijn voeten in de stijgbeugels kwamen maar tot halverwege de buik van het dier.

Voor ze vertrokken hield Halt nog een heuse preek tegen de ex-bekeerlingen, die ze buiten weer troffen. Hij las hun streng de les en drukte hun op het hart, dat ze eerst na moesten denken voor ze zich blindelings aansloten bij een profeet die beloofde al hun aardse problemen op te lossen. In ruil voor hun eigen aardse geld en kostbaarheden, dat natuurlijk wel.

De mensen stonden er wat beteuterd naar te luisteren. Ze schaamden zich en waren blij toen Halt een einde maakte aan zijn verhaal met de raad zo snel mogelijk terug te keren naar hun dorpen en boerenhoeven.

'Zo te zien hebben ze hun lesje wel geleerd,' merkte Arnaut op. Maar Halt snoof verontwaardigd. 'Ja, pfff, tot de volgende welbespraakte charlatan op het toneel verschijnt en ze de hemel op aarde belooft!'

Malcolm moest lachen om zijn cynisme. 'Jij hebt ook geen hoge hoed op van het gezond verstand van je medeburgers, wel?'

Halt schudde droef zijn hoofd. 'Nee, daar ben ik te oud voor. En ik heb te veel meegemaakt. Hebzucht en angst winnen het altijd van dat zogenaamde gezonde verstand van jou.'

Malcolm knikte bedachtzaam. Zijn eigen ervaringen waren niet zo heel anders dan die van de Grijze Jager. 'Ik ben bang dat je daar wel eens gelijk in kon hebben!'

'Hoe lang voordat ze hier allemaal weer staan, denk je?' vroeg Will zich hardop af. Arnaut keek hem aan – wat bedoelde die jongen nu weer?

'Waarom zouden ze in 's hemelsnaam nog terugkomen?'

'Nou, voor hun goud natuurlijk,' antwoordde Will met een grijns. 'Dat ligt daar allemaal nog begraven, of was je dat vergeten? Ik wed dat ze binnen een week aan het graven slaan.'

Arnaut moest erom lachen. 'Dat houdt hen de komende tien jaar wel van de straat dan!'

Ze reden naar het noorden, en een paar dagen later zagen ze in de verte de grote gebouwen van kasteel Macindaw opdoemen, uitkijkend over de weg naar de grens met Picta. Een forse barrière voor de woeste roversbenden uit het hoge noorden. Halt draaide zich in zijn zadel naar Malcolm.

'In alle consternatie,' zei hij, 'heb ik één ding nog vergeten. Iets niet onbelangrijks ook. Ik moet je nog steeds bedanken voor dat je mijn leven gered hebt.'

Malcolm glimlachte bescheiden. 'Graag gedaan, hoor! Het is altijd interessant een levende legende te leren kennen – en hem levend te houden!'

Maar zo gemakkelijk liet Halt hem niet ontsnappen.

'Dat zal allemaal wel, maar je moet weten dat, dat als je ooit mijn hulp nodig mocht hebben... Je geeft maar een seintje en ik kom. Dat garandeer ik je.'

Malcolm werd ook serieus. Hij keek Halt aan en knikte. 'Dat zal ik onthouden!'

De twee mannen schudden elkaar de hand en namen afscheid. De wederzijdse handdruk duurde langer dan anders. Tot Malcolm Halts hand losliet en zich met een nieuwe glimlach tot Arnaut wendde.

'En jij, Arnaut, jij houdt je wel gedeisd, hè? Eet niet de hele voorraad van die arme Xander op!'

Xander was de secretaris van Macindaw, en hij bewaakte de spullen van zijn kasteelheer nauwgezetter dan een vrek zijn goudschat. Arnaut grijnsde terug en schudde hem ook hartelijk en langdurig de hand.

'Jij ook bedankt voor alles, Malcolm. Zonder jou hadden Will en ik vrouwe Pauline nooit meer onder ogen durven komen!'

'Ooit moet ik toch eens gaan kennismaken, met die bijzondere dame,' lachte Malcolm. 'Kom Will, ook op jou zitten allerlei mensen te wachten die heel blij zullen zijn je terug te zien.'

Halt en Arnaut reden verder noordwaarts, terwijl Will en

de kleine geneesheer naar het oosten afbogen, waar in de verte een donkere streep aan de horizon het begin van het Grimsdalwoud aankondigde.

Toen zij eenmaal onder het dichte bladerdak reden, verbaasde Will zich hoe goed Malcolm er de weg wist. Zodra ze aan alle kanten omringd waren door groen en bomen, een paar kronkelbochten hadden gevolgd en de zon niet meer zagen, was Will de weg snel weer kwijtgeraakt. Maar Malcolm reed zonder aarzelen verder het woud in en het duurde verrassend kort, voordat ze ineens de open plek opreden waar Malcolms huis stond te wachten.

De eerste die hen kwam begroeten was een zwart-wit schepsel dat hard op hen af kwam rennen, de dikke staart als een gek heen en weer zwaaiend. Trek hinnikte een korte begroeting en Will steeg af om de kop van de hond tussen twee handen te liefkozen. Hij kriebelde haar uitgebreid onder de zachte kin, en zij sloot gelukzalig beide ogen. Daarna viel er een enorme slagschaduw over Will en de hond. Ze keken allebei op.

'Hallo, Trobar!' zei Will. 'Je zorgt goed voor dit beestje! Wat ziet ze er fantastisch uit.'

En inderdaad was het opvallend hoe de vacht van Schaduw glansde. Het was duidelijk dat het beest vaak en met liefde geborsteld werd. Trobar glimlachte om het compliment.

'We'kkom, Wi Vuddrah!' zei hij met zijn spraakgebrek. Will stond op en werd bijna fijn geperst, terwijl Trobar hem in zijn armen sloot. Malcolm stond stil te glimlachen bij het enorme contrast tussen de reus en de in vergelijking zo iele Grijze Jager.

En al snel kwamen er meer bekende gezichten verlegen uit het bos. Will begroette iedereen apart, en zag hoe blij ze waren dat hij hun namen nog wist, en herinneringen ophaalde aan avonturen die ze samen hadden beleefd. Onder leiding van Trobar werd een grote tafel gedekt, midden op de open plek in het bos, en werd er eten klaargemaakt. En daarna was het feest, een feest dat tot ver na zonsondergang duurde.

Will keek weer helemaal vrolijk de kring van blije en gastvrije gezichten rond. Deze mensen waren door de boze buitenwereld afgeschreven en verstoten, omdat ze ziek waren of mismaakt of invalide. Omdat ze anders waren, dacht Will. Terwijl dat helemaal niet waar was. Ze waren net als alle andere mensen. Hoogstens wat liever.

Toen het laat geworden was ging hij moe van het feest en de lange reis slapen in de logeerkamer bij Malcolm thuis. En terwijl hij langzaam wegzakte in dromenland hoorde hij in de verte een uil schreeuwen, en de wind door de bomen suizen.

De volgende ochtend vroeg, voordat de meesten van de bewoners van zijn kolonie uit bed gekropen waren, nam hij afscheid van Malcolm.

'Ik hoef je niet te vertellen,' zei hij, 'hoeveel we je verschuldigd zijn. Ik wil je nog eens bedanken – niet alleen voor wát je gedaan hebt, maar ook voor de manier waarop.'

Malcolm keek hem vragend aan. Hij begreep niet wat Will bedoelde.

'Ik kwam hier onaangekondigd aangereden, en vroeg je mee te komen om een vriend te helpen, een heel eind hier vandaan. En jij stelde geen lastige vragen. Je aarzelde geen moment, pakte je spullen en ging met me mee.'

'Maar we zijn toch vrienden?' antwoordde Malcolm. 'Dat doe je voor een vriend!'

'Nou, daarom wil ik herhalen wat Halt al zei: als je ooit onze hulp nodig hebt...'

'Dan laat ik jullie meteen opdraven, ja, ik weet het.' Malcolm sloeg even zijn armen om de jonge Jager heen. 'Goede reis, Will Verdrag. Kom veilig aan. En ik zou daaraan toe willen voegen: wees voorzichtig; maar dat is ijdele hoop, vrees ik.'

Will maakte zich verlegen los uit zijn omarming. Hij hield niet van afscheid nemen. Hij draaide zich om naar Trek, die klaarstond om te vertrekken. Maar plots klonk nog een stem.

'Wi Vuddrah!'

Het was Trobar, die in de verte de open plek op kwam lopen. Hij wenkte Will. Malcolm glimlachte alsof hij wist wat komen zou.

'Ik denk dat Trobar je iets wil laten zien,' zei hij.

Will liep naar de reus. Er ontbrak iets, dacht hij. En plotseling wist hij wat het was. Schaduw was in geen velden of wegen te bekennen, terwijl die toch meestal niet bij Trobar was weg te slaan.

Toen hij vlakbij gekomen was draaide Trobar zich om en liep voor hem uit het bos in. Een paar meter verderop stond een laag gebouw. Will besefte ineens dat dit Trobars huis moest zijn, waar hij sliep. Aan een kant stond een klein aanbouwsel, ongeveer een meter hoog, met een grote opening aan de voorkant. Trobar wees ernaar en Will knielde erbij neer en keek nieuwsgierig naar binnen.

Het bruine en het blauwe oog van Schaduw keken hem recht in de ogen. Hij zag hoe haar staart langzaam op en neer ging. En toen zag hij nog meer bewegen. Er kropen vier kleine zwartwitte hondjes om en over haar heen.

'Puppy's!' zei Will blij verrast. 'Ze heeft puppy's gekregen!'

Trobar grijnsde breed en stak een reusachtige hand naar binnen. Voorzichtig duwde hij de kleine hondjes opzij en trok er één, die hevig tegenstribbelde en korte blafjes gaf, naar buiten. Schaduw keek bezorgd toe terwijl hij het kleine bolletje zwart met wit bont aan Will gaf.

'Hooiste!' zei hij en eerst begreep Will niet wat Trobar bedoelde. Maar toen wist hij het weer. Toen hij Schaduw bij Trobar achterliet had hij gezegd dat hij de mooiste puppy zou komen ophalen, als ze ooit een nest kleintjes kreeg.

'Dit is de mooiste?' vroeg hij en Trobar knikte stralend. Weer stak hij zijn hand met de kleine worstelende hond naar hem uit.

'Voo'jou, Wi Vuddrah!'

Hij pakte voorzichtig het beestje aan, dat onmiddellijk keffend en grommend haar vlijmscherpe tandjes in de muis van zijn hand sloeg. Hij bekeek haar eens goed. Ze had nog steeds haar eerste zachte babyvacht en het staartje, dat later waarschijnlijk net zo zwaar en groot zou worden als die van haar moeder, was niet meer dan een soort uitroepteken dat recht naar achteren wees. Met een witte punt aan het einde, natuurlijk. Ze keek hem verontwaardigd aan en tot zijn grote vreugde zag hij dat ze ook de ogen van haar moeder geërfd had – één blauw, één bruin. Vooral het blauwe straalde een zeker fanatisme uit. Met zijn wijsvinger aaide hij over het hoofdje en meteen hield ze op met in zijn duim te bijten. Het kleine staartje ging opgewekt heen en weer.

'Wat is ze mooi!' zei hij. 'Dankjewel, Trobar! Echt waar, ik ben heel blij met haar.'

Hij grijnsde naar de kleine puppy die zich nog steeds uit zijn hand probeerde te wringen. 'Hoe moet ik haar noemen?'

'Ebben,' antwoordde de reus. 'Uh, heet Ebben!'

Weer fronste Will terwijl hij probeerde te achterhalen wat de reus kon bedoelen.

'Ebben!' zei hij. 'Van ebbenhout, natuurlijk. Wat een mooie aparte naam!' Trobar straalde.

Nog steeds met een brede grijns zei hij: 'Be'er dah Oemokkie!'

'Beter dan Roetmoppie?' herhaalde Will. Zo had hij eerst Schaduw willen noemen. Trobar was daar nogal verontwaardigd over geweest.

De reus knikte heftig van ja.

'Dat zul je me niet snel vergeven, hè?'

'Nooi!' antwoordde Trobar vastbesloten. Hij glimlachte en legde zijn enorme hand op Wills schouder. 'Nooi!' Will trok zijn rechterwenkbrauw op.

'Ik verstond je de eerste keer ook wel, hoor,' zei hij.

HOOFDSTUK 52

Will voegde zich bij zijn reisgenoten, die op de weg ten zuiden van Macindaw op hem stonden te wachten.

Arnaut moest lachen toen hij het kleine zwart-witte bolletje wol zag zitten, voor op Wills zadel. Hij wist nog goed hoe moeilijk Will het gehad had, toen hij Schaduw achter had gelaten in het Grimsdalwoud.

'Een cadeautje van Trobar?' informeerde hij.

Will knikte en begon te lachen. 'Ja, van wie anders?' En voegde daaraan toe: 'Ze heet Ebben.'

'Grappige naam. Heb je dat zelf verzonnen?'

'Nee, Trobar.'

'Dat dacht ik al!'

Will overwoog even boos te kijken, maar besloot dat het eigenlijk de moeite niet waard was. Voor het eerst in maanden voelde hij zich vrij – ze hoefden even helemaal niets.

'Wat nu?' vroeg hij in het algemeen.

Het was Halt die de oplossing had. 'We gaan rechtstreeks naar huis.' En hij klonk als de meest tevreden man op de aardbol.

Dus reden ze naar het zuiden, in een rustige draf. Haast hadden ze niet, er gebeurden geen rampen, niemand vroeg om hulp. Ze deden het kalm aan en genoten van de reis en elkaars gezelschap.

Arnaut ging rechtstreeks naar kasteel Araluen, en wie wist wanneer ze hem weer zouden zien? Dus namen Will en hij ruim de tijd om bij te kletsen. Halt stelde zich meestentijds tevreden met rustig toekijken en luisteren naar onze twee vrienden. Het was een fraai stel, dacht hij – net Crowley en hij toen ze jong waren. Toen het niet zo best ging met het korps Grijze Jagers, en er nodig orde op zaken gesteld moest worden. Hij was blij voor Will dat hij een vriend als Arnaut had. Vaag herinnerde hij zich dat hij, toen hij zo ziek was, tegen Crowley gezegd had dat misschien de toekomst van het rijk wel in de handen van deze twee knapen lag. Als hij dat echt gezegd had, dacht hij, zat hij er waarschijnlijk niet eens zo ver naast.

Allemaal genoten ze 's avonds bij het kampvuur van de capriolen van de puppy. Ze leek vooral dol op Trek. Ze ging steeds voor het kleine paard staan, kin op haar voorpoten en achterste omhoog, het staartje fel kwispelend terwijl ze uitdagend naar hem gromde. Zodra Trek ook maar aanstalten maakte om een millimeter dichterbij te komen was ze weg en rende ze in cirkels door het kamp. Om daarna weer voor het paard te gaan zitten, en de hele scène te herhalen – met dat fanatieke blauwe oog strak gericht op het grote beest dat ver boven haar uittorende.

Trek toonde zich goedmoedig en tolerant. Op een gegeven moment wist Arnaut haast zeker dat hij zag dat het beest een wenkbrauw optrok, terwijl het naar Ebben keek. De anderen weigerden dat te geloven, maar Arnaut wist het zeker. Hij was toch niet blind!

Soms probeerde Ebben hetzelfde grapje bij Abelard. Maar nooit bij Schopper, viel al snel op. Ze was misschien fel en vinnig, maar schaapshonden waren allesbehalve dom. Het dier wist dat de twee kleine paarden haar gekkigheid wel konden waarderen, maar dat er een grote kans was dat het strijdros haar met een van zijn grote hoeven zou verpletteren – bewust of onbewust.

Hij heette niet voor niets Schopper.

Op een dag zat ze weer keffend en grommend voor Treks

voorbenen. Af en toe deed ze alsof ze een uitval wilde proberen en Trek leek er geamuseerd naar te staan kijken. Langzaam liet het paard zijn grote snuit zakken, tot het vlak boven het zwartwitte monstertje hing.

Ineens begon hij vreselijk te briesen, en het hondje schrok daar zó van dat het achterover rolde, met veel moeite overeind krabbelde en even haar hele lijfje moest schudden om te zien of alles nog op zijn plaats zat.

Het leek alsof Trek had willen zeggen: Ga niet te ver, hondje. Of ik zeg het tegen je moeder! Want die ken ik, hoor!

Later die avond zag Will, die een laatste ronde maakte voor hij in zijn slaapzak kroop, dat Trek onder een boom was gaan liggen, zijn benen onder zijn ronde lijf getrokken. En tussen de twee voorbenen lag een klein bolletje wol, zwart en wit, met een borstkasje dat langzaam en regelmatig op en neer ging. Trek keek op toen Will bij hem kwam staan.

Het was weer een lange dag voor haar. Ze is moe.

En al snel kwamen ze bij de splitsing in de weg waar Arnaut zou afslaan naar Araluen. Ze zetten daar een laatste keer hun tenten op, en de twee jongemannen bleven tot diep in de nacht zitten praten. Toen ze eindelijk gingen slapen, sloeg Will zijn grote vriend vriendschappelijk op de schouder.

'Ik wou dat we je naar Redmont konden laten overplaatsen,' zei hij. 'Ik denk dat Crowley dat best zou kunnen regelen.'

Arnaut glimlachte. 'Ik kom wel op bezoek,' zei hij. 'Maar je weet dat er ook aantrekkelijke kanten zitten aan het leven op kasteel Araluen.'

Will keek zijn vriend scheef aan en zei: 'Zoals? Je bedoelt Evanlyn?'

'Bijvoorbeeld,' antwoordde Arnaut. Hij probeerde het te laten klinken alsof hij er niets mee bedoelde. Maar hij kon een brede grijns niet onderdrukken.

Wil lachte ook. Hij wist al lang dat er iets was tussen die twee. 'Goed zo!'

De volgende ochtend gingen ze elk huns weegs en deze keer, zeer tegen zijn gewoonte in, bleef Will even staan en keek hij om toen ze over de eerste heuvel reden. Hij zag dat Arnaut zich ook omgedraaid had in het zadel. Ze zwaaiden naar elkaar, draaiden zich om en reden verder.

De mensen hadden de twee Grijze Jagers al lang in de gaten, voor zij bij kasteel Redmont aangekomen waren. Toen de hoeven van hun paarden onder de poort door reden en de kinderkopjes van de binnenplaats opkletterden, stonden er al flink wat mensen op hen te wachten.

Vooraan natuurlijk baron Arald met zijn dikke buik. Maar die deed een stapje opzij toen onze vrienden vermoeid van hun paard afstegen, zodat hij met een buiging twee anderen voor kon laten gaan.

Allebei even lang. En allebei even elegant. En allebei in het witte uniform van de koeriers van de koning.

Halt bleef bewegingloos staan terwijl zijn vrouw dichterbij kwam. Hij hield er niet van om in het openbaar zijn gevoelens te uiten. Maar toen hij haar zo op zich af zag komen, kreeg hij een dikke prop in zijn keel. Dit was zijn vrouw, de vrouw van wie hij al zijn hele leven had gehouden. Hij dacht weer aan hoe hij met de dood gevochten had, daar in het kille noorden, toen de Genovees hem gewond en vergiftigd had. Hij was nog maar zo kort met haar getrouwd, en bijna was hij haar al weer kwijt geweest. Zijn verlegenheid van zich afgooiend liep hij op haar af, nam haar in zijn armen, en gaf haar een lange, dikke kus.

'Oehoeoeoeoe!' klonk het uit de menigte.

Will zag het allemaal enigszins verbaasd aan, tot hij een zachte hand op zijn mouw voelde en opkeek, recht in de lachende ogen van zijn Alyss.

'Dat is geen verkeerd idee van die twee daar,' zei zij knikkend naar Halt en Pauline. En Will was het daar honderd procent mee eens. Hij knelde haar in zijn armen en kuste haar op de mond. Het duizelde hem een beetje toen zij enthousiast reageerde.

'Oehoeoeoeoe!' klonk het wederom uit de menigte.

Na een tijdje lieten de twee paren elkaar los en bleven elkaar hand in hand staan aankijken. Daar maakte baron Arald gebruik van door naar voren te komen en te kuchen. 'Ahum! Beste vrienden! Bij een gelegenheid als deze hoort een speech...'

'Oooooh!' klonk het nu ietwat minder enthousiast over de binnenhof. De baron glimlachte minzaam, de onschuld zelve. 'Maar misschien wacht ik daar nog maar even mee,' maakte hij zijn zin af, en de teleurstelling veranderde in een opgelucht: 'Ahahahahaaaa!'

Arald hield er misschien van zichzelf te horen praten, dacht Will, maar hij wist ook hoe hij met zijn mensen om moest gaan.

'In plaats daarvan,' meldde de baron, 'beperk ik me tot de aankondiging dat er vanavond een welkomstfeest georganiseerd wordt in het kasteel! En iedereen is welkom!'

Nu begon de menigte te juichen.

'En wie is dit?' vroeg Alice toen ze een klein wollig ding uit Wills kraag omhoog zag klauteren.

'Dit is Ebben.' Hij trok de puppy uit zijn jas en Alyss aaide het beestje over zijn kopje.

'Pas maar op! Ze bijt!' waarschuwde Will, maar Alyss rolde haar ogen omhoog.

'Natuurlijk niet! Een dame!'

En inderdaad liet Ebben toe dat Alyss haar aaide en onder haar kinnetje kriebelde, zonder het gebruikelijke gekef en pogingen haar in de hand te bijten. Toen Will verbaasd bleef kijken, zei ze: 'Je moet natuurlijk wel weten hoe je een dame moet benaderen!' Hij knikte en zette de kleine hond voorzichtig op de kinderkopjes. Even bleef ze rond staan kijken, trillend op de vreemde ondergrond. Ineens bestond haar wereld uit een enorm oerwoud van benen en voeten, de een nog groter dan de ander. Haar staartje wees naar beneden en ze zocht snel een veilig heenkomen tussen de voorbenen van haar vriend en beschermer Trek. Daar pas kwam het staartje weer omhoog, en voelde ze zich dapper genoeg om verontwaardigd te keffen. Trek draaide zijn nek in een rare kronkel, zodat hij naar haar kon kijken. Daarna keek hij naar Will en Alyss.

Gaan jullie maar wat leuks doen. Ik let wel op deze hier.

Baron Arald was dol op een geslaagd feestmaal. En de beste waren die maaltijden, waarbij Meester Buick een wedstrijd leek te houden met zijn ex-leerling Jenny, wie de lekkerste gerechten aan de gasten van de baron zou voorzetten. Daarom was Arald zo brutaal om die twee voor te stellen gezamenlijk de verantwoordelijkheid voor het welkom van Halt en Will op zich te nemen.

Het diner was inderdaad grandioos, en de jury besloot unaniem dat beide koks evenveel punten gescoord hadden. Natuurlijk cirkelden beiden als nijvere bijen om de eretafel, waar zij het ene na het andere hapje aan de twee Grijze Jagers voorzetten.

Een hele stoet van mensen kwam hun gelukwensen aanbieden. De mensen van Redmont waren maar wat trots op hun twee beroemde Grijze Jagers. Heer Rodney, de krijgsmeester, was een van de eersten. Hij vroeg Halt meteen rapport uit te brengen over Arnaut, die immers vroeger bij hem in de leer was geweest. Hij straalde van trots toen Halt hem vertelde hoe goed Arnaut zich van zijn taken gekweten had.

Halverwege de maaltijd kwam Gilan buiten adem binnengestormd en werd hartelijk welkom geheten. Tijdens hun afwezigheid had hij de functies van Will en Halt tijdelijk overgenomen, en hij was die ochtend weggeroepen om af te rekenen met een bende struikrovers die het leen onveilig maakte. Die rovers hadden gehoord dat de twee plaatselijke Jagers op reis waren gegaan en hadden hun kans schoon gezien. Groot was hun verbazing toen ze doorkregen dat hun plek was ingenomen door Gilan, die hen misschien nog wel feller achtervolgd had dan onze twee reizigers, en hen snel in de boeien had geslagen.

Wat opviel, nadat Gilan aangeschoven had, was dat Jenny zich meteen niet meer op Will en Halt richtte met haar heerlijke hapjes. Nu kreeg de derde Grijze Jager die als eerste aangeboden.

Zoals gewoonlijk vertelden Will en Halt weinig details over het hoe, wat en waar van hun langdurige missie. Ze vertelden de baron kort en in grote lijnen wat er gebeurd was, de afgelopen weken. Hij leek tevreden en onder de indruk van hoe zijn mannen zich teweer hadden gesteld. Later zouden ze Crowley wel een gedetailleerd rapport sturen, en de koning ook natuurlijk. Gelukkig waren de mensen van Redmont eraan gewend dat de Jagers niet al te veel kwijt wilden over hun avonturen – ze waren al lang blij dat ze hen ongedeerd weer terughadden.

Er was één iemand die uit de mond van Halt zelf het hele verhaal te horen kreeg. Later die avond, toen de feestzaal van Redmont al lang weer leeggestroomd was en de laatste feestgangers naar hun bedjes strompelden, wenkte vrouwe Pauline Will mee te komen voor een persoonlijk onderhoud. Ze keek altijd al ernstig, vond Will, maar nu keek ze gewoon bezorgd, een ander woord wist hij zo gauw niet.

'Halt heeft me verteld wat jullie allemaal beleefd hebben, daar in het hoge noorden. Hij zei ook dat hij, als jij en Arnaut er niet geweest waren, waarschijnlijk gestorven zou zijn.'

Will schuifelde ongemakkelijk heen en weer.

'Nou, daar moet u vooral Malcolm voor danken, mevrouw,'

stamelde hij. Toen ze waarschuwend een vinger opstak, zei hij: 'Ik bedoel Pauline. Per slot was hij de enige die Halt kon genezen van de vergiftiging.'

'Maar jij was het, die daarvoor nachten en dagen doorreed om hem te gaan halen. En jij was het die die gemene moordenaar gevangennam. Zodat jullie konden uitdokteren welk gif er gebruikt was. Ik weet aan wie ik wat te danken heb, Will. En ik wil je dan ook uit heel mijn hart bedanken!'

Will hoorde haar hoofdschuddend aan. Er was iets heel anders dat hem dwarszat, sinds hij die vreselijke ontstoken wond op Halts arm ontdekt had. Al die tijd was dat ergens in zijn achterhoofd blijven zeuren, en nu kon hij het verwoorden.

'Mevrouw... Pauline bedoel ik... voor we weggingen heb je me gevraagd goed op hem te passen,' zei hij. Ze knikte.

'Nou, ik vind eigenlijk dat ik dat helemaal niet zo best gedaan heb, eigenlijk. Ik had veel eerder moeten merken dat er iets goed mis was. Ik wist dat die pijl hem geraakt had, maar ik schonk er niet veel aandacht aan. En toch gedroeg hij zich meteen al vreemd. Er waren genoeg aanwijzingen, achteraf, en ik had die moeten opmerken. Maar ik dacht er niet bij na. Ik had eerder iets moeten doen.'

Ze legde zacht haar koele hand op zijn warme wang. Hij is nog zo jong, en dan al zo'n verantwoordelijkheid, dacht ze.

Ze wist dat zij en Halt waarschijnlijk geen kinderen meer zouden krijgen. Deze jongeman was als een zoon voor hen. Een betere had ze zich niet kunnen wensen.

'Pauline,' zei Will intussen, 'het had niet veel gescheeld of ik had me niet aan mijn belofte gehouden. Bijna had ik Halt gewoon dood laten gaan.

'Maar dat deed je niet, toch? Uiteindelijk?' antwoordde ze. 'Je hebt hem geen moment in de steek gelaten. En ik weet in mijn hart dat je dat ook nooit zou doen.'